À PROPOS DU *VIDE*…

2007 — P<small>RIX</small> S<small>...</small>

« J<small>E L'AI DÉVORÉ</small>. [...]
J'<small>EN SUIS SORTIE BOULEVERSÉE</small>. »
TVA – Salut Bonjour Weekend

« V<small>IRULENTE CRITIQUE SOCIALE</small>
OÙ <small>LA TÉLÉ APPARAÎT COMME UN MIROIR</small>
<small>GROSSISSANT DE NOS PIRES TRAVERS</small>. »
La Presse

« A<small>VEC</small> L<small>E</small> V<small>IDE</small>, [S<small>ENÉCAL</small>] <small>CONFIRME PAR-DESSUS</small>
<small>TOUT SON FORMIDABLE TALENT DE RACONTEUR</small>. »
Le Soleil

« P<small>ATRICK</small> S<small>ENÉCAL RÉUSSIT</small>
À <small>NOUS ATTRAPER DANS SON FILET</small>. »
Le Devoir

« U<small>N TRÈS GROS ROMAN ABSOLUMENT FASCINANT</small>.
C<small>E QUE LES</small> A<small>MÉRICAINS APPELLENT</small>
<small>UN</small> *PAGE-TURNER*. »
SRC – C'est bien meilleur le matin

« U<small>N DES MEILLEURS POLARS QUÉBÉCOIS</small>
<small>QUE J'AI LU</small>. »
Télé-Québec – Libre échange

« O<small>N RESSORT DE CE LIVRE</small>
<small>NON PAS AVEC L'IMPRESSION D'AVOIR ÉTÉ SERMONNÉ</small>
<small>SUR LA FAÇON DE VIVRE DES HOMMES</small>,
<small>MAIS D'AVOIR TOUCHÉ À UN INSTANT DE LUCIDITÉ</small>. »
La Tribune

LE VIDE

1. VIVRE AU MAX

DU MÊME AUTEUR

5150, rue des Ormes. Roman.
  Laval, Guy Saint-Jean Éditeur, 1994. (épuisé)
  Beauport, Alire, Romans 045, 2001.

Le Passager. Roman.
  Laval, Guy Saint-Jean Éditeur, 1995. (épuisé)
  Lévis, Alire, Romans 066, 2003.

Sur le seuil. Roman.
  Beauport, Alire, Romans 015, 1998.

Aliss. Roman.
  Beauport, Alire, Romans 039, 2000.

Les Sept Jours du talion. Roman.
  Lévis, Alire, Romans 059, 2002.

Oniria. Roman.
  Lévis, Alire, Romans 076, 2004.

Le Vide. Roman.
  Lévis, Alire, GF, 2007.

LE VIDE
1. VIVRE AU MAX

PATRICK SENÉCAL

Maquette de couverture : ALIRE

Photographie : KARINE PATRY

Distributeurs exclusifs :

Canada et États-Unis :
Messageries ADP
2315, rue de la Province,
Longueuil (Québec) Canada
J4G 1G4
Téléphone : 450-640-1237
Télécopieur : 450-674-6237

France et autres pays :
Interforum editis
Immeuble Paryseine, 3,
Allée de la Seine, 94854 Ivry Cedex
Tél. : 33 (0) 4 49 59 11 56/91
Télécopieur : 33 (0) 1 49 59 11 33
Service commande France Métropolitaine
Tél. : 33 (0) 2 38 32 71 00
Télécopieur : 33 (0) 2 38 32 71 28
Service commandes Export-DOM-TOM
Télécopieur : 33 (0) 2 38 32 78 86
Internet : www.interforum.fr
Courriel : cdes-export@interforum.fr

Suisse :
Interforum editis Suisse
Case postale 69 – CH 1701 Fribourg – Suisse
Téléphone : 41 (0) 26 460 80 60
Télécopieur : 41 (0) 26 460 80 68
Internet : www.interforumsuisse.ch
Courriel : office@interforumsuisse.ch
Distributeur : OLS S.A.
Zl. 3, Corminboeuf
Case postale 1061 – CH 1701 Fribourg – Suisse
Commandes :
Tél. : 41 (0) 26 467 53 33
Télécopieur : 41 (0) 26 467 55 66
Internet : www.olf.ch
Courriel : information@olf.ch

Belgique et Luxembourg :
Interforum editis Benelux S.A.
Boulevard de l'Europe 117, B-1301 Wavre – Belgique
Tél. : 32 (0) 10 42 03 20
Télécopieur : 32 (0) 10 41 20 24
Internet : www.interforum.be
Courriel : info@interforum.be

Pour toute information supplémentaire
LES ÉDITIONS ALIRE INC.
C. P. 67, Succ. B, Québec (Qc) Canada G1K 7A1
Tél. : 418-835-4441   Fax : 418-838-4443
Courriel : info@alire.com
Internet : www.alire.com

Les Éditions Alire inc. bénéficient des programmes d'aide à l'édition de la
Société de développement des entreprises culturelles du Québec (SODEC),
du Conseil des Arts du Canada (CAC) et reconnaissent l'aide financière du
gouvernement du Canada par l'entremise du Programme d'aide au développement de l'industrie de l'édition (PADIÉ) pour leurs activités d'édition.

Gouvernement du Québec – Programme de crédit d'impôt pour l'édition
de livres – Gestion Sodec.

1er dépôt légal : 1er trimestre 2008
Bibliothèque nationale du Québec
Bibliothèque nationale du Canada

TABLE DES MATIÈRES

Toute ressemblance entre des personnages
et des personnes réelles ne serait que pure coïncidence.

Mais parmi les chacals, les panthères, les lices,
Les singes, les scorpions, les vautours, les serpents,
Les monstres glapissants, hurlants, grognants, rampants,
Dans la ménagerie infâme de nos vices,

Il en est un plus laid, plus méchant, plus immonde !
Quoiqu'il ne pousse ni grands gestes ni grands cris,
Il ferait volontiers de la terre un débris
Et dans un bâillement avalerait le monde ;

C'est l'Ennui ! – l'œil chargé d'un pleur involontaire,
Il rêve d'échafauds en fumant son houka.
Tu le connais, lecteur, ce monstre délicat,
– Hypocrite lecteur, – mon semblable, – mon frère !

Charles Baudelaire, *Les Fleurs du Mal*

CHAPITRE 21

— J'ai rien à dire.

Devant l'air déçu de son collègue, Fournier hausse une épaule et engage sa voiture dans la rue des Érables, parfaitement déserte à cette heure. Aucun doute là-dessus : Lapointe est sûrement le coéquipier le plus bavard qu'a connu Jean-Guy Fournier en vingt-deux ans de carrière dans les forces de l'ordre. Ce ne serait pas si grave s'il parlait de choses intéressantes, mais non ! Depuis quinze minutes, il ne fait que déblatérer sur la perception qu'ont les jeunes des policiers. Fournier veut bien l'écouter même s'il trouve le sujet assommant, mais de là à participer ! Malgré tout, Lapointe, du genre entêté, tend une seconde perche :

— Allons, Jean-Guy, tu as sûrement une opinion là-dessus ! Par exemple, ces adolescents qu'on vient tout juste d'avertir, tu as bien senti leur mépris pour nous, non ?

— Oui, oui...

— Tu crois pas que ça vient d'une espèce de cercle vicieux qu'on se complaît à entretenir, autant nous, les flics, que les jeunes ? Comme si c'était un *pattern* tellement enraciné dans notre culture qu'on ne songe même plus à le remettre en question ou même à le modifier !

Fournier, fixant la route devant lui, se retient pour ne pas soupirer. Il n'y échappera pas, il doit dire quelque chose. C'est le seul moyen pour que Lapointe lui foute la paix. Il finit donc par laisser tomber :

— Tant que les jeunes vont agir en épais pis qu'ils vont tout faire pour nous faire chier, les choses changeront pas.

Plutôt satisfait de sa réponse, il jette un rapide coup d'œil vers son coéquipier. Mais ce dernier le considère d'un air vaguement découragé. Pour enfin changer de sujet, Fournier demande :

— As-tu vu le nouveau modèle qu'Audi veut sortir l'an prochain ?

Au même moment, un son percutant éclate dans la nuit, assez proche du claquement de fouet mais en plus définitif. Fournier, oubliant complètement la question qu'il vient de poser, applique les freins.

— As-tu entendu ?

Lapointe fait signe que oui. Pour mieux écouter, le conducteur coupe le moteur. Le son retentit à nouveau.

— C'est un *gun*, ça ! s'exclame Fournier en pointant son doigt vers le cottage à leur droite.

— Tu… tu penses ?

Lapointe affiche un brin de frayeur, contrairement à son collègue qui sort prestement de la voiture. Depuis qu'il est flic, Fournier n'a jamais participé à une vraie opération d'envergure. Il faut dire qu'à Drummondville, les coups de feu sont une musique rare. Par exemple, à l'instant même, Lapointe et lui reviennent d'un appartement où l'on fêtait un peu trop au goût d'une voisine qui doit se lever à trois heures du matin, donc dans quatre heures. La grande aventure, quoi. Dire que Fournier était devenu policier pour vivre une existence palpitante ! Il y a bien eu « l'affaire Hamel », quelques années plus tôt, mais, manque de pot, Fournier était en vacances à ce moment-là ! Il a déjà songé à déménager à Montréal, où le quotidien d'un policier connaît à l'occasion quelques giclées d'adrénaline. Mais pour sa femme Danielle, aller habiter dans la grande métropole revient à vivre sur Saturne. Et encore, sur Saturne, au moins, il n'y a pas «toutes ces ethnies mélangées». Alors Fournier se contente de mater les bagarres de couples, d'arrêter les chauffards et de prévenir les jeunes fêtards. Mais tout en courant vers le cottage d'où ont retenti les coups de feu, il ne peut s'empêcher de se dire (tout en gardant une attitude professionnelle, il va sans dire) que ce soir, en ce premier jour de juin 2006, ses longues années à servir dans les forces de l'ordre vont enfin être récompensées, que même si sa femme ne couche plus avec lui depuis dix ans et que ses deux adolescents d'enfants le fuient à longueur de journée, tout cela n'a plus d'importance, car dans quelques instants, dans quelques minutes, il va vraiment, *vraiment* se passer quelque chose dans sa vie, quelque chose de sûrement dangereux mais d'important.

Et même s'il en meurt, ce n'est pas vraiment grave, car sa mort, au moins, aura eu du *sens* !

Cette dernière pensée l'étonne tellement qu'en arrivant près de la porte du cottage, son Glock 9 mm bien en main, il se fige un moment. En est-il là ? Ces dernières années ont-elles été merdiques à ce point ?

— Qu'est-ce qu'on fait ? souffle Lapointe qui l'a rejoint.

Fournier, revenu de sa brève escapade mentale, demande à son collègue s'il a appelé du renfort. Lapointe hoche affirmativement la tête.

— Parfait. Va voir en arrière de la maison s'il y a une autre entrée.

— On attend pas les renforts?

— S'il y a un gars avec un *gun* là-d'dans, faut pas lui donner le temps de tirer encore! Envoie, *let's go!*

Le jeune policier contourne la maison. Fournier remarque que la porte avant est entrebâillée. Il prend le bouton et tourne la tête vers la rue. Quelques voisins scrutent par les fenêtres avec curiosité. Fournier leur fait signe de ne pas sortir, puis il entre, pistolet tendu devant lui.

Hall d'entrée. Agréable chaleur intérieure. Ballade sirupeuse en sourdine. À quelques pas, le salon s'ouvre sur sa gauche. Il y entre. La pièce est bien éclairée, la décoration assez criarde. Un verre de vin presque vide attend qu'on le termine sur une petite table centrale.

Et deux corps. Un homme et une femme. Cette dernière, assise, a tout le haut du corps qui pend hors du fauteuil et son faciès n'est plus qu'un brouillon de visage. « À bout portant... », se dit aussitôt Fournier, dont l'excitation, en doublant d'intensité, balaie dédaigneusement peur, répulsion et autres émotions de même nature. L'homme, étendu au sol sur le dos, a le torse et le visage qui disparaissent derrière le divan, mais le sergent mettrait sa main au feu qu'il est dans le même état que la femme.

Entre les complaintes d'Isabelle Boulay, une autre sorte de pleurnichement se fait entendre : les cris d'un bébé. Peut-être même de deux.

— Mon Dieu..., souffle une voix derrière lui.

Fournier se retourne vivement en braquant son arme. Lapointe observe le spectacle en tenant stupidement son pistolet le long de sa jambe. La pâleur de son visage a poursuivi son éclosion pour atteindre une blancheur immaculée. Au loin, des sirènes se font entendre. Fournier a encore quelques secondes pour régler la situation seul. Car en ce moment, Lapointe n'existe plus. D'ailleurs, ce dernier, bouche bée, ses yeux écarquillés allant d'un cadavre à l'autre, ne bronche pas d'un millimètre lorsque Fournier passe devant lui pour revenir dans le hall. Fournier se plante devant l'escalier menant au premier étage et dresse l'oreille. Outre les pleurs d'enfants, il perçoit des pas. Le policier prend alors une grande respiration et lance cette phrase qu'il a entendue des centaines de fois dans autant de films, tout en rêvant de la crier lui-même un jour:

— Police ! Rendez-vous, vous êtes cerné !

Un coup de feu, le troisième en moins de quatre minutes, lui répond brutalement. Fournier s'élance aussitôt dans l'escalier, tandis que l'explosion d'une quatrième détonation se mêle aux hululements des sirènes et aux miaulements de freins de voitures. Dans cette cacophonie, le sergent remarque que les pleurs d'enfants ont cessé. Oubliant toute précaution, Fournier surgit dans le couloir obscur et fait irruption dans la première pièce en brandissant son arme.

La chambre est plongée dans le noir, mais le sergent distingue la silhouette devant lui, qui lève rapidement quelque chose qui ressemble à...

— Bouge pas ! beugle Fournier.

Un fusil ! C'est un fusil de chasse que le gars se colle sur la tempe ! Ou une carabine !

Fournier n'a jamais été mêlé à une situation aussi critique, mais il s'est répété mentalement ce genre de scénario tellement souvent qu'il n'hésite pas une seconde sur le comportement à adopter: il abaisse son pistolet et tire dans la jambe de l'inconnu. Ce dernier pousse un couinement aigu, lâche son arme et s'effondre sur le tapis. Fournier en profite pour s'élancer et, repoussant le fusil du pied, met l'inconnu en joue.

— Bouge plus !

La femme est trop occupée à se tordre de douleur pour résister… car il s'agit d'une femme, Fournier s'en rend maintenant compte. Et il l'a arrêtée ! Il l'a arrêtée *seul* ! Survolté, il regarde autour de lui et réalise enfin qu'il est dans une chambre d'enfants : papier peint sur les murs, bureaux miniatures, oursons sur les étagères… et deux berceaux, côte à côte.

Desquels ne provient aucun pleur.

Fournier arrête de respirer et se précipite vers les berceaux. Malgré l'obscurité, il distingue les deux bébés immobiles, emmaillotés dans leurs couvertures respectives. Si petits.

Il distingue aussi le reste. Surtout leur inertie. Surtout les taches opaques. Surtout l'horreur.

L'ivresse que ressentait Fournier deux secondes plus tôt n'existe plus. Elle n'existera plus jamais. D'ailleurs, dans cinq mois, lorsqu'il se sera remis de sa dépression nerveuse, il donnera sa démission et se cherchera un travail tranquille et monotone, du genre pompiste ou commis de club vidéo. Son couple éclatera enfin et sa conjointe le quittera, le laissant seul pour les vingt-huit années qui lui resteront à vivre, à se rappeler que ce soir-là, le soir où il avait cru que sa vie aurait enfin un sens, il était arrivé trop tard.

Jean-Guy Fournier se tourne vers la femme sur le sol, les mouvements saccadés, et dirige son pistolet vers elle. Il n'y a plus rien de vivant dans le visage du policier. À l'exception des yeux. Qui flambent comme les feux du Jugement dernier.

Il va tirer. Il le sait.

Les sirènes sont toutes proches, des rumeurs proviennent de l'extérieur. Mais aussi des mots, tout près. C'est la femme. Tout en se tenant la jambe, elle articule des phrases que Fournier saisit de manière floue.

— … pas à vous de faire ça… laissez-moi le faire moi-même…

Elle tend une main tremblotante. Non pas en un geste d'imploration mais d'autorité. Les mots vibrent de rage.

— … *laissez-moi le faire !*

Fournier la fixe en silence, tandis que le chaos qui lui tiendra lieu d'esprit au cours des prochaines semaines lui envahit déjà la tête. Non, il ne lui donnera pas ce plaisir. Pas question. Il avance son arme vers la tête, le doigt se crispe déjà pour appuyer sur la détente…

— Jean-Guy !

Le sergent lève la tête. Lapointe, dans l'embrasure de la porte, le dévisage comme s'il avait pressenti ce qui allait se produire. En bas, des gens entrent dans la maison, courent partout, montent l'escalier. Fournier baisse son arme. Il sent derrière lui la présence des deux berceaux, comme deux lances pointues qui lui vrillent le dos.

Il se met à pleurer.

◆

Bien installé dans son fauteuil devant la télé ouverte, Pierre Sauvé émet un petit son découragé. Non, franchement, il n'y arrive pas. Il a pourtant fait son effort : il écoute ce film depuis une demi-heure, essaie d'y trouver un quelconque intérêt… en vain.

Les films français sont décidément trop bavards pour lui. Au cinéma, il faut que ça bouge, non? Il jette un œil sur l'horloge murale : minuit dix. Bon. Il va se coucher ou il cherche un meilleur film à un autre poste? Il commence à zapper sans conviction, arrête un moment à RDI : une analyse des quatre premiers mois de Harper en tant que premier ministre du Canada. Après deux minutes, ennuyé, il change de chaîne. Et ce film en anglais, qu'est-ce que c'est? En tout cas, la fille est *cute*...

Sans transition, l'image tressaute et devient une sorte de bande allongée et difforme. Merde! Encore! Pierre change de poste et, devant l'inutilité de son action, se lève pour frapper du poing sur la télé. Elle est en train de foutre le camp, elle va tenir encore une semaine au maximum! Qu'est-ce qu'il attend pour s'en acheter une nouvelle, qu'elle lui pète dans les mains au milieu d'une de ses émissions préférées? Situation qui le mettrait en furie, il le sait bien. Cette perspective l'amène à donner un coup particulièrement énergique sur l'appareil et l'image redevient enfin normale. Pierre fait quelques pas de recul, satisfait. À l'écran défile une suite de scènes très rapides plus surréalistes les unes que les autres : un gars en parachute qui embrasse une fille attachée à lui, un homme d'âge mûr qui, au volant d'une décapotable, fonce dans la façade d'une maison, une femme en bikini qui se fait masser par six nains... Le tout accompagné d'une musique *hard-rock* et d'une voix très virile qui lance sur un ton dynamique :

— Malgré les plaintes, malgré les protestations et les manifestations, elle est de retour! L'émission que *vous* voulez parce qu'elle vous permet *tout*!

Pierre écoute avec attention. Incroyable que cette émission revienne, après tous les scandales de l'année dernière. Tant mieux : il a bien hâte de l'écouter.

Le téléphone sonne. Son visage devient sévère tandis qu'il va décrocher à la cuisine : un appel à pareille heure signifie que quelque chose de grave vient de se produire en ville.

— Oui… (silence) Hmmm… (silence, rétrécissement des yeux) OK, j'arrive…

Il raccroche et marche rapidement vers le placard du salon. Rien dans son attitude ne laisse croire qu'il est déçu de quitter le nid douillet à pareille heure. Dix secondes plus tard, il sort de la maison sans un regard vers la télé, où l'image est à nouveau une mince bande difforme. On peut tout de même y discerner le visage d'un homme au regard vert perçant qui, accompagné de la même musique assourdissante, lance vers le téléspectateur :

— *Vivre au Max,* saison 2006, dès le jeudi 8 juin, à vingt et une heures ! Vous n'avez encore rien vu !

◆

Pierre étudie la femme assise devant lui, de l'autre côté de la table. Il tente de prendre un air impassible, mais a de la difficulté à dissimuler son émoi. Bien sûr, après dix-huit ans de métier, dont treize comme sergent-détective, il n'en est pas à son premier interrogatoire, loin s'en faut. Il est vrai qu'il n'a pas souvent travaillé sur des meurtres. Quatre fois, pour être précis. Mais les tueurs ne l'impressionnent pas particulièrement. Sauf que cette fois, il s'agit d'une femme. Un précédent. Et pas pour n'importe quel meurtre.

— Vous voulez un avocat ?

La femme, ses cheveux bruns mi-longs couvrant la moitié de son visage morne, ne répond rien et fixe la table, les mains entre les cuisses. Le vrombissement électrique des néons plane dans la petite pièce blanche.

— Si vous voulez pas d'avocat, pourquoi vous dites rien alors ?

Elle garde le silence, attitude dont elle n'a pas dérogé depuis qu'on l'a arrêtée il y a un peu plus d'une heure. Pierre croise ses mains sur la table.

— On en sait déjà pas mal. Votre nom est Diane Nadeau. Vous avez trente-trois ans. Paul Gendron était votre ex-mari, vous n'étiez plus ensemble depuis presque deux ans. Il vivait avec sa blonde, Catherine Saint-Laurent, avec qui il venait d'avoir deux enfants.

Il fait une pause et ajoute, en détachant chacun des mots :

— Des jumeaux de six mois.

Aucun tressaillement sur le visage de l'inculpée, dont le regard est toujours baissé vers la table.

— On a pas encore de preuves irréfutables, mais vous étiez la seule autre personne dans la maison des victimes, vous aviez l'arme du crime en main, un fusil de chasse calibre 12, et vous avez es…

— C'est moi qui les ai tués, marmonne enfin Nadeau. Tous les quatre.

Ce n'est évidemment pas une surprise, mais d'en entendre la confirmation fait frissonner Pierre malgré lui. Lapointe, qui se tient immobile à l'écart, se gratte brièvement la joue d'un geste nerveux.

— Vous devriez appeler votre avocat.

— J'en ai pas besoin.

— Trouve-lui un avocat d'office, ordonne le détective à Lapointe. Qu'il vienne au plus vite.

Subtile crispation sur le visage de la meurtrière. L'indifférence qu'elle affecte commence à agacer Pierre, au point que le malaise ressenti jusque-là se mue en une sourde colère.

— Vous venez d'avouer avoir tué froidement quatre personnes, dont deux bébés. Je pense que vous allez *vraiment* avoir besoin d'un avocat. Mais si vous voulez mon avis, il pourra pas grand-chose pour vous.

— Je suis bien d'accord, approuve-t-elle dans un souffle.

Pierre avance le torse. De l'émotion, enfin ? Du remords ?

— Après votre quadruple meurtre, vous avez voulu vous suicider, c'est vrai ?

C'est ce que leur a expliqué Fournier. Expliquer est un grand mot. Disons qu'entre deux crises de larmes, il a réussi à balbutier cette information au demeurant très floue. En ce moment, il doit se trouver à l'hôpital, toujours en état de choc.

Nadeau retrousse les lèvres.

— Suicider... Oui, si vous voulez...

— Vous regrettez donc ce que vous avez fait ?

La femme le toise pour la première fois, sans bouger la tête ni le corps. Elle ne dit rien, mais Pierre, dans ces yeux sombres, lit clairement la réponse : aucun remords. Sa colère naissante de tout à l'heure a une soudaine poussée de croissance. Il ouvre la bouche pour lui demander : « Pourquoi ? », mais se retient. Attendre l'avocat. Justement, Lapointe revient dans la pièce et annonce que maître Gagné est en route.

Dix minutes s'allongent, durant lesquelles Nadeau ne profère pas le moindre mot, ne bouge pas le moindre muscle. Dix minutes qui paraissent un siècle à Pierre.

À l'arrivée de Gagné, homme maigre et cerné dégageant encore les effluves de son sommeil interrompu, les choses ne s'arrangent guère. Il se présente et tend la main, mais Nadeau ne daigne même pas le regarder. Ou peut-être très rapidement, du coin de l'œil.

— Votre client a déjà avoué, maître.

Gagné serre les mâchoires d'un air fataliste, mais se reprend rapidement :

— État de stress. Peut-être qu'elle n'a pas bien compris ce que vous lui demandiez.

— Parfait. Madame Nadeau, avez-vous tué votre ex-mari Paul Gendron, sa petite amie Catherine Saint-Laurent ainsi que leurs jumeaux William et Julien ?

— Vous n'êtes pas obligée de répondre à…

— Oui, je les ai tués, coupe Nadeau d'une voix parfaitement désintéressée.

Gagné se tait puis observe sa cliente avec effroi. Peut-être qu'il commence à comprendre à quel genre de monstre il a affaire, se dit Pierre. Peut-être, soudainement, regrette-t-il son lit.

— Pourquoi vous avez fait ça ? poursuit le sergent-détective.

Nadeau ferme les yeux, non pas par émotivité mais par lassitude. Pierre ressent une furieuse envie de lui allonger une baffe, qu'il retient bien évidemment. Devant le silence de sa cliente, Gagné répond avec un peu trop d'emphase :

— Nous plaiderons la folie passagère. Ma cliente venait de se séparer de son mari, elle était encore sous le choc de la…

— On est séparés depuis deux ans, le choc est passé depuis un moment, le coupe Nadeau avec négligence.

Gagné se passe une main dans les cheveux, déjà en bataille.

— Si vous voulez que je vous défende, il va falloir que vous m'aidiez un peu !

— J'ai demandé à personne de me défendre.

Elle s'anime un tantinet, recule sur sa chaise, masse ses cuisses.

— J'ai dit tout ce que j'avais à dire, articule-t-elle comme si chaque mot lui était pénible. Je vous ai dit que je les avais tués, alors maintenant foutez-moi la paix. Et si vous voulez régler ça au plus vite…

Elle darde son regard sur Pierre.

— … donnez-moi un *gun,* pis tout est fini dans cinq secondes.

Pierre soutient son regard. Étrange, ce désir de mourir alors qu'elle n'éprouve pas de remords…

— Madame Nadeau, voyons…, intervient Gagné.

Les yeux de la meurtrière sont maintenant suppliants : la supplication de celle qui enrage à l'idée qu'on ne la laisse pas terminer ce qu'elle a commencé.

— Donnez-moi un *gun* que je puisse me retirer…

— Vous retirer ? s'étonne Pierre.

— Madame Nadeau, écoutez-moi, susurre l'avocat en lui mettant une main sur l'épaule.

— *Donnez-moi un* gun *!* crache-t-elle en bondissant.

Et avant même qu'on comprenne ce qui se passe, elle se jette sur Lapointe et tente de lui prendre son pistolet dans son étui. Pierre bondit et agrippe la démente que Lapointe, éperdu, repousse violemment. On la couche enfin sur la table, sous le regard ébaubi de Gagné qui n'arrête pas de se frotter le cou, et Pierre, tout en lui enfilant tant bien que mal les menottes, l'entend hurler comme une louve en détresse, la tête rejetée en arrière :

— *Laissez-moi me retirer ! C'est fini, je veux me retirer ! Tout de suite !*

CHAPITRE 8

Frédéric Ferland cessa de lécher l'anus, retira ses trois doigts du vagin et les considéra d'un air morne.

— Qu'est-ce que tu fais? haleta la femme couchée sur le ventre.

Au lieu de répondre, il tourna la tête vers les deux jeunes filles qui lui suçaient la verge.

— Continue! le pressa la femme.

Il examinait toujours les deux petites vicieuses qui, en gloussant, déployaient tous leurs efforts et leurs talents pour le faire exploser dans un gigantesque orgasme. C'est d'ailleurs ce qui aurait dû arriver. Et pourtant, non. Rien ne venait, il le sentait bien. Deux adolescentes de seize ans, mignonnes comme tout et sexy à mort dans leur string, qu'est-ce qu'il aurait pu demander de mieux? De plus, il avait l'impression que son pénis, gonflé à bloc vingt secondes plus tôt, commençait même à ramollir entre les deux bouches gourmandes.

— Mais qu'est-ce que tu fais, criss? s'impatientait la femme qui, elle, devait avoir une quarantaine d'années.

Frédéric se sentait singulièrement désincarné, comme si tout à coup il ne participait plus à cette

scène mais était devenu un simple regard anthropo-
logique. À trois mètres de lui, sur un autre divan, le
gars (dont le nom lui échappait) avait cessé de se
masturber, les sourcils froncés. Derrière ce divan,
camouflées par le meuble, trois autres personnes
forniquaient avec allégresse et leurs gémissements
planaient dans la pièce comme une douce musique
d'ambiance dans un supermarché. À l'écart, sur
l'écran d'une télévision dont on avait coupé le son,
défilait le générique de fin du téléjournal. Frédéric
se mit à lire chacune des lignes de ce générique : la
liste des journalistes et des techniciens, le nom du
diffuseur, l'année 2004 écrite en chiffres romains…
Il se secoua en lissant ses rares cheveux poivre et
sel, replongea ses doigts déjà secs dans le vagin humide et recommença à lécher l'anus qui, tout à coup,
lui parut terreux. Mais il avait beau faire, il sentait
son sexe rapetisser de plus en plus, au point qu'une
des deux filles lui demanda si ça allait.

— Je… je ne sais pas, on dirait que…

Il se tut. Car, en effet, il ne savait pas. Ou il redoutait de savoir.

— *Hey*, bonhomme ! lança le gars avec humeur.
Tu gâches le show !

— Je sais comment le recrinquer, moi ! fit la
femme.

Elle quitta le divan, s'agenouilla sur le sol et, le
dos arqué, ondula de manière lascive ses fesses vers
Frédéric.

— Envoie, encule-moi ! minauda-t-elle. C'est ça
que t'aimes le plus, hein, défoncer des culs ? Vas-y,
encule-moi d'aplomb !

Frédéric se dégagea des deux adolescentes et
commença à se masturber. Lucie était peut-être dans
la quarantaine, mais elle avait une croupe splendide,

juste assez généreuse pour former un cœur bien dodu. Il rebanda assez rapidement, assez pour enfoncer son sexe dans l'anus de la femme qui, en poussant un long râle, caressa son clitoris de la main droite. Les deux jeunes filles, désormais inoccupées, avaient voulu mettre leur talent au service du gars sur le divan, mais ce dernier, presque épouvanté, s'était exclamé :

— Non, non ! Touchez-moi pas ! Faites-moi juste un bon show !

Les mouvements de Frédéric s'accéléraient à mesure que l'anus se dilatait, et pourtant, il sentait à nouveau que, bien malgré lui, il se dissociait de son propre corps. Il tourna la tête vers les deux jeunes filles qui, couchées sur le dos, se masturbaient mutuellement en s'embrassant goulûment. Mais son regard était redevenu clinique, froid, et il trouva ce spectacle insignifiant. De nouveau, la télé lui parut attirante, lui qui pourtant ne l'écoutait jamais.

— Viens-moi dans le cul ! haletait la femme, qui manifestement était au bord de l'orgasme, son troisième de la soirée. Viens-moi dans le cul, ostie de cochon !

Le genre de phrase qui, en temps normal, aurait provoqué chez Frédéric une éjaculation titanesque mais qu'il trouva, ce soir, presque ridicule. L'autre gars s'était levé et, sans cesser de se branler, approcha son sexe des deux filles. Hé oui, il allait leur gicler au visage, comme Frédéric l'avait vu faire dans tous ces films pornographiques qu'il avait loués à la tonne dans le temps où il était en couple. Et, comme il l'avait prédit, le gars éjacula, arrosa les deux adolescentes qui s'embrassaient toujours. L'une d'elles, la rousse, y prit un plaisir évident, au point même d'en jouir, mais Frédéric remarqua que l'autre, la blonde, eut une petite réaction de stupeur en recevant le sperme dans le visage. Oh, rien d'appuyé, pas même un signe de réel dégoût, juste un… comment dire ?… la crispation perplexe de celle qui ne trouve pas ça aussi formidable que prévu. Était-ce la première fois qu'elle participait à une partouze ? Sans aucun doute. Encore novice, encore à la recherche de toutes les sensations, de toutes les possibilités. Lesquelles, finalement, n'étaient peut-être pas infinies. Comme cet anus, qu'il était en train de pénétrer… Il l'étudia sans cesser ses mouvements. Qu'avait-il, en somme, de si différent des trente-cinq autres sphincters qu'il avait pistonnés au cours des dix derniers mois ? Audrey, durant leur relation, avait accepté plusieurs fois de se faire sodomiser, mais sans en éprouver un réel plaisir. Frédéric se rappelait les premières filles qu'il avait enculées, après sa séparation, les cris de plaisir qu'elles poussaient. À l'époque, cela l'allumait au point qu'il pouvait jouir trois ou quatre fois par nuit, ce qui, pour un homme de cinquante ans, relevait de l'exploit. Et quand la sodomie était devenue une pratique moins « spéciale », il avait rajouté des variantes, comme baiser à trois. Puis, plus tard, à quatre. Et pourquoi pas à cinq, sept ou dix ? Et des ados, tiens, ça c'est pervers ! Quand on cherchait bien, tout se trouvait. À chaque nouvelle étape, à chaque nouvelle limite dépassée, il retrouvait l'excitation, le plaisir délirant.

Il fixait toujours l'anus, son pénis y effectuant son va-et-vient de manière mécanique. Complètement étranger aux sensations de son corps, il se demanda ce qu'il allait faire la semaine suivante. Sodomiser une obèse ? Pisser sur deux lesbiennes ? Baiser une masochiste tout en lui foutant une baffe ? Éjaculer en déféquant ? Cette dernière idée lui fit pousser un petit gloussement et, enfin, sa semence jaillit en une mesquine éjaculation provoquée plus par les lois physiologiques que par le plaisir. L'orgasme de sa partenaire fut beaucoup plus spectaculaire, accompagné d'une série de convulsions telles que son anus éjecta le membre de Frédéric, au demeurant déjà mou.

Période de repos, où tout le monde, étendu, humide de sueur et autres sécrétions corporelles, soupira d'aise. Enfin, pas tout le monde : derrière le divan, les trois autres s'activaient toujours.

— Belle performance, les filles, marmonna l'homme sur le divan.

— Je te l'avais dit que c'était cool, hein ? lança la rousse avec enthousiasme à sa copine, tout en lui caressant gentiment un sein.

— Ouais, mets-en ! approuva la blonde qui ne cessait d'essuyer son visage pourtant sec.

— Un peu de bouffe avant qu'on recommence ? proposa la femme en frappant dans ses mains. Y a des sandwichs dans la cuisine, servez-vous !

L'homme et les deux ados, sans prendre la peine de se rhabiller, sortirent de la pièce en discutant, ignorant complètement l'autre trio qui produisait d'amusants bruits de succion. La femme s'installa sur le divan, aux côtés de Frédéric déjà assis. Ce dernier avait trouvé ses cigarettes et en fumait une en silence.

— T'as pas trippé, toi, dit-elle. La soirée a bien commencé mais, à un moment donné… Je sais pas, je te sentais moins.

— Désolé, Lucie. J'avais la tête ailleurs, faut croire.

— Pas juste la tête.

Tout en jouant nonchalamment avec une mèche de ses cheveux, elle ajouta avec une pointe de reproche :

— Tantôt, tu fourreras les deux petites. Des plus jeunes vont sûrement te faire plus d'effet.

Il jaugea Lucie un moment. Quarante-trois ans, mais incroyablement désirable, encore plus d'une certaine manière que les deux nymphettes. Non pas qu'elle avait l'air plus jeune que son âge, ni qu'elle avait un corps parfait (une belle croupe, oui, mais le ventre sortait, les seins pendaient), mais elle dégageait une sexualité insatiable parfaitement assumée, et chacun de ses mouvements était érotique. Un seul de ses regards pouvait déclencher une solide érection.

— Ça n'a rien à voir, assura-t-il en écrasant son mégot.

Il se leva et tapota gentiment le mollet de la femme.

— De toute façon, je vais y aller.

— Voyons, il est juste onze heures ! On est vendredi !

— À cinquante ans, c'est l'heure où on se couche.

— Ça veut dire que dans sept ans, va falloir que je fasse mes partouzes l'après-midi ?

Son pantalon remis, il la considéra avec scepticisme.

— Tu penses vraiment faire encore ça dans sept ans ?

— Tu peux être sûr ! répondit-elle avec ce regard qui aurait rendu infidèle le plus vertueux des maris.

Frédéric l'avait rencontrée un mois plus tôt, dans une soirée organisée dans une maison privée de Saint-Lambert. C'était sa quatrième visite, mais Lucie s'y trouvait pour la première fois. Tout de suite, il avait su que cette femme lui ferait littéralement exploser la queue et il n'avait pas été déçu. Il l'avait sodomisée tandis qu'un autre gars la pénétrait vaginalement, un *DP* comme on disait dans le jargon des pornophiles. Elle avait eu trois orgasmes dans cette seule position. Frédéric et trois autres gars s'étaient déchargés sur son visage et ses seins (*cum shower* pour les initiés), et le plaisir qu'elle y avait pris était si affriolant à voir que Frédéric avait éjaculé une seconde fois sans même reprendre son souffle. Elle l'avait invité chez elle pour la semaine suivante, précisant qu'elle aussi donnait des soirées spéciales. « Parfois, il y a même des mineures ! » Au froncement de sourcils de Frédéric, elle avait précisé : « Stresse pas, je parle d'adolescentes de seize ou dix-sept ans, pas des fillettes ! Je suis pas perverse à ce point-là ! » De retour chez lui, il avait voulu se convaincre que la présence d'adolescentes l'empêcherait d'y aller, mais il se contait des histoires. Au contraire, l'idée de baiser de jeunes étudiantes l'enflammait au plus haut point, même s'il en ressentait une certaine culpabilité. Mais seize ans, quand même ! Ce ne sont plus des enfants, elles savent ce qu'elles font ! Si lui, à cet âge, avait eu une vie sexuelle plus éclatée, les choses auraient peut-être été différentes plus tard.

Peut-être… mais pas sûr.

Il était donc allé chez Lucie. Et il n'avait pas regretté. Au point qu'il y était retourné la semaine d'après. Ce soir était sa troisième visite.

— Tu seras pas lassée de tout ça, dans sept ans ? persistait Frédéric en boutonnant sa chemise.

— J'ai baisé pour la première fois à treize ans, j'ai eu mon premier orgasme un mois après, ma première expérience lesbienne à quinze ans et mon premier *threesome* à seize. J'ai eu un *chum steady* de seize à dix-huit ans, mais je l'ai trompé une dizaine de fois, dont sept avec ses meilleurs amis. Après quoi, j'ai été célibataire pendant huit ans, durant lesquels j'ai couché à peu près avec tout ce qui bouge, sauf les avocats, question de principe. À vingt-six ans, je tombe en amour avec un gars qui accepte qu'on soit un couple *open*. Pendant un an, on sort ensemble et on baise la plupart du temps à trois ou quatre. C'est bien, mais je finis par me tanner et je comprends enfin qu'après avoir fourré une couple de centaines de fois avec la même personne, je n'ai plus envie d'elle, que je l'aime ou non. Je me sépare donc de mon *chum*, qui n'y comprend rien. Je pense qu'il a fait une dépression quand je suis partie. Il s'est dit qu'il ne serait jamais capable d'avoir une vie sexuelle normale, donc plate, après moi! (Elle rit.) Entre l'amour avec du cul sage et du bon cul sans amour, j'ai opté pour la seconde solution. J'ai fait ce choix-là à vingt-sept ans, et jusqu'à maintenant, ça ne m'a pas trop mal réussi: j'enseigne au secondaire et j'aime ça, je voyage beaucoup, j'ai des amis intelligents et je mouille autant que quand j'avais vingt ans! En plus, mes orgasmes sont plus puissants et je les contrôle mieux. Alors je ne vois pas pourquoi je serais blasée dans sept ans. J'ai même des projets d'avenir: aller enseigner le français un an au Japon, m'acheter une maison de campagne, écrire un roman et coucher avec des jumelles.

Frédéric sourit en remontant la fermeture-éclair de son pantalon. De derrière le divan retentit un cri de volupté masculin, tandis qu'une voix haletante de femme ordonnait: «Continue! Continue, merde!» Des bruits de discussion provenaient toujours de la cuisine.

— Franchement, je… je t'envie, fit Frédéric en restant debout.

— Pourquoi? T'as commencé ta carrière de cochon sur le tard, c'est vrai, mais t'as appris vite. Cinquante ans, c'est pas si vieux. T'as encore quelques belles années de décadence devant toi, faut pas se…

— C'est pas ça. J'envie ton…

Une scène lui revint en mémoire, lorsqu'il avait quitté Audrey dix mois plus tôt. Ils venaient de faire l'amour, comme s'il avait voulu passer un dernier test avant de rendre son jugement. Le plus ironique, c'est qu'elle avait été particulièrement déchaînée. Elle avait toujours bien aimé le sexe, mais ce soir-là, elle s'était dépassée. Et pourtant, Frédéric lui avait tout de même annoncé quelques minutes après qu'après deux ans de liaison, il la laissait. Parce que même si la baise avait été formidable, même s'il avait pu avoir la garantie qu'Audrey lui aurait toujours fait l'amour de cette manière durant les vingt prochaines années, cela n'aurait rien changé au fait que, justement, rien ne changerait. L'extraordinaire, par définition, ne peut se prolonger dans le temps. Le quotidien l'érode, à coups de répétitions qui lui arrachent une couche de vernis à chaque passage, jusqu'à faire disparaître ses cinq premières lettres. Et c'est là que commence l'intolérable pour Frédéric. Gisèle l'avait quitté pour cette raison des années plus tôt. Plus tard, il s'était donné une seconde chance et était retourné dans le labyrinthe, cette fois avec Audrey. Tout ça pour rien. Depuis le début, il avait vu juste. Il avait été lucide. Il ne se trompait malheureusement jamais sur ses auto-diagnostics, même si souvent il devait parcourir tous les dédales du labyrinthe pour les trouver. Tout ça pour comprendre que le seul moyen d'échapper au Minotaure était de sortir du labyrinthe. Et ne jamais y retourner. Ni dans celui-ci ni dans aucun autre. Il avait donc quitté Audrey, échangeant son rôle de Thésée contre celui d'Icare. Mais contrairement au héros grec, il ne se brûlerait pas les ailes. Ce n'est pas le soleil qui l'intéressait mais la hauteur. Alors, il monterait, sans cesse.

Pour ne jamais redescendre. Comme le ciel est sans fin, l'exaltation de la montée serait infinie. Il montait donc toujours ; l'ascension, tel qu'il l'avait prévu, continuait d'être grisante.

Et pourtant…

— J'envie ton enthousiasme qui ne s'étiole jamais, compléta-t-il.

Lucie afficha un sourire orgueilleux, consciente de sa chance. Derrière le divan, deux hommes et une femme se relevèrent, exténués mais satisfaits. Ils saluèrent Lucie et Frédéric.

— Pour se refaire des forces, c'est à la cuisine, leur lança la maîtresse des lieux, toujours assise sur le divan.

Ils remercièrent et s'éloignèrent, tandis qu'un des deux hommes lançait vers Lucie :

— Oublie-pas, toi, tu m'as promis la pipe du siècle !

— Je tiens toujours mes promesses !

Frédéric enfila ses bas.

— Allez, bonsoir, Lucie.

— Tu viens la semaine prochaine ?

— Je ne sais pas.

— Tu devrais. France va être ici. Tu la connais pas encore : c'est la reine des *golden showers !*

Frédéric hocha la tête. Oui, pourquoi pas, ça pouvait être intéressant, ça… Encore un battement d'ailes, encore un peu plus haut… Tandis qu'il attachait ses souliers, l'adolescente blonde revint au salon, gênée, comme tout à coup consciente de sa nudité.

— Je vais y aller, moi, dit-elle en commençant à s'habiller.

Sa copine vint la rejoindre.

— Tu t'amuses pas ? lui demanda-t-elle.

— Au contraire, c'était super génial !

Un peu trop enthousiaste, la voix ?

— Mais je travaille au resto demain, pis…

Lucie les regarda discuter avec un sourire entendu. Une idée saugrenue traversa l'esprit de Frédéric : ces deux ados étaient-elles de ses élèves ? Ridicule ! Il n'osait pourtant pas poser la question, comme s'il craignait la réponse. Il salua Lucie une dernière fois, ignora les deux filles qui poursuivaient leur conciliabule et sortit.

Dehors, un vent frisquet, inhabituel pour le mois de juillet, fit frissonner Frédéric. Après vingt secondes à peine de marche, il arriva dans la rue Saint-Charles, où était stationnée sa voiture. Le vieux Longueuil était plutôt paisible ce soir. En sourdine, on percevait la musique de certains bars, mais les passants se faisaient rares. À quelques poteaux étaient encore accrochées des banderoles qui proclamaient « Bonne fête du Canada 2004 ! » Frédéric monta dans sa voiture et contempla sans la voir la petite fissure dans son pare-brise qu'il négligeait de faire réparer depuis six mois. On aurait dit qu'il mettait au défi la vitre de tenir le plus longtemps possible.

Il n'était pas sûr, finalement, de revenir la semaine prochaine. Non, pas sûr du tout… Alors que ferait-il ? Il repensa à ce patient, cette semaine, qui lui avait parlé de parachutisme, que c'était un trip incomparable. Oui, il pourrait essayer cela… Même à cinquante ans, pourquoi pas ? Il avait le cœur d'un jeune homme de trente ans, son médecin ne cessait de le lui répéter. Il avait bien pratiqué la planche à neige, en janvier dernier ! Il avait d'ailleurs adoré cela, c'était une excitation différente du sexe, mais tout aussi vivifiante. Mais après six ou sept semaines, durant lesquelles il avait tenté des descentes de plus en plus difficiles et même des sauts, l'excitation s'était atténuée. Il avait donc arrêté. Mais le parachutisme… Fallait voir, non ?

Il tourna la clé. Le son du moteur lui parut assourdissant. Il vit alors, de l'autre côté de la rue, la petite adolescente blonde qui trottinait vers l'arrêt d'autobus, le cou rentré entre les épaules. Frédéric la suivit des yeux. Une fois dans la cabine, elle parut se détendre, protégée du vent. Elle regarda autour d'elle, se frotta le front comme si elle réalisait quelque chose, puis se mit à pleurer. Frédéric se trouvait plutôt loin, mais il distingua nettement ce tressautement d'épaules et cette inclinaison de la tête associés aux sanglots. Il assista à cette démonstration de détresse avec curiosité. Que ferait cette gamine en arrivant chez elle ? Elle se coucherait et oublierait tout ça ? Ou elle se couperait les veines ? Si la seconde possibilité s'avérait la bonne, Frédéric donnerait cher pour voir ça…

« *Comment un psychologue peut-il avoir de telles pensées ?* » lui aurait dit Gisèle qui, à l'époque, avait parfois peur de son mari.

Qu'est-ce que Frédéric aurait bien pu lui répondre ? Il ne souhaitait pas que cette adolescente se tue ; il songeait seulement que, si elle le faisait, cela pourrait être quelque chose d'intéressant à observer. Comme l'avait été cet incendie au centre-ville de Saint-Bruno, sur lequel lui et sa femme étaient tombés par hasard en revenant de Montréal il y a plusieurs années, particulièrement le spectacle de cet homme en flammes qui avait surgi de la maison sinistrée, se tordant de douleur sur le sol durant de longues secondes. Frédéric avait réalisé qu'il était en train de regarder un homme mourir et n'avait pu s'empêcher de trouver cette expérience fascinante. Mais les pompiers avaient fini par recouvrir l'infortuné d'un drap et le psychologue avait enfin remarqué que Gisèle le dévisageait avec épouvante.

— Tu as aimé voir ça, avait-elle dit. Avoue que tu as aimé ça.

Il avait cherché une réponse et avait finalement nuancé :

— Disons que j'ai trouvé ça intéressant. Ça l'était, non ?

Gisèle n'avait rien dit. C'est à partir de ce jour qu'elle avait commencé à considérer son mari comme une sorte d'aberration insaisissable.

Dans l'arrêt d'autobus, l'adolescente cessa rapidement de pleurer. Elle sortit un miroir de son sac à main, corrigea rapidement son maquillage, puis ne bougea plus. Frédéric donna un coup d'accélérateur et s'engagea sur la route en direction de Saint-Bruno.

Il avait faim.

CHAPITRE 22

Pierre ne peut s'empêcher d'être tendu. Chaque fois qu'une personne sort de l'autobus, il s'attend à reconnaître sa fille et cela le rend nerveux. C'est parfaitement bête! C'est lui qui l'a invitée à venir passer quelques jours à Drummondville, comme à chaque mois de juin, comme à chacun de ses anniversaires. Alors qu'a-t-il à être si anxieux? La fatigue, sûrement. Cette enquête sur le quadruple meurtre de Diane Nadeau lui a grugé beaucoup d'énergie au cours des derniers jours.

Karine descend la dernière et, de nouveau, il est frappé par sa beauté. La beauté de sa mère. Même cheveux châtains avec des reflets roux mais plus courts, mêmes immenses yeux bruns en amande, même bouche mince mais au dessin parfait. Une beauté sans défaut, s'il n'y avait cette ombre constante qui l'enveloppe, une chape qui, sans l'enlaidir, atténue son éclat. Pierre sait bien de quand date cette ombre qui, au fil des ans, a grandi avec l'enfant; mais lorsque la fille a cessé de croître, l'ombre, elle, a poursuivi son expansion.

Et si elle ne cessait jamais de progresser?

— Karine! l'appelle-t-il en brandissant la main.

La jeune fille cherche des yeux, sourit et se fraye un chemin dans la petite foule jusqu'à Pierre. Elle est habillée d'un jeans à taille basse usé et d'un pull serré qui camoufle sans conviction une poitrine modeste mais ferme. Pierre tique en la regardant s'approcher. Il n'aime pas quand elle s'habille comme ça. Il se rappelle qu'à quatorze ans, elle se donnait déjà des airs d'allumeuse et cela le mettait hors de lui.

Elle l'embrasse sur les deux joues et il lui ébouriffe les cheveux.

— Bonne fête, ma chouette.

— Hé, c'est juste demain !

— Je le sais. Demain, je vais te le chanter.

Il prend son sac de voyage et tous deux se mettent en marche vers la voiture, stationnée face au terminus. Le soleil a entrepris sa longue chute au ralenti.

— Le voyage a bien été ?

— Oui, oui. J'ai lu.

— Hmmm, hmmm…

Silence jusqu'à la Suzuki Aerio du détective. Lorsque celle-ci démarre, Pierre se rend compte qu'il serre son volant inutilement fort et relâche la tension dans ses doigts.

— À Montréal, ça va bien ? demande-t-il.

— Super.

Elle le regarde d'un air taquin, ses doigts traçant des formes invisibles sur la vitre de sa portière.

— As-tu fini par te faire une blonde ?

— J'ai pas vraiment le temps.

— À cause du travail, je suppose ?

Ça y est, l'ironie. Déjà ? D'habitude, elle attend qu'ils soient au moins rendus à la maison.

— Tu t'en étais ben faite une l'an passé, non ?

— Ç'a duré trois semaines. Elle était trop compliquée.

— Tu la trouvais déjà compliquée après trois semaines?

— T'es ben curieuse, toi! On parle pas de ces affaires-là avec sa fille.

— Ta fille va avoir vingt ans demain, fait que *slaque* un peu.

— Toi, as-tu un *chum*?

— Non.

Il prend une mine moqueuse:

— T'es ben placée pour donner des leçons, on dirait...

Il veut être drôle, mais elle répond d'une voix sèche:

— Pas être en amour à vingt ans, c'est un choix. Pas être en amour à quarante, c'est rarement voulu!

— Trente-neuf.

— Tu vas avoir quarante le 19 août, c'est dans deux mois.

Pierre, avec une certaine stupéfaction, réalise que sa fille connaît sa date d'anniversaire par cœur.

Le silence s'étire sur deux longues minutes, puis:

— Je suis sur un cas assez effrayant, en ce moment. Un quadruple meurtre.

Ennuyée, Karine se détourne pour contempler le décor extérieur. La voiture roule maintenant dans le quartier du Golf. Bungalows et cottages défilent comme des petits canards dans un stand de tir. Presque personne dans les rues, sauf quelques enfants à l'occasion.

— Une femme qui a tué son ex-mari et la nouvelle blonde de son ex, continue le policier, pris par son histoire. Le pire, c'est qu'elle a aussi tué leurs jumeaux! T'imagines? Je me rappelle pas d'une histoire aussi sanglante à Drummondville.

Karine ne dit toujours rien. Une petite fille, qui court sur le terrain d'une maison, s'arrête et lui envoie la main. Karine la suit des yeux, le visage tout à coup mélancolique. Pierre ne remarque rien, trop ravi de parler enfin avec autant de facilité.

— Une certaine Diane Nadeau. Elle est née ici. Ça te dit quelque chose ?

— Non.

— Je la connaissais pas non plus. À Drummond, on pense que parce qu'on vit dans une petite ville, on se connaît tous. C'est tellement pas vrai. Dans le fond, on se connaît pas.

— Pour ça, t'as ben raison, approuve Karine d'une voix équivoque.

Pierre se tourne vers elle, frappé par ce ton. Mais sa fille, par le rétroviseur latéral, regarde toujours vers la petite fille, maintenant loin derrière.

◆

Aussitôt dans la maison, elle va s'installer dans sa chambre, qui n'a pas changé depuis son départ trois ans plus tôt. Pierre n'a touché ni à la commode, ni aux bibelots de chats sur l'étagère, ni aux posters de *Eminem* et de *Shaggy* sur les murs. Karine défait sa petite valise et Pierre va regarder la télé en attendant ; quelques minutes plus tard, la jeune femme va à la cuisine se faire un sandwich au fromage.

— Je vais devoir aller travailler pendant une couple d'heures, la prévient Pierre. Pour mon enquête. On va interroger la meilleure amie de l'accusée.

Karine mange lentement, assise à la table de la cuisine. Debout, appuyé contre le comptoir, son père l'examine à la dérobée. Oui, l'ombre qui entoure sa fille grandit chaque fois qu'il la revoit et cela l'inquiète. Pourtant, il ne lui en parle pas. Il ne saurait même pas comment. Mais il y a autre chose chez elle, aujourd'hui, quelque chose d'indéfinissable, tapi sous ses airs désinvoltes. Il se demande s'il devrait la questionner là-dessus, puis se dit qu'il se fait sûrement des idées.

Karine jauge la décoration désuète, le désordre, la poussière.

— Un vrai célibataire, commente-t-elle, la bouche pleine.

Il hausse les épaules. Elle répète cette observation à chacune de ses visites. Et lui, immanquablement, réplique :

— Je me débrouille, je trouve.

— Ces vieux cadres-là, sur les murs, ça doit ben faire dix ans qu'ils sont là.

Elle prend une autre bouchée. Pierre examine les tableaux en question (des paysages d'automne sans personnalité), se demandant quel intérêt il pourrait bien y avoir à les changer. Il revient à sa fille.

Qu'as-tu de différent, Karine ? Qu'est-ce qui se passe dans ta tête ?

Pourquoi ne le lui demande-t-il pas ? Ce n'est pourtant pas compliqué. Poser la question serait effectivement simple… mais la discussion qui s'ensuivrait risque de l'être moins, comme toute discussion impliquant les émotions. Il regarde autour de lui dans la cuisine, comme s'il cherchait une issue.

— Je change peut-être pas les cadres, mais j'ai refait le plancher.

Karine examine le sol.

— Ça ressemble à l'autre en maudit.

— C'est le même matériau.

— Pis la même couleur.

— Oui, mais c'est neuf, moins usé. En plus, ils ont amélioré le produit. C'est comme une sorte de colle chaude qui fait adhérer le bois plus vite. Je l'ai installé moi-même.

Il se baisse pour toucher le plancher :

— J'suis pas pire, tu sais ! Il est bien droit. À part dans les coins, où c'était plus *tough*. Quand on regarde d'ici, on voit que ça relève un peu.

Karine mastique son sandwich et laisse son regard dériver vers le salon, où la télévision diffuse *Miss Swan*.

— Denis, mon voisin, m'a donné des conseils, continue Pierre qui, arc-bouté, examine toujours le sol. Il a tellement des bons outils ! Faudrait que je m'en achète des nouveaux.

Sur l'écran télé, une femme découvre en s'extasiant de bonheur son nouveau nez, ses nouvelles pommettes, ses nouvelles lèvres et, surtout, ses nouveaux seins, sous les regards admiratifs de sa famille et de l'animatrice. Karine jette un œil vers sa propre poitrine, retrousse ses lèvres de déception puis ramène son regard envieux à la télévision.

— Pendant mes vacances, en septembre prochain, je pense que je vais m'attaquer au sous-sol, poursuit le policier en découvrant une marque sur le plancher. Je sais jamais quoi faire durant mes vacances, ça serait une bonne façon de m'occuper.

Tout à coup, sur l'écran télé, l'image se réduit à une mince bande de quelques centimètres de hauteur. Karine pousse un juron et son père relève la tête. En voyant ce qui se passe, il se dirige vers l'appareil.

— Elle me fait ça dix fois par jour ! Faut vraiment que je m'en achète une autre.

Karine semble tout à coup perdue dans ses pensées. Son père donne un coup de poing sur le dessus du téléviseur, mais l'image ne change pas.

— J'ai envie de m'acheter une cinquante-cinq pouces. J'ai toujours rêvé d'une grosse télé.

Il frappe à nouveau. Karine marmonne :

— Oui, je me rappelle, pis maman était pas d'accord.

Le poing du policier reste suspendu en l'air. Sa fille ajoute :

— Dans un mois, ça va faire dix ans qu'elle est morte.

Pierre baisse lentement sa main, les traits contractés par l'embarras. Karine se mordille la lèvre, puis demande :

— Tu penses à elle, des fois ?

— Des fois, oui.

Silence, si ce n'est qu'une musique insipide fuse de l'appareil. Comme si cette question lui demandait tout son courage, Pierre demande :

— Pis toi ?

— Souvent.

Les sourcils du père se froncent.

— Est-ce que tu… As-tu recommencé à voir un psy ?

La question déstabilise Karine.

— Non…

— Tant mieux…

— Pourquoi ?

— C'est la preuve que… heu…

Il cherche ses mots.

— C'est la preuve que tu vas bien, non ?

Karine ne répond rien. Par contenance, Pierre assène un dernier coup sur le téléviseur. Cette fois, l'image redevient normale et on voit en gros plan le visage d'un homme séduisant, aux cheveux châtains parsemés de mèches blondes et au regard vert vif, qui lance à la caméra avec un sourire complice :

— Deuxième saison de *Vivre au Max,* dès demain, à vingt et une heures ! Vous n'avez encore rien vu !

— Hé, ça recommence demain, ça ! s'exclame Karine, maintenant tout enjouée.

— C'est vrai : t'aimes ça, toi aussi.

— C'est mon émission préférée !

Elle est sur le point d'ajouter quelque chose mais, avec une expression de trouble parfaitement inhabituelle chez elle, avale le dernier morceau de son sandwich. Pierre, qui n'a rien remarqué, propose avec entrain :

— On pourrait l'écouter ensemble demain soir, en revenant de ton souper de fête !

Ils se regardent, l'air rassuré, comme deux étudiants qui viennent d'apprendre qu'ils n'auront finalement pas à passer un examen particulièrement difficile. Quitte à ne jamais savoir s'ils ont bien compris la matière du cours.

◆

Pierre arrête sa voiture devant l'immeuble à appartements. Une femme dans la trentaine, aux longs cheveux bruns attachés en queue de cheval, habillée d'un tailleur classique mais d'un rouge vif, s'approche, ouvre la portière et demande en souriant :

— Vous acceptez de donner un *lift* à une jeune femme en détresse, monsieur l'agent ?

Tandis qu'elle s'assoit, Pierre a une grimace qui peut s'apparenter à un sourire. Il est toujours pris au dépourvu par l'humour de sa collègue. Il connaît pourtant assez bien le sergent-détective Chloé Dagenais : elle a été transférée au poste de Drummondville il y a maintenant onze mois, elle et Pierre ont donc eu de nombreuses occasions pour discuter. Mais c'est la première fois qu'ils travaillent sur une enquête ensemble et, en une semaine, les blagues de la jeune femme ont souvent désorienté le détective. Mais, bon, elle est gentille et, surtout, compétente. En tout cas, plus que cet empoté de Gauthier qui serait incapable de trouver un litre de lait dans un dépanneur.

— On va voir la grande amie de Nadeau, c'est ça ? demande Chloé une fois la voiture repartie.

— Julie Dubé, acquiesce Pierre. Elle habite dans le quartier Saint-Jean-Baptiste.

Au cours de la dernière semaine, les deux détectives ont questionné la famille de Diane Nadeau ainsi que quelques copines. Outre le fait qu'ils étaient tous en état de choc (particulièrement les parents), chacun a insisté sur le fait que Nadeau n'était plus la même depuis sa séparation, vingt-deux mois auparavant. Elle a vécu avec Paul Gendron pendant huit ans et l'a aimé comme une dingue, au point qu'elle ne le lâchait jamais d'une semelle. De plus, elle voulait des enfants, mais Paul a toujours refusé.

— Le pire, c'est qu'il a eu des jumeaux avec sa nouvelle conjointe ! a pleurniché la mère de la meurtrière. Diane ne le lui a jamais pardonné !

Dans la voiture, Chloé consulte son calepin :

— Selon les copines de Nadeau, Gendron voyait sans doute déjà cette Catherine Saint-Laurent au moment de la séparation.

Vingt minutes plus tard, dans un salon bien rangé rempli de photos de famille, Julie Dubé confirme ce fait aux deux policiers :

— Il a avoué à Diane qu'il la quittait pour une autre ! Et honnêtement...

Elle hésite un long moment en brassant silencieusement son café avec une petite cuiller. Pierre et Chloé, assis en face, attendent la suite. Dubé se lance enfin :

— Honnêtement, je peux comprendre qu'il soit parti. Il devait vraiment étouffer avec Diane ! C'est mon amie, mais je sais que lorsqu'elle est en amour, elle... elle perd un peu les pédales. Trop possessive,

vous voyez ce que je veux dire ? Ils parlent de ça
dans un livre, *Ces femmes qui aiment trop*. Il y en a
tellement de femmes comme ça ! J'écoute beaucoup
les lignes ouvertes à la radio et j'en entends plein
qui appellent parce qu'elles sont jalouses… En tout
cas, Paul est parti il y a presque deux ans et depuis
ce temps-là, Diane a presque arrêté de vivre. Quand
j'allais la voir, elle ne parlait presque pas, elle ne
prenait plus soin d'elle, c'était vraiment… malsain.

— Est-ce que vous avez essayé de la faire parler
sur ce qu'elle ressentait ? demande Chloé.

— Un peu, mais… Ce n'est pas évident, parler
de ces affaires-là. Je voulais surtout lui changer les
idées : j'essayais de l'emmener magasiner ou au
cinéma, mais… Ça ne donnait pas grand-chose. Mais
jamais j'aurais cru qu'elle aurait… qu'elle pourrait…

Elle a un sanglot et dépose son café sur la petite
table de verre, enfouissant sa tête entre ses mains.

— Pauvre Diane ! Qu'est-ce qui lui a pris, donc ?

Chloé hoche la tête avec compassion, tandis que
Pierre, impassible, referme son calepin en jetant un
coup d'œil entendu vers sa collègue : ils n'en ap-
prendront pas plus. Tandis que les deux détectives
se lèvent, Dubé, tout en tamponnant ses yeux avec
un kleenex, bredouille :

— Elle a dit qu'il fallait que ça flambe…

Pierre et Chloé, qui marchaient déjà vers la porte,
stoppent leur mouvement, intrigués.

— La dernière fois que je l'ai vue, c'est il y a
deux semaines. Elle était vraiment bizarre. Comme
si elle ne tenait plus en place… Et elle m'a dit qu'elle
n'en pouvait plus et qu'il fallait que ça… que ça
flambe au plus vite.

— Que ça flambe ?

— Je lui ai demandé ce qu'elle voulait dire, mais
elle n'a rien ajouté.

Dans la voiture, quelques instants plus tard, Chloé réfléchit à haute voix.

— Faut que ça flambe… Particulier, non ?

— Une façon imagée de dire qu'il fallait qu'elle tue son ex et sa famille.

— Drôle d'expression, quand même.

La voiture s'arrête devant l'immeuble de Chloé. Elle descend et, se penchant par la portière ouverte, lance à Pierre :

— On se voit demain pour l'interrogatoire du patron de Nadeau ?

— Parfait. À une heure et demie.

Elle sourit, comme cela lui arrive souvent. Pierre trouve d'ailleurs que les sourires de sa collègue ont quelque chose de particulier, mais il ne saurait dire quoi au juste.

Tandis qu'il roule vers chez lui, il repense à ce que leur a dit Julie Dubé.

« Il faut que ça flambe au plus vite… »

Pour flamber, ç'a flambé, songe Pierre avec amertume.

◆

Pierre ouvre les yeux, réveillé par des sons lancinants. Pendant quelques secondes, complètement perdu, il se demande qui peut bien geindre ainsi, puis il se souvient : Karine est à la maison.

Le radio-réveil indique trois heures du matin. Inquiet, il se lève et marche rapidement vers la chambre de sa fille. Cette dernière dort dans son lit, couchée sur le dos. Ses yeux sont fermés, mais les mouvements rapides des globes oculaires sous les paupières trahissent un sommeil tourmenté. De sa bouche entrouverte jaillissent de petits geignements

craintifs et enfantins. Le policier ressent une désagréable sensation, celle d'être projeté plusieurs années
en arrière. Durant les mois qui ont suivi la mort de
Jacynthe, Karine a connu un nombre incalculable
de nuits semblables à celle-ci. Souvent, c'était bien
pire : les gémissements se muaient en cris, appels,
puis hurlements, jusqu'au réveil hystérique. Pierre
la calmait du mieux qu'il pouvait, démuni.

À l'idée que sa fille puisse se réveiller en état de
panique, il va s'asseoir sur le lit, tout près d'elle, puis,
maladroitement, lui caresse la tête. Pourquoi cette
nuit ? Lors de ses précédents passages à la maison, elle
n'a jamais eu ce genre de sommeil torturé. Pourquoi
maintenant ?

Tu le sais pourquoi. Elle te l'a dit tout à l'heure.
Ça va faire dix ans…

Elle geint toujours. Peu à peu, les caresses de
Pierre s'assouplissent, deviennent plus naturelles.

— Tout va bien, chuchote-t-il.

La dernière fois qu'il l'a apaisée ainsi, elle était
encore une enfant. Maintenant, elle a vingt ans et
ressemble à sa mère de manière presque cruelle.

— Tout va bien, papa est là…

Réveille-la ! Réveille-la pour qu'elle t'entende
vraiment !

Ses doigts lissent lentement ses cheveux courts
et, peu à peu, les murmures de sa fille s'atténuent,
disparaissent, et la quiétude revient sur le visage de
Karine, à l'exception de l'ombre qui, même dans le
sommeil, s'obstine à la maintenir dans sa chape.

— Je t'aime, Karine…

Il l'embrasse sur le front et sort rapidement.

Dans son lit, il cherche le sommeil durant une
bonne heure.

CHAPITRE 1

À treize heures quarante-six exactement, l'auto-patrouille s'arrêta devant la réception du Tulipe. Le sergent Pierre Sauvé et son coéquipier, le sergent Sylvain Drouin, descendirent de voiture et plissèrent les yeux sous le soleil particulièrement fort pour un mois d'octobre, au point que Drouin enfila ses lunettes fumées. Dans les alentours du motel en forme de fer à cheval, tout semblait normal, mais le gérant, qui les attendait dehors devant la réception, affichait une nervosité certaine. Les deux policiers s'approchèrent de lui et l'homme les considéra de travers, comme s'il trouvait ces deux flics bien jeunes pour une situation aussi périlleuse. Car il croyait qu'il y avait un danger réel.

— C'est dans la chambre 8, expliqua-t-il en pointant le menton vers la série de portes de l'autre côté du stationnement. Le bruit et les cris ont commencé il y a environ une heure... Je suis allé frapper à leur porte, mais le gars m'a hurlé de... sacrer mon camp.

Pierre et Drouin posèrent quelques questions. Le couple était arrivé durant la nuit, vers trois heures trente : un gars dans la trentaine qui semblait névrosé et une femme du même âge, fatiguée et l'air apeuré.

Le gérant expliqua que ce genre de situation ne se produisait jamais, ici. Il tenait un endroit respectable, pas un motel de passe pour jeunes en fugue ou pour maris infidèles.

Les deux policiers, munis de la clé de la chambre, s'approchèrent de la porte numéro 8. Le stationnement était vide, à l'exception du gérant qui, au loin, observait la scène. Pierre ne ressentait aucun trac : des cas d'hommes qui menacent leur femme, c'était monnaie courante. C'était même plutôt banal. Mais en attendant qu'il devienne détective, il devrait se contenter de ce genre de broutilles. Car il le deviendrait, cela ne faisait pas l'ombre d'un doute. Il allait d'ailleurs passer son examen dans un an ou deux, même si tout le monde disait qu'il était trop jeune.

Ils s'arrêtèrent à la porte numéro 8. Plus loin, un couple sortait d'une chambre en se faisant la gueule, suivi d'un jeune enfant en larmes. Drouin frappa et aussitôt, une voix grogna derrière la porte :

— Laissez-nous tranquilles !

— Police, monsieur, veuillez nous ouvrir, lança Drouin d'une voix presque lasse.

Silence. Machinalement, Pierre jeta un coup d'œil vers la voiture en face de la chambre : une Saturn rouge, pas récente mais encore présentable.

— On va se calmer, vous pouvez partir, répondit la voix, toujours agressive mais plus traquée.

Drouin déverrouilla la porte. Trois secondes plus tard, ils se retrouvaient dans une chambre de motel tout à fait banale, avec un lit *queen*, un bureau et une fenêtre panoramique. La femme était assise sur le lit, la moitié inférieure de son visage derrière ses mains. Ses yeux rougis évitaient les policiers. Elle ne bougeait pas et avait son manteau sur le dos, comme sur le point de sortir. L'homme, debout, portait un pantalon mais avait le torse nu. Physiquement quelconque, il ne semblait pas particulièrement menaçant, mais la lueur de nervosité et de rage qui clignotait dans ses yeux n'inspirait pas confiance. La télévision était ouverte et diffusait le témoignage d'une femme qui affirmait avoir découvert le bonheur le jour où elle avait cessé de vouloir changer les choses.

Drouin expliqua les plaintes émises par le gérant : cris, coups, grabuge divers. L'homme se voulut sécurisant : tout allait bien maintenant. Pierre remarqua une valise ouverte dans un coin, d'où sortaient des bouts de vêtements, un pantalon propre, une robe élégante. Sur le miroir pendait une cravate, des souliers en cuir étaient alignés à côté du bureau. Puis il observa la femme, dépeignée, toujours immobile, les mains sur le visage, comme si elle voulait se faire oublier.

— Il vous a frappée ? demanda Pierre.

C'était la première fois qu'il parlait depuis l'arrivée au motel. Une voix sèche, plus mature que celle d'un gars de vingt-cinq ans mais pas très chaleureuse. Une voix qui constatait, sans plus.

Elle leva enfin la tête, découvrant le reste de son visage et, par la même occasion, sa lèvre supérieure enflée. Un pot-pourri d'émotions confuses envahit son visage, mais celle qui ressortait le plus était le désir de parler. Pourtant elle baissa la tête et marmonna :

— Non… Non, c'est correct…

— Vous voyez ! s'écria l'homme. Laissez-nous tranquilles, maintenant !

Amer, Drouin évalua les dégâts autour de lui : un miroir éclaté, une petite table brisée, un tableau cassé en deux sur le sol… L'homme lui assura qu'il allait payer pour tout ça.

— Vous avez intérêt, le prévint Drouin. Je vais dire au gérant que vous allez le dédommager immédiatement, c'est clair?

À la télé, on diffusait la publicité d'une machine à exercices pour maigrir en dix jours. Pierre examina un moment la femme au bord des larmes, puis ses yeux se reportèrent sur cette cravate, ces souliers en cuir, cette valise…

— Non, on les embarque.

Drouin haussa les sourcils. La femme releva la tête, déconcertée, tandis que l'homme devenait blême instantanément.

— Co… comment ça?

— Bris de matériel, expliqua laconiquement Pierre.

— Mais je vais payer, je vous dis!

— Peut-être, mais si le gérant porte plainte, on vous amène au poste pour dresser un rapport.

L'homme protesta. Il tentait de mettre de la menace et de la rage dans ses récriminations, mais la frousse perçait de plus en plus. Pierre demanda à son coéquipier désarçonné de les surveiller pendant que le gars s'habillait: il allait attendre dehors.

À l'extérieur, Pierre alla rapidement rejoindre le gérant, toujours dans le stationnement.

— Ils ont brisé certaines choses dans la chambre. Ils vont vous offrir de payer, mais je vous conseille de porter formellement plainte.

— S'ils paient, pourquoi je ferais ça?

— Rendez-moi ce service.

Sa voix demeurait aussi sèche et égale, mais son regard était insistant. Sans trop comprendre, le gérant lui dit que c'était d'accord.

Deux minutes après, Drouin sortait avec le couple et, gauchement, le gérant portait plainte pour bris de matériel. L'homme eut beau contester sur tous les tons, Drouin les fit monter tous deux dans la voiture de patrouille. Avant que lui-même ne s'installe derrière le volant, il demanda discrètement à Pierre ce qu'il avait derrière la tête.

— Je vais rester ici un peu, fouiller dans leur chambre.

— Mais qu'est-ce que tu veux qu'on fasse avec eux ?

— Interrogatoire habituel, remplis un rapport, n'importe quoi.

— Tu sais bien que s'ils sont prêts à payer les dommages, je pourrai pas les garder longtemps !

— Ce sera pas long. Envoie une voiture me chercher.

Tandis que l'auto-patrouille s'éloignait, Pierre, tout en ignorant les regards de deux ou trois curieux dans le stationnement, retourna dans la chambre numéro 8 et examina l'intérieur, les mains sur les hanches. Cette cravate, ces souliers en cuir, ces vêtements propres... Tous ces signes d'un petit couple rangé, sage, de classe moyenne, le titillaient depuis le début. Une valise vite faite, avec des vêtements de travail et non de tourisme, comme s'ils fuyaient ; la femme qui se fait engueuler et frapper parce que... parce que quoi ? Elle n'est pas d'accord ? Elle veut retourner chez elle ? Ou bien... Il fouilla dans la valise et finit par découvrir un sac en papier avec, à l'intérieur, des liasses de billets de banque. Au moins cinquante mille dollars.

Même s'il sentit un chatouillement lui parcourir la colonne vertébrale, Pierre se contenta de lisser sa petite moustache brune. Il remit le sac à sa place, fit le tour de la pièce des yeux et sortit. Comme il avait toujours la clé, il verrouilla la porte puis s'approcha de la Saturn rouge. La portière du passager n'était pas fermée à clef. Il fouilla dans la boîte à gants et trouva un permis de conduire : Grégoire Leblanc. Sur la photo, il reconnut l'homme qu'ils venaient d'arrêter. Il habitait à Québec. Il découvrit à l'arrière une feuille chiffonnée. Il la déplia et, par l'en-tête, comprit qu'elle provenait d'une banque de Québec.

« Monsieur Leblanc (…) coupures (…) compression (…) regret de vous annoncer que la banque ne retiendra plus vos services (…) consciente de vos quinze ans de fidélité (…) votre travail chez nous prendra fin dans deux semaines… »

Le directeur de la banque avait signé. La missive datait du 8 octobre 1991, soit l'avant-veille.

L'embrasement de Pierre gonflait de plus en plus, mais il réussit à refermer calmement la porte de la Saturn et, d'un geste en apparence nonchalant, rangea le papier dans la poche de son uniforme. Ce faisant, il frôla de la main sa poitrine et il constata que son cœur battait la chamade.

Il venait de résoudre une première enquête, en quelques minutes. Lui, un simple sergent !

Au même moment, une auto-patrouille vint s'arrêter devant lui. Il ouvrait la portière pour monter lorsqu'il vit, par hasard, un taxi s'arrêter devant la réception du motel et une femme en descendre.

Il reconnut Jacynthe. Et elle n'était pas seule : Karine la suivait.

Déjà à moitié entré dans la voiture, il en sortit complètement, suivant sa conjointe des yeux. Son visage se contracta lorsqu'il constata qu'elle tenait une valise.

— Je reviens dans une minute, lança-t-il au conducteur de la voiture.

Il marcha rapidement vers le taxi et dit au chauffeur de celui-ci d'attendre un peu. Jacynthe, sur le point de franchir la porte de la réception, lui tournait le dos et Pierre osa enfin l'interpeller tout en s'approchant. Elle se retourna et, en reconnaissant son mari, elle pinça les lèvres, le visage soudain crispé en une douloureuse résolution. Karine, cependant, courut vers le policier en gazouillant :

— Papa, papa !

Elle souriait en criant ce mot, comme d'habitude, mais Pierre perçut la crainte qui irradiait de cette joie. Il la souleva en l'embrassant et, sa fille dans les bras, s'arrêta devant sa conjointe. Le couple s'observa un moment en silence, embarrassé.

— Qu'est-ce que tu fais ici ? demanda-t-il stupidement.

— Tu vas tout de même pas faire semblant d'être surpris.

Il s'humecta les lèvres, puis déposa la fillette de cinq ans sur le sol. Elle regarda tour à tour ses parents avec de grands yeux interrogateurs.

— Écoute, commença-t-il doucement. Je t'avais dit qu'il fallait qu'on parle sérieusement avant que tu prennes une décision, pis t'étais d'accord.

— Oui, j'étais d'accord, mais comme cette discussion ne venait jamais…

— Jacynthe, *come on*, tu le sais que j'ai eu des heures supplémentaires !

— Que t'étais pas obligé de faire !

— Je suis en congé lundi, tu pouvais quand même attendre trois jours !

— Parce que tu penses que j'attends juste depuis trois jours ! répliqua-t-elle avec un rictus amer.

Le visage de Pierre se durcit et ses lèvres s'avancèrent en une lippe farouche.

— Laisse faire les grandes phrases, on est pas dans un téléroman !

— C'est ça, répliqua Jacynthe en prenant Karine par la main. Ridiculise ce que je ressens, comme d'habitude…

— Attends, attends, on va pas… Voyons, faut qu'on se parle !

Elle arrêta son mouvement vers la réception tout en émettant un soupir conciliant :

— Tu finis de travailler à trois heures. Si tu veux parler après, tu sais où je suis.

— Justement, je sais pas si je vais finir à trois heures. Je pense que je viens de découvrir quelque chose d'assez gros, ici même au motel, pis…

Devant l'expression douloureusement ironique de sa femme, il se tut et se passa une main dans les cheveux en regardant sa fille. Cette dernière le fixait intensément. Jamais il ne l'avait vue aussi sage.

— À cinq heures, maximum, lâcha-t-il enfin. Promis.

Elle oscillait entre son désir d'y croire et les déceptions passées. La porte de la réception s'ouvrit et laissa passer une petite famille, la même qui était sortie d'une chambre tout à l'heure. Elle passa près du couple et Pierre crut entendre l'homme articuler avec rage : « … toujours la même maudite histoire, vas-tu finir par… » L'enfant pleurait toujours en suivant ses parents.

Jacynthe accepta enfin mais en silence, comme si elle regrettait déjà.

— Alors, retourne à la maison ! l'implora-t-il. On va pas discuter dans une chambre de motel, voyons !

Elle consentit à cela aussi. Pierre voulut l'embrasser, mais elle lui présenta seulement sa joue, qu'il trouva froide, puis elle retourna au taxi, valise à la main, tandis que Karine la suivait, toute contente.

— À plus tard, papa ! lança-t-elle en sautillant de joie.

Pierre lui envoya la main. Ce n'est que lorsqu'il vit le taxi sortir du stationnement qu'il se permit une profonde expiration. Bon Dieu! s'il n'était pas resté pour fouiller dans la chambre de ce Leblanc, il n'aurait jamais vu Jacynthe… Ce hasard incroyable était un signe.

Une dernière chance.

Il ne fallait pas qu'il la gaspille. Ce soir, tout serait réglé. D'un pas décidé, il marcha vers l'auto-patrouille qui l'attendait et s'installa sur le siège du passager.

— C'était pas ta femme, ça? demanda le conducteur.

— Envoie, au poste, pis allume la sirène.

◆

Au poste, lorsque Pierre la mit face à ses découvertes, la femme craqua rapidement et, en pleurs, raconta tout: son mari qui était revenu du boulot la veille en annonçant qu'on l'avait foutu à la porte, l'argent qu'il avait volé en partant, la fuite de la ville, les menaces de Leblanc vis-à-vis de son épouse, la tentative de celle-ci, à son réveil vers midi, d'aller tout raconter aux flics de Drummondville… Leblanc lui-même, jouant d'abord les scandalisés, finit par abdiquer et avoua à son tour.

Le sergent-détective Lachapelle s'occupa de la déposition, mais Pierre insista pour être présent: après tout, cette arrestation était son œuvre, non? Lachapelle, plus ou moins irrité, ne put qu'accepter. Tout le monde savait que Pierre aspirait à être détective et sa hâte à le devenir provoquait chez lui des comportements agaçants, comme de se mêler aux enquêtes, de faire du zèle… Il savait que cela excédait ses collègues, mais il s'en foutait : quand il passerait ses examens de détective, il avait bien l'intention d'avoir un dossier spectaculaire. Et ce coup de filet ne pouvait pas mieux tomber.

Après les dépositions, il s'empressa d'appeler la banque à Québec et, après avoir tout raconté au gérant, il prit rendez-vous avec lui le lendemain. Lachapelle cette fois s'énerva et conseilla à son ambitieux collègue de se mêler de ses affaires, mais le capitaine Leclerc lui-même prit la défense de Pierre :

— Allez, allez, Sauvé est le héros de la journée ! Je paie la tournée à tout le monde !

Et il sortit du tiroir de son bureau sa célèbre bouteille de rhum cubain, qu'il ne partageait avec ses collègues qu'en deux occasions : lorsqu'ils étaient sur un cas si complexe qu'ils se voyaient dans l'obligation de le refiler à la Sûreté et lorsqu'ils avaient réussi un bon coup qui allait rejaillir sur tout le corps policier de Drummondville. Les neuf policiers présents levèrent donc leur verre en l'honneur de Pierre Sauvé, même Lachapelle qui, maintenant modéré, félicitait le jeune sergent pour son flair. Pierre, fidèle à son habitude, affiche un contentement sobre et poli, même si, en son for intérieur, il jubilait comme un gamin.

Le hasard voulut que rien d'important ne survienne dans la petite ville paisible de Drummondville durant les deux heures qui suivirent, ce qui permit à tous de prendre du bon temps. Hélas, comme c'était à prévoir, Leclerc but trop, commença à vilipender sa femme, ses enfants et, par extension, toute la population planétaire, et l'ambiance devint plus amère, au point que dans l'esprit de Pierre le souvenir de Jacynthe se fraya un chemin parmi les fumées de la

gloire. Il regarda sa montre : dix-huit heures quarante !

Il trouva le moyen de s'éclipser et arriva à l'appartement quinze minutes plus tard. Il était vide.
Dans leur commode, il manquait beaucoup de vêtements. Le toutou préféré de Karine, un koala hilare,
ne se trouvait pas sur le lit de la petite. Ni ailleurs.
En vitesse, il retourna au motel. Le même gérant
l'accueillit en le félicitant chaleureusement. Pierre
le remercia avec impatience, puis donna le nom de
sa femme. Non, pas de Jacynthe Demers. Peut-être
s'était-elle inscrite sous un faux nom ? Une jeune
femme de vingt-quatre ans, très belle, aux cheveux
longs châtains-roux, avec une petite fille de cinq
ans qui lui ressemblait comme deux gouttes d'eau ?
Désolé, le gérant secoua la tête.

Dix minutes après, Pierre retournait à l'appartement, morose. Quand il s'installa sur le divan, bière à
la main, son visage démontrait une ténébreuse résignation. Il prit une gorgée et lança dans la pièce :

— J'ai réussi ma première enquête, connasse !
En une heure ! Avant même d'être détective ! Si tu
m'avais attendu, t'aurais tout compris !

Il se trouva pathétique de crier ainsi tout seul.
Ho ! Et puis à quoi bon broyer du noir ? Demain,
elle l'appellerait et ils régleraient tout ça.

Il alluma la télé et regarda un téléroman. Ce soir,
ça promettait : après huit épisodes, Valérie allait
enfin choisir entre Benoît et Michel.

◆

Il eut beau implorer, s'excuser, crier, supplier,
elle demeura inflexible : le divorce, et le plus rapidement possible. Mais que voulait-elle, qu'il travaille

moins ? Bon, s'il le fallait, il était prêt à être détective
un peu plus tard, ce n'était pas grave. Enfin, pas *si*
grave… Mais elle lui dit que le travail n'était qu'un
aspect du problème, il y avait plus que ça. Il ne
comprenait pas.

— Allons, Pierre, on en a déjà parlé…

Il insista. Aussitôt qu'elle dit les mots « investissement émotionnel », il s'impatienta. Encore ces
niaiseries ! Criss ! il avait accepté d'avoir un enfant
à dix-neuf ans, alors qu'il étudiait encore à Nicolet !
C'était pas un investissement émotionnel, ça ? La
plupart des gars de son âge prenaient un coup dans
les bars et s'envoyaient en l'air avec plein de filles,
alors que lui avait une vraie carrière, s'occupait de
sa famille, faisait tout pour qu'ils soient bien ! Si
tout allait comme prévu, ils pourraient s'acheter
une maison dans trois ans ! Alors qu'elle cesse de le
faire chier avec son « investissement émotionnel » !
Elle soupira, pas surprise du tout.

— Je t'aime, Jacynthe ! Qu'est-ce que… comment
est-ce que je peux te le prouver ?

Elle le regarda d'un air très grave.

— Inscrivons-nous à une thérapie de couple.

Il fit littéralement un pas de recul. Les portes d'un
château devant un gueux ne se seraient pas fermées
avec plus d'irrévocabilité que son visage. Jacynthe
se contenta d'esquisser un sourire résigné.

Quand Pierre finit par comprendre que c'était
vraiment fini, ils parlèrent de Karine qui, pendant
toute cette discussion, se trouvait chez sa grand-mère,
avec son koala. Jacynthe demanda à son futur ex-mari
s'il voulait la petite une semaine sur deux.

— Mais tu sais bien que je peux pas, voyons !
répliqua-t-il.

— Évidemment, marmonna-t-elle, et son ton suin-
tait un tel cynisme que pendant une brève seconde,

Pierre eut envie de la frapper, pensée qui fut aussitôt suivie d'une bouffée de remords.

Ils décidèrent donc qu'il verrait sa fille une fin de semaine sur deux.

Quand Jacynthe vint chercher toutes ses choses et celles de sa fille, il s'arrangea pour ne pas être là. En fait, il ne vit Karine que deux semaines plus tard, lorsqu'il alla la chercher pour sa première fin de semaine. La fillette lui sauta dans les bras et Pierre la serra avec force, remué. Sur le porche de son nouvel appartement, Jacynthe les observa un moment, ébranlée malgré elle, mais rentra en refermant la porte. Il emmena sa fille au McDonald's et lui acheta le petit jouet promotionnel, qui se cassa avant la fin du repas. Ils passèrent un bon moment en mangeant, mais en avalant sa dernière frite, Karine demanda d'un ton candide :

— Pourquoi maman et toi vous vivez plus ensemble ?

Il l'attendait, celle-là. Embêté, il jeta un coup d'œil à l'adolescent qui nettoyait le plancher pourtant propre, revint à sa fille et répondit :

— Parce que notre couple ne marchait plus, mon bébé.

— Pourquoi ?

Le visage de la petite était plus sérieux, tout à coup. Pierre joua avec le contenant vide de son Big Mac, puis, sans lever la tête, articula :

— C'est trop compliqué, trésor…

Karine le regarda avec ses grands yeux bruns, les yeux de sa mère, puis recommença à manger.

Une demi-heure plus tard, ils se trouvaient tous deux dans le salon, chez Pierre, lui assis dans son fauteuil, elle debout devant lui.

— Qu'est-ce qu'on fait ? demanda-t-elle en se dandinant sur une chanson imaginaire.

Pierre, les deux bras sur les accoudoirs du fauteuil, l'observa longuement, sentant une soudaine bouffée d'angoisse lui remonter dans la gorge.

Qu'est-ce qu'on fait, maintenant ?

— Tu veux écouter la télévision ? proposa-t-il.

CHAPITRE 23

— Bon, ben, je pense qu'on a fait le tour ! conclut Pierre en déposant le dernier rapport sur son bureau.

Assise en face de lui, Chloé s'étire en approuvant. Quelques heures plus tôt, ils ont interrogé le patron de Diane Nadeau, Jean-Philippe Martel, directeur des ressources humaines du cégep de Drummondville. Nadeau était sa secrétaire depuis six ans. Martel, bien installé derrière son bureau, a décrété d'un air fataliste :

— Moi, ça ne me surprend pas vraiment. J'ai vu des reportages à Canal D où ils expliquent que les gens qui tuent sur un coup de tête sont souvent des personnes ordinaires, très renfermées, qui vivent dans une bulle. Diane a toujours été une introvertie, très *low profile*, vous voyez ? Et depuis sa séparation, ç'a empiré. Elle ne travaillait plus très bien non plus, je l'avais avertie plusieurs fois. Vous savez ce qu'on dit, hein ? « Méfiez-vous de l'eau qui dort »… Comme ça, vous êtes détectives ? Ça doit être excitant, ça, hein ? En tout cas, pas mal plus que de passer ses journées dans un bureau comme le mien ! (petit rire)

Pierre se lève de sa chaise et, en accomplissant quelques pas dans son bureau mal éclairé, il résume la situation :

— Meurtre passionnel classique, juste plus sanglant que d'habitude. La femme dont l'univers tourne
autour de son *chum*, qui devient dépressive lorsqu'il
la quitte. Le pire, c'est que Gendron a créé avec une
autre femme la famille qu'il a jamais voulu donner
à Nadeau. Pour elle, c'était injuste, insupportable.
Cette famille-là avait pas le droit d'exister. Elle ru-
mine sa colère pendant des mois pis, un soir, elle
pète les plombs. Comme elle l'a dit à son amie
Dubé, il faut que ça «flambe»…

Il se tait un moment, songeur, puis poursuit :

— Évidemment, comme dans la plupart de ces
cas-là, elle a voulu se suicider après. Le plus ironique, c'est qu'elle a utilisé le 12 que lui a acheté
Gendron, il y a quelques années, quand il a voulu
l'initier à la chasse.

— N'empêche : classique ou pas, j'imagine que
des histoires de même, ça arrive pas souvent ici. En
onze mois, j'ai compris que Drummondville était
un coin tranquille.

— T'as raison. Je pense qu'on a rien eu de si
spectaculaire depuis l'affaire Hamel.

— La suite, c'est quoi ?

— Elle a plaidé coupable dès son arrestation, il y
aura donc pas de procès. En ce moment, elle est à
Montréal, à Tanguay, mais elle va revenir lundi pour
sa représentation sur sentence. Comme son avocat
veut convaincre le juge qu'elle a des problèmes
mentaux, on aura sûrement pas la sentence à ce
moment-là, ça va prendre une autre semaine.

— Et toi, tu penses qu'elle a des problèmes mentaux ?

Pierre prend la pile de rapports et la range dans
son tiroir. Il pense à ces singulières expressions uti-
lisées par la meurtrière : *« Laissez-moi me retirer »*,
« Il faut que ça flambe »…

— En tout cas, pour faire ce qu'elle a fait, faut être fêlée quelque part, finit-il par dire.

— Je pense qu'il faut surtout être très malheureux.

Pierre lui lance un regard oblique :

— C'est ça. Au fond, elle fait ben pitié...

Chloé remarque la condescendance dans le ton de son collègue, mais elle sourit, sans rancune, puis demande :

— Donc, le dossier Nadeau est clos ?

— Absolument.

— Parfait ! lance-t-elle en se levant. On va prendre un verre pour bien finir ça ?

Pierre prend un air désolé.

— Non, pas ce soir...

Elle hoche la tête avec un sourire entendu. Depuis son arrivée à Drummondville, cela doit faire la sixième fois qu'elle invite son collègue à sortir... sans succès. Au poste, tout le monde se doute bien que Chloé a le béguin pour Pierre. On l'a pourtant prévenue que ce ne serait pas facile. En effet, le cas « Sauvé » est depuis un bon moment l'un des sujets de discussion préférés des hommes du poste, évidemment lorsque le principal intéressé est absent : a-t-il eu une blonde sérieuse depuis sa séparation avec Jacynthe il y a quinze ans ? De mémoire, non. Ou, alors, il a été très discret et cela n'a pas duré. D'ailleurs, a-t-il une vie sexuelle tout court ? On le croise rarement dans les bars, sauf lorsqu'il daigne aller jouer quelques parties de billard avec les collègues. Une fois, Boisvert l'a vu avec une fille au cinéma. Cela a créé toute une commotion au poste ainsi que les rumeurs les plus optimistes, mais la mystérieuse inconnue a disparu aussi vite qu'elle est apparue. Et voilà que cette nouvelle détective de trente-cinq ans, Chloé Dagenais, sympathique et pas laide du tout, tente l'impossible depuis quelques mois ! Et même si Pierre refuse poliment mais systématiquement ses invitations, elle continue, de temps à autre, à lui tendre une perche.

— C'est que j'ai rendez-vous avec ma fille à six heures et demie pis je suis déjà en retard de vingt minutes, précise Pierre en se levant. C'est sa fête aujourd'hui : elle a vingt ans ! T'imagines ?

— Toujours aussi belle ?

Chloé l'a vue une fois, lors des dernières vacances de Noël. Elle avait été surprise qu'un homme de trente-neuf ans ait une fille de cet âge. Puis, peu à peu, à travers des discussions avec des collègues, elle avait connu l'*histoire* de Pierre.

— Elle embellit, même ! répond le détective avec fierté.

— Comme sa mère, paraît-il, hein ?

Pierre regarde vers la fenêtre et répond d'une voix évasive :

— Oui…

Silence. Sujet délicat, Chloé le sait. Elle n'insiste donc pas.

◆

Comme chaque année, Pierre emmène Karine au Charlemagne et, comme chaque année, ils parlent peu, car plusieurs policiers mangent aussi à cet endroit. La moitié du repas est donc constamment interrompue par des « Salut, tu te rappelles ma fille ? » ainsi que des « Coudon ! Elle est encore plus belle que l'an passé », même que Pierre n'a pas du tout apprécié l'éclair de convoitise qui s'est allumé dans le regard d'un ou deux collègues. La jeune femme ne démontre ni agacement ni plaisir devant ces brèves rencontres. Elle salue, sourit, répond aux questions (Oui, toujours à Montréal… Oui, toujours gérante d'une boutique de mode… Non, pas de *chum*…), avec l'air de celle qui se prête de bonne guerre au rituel.

À vingt heures quarante-cinq, Pierre propose de partir s'ils ne veulent pas manquer la première de *Vivre au Max*. Karine approuve avec enthousiasme. D'ailleurs, plusieurs clients quittent le restaurant en même temps qu'eux. Le caissier lui-même, dépité, fait remarquer à Pierre :

— Ça y est ! *Vivre au Max* commence, les jeudis soirs vont être déserts pour l'été !

En arrivant à la maison de son père, Karine va ouvrir la télé, tandis que Pierre lui offre une bière. Deux minutes plus tard, tous deux sont rivés au petit écran, bouteille à la main. Pierre demande à sa fille si elle a écouté toutes les émissions l'an passé. Elle répond que oui.

— Même celle où le gars est mort ?

— Voyons, p'pa, on en a parlé à Noël ! On se voit juste deux fois par année, pis tu trouves le moyen d'oublier de quoi on parle ?

Est-ce un reproche ou de la simple dérision ?

— Tu m'avais dit que t'avais trouvé ça ben épouvantable, lui rappelle-t-elle.

— Ce l'était aussi ! Un gars qui meurt en direct ! Je sais bien que ça faisait partie du risque, que le jeune savait tout ça, mais quand même… Ça m'a horrifié !

— On a pas vu grand-chose…

— C'était effrayant pareil ! Après ça, j'avais quasiment peur de regarder les autres émissions !

— Mais tu les as regardées quand même, fait-elle avec un drôle de sourire.

— Ben… oui.

Il se tait, comme s'il trouvait sa réponse étrange sans trop savoir pourquoi. Il fixe sa fille et, même si elle ne le regarde pas, il jurerait qu'elle attend, qu'elle espère qu'il va la relancer, qu'il va...

... dire quelque chose...

... parler...

Une musique rock assourdissante et agressive éclate dans la pièce et Pierre tourne à son tour la tête vers la télévision.

Générique en dessin animé au cours duquel un jeune homme aux mouvements surréalistes et une jeune fille aux seins démesurés traversent une série de mésaventures qui consistent, avec une rapidité et une fluidité époustouflantes, à plonger dans un lac empli de crocodiles hilares, à se promener au centre-ville en voiture en défonçant toutes les vitrines de magasins, à forniquer sur un iceberg sous l'œil lubrique d'un ours polaire, à uriner du haut de la tour Eiffel, à manger un immense sandwich dans lequel se trouve un éléphant cuit et, pour finir, à s'allumer deux bâtons de dynamite dans la bouche. Explosion finale, au centre de laquelle surgit en lettres spectaculaires le titre de l'émission : *Vivre au Max*.

— Cool, le nouveau générique, approuve Karine tout en jouant avec le bord de son pantalon, geste qu'elle faisait déjà toute petite devant la télé.

Le studio est immense, coloré, avec des lumières qui tournoient partout. La scène est dénudée, mais d'immenses photos représentant des exploits plus ahurissants les uns que les autres tapissent les murs latéraux. Parmi les applaudissements, une voix très énergique, très maniérée, beugle soudain :

— Et voici celui que vous attendez tous, celui que certains ont voulu réduire au silence, celui qui dérange parce qu'il vous permet de réaliser vos vrais rêves, celui qui est toujours là, MaaaAAAX LAVOIE !

Les applaudissements deviennent jubilatoires tandis qu'un homme s'avance vers le centre de la scène, cheveux châtains avec mèches blondes soigneusement dépeignés, barbe de deux jours parfaitement coupée, vêtements chics mais relax, sourire sympa et arrogant à la fois. Il brandit son poing et ses bras, désigne du doigt les gens dans la salle, court vers la droite, brandit à nouveau le poing, court vers la gauche, effectue des moulinets avec ses doigts dressés en V, le tout accompagné par une musique techno-rock qui fait vibrer le vieil appareil de Pierre.

— Criss qu'y est *hot!* marmonne Karine, les yeux soudain vaporeux.

À l'écran, une caméra aérienne balaie l'assistance, qui doit bien se chiffrer à quatre cents personnes et compte autant de représentants mâles que femelles. Même si la majorité se situe entre dix-huit et trente ans (il faut être majeur pour assister à cette émission), il y a tout de même des gens dans la quarantaine et même des quinquagénaires. Tous sont debout, applaudissent et poussent des cris saugrenus, certains affectent même des poses grotesques en fixant la caméra avec fierté. Manifestement, on a placé dans les premières rangées les plus belles filles et celles-ci exhibent fièrement leur nombril percé. Pierre a déjà songé à assister à l'émission en studio, mais la vue de cette foule emportée l'a toujours empêché de composer le numéro de téléphone qui apparaît à l'écran. Il se sentirait complètement idiot au milieu de ce zoo déchaîné. Aussi bien regarder l'émission dans le confort de son salon, comme le font tous les autres spectateurs qui, d'ailleurs, sont fort nombreux… Quelle cote d'écoute, l'année dernière ? Plus que deux millions et demi, non? Quand même! Ainsi, Pierre a l'impression de participer à une grande action collective. Faire partie de cette immense masse, regarder cette émission en même temps que des millions d'autres personnes, cela a quelque chose de... comment dire... quelque chose de *rassurant*.

Oui, voilà: rassurant.

— Salut tout le monde! crie l'animateur en se frappant dans les mains. Ça va bien?

Un «ouais» radical répond aussitôt à l'appel.

— Ça fait neuf mois qu'on s'est pas vus, pis je vous jure que ç'a été neuf mois pas mal *heavy*! poursuit Lavoie de sa voix de bonimenteur de foire. Neuf mois durant lesquels les bien-pensants, les intellos et même certaines instances gouvernementales ont essayé d'empêcher le retour de votre émission préférée!

Un «bouhou» gras et bien senti parcourt toute la salle, au grand plaisir de Lavoie.

— Des puritains coincés du cul qui capotent! commente Karine.

— J'aurais pas dit ça comme toi, mais je suis assez d'accord, approuve Pierre. Ils ont le droit de pas aimer l'émission, mais qu'ils nous laissent tranquilles pis qu'ils écoutent d'autre chose, c'est tout.

— En plein ça!

Ils se lancent un regard satisfait et ébahi à la fois, étonnés d'être tout à coup sur la même longueur d'ondes. Une sorte d'émotion furtive traverse le regard de Karine et Pierre détourne les yeux, embarrassé par l'attendrissement qu'il a perçu chez sa fille.

— Il paraît qu'il y a même des politiciens qui ont dit que notre émission «sentait mauvais»! poursuit Lavoie. Ça m'étonne, ça! Au Parlement, ils devraient pourtant être habitués aux mauvaises odeurs: ils arrêtent pas de brasser de la marde!

Rires et applaudissements éclatent dans la salle, en même temps que Lavoie, avec ses doigts, simule un coup de fusil, geste accompagné par l'enregistrement sonore d'une détonation parfaitement synchronisée. Karine applaudit aussi, ravie, et Pierre, plus sobre, émet un grognement approbateur.

— On a donc essayé de nous faire disparaître, reprend Max Lavoie, mais grâce aux milliers de gens qui ont manifesté pour nous, grâce à notre diffuseur et grâce au CRTC qui a mis ses culottes, *WE'RE BACK!*

Le délire atteint dans la salle un stade effarant. La joie manifestée par les spectateurs est si féroce qu'elle s'apparente à une sorte de rage. Lavoie savoure le tout un moment, rétablit l'ordre et poursuit sa présentation, sans cesser de se claquer les mains :

— OK, on est prêts (clac !) pour une nouvelle saison ! (clac !) Pis vous allez voir que nos onze émissions de cette année (clac !), ça va être quelque chose ! (clac !) Pis ça, avec tous les risques que ça comporte (clac !), parce que nos participants sont majeurs, vaccinés et consentants, *right* ?

— *Right* ! beuglent quatre cents bouches, et même Karine, dans le fauteuil, lâche le mot en hochant la tête.

— On y va donc avec le premier de nos trois participants, il s'agit en fait d'un couple, un couple disons… assez *open* ! Josée Bouchard et Guillaume Plante !

Sous les applaudissements et les jeux de lumières stroboscopiques, une jeune femme d'à peine vingt ans accompagnée d'un homme du même âge font leur apparition sur scène avec fierté, accomplissant des moulinets avec leurs poings et criant des « youhou ! » inaudibles. Max les salue, leur sourit, leur donne la main, tout cela rapidement. La fille est toute chavirée de se tenir près de la grande star et le garçon, malgré ses airs cool et sa poignée de main sportive, camoufle mal une réelle admiration.

— Pas laid, lui, fait remarquer Karine.

Pierre a envie de lui dire qu'avec sa casquette à l'envers, son pantalon trop grand et ses longs bras tatoués, il ressemble à tous les jeunes, mais il préfère se taire, car lui-même trouve la jeune fille assez sexy, avec son jeans à la taille ultra-basse et son t-shirt qui porte l'inscription «girl 69». Il n'aime pas que Karine porte ce genre de vêtements, mais sait tout de même les apprécier lorsqu'ils sont portés par d'autres filles.

— Alors, Josée et Guillaume, vous sortez ensemble depuis maintenant un an et deux mois. Expliquez-nous c'était quoi votre rêve ultime.

Les deux jeunes gens se regardent, comme s'ils se demandaient qui devait commencer, puis Josée, avec un ricanement tendu et niais, commence:

— Ben… Moi pis mon *chum*, on est… mettons que… On aime ça regarder des films pornos ensemble, pis…

Des « houuuuu » amusés jaillissent des gradins. Josée a une moue coquine tandis que son compagnon, dont la gamme d'expressions du faciès semble assez limitée, a un semblant de sourire qui pourrait passer pour de la fierté.

— Donc, les films pornos, c'est pas juste pour les gars? demande l'animateur.

— Ben… J'pense pas, non! fait Josée.

— C'est vrai qu'une fille moderne, aujourd'hui, ça arrête de jouer les saintes-nitouches pis ça assume son côté *nasty* autant que les gars, hein, Guillaume?

— Ouais, grogne le gars en accomplissant un geste de la main ressemblant approximativement à une mimique de chanteur hip-hop.

Acclamation tapageuse de la foule. Lavoie hoche la tête en souriant.

— Tiens, il a encore ce sourire, fait Karine en jouant avec le bord de son pantalon.

Pierre se demande de quoi elle parle, mais il ne lui pose pas la question, car il ne veut rien manquer de ce que raconte Josée, qui prend toujours son air enjôleur en poursuivant :

— On regardait des films pornos pis… Ben, on aime ben gros les scènes, genre, les *threesomes*… (réaction de la foule) Pis Guillaume dit souvent qu'il aimerait ben ça se taper une… ben, une *pornstar*, tsé…

— Il doit pas être le seul, hein les gars ?

Approbation massive de la gente masculine dans la salle. Josée poursuit :

— Pis l'autre jour, il m'a demandé si j'aimerais ça, moi itou, coucher avec une *pornstar*…

— Une *pornstar* masculine ? demande Lavoie.

— Non, une fille… Pis, ben… (ricanement) J'ai dit que j'haïrais pas ça…

Après que la foule s'est manifestée par des rires, des sifflets et autres sons divers, Lavoie demande :

— Vous avez fait ça souvent, des trips à trois ?

— Ouais, articule Guillaume avec un son s'apparentant au rire.

— Ben, pas souvent, là, mais, genre, une couple de fois, rectifie Josée, s'attirant par cette remarque un bref regard désapprobateur de son petit ami.

Josée explique donc qu'ils rêvaient de faire du triolisme avec une actrice porno, mais qu'ils ne voyaient pas comment réaliser un tel fantasme, car ils voulaient une vraie *pornstar* californienne et connue. Et c'est à ce moment que Guillaume a pensé à auditionner pour *Vivre au Max*.

— Quand Josée et Guillaume sont venus auditionner il y a sept mois pis qu'ils nous ont parlé de leur rêve, on s'est dit que des trips à trois, on en avait déjà fait l'an passé, explique Lavoie à la caméra. Mais l'élément nouveau avec eux autres, c'était d'introduire une *pornstar* là-d'dans… Pis introduire, je pense que c'est le bon terme, hein ?

Hilarité générale, jusque dans le salon de Pierre.

— Donc, ce détail-là nous a intéressés… pis on a décidé de transformer leur rêve… en trip… réel !

Là-dessus, les lumières en studio se tamisent et, sur un écran géant descendu du plafond, des images apparaissent. Première scène : on voit un avion atterrir à l'aéroport de Los Angeles. Seconde scène : Guillaume et Josée descendent de l'avion, exaltés, en confiant leurs impressions à la caméra qui ne les lâche pas d'une semelle.

JOSÉE — *Juste d'être ici, à L.A., c'est déjà trippant !*

GUILLAUME — *Ouais, c'est cool !*

Puis montage rapide avec musique rythmée des deux tourtereaux en voiture, au centre-ville, qui prennent des photos, puis dans des magasins chics, puis au resto… et enfin, le soir, la voiture s'arrête devant un hôtel. Scène suivante : Josée et Guillaume marchent dans un couloir, accompagnés par Mike, le coanimateur de l'émission, sorte d'émule de Max Lavoie en moins charismatique.

MIKE — *Maintenant, c'est le temps de passer aux choses sérieuses. On s'en va dans une chambre d'hôtel où vous attend… qui, pensez-vous ?*

JOSÉE (enjouée et incrédule) — *Voyons donc, ça se peut pas ! Vous en avez pas trouvé une ?*

MIKE — *Laquelle, vous pensez ?*

GUILLAUME — Fuck, man, *j'sais pas, là !*

Ils s'arrêtent devant une porte, frappent et, quatre secondes après, une jeune femme, sur laquelle on a gonflé tout ce qui était chirurgicalement gonflable, ouvre la porte, en sous-vêtements rouges, affichant un sourire candide. La conversation qui suit est alors en anglais, sous-titrée en français :

MIKE — So, guys, this is, just for you, the one and only…

GUILLAUME — Fuck ! Amber Scream !

— Crime, y ont réussi à avoir une des plus connues, j'en reviens pas ! commente Pierre.

— T'as l'air à connaître ça ? glisse malicieusement Karine.

Rouge pivoine, Pierre ne sait que dire pendant une seconde puis finit par grommeler sans conviction, comme s'il reconnaissait lui-même l'ineptie de son explication :

— Les gars m'en ont parlé, à la job…

MIKE — Amber, say hello to our public in Quebec…

AMBER (à la caméra) — Hi, everybody.

MIKE — I'm sure there's some of your fans in Quebec who would like to be here right now.

AMBER (avec un clin d'œil) — Hmmm… And I'd like that too…

— Qu'est-ce qu'elle a dit ? demande Pierre, peu doué en anglais et qui n'a pas eu le temps de lire les sous-titres.

— Rien d'important, fait Karine vaguement découragée. Exactement ce que les gars voulaient entendre…

Mike explique donc qu'ils vont passer la nuit entière ensemble tous les trois, avec une caméra qui filmera tout, mais sans cameraman pour ne pas intimider trop les deux novices.

MIKE — *Alors, prêt, mon Guillaume ?*

GUILLAUME (hypnotisé par Amber) — *Mets-en !*

MIKE — *Josée?*

JOSEE (qui glousse depuis le début de la scène) — *Heu… Oui, oui!*

MIKE — So let's party, guys!

AMBER (avec des simagrées vicieuses exagérées) — Come on, sweeties. It's gonna be the night of your life…

Le couple entre enfin dans la chambre, sous l'œil goguenard de Mike qui referme la porte en chuchotant vers la caméra:

— Bon, ben, moi, je pense que je vais aller louer un film de Amber Scream…

Hilarité dans le studio.

— Ils vont quand même pas nous les montrer en train de… de baiser? s'exclame Pierre.

Il a beau faire vibrer son objection avec des accents choqués, son regard indique bien qu'au fond il ne détesterait pas cela du tout.

— Du calme, p'pa, t'as écouté les émissions l'an passé, tu sais ben qu'ils montrent pas tout.

Comme pour appuyer les paroles de Karine, les images sur l'écran disparaissent et les lumières se rallument dans le studio, le tout suivi par un long « ahhhhhh » général aussi déçu que convenu. Lavoie lève les bras. À ses côtés, Josée et Guillaume s'amusent de la déception de la foule.

— Voyons donc, vous savez ben qu'on peut pas montrer ça! Mais vous savez aussi que si vous devenez membre de notre site Internet *www.maxplus.com* pour la ridicule somme de dix dollars, vous pourrez voir tous les trips préenregistrés de notre émission dans leur intégralité, y compris la folle nuit de Josée et de Guillaume! Pis pour vous donner une petite idée, on vous montre juste… ça!

Et sur l'écran géant, on voit Amber Scream, debout dans une chambre d'hôtel de mauvais goût, déjà nue, en train d'embrasser Josée en sous-vêtements, un peu raide mais manifestement allumée, tandis que Guillaume s'approche d'elles, nu aussi mais les parties génitales camouflées par un cache électronique. Au moment où il rejoint les deux filles, l'image disparaît. Nouvelle clameur de déception.

— On peut aussi vous faire entendre quelques sons, ajoute Lavoie d'un air grivois.

Dans le studio éclate soudain la voix langoureuse de la *pornstar*, qui susurre en anglais des phrases du genre : « *Ho yeah, big boy, fuck me hard* ! » ou « *Ho, your pussy tastes so good…* », le tout accompagné des gémissements de Josée et des « *Ah, ouais !* » répétitifs de Guillaume. Dans la foule, ça crie, ça applaudit, et Pierre, un rien mal à l'aise devant sa fille, fait remarquer :

— Ouais, ça part osé cette année ! Les plaintes vont recommencer à pleuvoir !

— « *Your pussy tastes so good!* » s'esclaffe Karine. *Hey*, si on me disait ça pendant qu'on me mange, je pense que je hurlerais de rire !

— Karine ! s'offusque Pierre.

La jeune fille soupire en levant les yeux au plafond. Le policier se demande alors si c'était une bonne idée qu'il écoute cette émission avec elle… mais s'ils ne l'avaient pas écoutée, ils auraient fait quoi ? Karine serait peut-être retournée à Montréal dès ce soir…

— Ça promet, hein ? fait Lavoie. Ils sont *hot* pas à peu près ! Je le sais, j'ai vu la vidéo au complet, moi, pis après l'avoir regardée, ben… je suis allé prendre ma douche !

La foule croule de rire, imitée par Guillaume et Josée.

— Alors, pour tout voir, triple w point maxplus point com, *right ?*

— *Right!* crie la foule.

— Alors, Guillaume et Josée, vos commentaires sur cette nuit torride ?

Plus ou moins articulés, les deux amoureux réussissent tant bien que mal à passer l'idée que cela avait été une expérience mémorable, que Amber savait aussi bien s'y prendre avec les hommes qu'avec les femmes et qu'elle n'avait pas volé sa réputation de superstar. Josée avoue même (en ricanant bien sûr) que par moments c'était presque complexant mais que, finalement, elle a été à la hauteur (applaudissements de la foule), et Guillaume conclut en affirmant que tous ses amis sont maintenant très jaloux de lui (cette impression ayant été communiquée dans une phrase de plus de six mots, une première dans la soirée pour le jeune homme).

— Pis comment on se sent quand on a accompli un rêve ? demande Lavoie avec austérité.

Les deux réfléchissent un moment. Josée dit enfin, les traits tirés par la concentration :

— C'est… c'est spécial parce que là… Tu passes du rêve au vrai pis… C'est un accomplissement, genre, comme si tu te disais : «Ben, je l'ai fait ! Y en a qui font juste y penser, mais moi, je l'ai fait», tsé… On a une vie pis faut le faire… Genre… Pis je suis pas une… une guidoune pour ça, comme ! Pis mon chum est pas un macho pour ça non plus. On est jeunes, pis il faut essayer des affaires, faut… Faut tripper, genre, pis… c'est ça qu'on a voulu montrer.

— Ouais, faut tripper, approuve Guillaume, le faciès grave.

— Mais en même temps, ajoute Josée, de plus en plus réfléchie, c'est un peu *weird* parce que… À c't'heure que c'est fait, tu te dis… Bon, ensuite ? C'est quoi, après ? Ça crée comme un… (silence de réflexion) comme un trou, genre…

Silence dans la foule, un peu étonnée de ce soudain sérieux. Lavoie, de son côté, micro tendu vers Josée, approuve avec un mince sourire.

— Tiens, t'as vu ? lance Karine en indiquant la télé. Il a encore fait son sourire.

— Quel sourire ? Il sourit tout le temps !

Elle fait signe à son père de se taire : elle veut écouter.

— Mais ça valait la peine ? s'enquiert Lavoie.

— Ah, ça, c'est sûr ! s'empresse de répondre Josée.

— Au boutte ! renchérit le garçon.

— En passant, Guillaume, même si j'ai regardé la vidéo, je ne me souviens plus trop : as-tu gardé ta casquette tout le long ?

La foule éclate de rire et tandis que Guillaume, indéterminé, en est encore à se demander s'il s'agit d'une vraie question ou non, Lavoie les désigne de la main et s'exclame dans son micro :

— Alors, c'étaient nos premiers participants de la saison, pour qui un rêve inaccessible est devenu un trip réel !

Sous les applaudissements de la foule, Guillaume et Josée saluent avec orgueil, tandis que l'orgie de lumière et de musique rock reprend de plus belle, parasitée par la voix spectaculaire de Lavoie qui clame :

— Revenez-nous après la pause : deux autres chanceux qui ont accompli leurs rêves les plus fous vous attendent, parce qu'ils ont décidé de...

— ... VIVRE AU MAX ! complète la foule fanatique.

Fade out, puis publicité qui montre un couple dont la vie a changé depuis qu'il magasine à la quincaillerie annoncée.

— Ça commence bien ! commente Karine.

En allant leur chercher chacun une autre bière, Pierre prédit :

— Les deux prochains participants vont sûrement être ben différents. Si ma mémoire est bonne, l'an dernier il y avait rarement plus d'un trip sexuel sur trois.

Il revient au salon, donne la bière à sa fille.

— C'est quoi, cette histoire de sourire ?

— C'est juste que des fois Max Lavoie a une sorte de sourire qui… Je sais pas, qui est différent des autres qu'il fait.

— Un sourire moins sincère ?

— Non, non. C'est un sourire qui a l'air sincère, mais… d'un autre genre ou… Comme si, pendant une seconde, on voyait… autre chose…

— C'est ben compliqué, ton affaire !

— Toi, on sait ben, quand c'est pas simple, tu t'énerves !

Elle s'enfonce dans son fauteuil, jouant plus furieusement que jamais avec son bord de pantalon. Pierre, déconfit, cherche quelque chose à dire, mais Karine, de sa main, a un geste nonchalant et dit :

— *Anyway*, oublie ça, c'est pas important, là, un criss de sourire…

Il est bien de cet avis. D'ailleurs, l'émission reprend : le rêve du second participant sera réalisé *live* en studio. Un trip exécuté devant public est toujours excitant : l'émission étant en direct, on ne peut rien censurer, rien couper, et tout peut arriver. Même le pire, comme cette fameuse émission de l'année dernière. Cette fois, si on se fie à l'installation dans le studio, on aura affaire à une sorte d'épreuve sportive. Une petite piscine de quatre mètres de diamètre et de trois mètres de profondeur trône maintenant sur la scène. Un échafaudage près de la piscine monte si haut qu'avec la caméra utilisée pour filmer la scène de face, on ne peut voir jusqu'où exactement.

Lavoie présente l'invité : Anthony Prodi, un homme d'une quarantaine d'années qui va sauter dans cette piscine, à vingt mètres de hauteur. Là-dessus, une seconde caméra effectue une contre-plongée pour montrer la hauteur du tremplin et Pierre se dit, une fois de plus, que ce studio est vraiment immense. Mais l'épreuve ne consiste pas en un simple plongeon. En effet, entre le plongeoir situé à vingt mètres du sol et la piscine, on a fixé à l'échafaudage deux grandes vitres rectangulaires à l'horizontale, une à dix mètres du sol et l'autre à cinq, de sorte qu'en sautant, le participant devra les traverser toutes deux avant d'atteindre l'eau. Prodi, vêtu d'un simple maillot de bain, bedonnant mais plutôt bien bâti, explique avec un léger accent italien que cette idée lui est venue d'un film d'action qu'il a vu il y a trois ans, où le héros accomplissait quelque chose de similaire. Arborant un faciès austère, Lavoie lui rappelle qu'il n'est pas trop tard pour abandonner, que les risques de blessures sont sérieux. Mais Prodi, conscient de son effet, dit qu'il ne reculera pas et qu'il est prêt à tout. Sous les applaudissements admiratifs de la foule, le participant commence son ascension jusqu'au plongeoir, tandis que Max rappelle que Prodi a signé une décharge qui le rend seul responsable des conséquences d'un tel défi. Il explique aussi que les vitres sont réelles et non pas en cristaux de sucre comme dans les films.

— Crime, y est capoté, le gars ! souffle Karine en avançant sur le divan.

Pierre se dit que c'est exactement le genre d'épreuve qui peut mal finir… mais il doit aussi s'avouer qu'il a diablement hâte de voir ça.

Une musique poignante, très hitchcockienne, accompagne l'ascension de Prodi. Une fois en haut, il s'avance jusqu'au bout du plongeoir. Un montage alterné passe de la concentration de l'homme à l'asistance figée qui retient son souffle. Puis, les jambes relevées au menton et le visage entre les genoux, Prodi saute… traverse une vitre dans un fracas épouvantable qui fait crier plusieurs spectateurs, tout comme Karine qui en échappe la moitié de sa bière… pulvérise la seconde vitre… puis disparaît dans la piscine au centre d'une immense gerbe d'eau qui éclabousse une partie de la scène. La musique devient encore plus dramatique. Une caméra se trouvant au plafond du studio filme l'eau de la piscine, encore trop embrouillée pour qu'on distingue le fond… et tout à coup, des filaments rouges apparaissent. Rumeur dans la salle.

— Criss, du sang! souffle Karine, maintenant presque debout.

Pierre ne dit rien mais a vraiment, vraiment hâte que le gars remonte… Enfin, le voilà qui surgit de l'eau en brandissant un poing victorieux. La musique devient spectaculaire, l'éclairage se met en mode épileptique, Max vocifère de joie, la foule est debout. Prodi sort de la piscine: il a quelques petites coupures, dont une plus profonde à la cuisse. Il doit aller se faire examiner rapidement (un médecin, toujours sur place, s'approche déjà avec un assistant), mais Lavoie lui demande un commentaire rapide.

— C'est génial! lance le participant, le regard extatique. Ç'a été le moment le plus excitant de ma vie! Je l'ai fait pour mon fils, pour lui montrer que dans la vie, quand on veut, on peut!

— Un autre participant pour qui un rêve inaccessible est devenu un trip réel! lance Lavoie à la foule ardente.

Toujours heureux malgré le sang qui continue de couler de sa cuisse, Prodi sort en envoyant la main à la foule, le pas claudiquant, escorté par le médecin et son assistant.

Avant le dernier participant, Lavoie présente une surprise à son public. Il s'agit d'Éric Duval, un concurrent de l'année dernière dont le trip consistait à vivre une relation sexuelle durant un saut en parachute. Dans la vingtaine, sûr de lui, très à l'aise devant la caméra, le jeune homme est accueilli chaleureusement.

— Éric a été un des concurrents préférés de l'an passé pis il a une bonne nouvelle à nous annoncer! explique Lavoie.

— Ben oui, poursuit Duval avec fierté. Je vais avoir ma propre émission, *Souvenirs chauds,* qui va commencer dans trois semaines!

Éric explique qu'il s'agira d'une émission où monsieur et madame Tout-le-monde viendront raconter leur expérience sexuelle la plus croustillante.

— Un domaine que tu connais bien, Éric, *right?*

Éric prend une expression de modestie qui ne berne personne.

— Si ça parle juste de cul, je suis pas sûr que ça va m'intéresser, marmonne Pierre en prenant une gorgée de sa bière, tandis qu'une petite voix narquoise dans sa tête rétorque qu'il sait très bien qu'il se raconte des histoires.

Puis arrive le dernier participant: Louise Béliveau, une femme de trente-deux ans. Elle n'est pas en studio mais dans une rue coquette d'Outremont, filmée en direct par une caméra qui renvoie son image sur l'écran géant de la scène. Elle explique qu'elle travaille dans une usine et en a marre de se faire exploiter par son salaud de patron, un certain Lavigne.

Elle a toujours rêvé de lui dire ses quatre vérités en pleine face, et ce, devant le plus de gens possible afin de l'humilier. Ce qui l'a fait reculer jusqu'à maintenant n'est pas le congédiement qui s'ensuivrait automatiquement et dont elle se moque éperdument, mais plutôt l'appréhension d'être poursuivie en justice par ledit patron pour diffamation.

— Mais maintenant, tu vas pouvoir réaliser ton rêve, explique Lavoie autant à Louise qu'aux spectateurs, parce que nous autres, à l'émission, on va prendre toute la responsabilité de tes actes pis si ton *boss* veut un procès, c'est contre nous autres qu'il va devoir l'intenter, pas contre toi. Bref, on prend tout sur notre dos ! T'as juste pas le droit de l'attaquer physiquement ni de t'en prendre à ses biens. Parfait pour toi, ça, Louise ?

— Parfait ! approuve Louise sur l'écran, déjà agitée.

— Donc, tu te trouves en ce moment devant la maison de ton *boss*. On sait qu'il est chez lui avec sa famille, fait que vas-y, on regarde ça ! Pour les quatre prochaines minutes, t'as pus aucune responsabilité ! Défoule-toi !

Louise traverse la rue déserte du quartier cossu et marche vers la maison, suivie par la caméra-épaule. Au bas de l'écran apparaît un compteur qui, de quatre minutes, commence à descendre seconde par seconde.

— Ostie, ça, ça va être drôle ! fait Karine.

Même si Pierre n'approuve pas tellement ce genre de rébellion contre l'autorité, il est tout de même intrigué. Quelques secondes après que Louise a sonné, la porte s'ouvre et un homme dans la cinquantaine recule d'un pas, déstabilisé par la présence de la caméra. Sur le moment, il ne reconnaît pas son employée, puis s'exclame :

— Louise ? Mais… qu'est-ce que vous voulez ?

La femme a une seconde de flottement, puis lance maladroitement :

— T'es un salaud.

— Pardon ?

Nouveau flottement, puis :

— Un ostie de salaud de crosseur !

Le patron cligne des yeux, puis se tourne vers la caméra.

— C'est quoi qui se passe, là ? C'est quoi, cette caméra-là ?

— Tu fourres tes employés pis y est temps que tout le monde le sache !

— Vous, vous allez m'expliquer ce que…

Une voix d'adolescent provient alors de l'intérieur de la maison :

— P'pa ! Tu passes à tv ! Cool !

Franche rigolade et applaudissements dans le studio. Et tout à coup, Louise ne se retient plus. Un doigt accusateur pointé vers son patron, elle ouvre les vannes et laisse tout sortir pêle-mêle, à une vitesse foudroyante. Elle dit qu'il a toujours refusé les syndicats, qu'il n'a pas donné d'augmentations de salaire depuis dix ans, que chaque fois qu'un employé veut conscientiser les autres il est mis à la porte… Devant l'air égaré de Lavigne qui n'arrive pas à placer un mot, devant l'apparition de la femme du patron essayant de comprendre qui est cette cinglée venue les insulter ainsi, Louise se pompe encore plus, la voix maintenant aiguë, en même temps que les accusations deviennent personnelles. Ainsi, toutes les femmes de l'usine en ont assez de se faire regarder le cul toute la journée, parce que le harcèlement sexuel, pour lui, c'est un droit, même s'il doit prendre du Viagra pour baiser sa secrétaire. Et tout cet argent qu'il gagne, il faudrait être bien naïf pour croire qu'il provient uniquement de son usine, on sait bien qu'il y a des affaires louches là-dessous. En entendant le mot «drogue», Lavigne ferme brutalement la porte. Louise, emportée par une vague de fond, recule dans la rue et se met à hurler vers la splendide maison. Son discours devient incohérent et elle y mêle des éléments de sa propre vie, criant que son existence est merdique, qu'elle en a assez de gratter les fonds de tiroir, de vivre dans un taudis, et que tout ça est de sa faute à lui, au salaud, à l'écœurant de salaud ! Tout à coup, Mike intervient, guilleret, en apportant un mégaphone à Louise. Elle le prend sans même regarder le coanimateur et crie dans l'appareil :

— Salaud ! Ostie de salaud !

Des visages apparaissent aux fenêtres des maisons voisines, quelques silhouettes sortent sur les galeries. Mais Louise, enivrée par la puissance de ses vociférations qui roulent dans toute la rue, devient de plus en plus vulgaire, de plus en plus hystérique et des sanglots font tressauter sa voix qui fuse tels des crachats :

— Va chier, gros cochon sale ! Crève, mon ostie, crève pis on va tous aller pisser sur ton cercueil ! Criss de fourreur ! Fourreur, menteur pis crosseur ! Crosseur, crosseur, *crosseur !*

— Batince ! souffle Pierre, tétanisé dans son fauteuil.

À l'étage de la maison, une fenêtre s'ouvre et le torse de Lavigne apparaît.

— Toi, tu vas avoir de mes nouvelles, ma p'tite criss ! T'as pas fini avec moi, tu vas voir !

Et il referme la fenêtre, car les anathèmes de Louise, loin de diminuer, redoublent d'ardeur. Cependant, le compteur, au bas de l'écran, atteint zéro, une cloche retentit et Mike, toujours radieux, s'élance

vers Louise pour lui dire que son temps est écoulé.
Mais elle continue à crier pendant quelques secondes,
au point que le coanimateur, sans se départir de son
sourire, doit lui arracher le mégaphone des mains.
Alors enfin elle se tait et cligne des yeux, comme si
elle ne se rappelait plus où elle était. En studio, le
public rugit de ravissement.

— Ouf! On appelle ça un défoulement, hein?
s'esclaffe Mike en prenant Louise par les épaules.
Alors, comment tu te sens, maintenant que tu t'es
vidé le cœur?

Louise ne dit rien pendant quelques secondes,
puis finit par marmonner, les yeux dans le vague:

— Ça... ça fait du bien...

— J'imagine, oui! approuve Lavoie en studio.
Mettons que dans ces quartiers de snobs-là, ils
entendent pas du bruit souvent, à part les cris que
poussent les femmes quand leurs gros maris ban-
quiers les battent!

Rires dans la salle. Et, à nouveau, l'animateur
fait semblant de tirer un coup de fusil, accompagné
par le bruit de la détonation.

— En tout cas, poursuit-il, je suis sûr que ce soir,
Louise, tu es l'héroïne de ben des employés exploités
à travers le Québec!

Dans la salle, la foule se lève pour applaudir à
tout rompre. Louise, à l'écran, a un petit sourire dé-
calé. Elle semble fatiguée, comme si elle n'avait pas
dormi depuis deux semaines. Tout en regardant la
foule, Lavoie hoche la tête en souriant.

— Regarde! lance Karine. Encore son sourire, là!

Mais Pierre, trop sidéré par la scène qui vient de
se jouer devant ses yeux, n'entend même pas sa fille.
Lavoie, s'adressant à Mike sur l'écran géant, suggère:

— Bon, ben, vous feriez mieux de partir de là,
parce que la police va sûrement arriver bientôt!

Puis, se tournant vers la foule toujours debout, il lance :

— Une autre personne pour qui un rêve inaccessible est devenu un...

Et l'image devient une mince bande de couleurs tandis que le son se transforme en crachotements inaudibles.

— *Fuck*, pas encore ! s'écrie Pierre en s'élançant vers l'appareil. Même le son est tout croche, maintenant !

Il donne de petits coups de poing sur la télé, mais l'image persiste dans sa non-présence.

— *Anyway*, c'est fini, il reste une minute, intervient Karine, tout de même déçue.

Pierre donne un ultime coup et, cette fois, la bande de couleurs et les crachotements disparaissent complètement. Penaud, le policier observe la défunte télé.

— Ça y est, tu l'as achevée, commente Karine.

Pierre ne se résigne pas à s'asseoir. Sa fille poursuit :

— La dernière participante, c'était *hot*, hein ?

— Oui, pas pire...

Il regarde toujours sa télé en se frottant le menton. Long silence, puis il propose :

— On peut aller au cinéma.

— À neuf heures et demie, y a sûrement pas de films qui commencent... Non, je vais aller me coucher.

— Déjà ?

— Je vais lire un peu. Je veux prendre l'autobus de huit heures demain matin... pis je veux aller sur la tombe de maman avant.

— Je peux y aller avec toi.

Elle proteste, dit qu'il n'a pas à se lever si tôt, surtout qu'il a congé demain. Il insiste et elle finit par accepter, avec un petit sourire reconnaissant.

— T'es gentil, merci, marmonne-t-elle.

Court silence, puis elle lâche un « bonne nuit » et marche vers sa chambre. Il songe qu'il doit dire quelque chose et lance enfin :

— Ta mère serait fière de toi.

Elle se retourne.

— Ah oui ? Comment ça ?

— Qu'est-ce que tu veux dire ?

— Tu lui dirais quoi sur moi, à m'man, pour qu'elle soit fière ?

— Heu…

Il s'humecte les lèvres.

— Je lui dirais que t'es belle, en santé… Que t'es gérante d'une boutique de mode à Montréal… Que…

Il ne trouve rien d'autre et se tait, honteux. La mince bouche de Karine prend un pli ironique, tandis que l'aura sombre qui l'entoure semble s'épaissir tout à coup.

— Bonne nuit, p'pa…

Et elle disparaît dans sa chambre. Pierre se gratte la tête, une moue presque comique aux lèvres. Il retourne s'asseoir dans son fauteuil et, les mains sur les accoudoirs, regarde bêtement l'écran vide de sa télé morte.

◆

Il ouvre les yeux, couché sur le dos.

Il a rêvé. Il est entré au poste de police et a commencé à crier après Bernier, son supérieur. Il ne se rappelle plus quoi exactement, mais c'était une série de reproches qu'il avait sur le cœur. Puis il a crié après ses collègues. Ensuite, il est sorti, est allé au cimetière et a crié sur la pierre tombale de son ex-femme. Dans les rues, il a crié après les passants, les conducteurs de voiture, les enfants, tout le monde. Impossible de se rappeler ce qu'il vociférait, mais c'était plein de rage et de rancœur. Il est monté sur le toit d'un édifice et, avec un mégaphone, a gueulé sur toute la ville, en espérant que le pays entier l'entendrait. Il criait après la planète entière et après lui-même. Et même si cela lui procurait un soulagement énorme, le vide en lui que créaient les mots en sortant lui donnait le vertige. Tout en continuant à hurler dans son porte-voix, il s'est retourné… et a vu Karine, devant lui, immobile. Alors, il a baissé le mégaphone, incapable de dire quoi que ce soit. Puis il s'est réveillé.

Il soupire en fixant le plafond. Un rêve désagréable, même s'il ne l'a pas trop compris. Extrêmement désagréable.

Il regarde l'heure sur le réveil et se redresse d'un mouvement brusque : huit heures vingt ! D'un bond, il est dans la chambre de sa fille. Vide. Le lit bien fait. Le sac de voyage disparu. Merde ! Pourquoi ne l'a-t-elle pas réveillé ? Il lui avait pourtant dit qu'il irait la reconduire ! Il cherche un petit mot qu'elle aurait laissé sur un bureau, sur la table de la cuisine, un petit « bye-bye, p'pa », quelque chose du genre.

Il ne trouve rien.

FOCALISATION ZÉRO

Exactement 2 765 447 personnes sont devant leur télévision en train d'écouter la première de *Vivre au Max,* deuxième saison, soit 145 315 de plus que sa meilleure cote d'écoute de l'été dernier. Trente-trois pour cent de ces gens ont entre 18 et 30 ans, 27 pour cent ont entre 30 et 50 et 9 pour cent ont 60 et plus. Même si l'émission s'adresse à un public adulte, 23 pour cent des spectateurs ont entre 14 et 18 ans et 8 pour cent ont entre 11 et 14 ans (les deux tiers l'écoutent avec consentement des parents, l'autre tiers sans que ceux-ci ne le sachent). On peut compter aussi 2453 enfants de moins de 11 ans.

Parmi tous ces spectateurs, il y a Benoît (tranche des 30-60 ans), l'ex de Louise. En voyant celle-ci aller engueuler son patron en pleine rue, Benoît se dit qu'il a toujours su que son ex était complètement folle, mais se masturbe tout de même un peu plus tard en songeant à elle, aux côtés de sa conjointe endormie.

Il y a aussi parmi les spectateurs Jonathan (tranche des 11-14 ans), fils d'Anthony Prodi, et sa gardienne (tranche des 14-18). En voyant Prodi traverser les deux vitres et, surtout, en le voyant saigner de la jambe tout en saluant triomphalement, le jeune garçon se dit qu'il a le père le plus cool du monde et que demain, lui-même sera la vedette de son école.

Il y a aussi Karl (tranche des 30-60 ans), le père de Guillaume, dont la femme est morte il y a cinq ans d'une crise du foie. Assis dans son salon sale et défraîchi, sa huitième bière à la main, il regarde son fils qui s'approche de Amber Scream et, fier mais envieux, rigole en se disant que c'est bien là le fils de son père.

Il y a aussi Normand et Denise (tranche des 30-60 ans), les parents de Josée, qui, l'an passé, ont écouté l'émission une fois sur deux. Atterrés, ils observent leur fille ricaner à la télé en entrant dans la chambre d'hôtel. La mère, en pleurant douloureusement, demande à son mari où ils se sont trompés et ce qu'ils ont bien pu faire de travers. Le père demeure stoïque, mais dans son regard on peut voir l'univers s'écrouler dans le plus abominable des silences.

Après cette première, 654 234 auditeurs se contentent de dire à leur conjoint ou amis qu'il s'agit vraiment d'une émission stupide et dégradante, mais ils l'écouteront presque tous jeudi prochain. Le lendemain, les plaintes outragées qui déferleront sur de nombreuses lignes ouvertes attireront, pour l'émission de la semaine suivante, 187 862 nouveaux téléspectateurs.

CHAPITRE 24

— En tout cas, lance Maxime Lavoie à l'intention de la femme sur l'écran géant, je suis sûr que ce soir, Louise, tu es l'héroïne de ben des employés exploités à travers le Québec! Bon, ben, vous seriez mieux de partir de là, parce que la police va sûrement arriver bientôt.

Et tandis que sur l'écran Mike vient chercher Louise Béliveau, l'animateur se tourne vers la foule enthousiaste et clame:

— Une autre personne pour qui un rêve inaccessible est devenu un trip réel! On se revoit la semaine prochaine, envers et contre tous, parce que rien peut vous empêcher de réaliser vos trips, *right?*

— *Right!* répète la foule à l'unisson.

Et la musique rock démarre, tandis que Maxime Lavoie, arrosé de jets lumineux anarchiques, envoie des signes complices à la foule frénétique. Aussitôt que Bédard, le régisseur, lui fait le signal convenu (indiquant que son image n'est plus diffusée à la télé), l'animateur salue de la main une dernière fois et s'empresse de sortir de la scène. En coulisses, une grande lassitude s'empare de ses traits tandis que quatre personnes se précipitent vers lui, dont une

femme qui lui tend une serviette et un jeune bou-
tonneux qui lui donne un Coke diète bien froid.
Maxime en prend une bonne rasade, puis essuie son
visage tout en écoutant une fausse blonde dans la
quarantaine, tout émoustillée, lui jeter une série
d'informations sans reprendre son souffle :

— C'était génial, Max, génial ! Ça part sur des
chapeaux de roue ! Il y a quatre radios qui te veulent
demain et trois émissions télé ! Martineau veut une
entrevue avec toi, mais comme c'est pour te planter,
je l'ai envoyé au diable !

— T'aurais pas dû, réplique Maxime, d'une voix
plus posée qu'à la télé, tandis qu'on lui enlève son
micro-casque. Il faut rencontrer tout le monde, surtout les détracteurs. Et penses-tu que Martineau me
fait peur ? Chaque fois qu'il me plante dans son
journal, il écrit son opinion sur un paragraphe, puis
cabotine durant tout le reste de sa colonne pour
épater la gang du Plateau. Tu le rappelles et tu lui
dis que je suis prêt à le rencontrer.

— Max…, commence la quatrième personne, un
homme à lunettes en complet-cravate qui semble
très stressé.

— Comme tu veux, Max, poursuit la femme sans
s'occuper du petit stressé à lunettes, je le rappelle
demain.

— Max…

— Super, ça, Lisette… T'es contente, hein ?

— Si je suis contente ? Criss, ça se voit pas dans
ma face ?

— Pas vraiment, elle est tellement bourrée de
Bottox…

Imperturbable, il se met en marche tandis que
Lisette émet un petit rire forcé puis lance dans son
dos :

— Oublie pas Macha Lemay, elle t'attend au salon-rencontre !

— Je suis là dans quinze minutes, répond-il sans se retourner.

— Max, persiste l'homme à lunettes qui trottine à ses côtés, Langlois veut que tu le rappelles.

— Pour me féliciter, je suppose ?

— Pas sûr... L'émission était même pas finie que la station recevait déjà des dizaines de plaintes !

— Voyons, Robert, c'est pas nouveau, ça.

Robert hausse une épaule et répète, penaud :

— En tout cas, il veut te parler.

— Je l'appelle dans mon bureau.

Tandis que Maxime marche d'un pas décidé, les techniciens s'écartent tous devant lui, lui lançant des salutations obséquieuses. À l'écart, il aperçoit Guillaume et Josée dans un coin, qui discutent avec un technicien. Il parvient même à entendre quelques phrases :

— Moi, je vous propose ça parce que vous avez l'air d'un couple ben *open !* explique le technicien. En tout cas, c'est ce que tout le Québec pense ce soir !

— On l'est aussi ! fait Guillaume. Pis ça nous intéresse, hein, bébé ?

— Oui, oui, dit Josée, un peu perturbée. Mais, heu... à soir, je sais pas trop...

Maxime poursuit son chemin, sort des coulisses, se retrouve dans un couloir moderne et glacial, croise une ou deux personnes qui le félicitent pour l'émission ; il remercie sans ralentir. Il arrive devant une porte imposante sur laquelle est inscrit ce simple mot en lettres dorées : MAX. Il entre et referme derrière lui.

La pièce est grande mais étonnamment dénudée : un bureau classique noir, sur lequel se trouvent un

ordinateur et quelques papiers ; une petite bibliothèque bien garnie ; aux murs, deux reproductions
de Escher, sur lesquelles on voit des personnages
parcourir un escalier circulaire qui semble toujours
monter ou descendre, selon la direction prise ; dans
un coin, loin du bureau, deux fauteuils devant une
grande télé. Un jeune adolescent est assis dans l'un
d'eux. Il fixe l'écran sur lequel débute un film avec
Jean-Claude Van Damme. Maxime s'approche du
fauteuil.

— Salut, mon grand.

Le jeune garçon ne dit rien.

— T'as regardé l'émission ?

L'adolescent ne réagit toujours pas. Pourtant,
Maxime, loin d'être embêté par ce silence, hoche la
tête, comme s'il avait saisi une réponse que lui seul
peut décoder.

— Ça part fort, hein ?

Cette fois, le garçon le regarde, mais sans aucune
expression dans les yeux. Il doit avoir treize ans.
Avec ses cheveux noirs frisés et ses traits délicats, il
serait plutôt beau garçon si ce n'était de cette impassibilité bizarre sur son visage et dans ses yeux
noirs. Mais ça n'empêche pas Maxime de le contempler avec tendresse et de lui ébouriffer les cheveux. L'animateur fronce alors les sourcils, comme
s'il remarquait quelque chose.

— T'as pas de Froot Loops ?

Cette fois, une discrète expression de dépit flotte
sur le visage de l'adolescent. Maxime comprend
aussitôt ; les traits convulsés de colère, il marche à
son téléphone et appelle son assistant, qui arrive
moins d'une minute après.

— Gabriel n'a pas eu ses céréales, ce soir, fait
Maxime sur un ton de reproche.

Le jeune homme d'une trentaine d'années se confond en excuses, dit ne pas comprendre ce qui s'est passé, qu'il en a pourtant bien acheté une boîte plus tôt…

— Cet enfant a un caprice, un seul, rétorque l'animateur froidement.

À l'écart, dans son fauteuil, Gabriel assiste à la scène sans sourciller.

— Je sais que tu travailles pour moi seulement depuis un mois, Donald, mais tu vas devoir apprendre que…

— Je m'en occupe tout de suite, Max !

Et Donald détale à toutes jambes. Gabriel, impassible, s'intéresse à nouveau à la télévision.

Maxime marche vers son bureau et pianote sur le clavier de son ordinateur ; une série de noms apparaît dans une fenêtre et il clique sur « Jacques Langlois ». Il attend un moment, puis l'image d'un gros homme dans la cinquantaine, à la calvitie avancée, remplit l'écran.

— Salut, Jack.

— Hé, Max ! s'emballe Langlois. *Great show, my man !* Tout un début !

— Pourtant, Robert m'a dit de t'appeler et il avait l'air inquiet…

— Sanschagrin s'inquiète tout le temps, comme tout bon directeur de production ! Il est payé pour s'inquiéter !

— Bien, fait Maxime qui détache lentement sa chemise. De quoi tu voulais me parler, alors ?

— C'est le gars, là, le patron de la connasse qui est allée l'engueuler chez lui… C'est quoi son nom, déjà ?…

Donald revient dans la pièce, boîte de Froot Loops en main.

— Lavigne, répond Maxime en suivant son secrétaire d'un œil noir.

— *Right*, Lavigne ! Il a déjà appelé pis il veut nous coller un procès au cul.

Donald donne la boîte de céréales à Gabriel. Ce dernier la prend et y plonge la main.

— On s'y attendait, non ? rétorque Maxime.

— Oui, mais là, c'est pas à l'animateur que je parle, mais au producteur…

Donald sort et Gabriel commence à manger ses Froot Loops.

— Justement, c'est moi qui vais tout payer, Jack, comme d'habitude ! C'est déjà écrit dans le contrat qu'on a signé avec Louise Béliveau.

— *I know*, mais le procès va être juteux. La fille a carrément traité Lavigne de harceleur sexuel, de crosseur…

— Je m'en occupe.

— Ahhhh ! (Langlois a un sourire carnassier.) T'avais tout prévu ? Il y a une petite clause dans le contrat de ta Louise qu'elle a pas lue *and now, she's in deep shit ?*

— Pas du tout, on va tenir nos engagements envers Louise Béliveau, elle ne sera pas dans le trouble, réplique Maxime qui détache le dernier bouton de sa chemise. On va régler ça à l'amiable, fais-toi-z-en pas. Je vais faire une offre à Lavigne qui va lui faire tout oublier, jusqu'à l'existence même de Béliveau.

Langlois secoue la tête, comme s'il ne comprenait pas.

— *Shit,* Max, je veux ben croire que ton show marche à fond, mais… *Take it easy, man !*

— *Don't worry, Jack*.

Et, la voix plus basse, il ajoute :

— Je sais exactement où je m'en vais.

— Content d'entendre ça, commente Langlois avec ironie.

Maxime coupe le contact, se lève et enlève sa chemise. Deux secondes après, il est totalement nu. Gabriel, toujours devant la télé, ne lui accorde aucune attention. L'animateur ouvre un placard, y prend un maillot de bain qu'il enfile prestement. Puis, il traverse une autre porte, à côté du placard.

Il se retrouve dans une pièce immense, dont les murs sont en lamelles de bois. Une grande piscine éclairée de l'intérieur occupe la presque totalité du plancher. Maxime, déjà sur le point de sauter, se fige net.

Immergées jusqu'à la poitrine, deux filles nues, une brunette et une noiraude, discutent et pouffent entre elles. Elles réalisent enfin la présence du nouveau venu et prennent un air coquin.

— Bonjour, Max ! lance la brunette.

Et elles rient de plus belle. Elles doivent avoir vingt-cinq ans et leurs seins généreux, tout humides de perles scintillantes, donnent l'impression de flotter sur l'eau.

— Tu viens nous rejoindre ? propose la noiraude.

— Qui êtes-vous ? demande l'interpellé. Comment avez-vous pu avoir accès à ma piscine ?

— Il parle pas comme à la télé, fait remarquer Brunette à son amie.

— Vous êtes qui ? répète Maxime.

Elles s'expliquent d'un air entendu : deux fans de la première heure qui rêvent depuis un bon moment de rencontrer le beau Max Lavoie, leur idole. Elles ont enfin osé venir au studio, elles ont soudoyé Donald et ce dernier, pour faire une bonne surprise à son patron, leur a dit d'aller l'attendre dans la piscine.

— On avait pas de costume de bain, mais on s'est dit que c'était pas nécessaire…

Elles commencent alors à se câliner en jetant des coups d'œil lourds de signification vers l'animateur.

— Alors, tu viens nous rejoindre?

Pendant un moment, le visage de Maxime se contorsionne, comme s'il tentait tant bien que mal de réprimer une émotion particulièrement désagréable, puis, d'une voix neutre, il finit par lâcher:

— Sortez et allez-vous-en.

Et il marche rapidement vers un interphone sur le mur, tandis que les deux filles, toujours enlacées mais figées, le suivent avec des yeux incertains.

— Qu… quoi? balbutie Noiraude.

— Je veux que vous soyez rhabillées dans vingt secondes.

Il appuie sur l'interphone:

— Donald! Viens me rejoindre à la piscine!

— Mais… mais on est majeures, capote pas! l'assure Brunette qui s'est enfin détachée de sa copine.

— Je vous ai dit de sortir.

Il n'a pas crié, mais le ton est ferme. Les deux filles, incrédules, glissent vers l'échelle.

— T'as une blonde? demande Noiraude. Elle le saura pas, voyons… Pis moi aussi, j'ai un *chum*!

— J'ai pas de blonde! S'il vous plaît, dépêchez-vous!

Elles sortent enfin. Maxime les toise rapidement, voit leurs deux corps nus et superbes, tout ruisselants d'eau, et à nouveau son visage se convulse, laissant cette fois deviner de la répulsion. Brunette, qui s'en est rendu compte, lâche avec dépit:

— *Fuck,* t'es gai!

— Vous seriez deux clones de Johnny Depp que je vous ordonnerais la même chose! Allez, rhabillez-vous!

Elles s'exécutent rapidement, humiliées.

— Y a des gars qui seraient prêts à payer pour avoir la moitié de ce qu'on voulait te faire, finit par grommeler Brunette en enfilant son minuscule t-shirt.

— Parfait, allez les voir.

Sur les entrefaites, Donald entre dans la pièce, tout souriant, s'attendant sans doute à ce que son patron, pour le remercier d'une telle attention, l'invite à se joindre aux festivités aquatiques. Mais en voyant les deux filles rhabillées, il s'immobilise, confus. De l'autre côté de la piscine, Maxime l'interpelle avec colère :

— T'as vraiment décidé de battre le concours des gaffes, ce soir, ou quoi ?

Donald est complètement dépassé. Maxime se tourne vers les deux filles qui attendent bêtement.

— Vous êtes encore là, vous deux ?

— J'ai compris, fait Brunette qui, décidément, veut absolument trouver une raison au refus incompréhensible de son idole. T'es aux p'tits gars !

Maxime émet un bref rire dédaigneux.

— Ton neveu Gabriel, avec qui on te voit tout le temps, poursuit la fille, c'est lui qui te fait bander, hein ?

Instantanément, l'amusement sur le visage de Maxime se transforme en une rage bouillante et avant même que Brunette comprenne ce qui lui arrive, elle reçoit une gifle de l'animateur qui, une seconde plus tôt, se trouvait pourtant à plusieurs mètres d'elle. L'insolente pousse un petit cri et Maxime lève déjà la main pour frapper une deuxième fois.

— Max !

L'admonition de Donald est décuplée par l'écho de la vaste pièce. Maxime stoppe son geste et son visage vacille, comme si l'animateur réalisait ce qu'il était en train de faire. La colère qui émane de lui semble maintenant dirigée contre lui-même. Enfin, il reprend son flegme et se confond en excuses, mais les filles, particulièrement Brunette qui frotte sa joue rougie, ne sont pas du tout satisfaites de ces remords.

— Donald va vous donner une généreuse compensation, allez l'attendre dans le couloir.

Cette fois, les deux groupies daignent rentrer leurs griffes et, d'un air hautain, marchent vers la porte. Lorsqu'elles sont enfin sorties, Maxime, toujours à l'autre bout de la piscine, lance vers son secrétaire :

— Qu'est-ce qui te prend de laisser entrer des pétasses dans ma piscine ?

— Mais je… je pensais que vous aimeriez ça ! Les patrons pour qui j'ai travaillé avant aimaient bien que je…

— Compare-moi pas à tes anciens patrons ! Compare-moi jamais à qui que ce soit, t'as compris ? *Jamais !*

Donald baisse la tête, au bord des larmes, convaincu que sa courte aventure dans les *Entreprises Maxtrip* vient de se terminer lamentablement. Maxime, qui le remarque, se tait un moment puis s'approche de Donald.

— Bon, je sais que tu n'es pas ici depuis assez longtemps pour connaître tous mes… mes désirs et caprices, alors… je te laisse une chance.

Donald jubile, remercie, assure son patron qu'il ne le regrettera pas et tend même une main reconnaissante. Sans la lui serrer, Maxime dit :

— Fais deux chèques de mille dollars pour les deux filles… Attends : deux mille pour celle que j'ai giflée…

Donald, la bouche pleine de « oui, Max… bien, Max… merci, Max », finit par sortir.

En poussant un long soupir, Maxime se glisse enfin dans la piscine en grognant de bien-être. On a mis sa patience à rude épreuve, ce soir, et à plusieurs reprises. Une vraie conspiration. Et cette connasse qu'il a frappée ! Là, il a gaffé, il fallait bien l'admettre. Mais les insinuations indécentes qu'elle a proférées, c'était… c'était trop… C'était inadmissible ! De toute façon, il s'en est plutôt bien sorti. Dans le passé, il a déjà perdu le contrôle de façon plus dramatique…

Un flash confus : deux phares de voiture, deux visages éclairés et effarés, un choc sourd… et le regard accusateur de Francis…

Pour chasser ces réminiscences, il s'empresse de glisser dans l'eau et se relaxe enfin, en bougeant à peine. Il a beau être mince, il ne pratique aucun sport et nage avec autant de grâce qu'un unijambiste manchot. Appuyé contre le bord, il fixe le plafond, le visage tout à coup mélancolique. Puis, après quelques minutes, il sort de la piscine et retourne dans son bureau, où Gabriel ne se trouve plus, ce qui ne semble pas inquiéter l'animateur. Rapidement, il se rhabille puis sort de la pièce. En chemin, il rencontre quelques personnes qui le saluent. Il arrive devant une porte sur laquelle est inscrit « salon-rencontre » et entre.

La pièce est conviviale, avec des couleurs apaisantes. Un bar dans un coin, une table de billard dans un autre, plusieurs fauteuils confortables. Dans l'un d'eux est installée une femme d'une quarantaine d'années qui se lève à l'entrée de l'animateur.

— Bonsoir, monsieur Lavoie, dit-elle en tendant la main. Macha Lemay, pour la Première Chaîne.

Il lui donne la main.

— Je croyais que Radio-Canada ne s'intéressait pas aux reality shows, fait-il remarquer d'une voix suave, tout en marchant vers le bar.

— Votre émission n'est pas tout à fait un reality show. Et ce n'est pas votre show qui nous intéresse autant que le phénomène.

— Qu'est-ce que vous prenez ? demande l'animateur en se dirigeant vers le bar.

— Pendant les entrevues, je préfère ne pas boire.

— Voyons, ne me faites pas rire…

Il prépare deux gin tonic tandis que Macha poursuit :

— Nous préparons un reportage-radio qui sera diffusé dans quatre jours, le douze. Ça parle de la popularité des reality shows.

— Vous venez de me dire que mon émission n'entre pas vraiment dans cette catégorie.

— Disons que c'est un reality show nouveau genre.

Max approuve en silence et s'assoit. La journaliste l'imite tout en déposant son verre sur une petite table sans y avoir goûté.

— J'avoue que je ne suis pas une fan et que je n'écoute ni votre émission ni aucune autre télé-réalité. L'entrevue ne sera donc pas complaisante. Vous pouvez encore refuser, vous savez…

— J'assume parfaitement ce que je fais, je ne redoute aucune entrevue. Mais attendez-vous à toutes les réponses.

— C'est parfait.

Elle sort un petit magnétophone. Avant de le mettre en marche, elle observe Maxime en penchant la tête sur le côté, l'air maligne.

— Vous parlez mieux que dans votre émission… Pourquoi ?

— Vous avez remarqué ça? Je croyais que vous ne l'écoutiez pas…

Le petit sourire de Macha défaille un moment, mais elle se reprend rapidement:

— Il a bien fallu que je l'écoute un peu pour préparer mon dossier.

— Évidemment.

— Alors, pourquoi utilisez-vous un niveau de langage plus populaire en ondes?

— Pourquoi les animateurs de la Première Chaîne se donnent-ils un accent français même s'ils sont nés à Sorel?

Lemay hoche la tête d'un air entendu, comme si elle disait: «Un à zéro.» Tout à coup, le bruit d'une porte qu'on ouvre lui fait tourner la tête. C'est Gabriel qui entre dans la pièce, toujours avec sa boîte de céréales.

— Il sera discret, promet Maxime.

Lemay hoche la tête et lance vers le garçon:

— Bonsoir, heu… Gabriel, c'est ça?

L'adolescent, silencieux, va s'asseoir dans un fauteuil à l'écart. Il prend quelques Froot Loops, les porte à sa bouche et les mâche mécaniquement, sans quitter la journaliste des yeux. Cette dernière paraît mal à l'aise un court moment, puis se désintéresse du jeune adolescent. Elle dépose le magnétophone près de son verre et explique:

— Nous parlerons de la popularité de votre émission et de la controverse qu'elle engendre. Nous parlerons aussi de votre parcours atypique…

— Atypique?

— Tout de même, vous avez été pendant six ans un homme d'affaires à la tête d'une des entreprises les plus puissantes du pays, puis, il y a deux ans, vous lâchez tout pour faire de la télé…

Maxime a un très léger soupir ennuyé.

— Passer du monde de l'équipement de ski à celui de la télévision, c'est assez inattendu, insiste Lemay. Vous croyez que votre père, s'il était toujours vivant, serait fier de…

— Si vous n'y voyez pas d'inconvénients, je préférerais qu'on ne parle que de l'émission, coupe l'animateur. J'ai parlé de mon ancienne vie dans tellement d'entrevues…

La journaliste paraît un peu saisie. Pendant une seconde, on n'entend plus que le son de Froot Loops grignotées.

— Si vous voulez, accepte finalement Lemay.

Elle met en marche le magnétophone, prend le micro qui y est branché et, d'une voix toute profes-sionnelle, commence :

— Maxime Lavoie, vous êtes le concepteur, le producteur et l'animateur de l'émission *Vivre au Max*, qui entame cet été sa seconde saison. Il s'agit d'une des émissions les plus écoutées dans toute l'histoire de la télé québécoise, mais aussi de la plus controversée…

Maxime écoute mais une partie de son esprit se répète la phrase que lui a dite la journaliste quelques secondes plus tôt : « … *il y a deux ans, vous lâchez tout pour faire de la télé…* »

Deux ans déjà…, songe-t-il en prenant une gorgée de son gin tonic.

CHAPITRE 9

Le marbre de la grande table était si poli qu'on pouvait y voir le reflet des visages stupéfaits des neuf actionnaires principaux. Maxime, debout à l'une des extrémités, les mains posées à plat sur la table, attendait patiemment une réaction.

— Une émission de télévision ? demanda enfin l'un des hommes, dubitatif.

— Exact, acquiesça Maxime. Un projet immense qui va accaparer toute mon attention. Je voudrais que cette émission soit prête pour l'été 2005, ce qui veut dire qu'il ne me reste qu'une année pour la préparer. Je n'aurai donc plus le temps d'être ni président du conseil d'administration ni directeur de l'entreprise.

Silence, puis la seule femme du conseil articula d'une voix presque neutre :

— Eh bien, voilà une nouvelle assez bouleversante…

— Allons, pas de ça, voulez-vous ? Vous attendez tous ce jour depuis six ans ! Cette entreprise a besoin d'un vrai PDG, c'est-à-dire de quelqu'un sans moralité qui saura saisir toutes les opportunités d'enrichissement pour la compagnie, sans égard aux gens qu'elle exploite ! Quelqu'un comme l'était mon père !

Malaise dans la salle.

— Ton père a été le meilleur président de cette compagnie, répliqua avec dignité l'un des hommes.

Tous les yeux se tournèrent vers celui qui avait parlé, un vieillard qui démontrait une solidité et une assurance impressionnantes.

— Tu oublies, Michaël, qu'il n'y en a eu que trois, lui rappela Maxime d'une voix sèche.

— Il n'y en aura jamais de meilleur.

Les doigts élégamment posés sur sa tempe grise, Michaël Masina fixait le PDG dans les yeux. Celui-ci soutint son regard un moment, puis expliqua en prenant un dossier devant lui :

— Comme vous le savez, et à votre grand regret, je possède actuellement 40 pour cent des actions de Lavoie inc. J'ai l'intention de ne garder que 5 pour cent et de vendre le reste.

Comme il l'avait prévu, des lueurs discrètes mais réelles s'allumèrent dans huit paires de prunelles. La neuvième, celle de Masina, demeura sombre, toujours rivée sur le futur ex-PDG.

— Dans le dossier devant vous, il y a ma lettre de démission, le détail de mes actions, ainsi que le prix de vente que je vous propose.

Les chemises s'ouvrirent et, peu à peu, les expressions devinrent accablées.

— Mais... mais vous les vendez beaucoup plus cher que leur valeur boursière ! osa enfin dire un homme.

— Je n'étais peut-être pas un très bon président, mais je ne suis pas un imbécile. Si l'un d'entre vous achetait la totalité de ces actions, il deviendrait l'individu le plus puissant de Lavoie inc. Détenir le pouvoir sur des milliers d'employés au pays, sans compter ceux que nous exploitons dans le tiers-monde, c'est un droit qui se paie.

Nouveau malaise dans l'assistance. Masina demeurait imperturbable, mais derrière son visage dur on devinait un cerveau qui réfléchissait à toute vitesse.

— Alors voilà, je vous laisse négocier entre vous, conclut Maxime en fermant son dossier. Michaël, en tant que vice-président, présidera le reste de la réunion. N'oubliez pas, je conserve 5 pour cent. Au revoir et, si tout va bien, nous ne nous reverrons jamais : mon avocat s'occupera des transactions.

Il sortit de la pièce sans un mot de plus. Tandis qu'il s'éloignait de la porte fermée, il entendait déjà derrière celle-ci une cacophonie de discussions passionnées et houleuses. Quand il entra dans son bureau, une minute plus tard, il lança :

— C'est fait !

Assis au bureau, un garçon de onze ans jouait sur l'ordinateur. Maxime s'approcha et jeta un coup d'œil vers la grande fenêtre : à l'extérieur, sur la corniche de pierre, aucune trace du faucon. D'ailleurs, il ne s'était pas montré de la journée. Le milliardaire interpréta cette absence comme un bon présage.

— Tu entends, Gabriel ? C'est réglé !

Gabriel regarda enfin Maxime, inexpressif, et pourtant l'ex-PDG hocha la tête comme s'il approuvait un commentaire silencieux. Toute trace de cynisme avait maintenant disparu de ses traits. Il détacha sa cravate (Dieu ! qu'il détestait ces ornements bourgeois !) et c'est avec gravité qu'il marmonna :

— Dès maintenant, je peux m'y mettre pour de vrai.

Durant la demi-heure qui suivit, il rangea ses affaires, donna un ou deux coups de téléphone, remplit deux boîtes de dossiers et d'effets personnels, tandis que Gabriel continuait de jouer sur l'ordinateur, le visage par moments plissé par l'effort et la concentration, jamais par la joie ou le plaisir. Puis entra

Masina, sans s'annoncer, sans frapper. Ni Maxime
ni Gabriel ne lui prêtèrent la moindre attention et
lorsque le vieillard, ses mains parcheminées croisées
devant lui, comprit qu'on l'ignorait complètement,
il lança d'une voix sèche :

— Alors, tu t'es bien amusé, tout à l'heure ? Tu es
fier de ton petit numéro ?

— C'est toi qui as remporté le gros lot ? demanda
Maxime en déposant un cadre dans une boîte.

— Évidemment.

— Combien ?

— Vingt pour cent.

— Avec les vingt-cinq que tu possédais déjà, cela
t'en fait maintenant quarante-cinq. *Congratulazioni*,
monsieur le président ! Tu dois jubiler.

— Pas vraiment, non. Et tu le sais très bien.

Court silence.

— Pourquoi, Max ?

— Je l'ai expliqué tout à l'heure.

— Arrête, nous sommes…

Il était sur le point de dire « entre nous », mais son
regard bifurqua vers Gabriel, concentré sur sa partie.

— Je souhaiterais que nous parlions seuls.

— Je n'ai rien à cacher à Gabriel, fit Maxime en
se relevant.

L'Italien eut un ricanement rauque qui trahissait
son âge.

— Tu tiens maintenant plus à ce gamin que…

— Ce gamin est mon petit-neveu.

— *Basta*, de ces fadaises ! Je connais ta famille
plus que tu ne la connais toi-même ! Tu n'as aucun
petit-neveu de onze ans ! Pas plus que tu n'as jamais
rêvé d'être dans le show-business ! Je t'ai vu grandir
depuis ta naissance, alors ne me prends pas pour un
babbeo !

— Tu sais donc que je n'ai jamais vraiment souhaité prendre la succession de mon père.

— Sauf au début. À ce moment, tu étais enthousiaste, tu y croyais.

Maxime hocha la tête. Il contempla, tout à coup rêveur, le petit écriteau doré « Président-directeur » qu'il venait d'attraper sur son bureau.

— C'est vrai, au début j'y croyais… Tu as toi-même tout fait pour que j'y croie.

Il leva un regard accusateur vers Masina, mais ce dernier ne démontra aucun signe de regrets ou de remords.

— Mais ça n'a pas duré longtemps, ajouta Maxime.

Et il jeta l'écriteau dans la corbeille. Il alla ouvrir un classeur tout en poursuivant :

— Si tu ne me crois pas, attends l'été prochain et tu vas voir. Tu vas entendre parler de moi, c'est sûr.

— Il s'est passé quelque chose, Maxime, marmonna Masina d'un ton sentencieux. Depuis ton retour de Gaspé, il y a un mois…

Maxime se tourna brusquement vers lui, le regard furieux. Masina ne broncha pas, comme par défi. L'ex-président jeta un œil vers Gabriel. Ce dernier avait cessé de jouer et, les doigts figés sur le clavier, dévisageait le vieillard d'un air farouche, la bouche serrée.

— Va m'attendre au salon des employés, Gabriel, j'arrive tout de suite, fit alors gentiment Maxime.

Docile, l'enfant sortit de la pièce, non sans jeter un dernier regard plein de rancune vers Masina.

— Il ne faut pas parler de la Gaspésie devant Gabriel ! lança Maxime. Cela lui rappelle la mort de ses parents et…

— Qu'est-ce qui s'est passé, là-bas ?

— Mais tu le sais ! J'étais allé au second anniversaire de notre usine de Gaspé et, par hasard, j'ai su qu'un de mes petits-neveux, que je ne connaissais pas, venait de perdre ses parents ! On allait le mettre dans une famille d'accueil quand j'ai décidé de l'adopter ! J'ai toujours voulu avoir des...

— Ça suffit ! le coupa Masina. Je vois bien que tu ne veux rien dire.

Il se lissa les cheveux, s'approcha et mit ses mains sur les épaules de Maxime. Ce dernier en sursauta et fit même un pas de recul. Mais Masina, dont la poigne était encore solide pour un homme de son âge, ne le lâcha pas et insista, presque avec rage :

— J'ai toujours juré à ton père que je te surveillerais, que je t'empêcherais de faire des bêtises, alors...

Maxime se dégagea et, avec des gestes secs, ferma la boîte qu'il avait à moitié remplie. Masina, les bras ballants, le considéra avec tristesse et, tout à coup, ses soixante-treize ans ressurgirent par tous les pores de son visage défait.

— Ton père serait tellement déçu...

— Jamais autant que je l'ai été.

— De lui ?

Légère hésitation de Maxime, puis, en grimaçant :

— De tout.

Il était pressé de partir. Il évita le regard de Masina et expliqua en saisissant son veston accroché au mur :

— Bon, j'ai à faire. Et toi aussi, j'en suis sûr. Comme il ne te reste pas beaucoup d'années de présidence devant toi, tu n'as pas de temps à perdre, n'est-ce pas ? Je ferai prendre mes boîtes plus tard cette semaine. Si tu as des questions concernant la succession, je préférerais que tu en parles à Nicole ou à Serge au lieu de m'appeler. Pour moi, c'est fini.

— Et nous deux ? demanda Masina.

Maxime soutint enfin son regard.

— Je te nourrissais à la cuiller quand tu avais deux ans, marmonna le nouveau président.

— C'est vrai. Et de ta main libre, tu serrais celle de mon père qui venait de congédier deux cents employés.

Le vieil homme hocha la tête, comme s'il avait compris. Maxime ouvrit la porte et sortit. Dans son dos, Masina, comme incapable de retenir son ressentiment plus longtemps, cracha alors avec rancune :

— Tout ça pour faire de la télé ! *Porca miseria !* Ça va être quoi, au juste, cette stupide émission ?

Maxime se retourna, le visage étonnamment grave.

— Une bombe.

◆

Les journaux annoncèrent le départ de Maxime de Lavoie inc. Cela ne fit évidemment pas les premières pages, mais le monde des affaires s'en trouva tout de même secoué. La plupart des spécialistes s'entendirent pour affirmer que ce départ allait être des plus profitables pour la multinationale, dont le chiffre d'affaires avait diminué depuis la nomination du jeune Lavoie comme PDG.

Quelques jours plus tard, au cours de la dernière semaine de juin, Maxime rencontra Jacques Langlois, directeur de la programmation d'une chaîne de télévision, pour lui proposer un projet d'émission. Le gros homme, au départ, semblait peu intéressé, mais lorsque Maxime annonça qu'il s'agissait d'une téléréalité nouveau genre, Langlois devint attentif. Maxime parla longtemps. Langlois l'écouta, d'abord sceptique, puis saisi, finalement totalement abasourdi. Quand il objecta qu'il y avait des risques d'accidents graves, le milliardaire expliqua qu'on n'avait qu'à faire signer des «décharges» aux participants. Légalement, c'était faisable. Lorsque Maxime se tut, le directeur de la programmation étudia longuement l'homme devant lui et l'ex-homme d'affaires discerna clairement l'intérêt dans ses yeux. Un intérêt dérouté et prudent.

— Vous avez une idée de combien ça va coûter, une folie pareille?

— Je serai producteur.

— Pis après?

— Vous savez qui je suis?

— *Of course I know*, dit Langlois, qui avait la manie de ponctuer ses phrases d'expressions anglophones. Pis je sais que vous êtes milliardaire.

— Exact. Donc, je paierai tout et vous, rien. Pas un sou. Vous n'aurez même pas de studio à me fournir puisque je construirai le mien, qui devra être immense.

Défiance de Langlois, qui jouait avec son coupe-papier.

— Pis vous, vous demandez quoi?

Maxime exigeait que l'émission passe l'été, pour simplifier les tournages extérieurs. Et le seul salaire qu'il voulait était celui d'animateur… car il animerait l'émission. Langlois s'opposa: pas question qu'un inconnu, et un gars sans expérience de la télévision de surcroît, anime un show si ambitieux. Mais Maxime demeura inflexible: il payait tout, donc il décidait tout. Le coupe-papier virevoltait tellement entre les gros doigts boudinés qu'il risquait de s'envoler à tout moment. Langlois examinait toujours le milliardaire, se demandant s'il avait affaire à un illuminé ou à un homme raisonnable.

— C'est pour ce projet de fous que vous avez lâché la business?

— Exactement. Je le ferai, avec ou sans vous. Vous ne pouvez le faire sans moi, car vous n'aurez jamais assez d'argent pour y arriver. Mais moi, je peux aller voir ailleurs. Radio-Canada ne s'intéresserait sûrement pas à ce genre de concept, mais je suis sûr que TVA, votre concurrent direct, serait preneur.

Tournoiement du coupe-papier.

— *You're fuckin' nuts, you know that?*

Maxime ne réagit pas. Langlois finit par dire qu'il le rappellerait.

Trois semaines plus tard, le contrat était signé.

À la mi-juillet, Maxime rencontra un policier de Montréal. Le rendez-vous eut lieu dans un stationnement désert près du vieux port. Les deux hommes marchèrent en discutant, puis à un moment donné, un échange fut fait : de l'argent passa des mains de Maxime à celles du flic, tandis qu'une feuille de papier effectuait le trajet inverse. Aucune poignée de main. Le lendemain, Maxime se rendait à l'adresse indiquée sur la feuille de papier, un appartement minable de la rue Ontario. Le locataire, maigre, les yeux injectés, la peau blanche et moite, écouta Maxime. À la fin, plusieurs billets de cent dollars glissèrent sur la table vers le locataire. Celui-ci ramassa l'argent et dit à Maxime qu'il le rappellerait dans les trois jours. Le milliardaire lui donna un numéro de cellulaire. Maxime reçut le coup de téléphone deux jours plus tard. Le gars donna l'heure et l'endroit du rendez-vous. Maxime nota, remercia et lui assura qu'il n'entendrait plus jamais parler de lui. Après quoi, il se débarrassa du cellulaire. La semaine suivante, Maxime se rendit dans un restaurant espagnol de Montréal. Au garçon, il se présenta ainsi :

— Je suis Maxime Lavoie. Salvador m'attend.

Il ne ressortit du restaurant que trois jours plus tard, cerné, les vêtements fripés, le visage marqué d'ecchymoses mais victorieux.

Au début d'août, Maxime acheta un immense terrain vague dans Montréal-Nord et la construction d'un imposant studio se mit en branle.

Il retourna au restaurant de Salvador et, cette fois, fut accueilli avec courtoisie par l'Espagnol lui-même. Maxime lui donna plusieurs photos, dont celle de René Coutu, directeur du CRTC.

— Je veux que tu montes un dossier complet sur ce gars. Découvre toutes ses faiblesses et ses secrets.

Salvador, l'air désinvolte, le visage ravagé de rides malgré sa jeune quarantaine, habillé d'un costard digne du plus kitch des *pimps,* approuva en souriant.

— Tu brasses des grosses affaires mystérieuses, hein, *compañero?*

— Notre entente est que je paie et que tu ne poses pas de questions, tu te souviens?

Salvador gloussa et tendit la photo de Coutu à l'un de ses gardes du corps.

Les publicités à la télé et dans les journaux débutèrent. On annonçait une révolution télévisuelle pour bientôt. Une émission qui allait concrétiser les rêves les plus fous, les fantasmes ultimes, les idées hors d'atteinte, les souhaits secrets. Les gens intéressés à voir leur rêve se réaliser devaient se présenter à telle adresse, selon la région où ils habitaient, du lundi au vendredi, entre huit heures trente et dix-huit heures, sans rendez-vous. Les demandeurs devaient être âgés de dix-huit ans et plus.

Maxime mit sur pied quarante-quatre centres d'auditions dans seize régions du Québec: trois dans la région du Saguenay–Lac-Saint-Jean (un à Jonquière, un à La Baie, un à Roberval), trois en Abitibi-

Témiscamingue (Val-d'Or, Rouyn et Ville-Marie),
deux en Mauricie (Trois-Rivières et Shawinigan),
deux en Outaouais (Gatineau et Buckingham), trois
dans les Laurentides (Mont-Tremblant, Mont-
Laurier et Lachute), deux dans Lanaudière (Joliette,
L'Assomption), deux dans Charlevoix (La Malbaie
et Baie-Saint-Paul), quatre en Montérégie (Brossard,
Sorel, Valleyfield et Saint-Jean-sur-Richelieu), trois
dans le Centre-du-Québec (Victoriaville, Drummondville et Bécancour), trois dans les Cantons-de-l'Est
(Sherbrooke, Lac-Mégantic et Cowansville), trois
dans Chaudière-Appalaches (Lévis, Beauceville et
Montmagny), trois dans le Bas-Saint-Laurent (La
Pocatière, Rivière-du-Loup et Rimouski), trois en
Gaspésie (Matane, Gaspé et Paspébiac), deux sur la
Côte-Nord (Baie-Comeau et Sept-Îles), deux dans la
ville de Québec et quatre à Montréal. Les quarante-
quatre centres d'auditions furent prêts en un mois,
ce qui impressionna hautement Langlois :

— Vous niaisez pas avec le *puck*, vous ! On s'est
rencontrés y a deux mois à peine pis vous êtes prêt
à commencer les auditions ! Ça a dû vous coûter la
peau des fesses !

— Mais ça va valoir la peine, rétorqua Maxime.

Les auditions commencèrent en septembre. Il y
eut tellement de monde que dans certains centres,
les demandeurs devaient attendre en file pendant des
heures. Durant ce temps, les journalistes, intrigués,
tentaient d'avoir une entrevue avec l'ex-homme
d'affaires qui se lançait dans cette mystérieuse et très
coûteuse aventure. Maxime refusa toute entrevue et
demanda la même discrétion à Langlois qui, même
s'il avait envie de tout déballer, respecta la consigne.
La construction du studio progressait et il y avait
souvent une foule de curieux autour du chantier.

Les auditions se poursuivirent pendant quatre mois, durant lesquels trente-deux mille personnes dans le Québec auditionnèrent. Juste avant Noël, Maxime ferma les quarante-quatre centres d'auditions qui, uniquement en salaires, lui avaient coûté quatre millions de dollars. Dès les premiers jours de 2005, Maxime déposa sur le bureau de Langlois les dossiers des trente-trois participants sélectionnés pour les onze émissions de l'été. L'équipe de production fut aussitôt constituée et dès la fin de janvier, on se mit au travail. Préparatifs, plans de travail, horaire de pré-tournages et logistique furent mis sur pied… et c'est à ce moment, au tout début de février, que Maxime annonça qu'il prenait neuf semaines de vacances. Langlois s'alarma : deux mois de vacances, alors que l'émission commençait dans quatre mois ? Le milliardaire fut inflexible : il avait besoin de ce long « décrochage » et il ne daigna même pas dire où il allait, se contentant de laisser un numéro de cellulaire. De toute façon, toute l'équipe avait suffisamment d'instructions pour se débrouiller sans lui pendant deux mois.

Il disparut littéralement pendant neuf semaines. On l'appela une dizaine de fois et à chacune de ces occasions, il donna des consignes brèves et précises, sans préciser où il se trouvait.

À son retour au début d'avril, il ne semblait guère plus reposé. Pourtant, il se lança dans la production de l'émission avec une énergie extraordinaire. Les tournages des trips « pré-enregistrés » allaient bon train et aucun journaliste ne fut admis sur les locations. Si l'un d'eux réussissait à se faufiler et menaçait de tout raconter, on achetait son silence. Au début de mai, le Studio Max était à peu près terminé, suffisamment pour que toute l'équipe de Maxime y déménage. On dévoila enfin le titre de l'émission et la date de la première : *Vivre au Max,* dès le 9 juin, à vingt et une heures. Dans les journaux et à la télé, on supputait de plus en plus.

À la mi-mai, seul au centre de la scène sur laquelle se déroulerait l'émission, Maxime contemplait le décor et les gradins du studio, les mains dans les poches, le visage ravagé par la fatigue. Il devait se reposer un peu s'il voulait être à la hauteur. Mais tout était prêt. Avant même la grande première, le projet avait déjà coûté au milliardaire cent vingt millions de dollars.

— Dans trois semaines, marmonna-t-il.

Et ses yeux devinrent vaporeux, comme si son regard percevait autre chose que les gradins vides.

Que penserait Francis de tout ça, Max ?

Son front se plissa et dans son regard passa l'ombre du doute.

— Maxime...

Le futur animateur tourna la tête. Lisette Boudreault, la relationniste de l'émission, venait d'entrer. Boulotte pas très grande, elle devait avoir quarante-quatre ans au maximum, mais trop de bronzage intensif avait incrusté dix années supplémentaires dans la peau de son visage.

— J'ai encore reçu huit demandes d'entrevue de différents journalistes.

Elle gratta sa tempe avec son stylo.

— Je sais que vous voulez garder le mystère jusqu'au bout, mais... l'émission commence dans trois semaines, alors...

Maxime la considéra un moment. Elle se teignait les cheveux en blond, se maquillait trop... C'était clair qu'elle luttait contre ce corps ingrat qu'elle n'acceptait pas. Mais quand Maxime l'avait engagée, il lui avait offert un salaire qu'elle n'avait sûrement jamais imaginé pouvoir gagner un jour. Mentalement, il prédit que, dans les six mois, elle commencerait à dépenser son fric non seulement pour poursuivre le combat contre son corps, mais pour le gagner. Elle n'aurait pas besoin de l'émission, elle, pour réaliser son rêve : avec l'argent, elle le concrétiserait seule. Du moins pour un temps.

— D'accord, Lisette, dit-il en souriant. On commence les entrevues.

CHAPITRE 11

— J'ai envie de rien… J'ai beau suivre vos conseils, ça marche pas. Pas pantoute.

Elle faisait face à Frédéric Ferland, le regard implorant et éteint à la fois. Assis à deux mètres d'elle, le psychologue fixait son calepin ouvert qu'il tenait sur son genou croisé. En haut de la page, il avait inscrit : *10 juin 2005, Pierrette Allard*, puis plus rien. Que pouvait-il bien écrire, d'ailleurs, qu'il n'avait pas déjà noté des centaines de fois ?

La pièce était décorée de manière déroutante, avec moult reproductions et bibelots, tous artistiquement intéressants mais de styles totalement disparates. Van Gogh côtoyait Andy Warhol, une chaise en acier de style Bauhaus trônait devant une petite table très Louis XV, des miniatures de madones italiennes voisinaient des idoles africaines… Au milieu de ce foisonnement baroque, Pierrette Allard, une quinquagénaire à l'air abattu, à la coiffure fatiguée et à la chair molle, roula un moment la bague de son annulaire, puis jeta avec rancœur :

— Tout le monde a des passe-temps sauf moi !

— Vous seriez étonnée, rétorqua Frédéric. Beaucoup de gens n'occupent leur journée qu'avec le travail, les repas et les enfants.

— Tout le monde devrait avoir un passe-temps !

— Vous avez bien raison.

— Le vôtre, c'est quoi ?

Frédéric leva les yeux.

En fait, je n'en ai pas un précis. J'ai essayé toutes sortes de choses. Il y a trois mois, j'ai même essayé de baiser un homme, pour la première fois de ma vie. Le fait qu'il éjacule sur mon visage m'a énormément excité, mais deux heures plus tard, lorsque nous avons recommencé, j'étais déjà blasé. Il y a neuf mois, j'ai essayé le parachutisme. Très grisant aussi. Mieux que la planche à neige, que j'avais aussi pratiquée auparavant. J'ai fait du parachutisme durant tout l'automne, puis il a fallu arrêter pour l'hiver. Quand j'ai recommencé il y a un mois, je ne trouvais plus cela très intéressant. En ce moment, je cherche autre chose, je poursuis mon vol... Icare continue de monter, de battre des ailes, mais il rencontre de moins en moins de choses sur sa trajectoire, il est sur le point de quitter la stratosphère... Peut-être avez-vous des idées à me suggérer ? Qu'est-ce que vous diriez si je vous enculais, là, tout de suite ? Je n'ai jamais baisé une de mes clientes. Encore moins une névrosée comme vous qui êtes sexuellement si coincée que vous ne devez même pas savoir où est votre clitoris. Oui, enculer une sainte-nitouche et jouir aux sons de ses hurlements d'incompréhension... Vous êtes volontaire ?

— Nous ne sommes pas ici pour parler de moi, Pierrette.

— Mais ça pourrait me donner des idées, insista-t-elle.

Frédéric ressentit une soudaine envie de rire, qu'il eut bien du mal à réprimer.

— Eh bien… je lis.

— J'aime pas lire… Si je lisais, j'imagine que ça irait mieux. Faudrait peut-être que je me force.

— J'ai des patients qui lisent beaucoup et qui ont tout de même de graves problèmes. Un passe-temps n'est pas non plus la solution mira…

— Je regarde la télévision, le coupa-t-elle, comme si elle n'avait pas entendu le psy. Mais j'imagine que c'est pas vraiment un passe-temps…

— Cela dépend. Un passe-temps est une activité que nous pratiquons avec plaisir parce qu'elle vient chercher en nous des ressources que nous n'exploitons habituellement pas dans nos activités principales.

Pierrette a un renfrognement déçu.

— Je regarde la télé surtout parce que j'ai rien de mieux à faire…

Son visage s'éclaira tout à coup.

— Des fois, il y a des mozustes de bonnes émissions! Y en a une nouvelle qui a commencé hier: *Vivre au Max!* L'avez-vous écoutée?

Frédéric soupira intérieurement. Il ne regardait pas beaucoup la télé, mais depuis ce matin, impossible d'ouvrir un journal sans tomber sur une critique ou une analyse de cette émission.

— Non, je ne l'ai pas écoutée.

— C'est vraiment spécial! Des gens viennent réaliser leur rêve, vous imaginez? Ça fait tout un scandale! C'est vrai qu'ils font des affaires assez capotées! Y en a un qui…

— Pierrette, ce n'est pas en regardant la vie des autres que vous allez régler les problèmes de la vôtre.

Elle blêmit.

— Qu'est-ce que vous voulez dire?

Tu t'en doutes un peu, non? Même si tu viens me voir encore pendant dix ans, cinq fois par semaine, ça ne changera rien parce qu'il est trop tard! Tu as cinquante-trois ans, tu as passé ta vie à travailler en aménagement urbain, à t'occuper de ta maison, à magasiner, à élever des enfants qui sont partis, à rester fidèle à un mari qui ne te désire plus, à parler de rien avec tes voisines aussi ternes que toi, à écouter la télévision, à te coucher à dix heures quarante et à te lever à sept heures dix, à faire un voyage dans le Sud de temps en temps dans un hôtel plein d'autres Québécois blasés, à prendre un petit verre une fois par six mois, à te faire coiffer, à maigrir et à engraisser, à feuilleter des magazines féminins, à fantasmer sur ton beau-frère que tu évites comme la peste, à empiler des REÉR pour tes vieux jours, à écouter Céline Dion et Bruno Pelletier, à t'émouvoir sur de mauvais films, à décorer ton salon et ta cuisine, et là, après trente ans de ce rythme, tu te couches le soir, tu regardes le plafond et tu étouffes, tu paniques et tu ignores pourquoi, tu l'ignores mais tu comprends une chose, c'est qu'il est trop tard! Trop tard pour quoi, tu ne sais pas, mais trop tard, oui, ça tu le sais, tu le sens, trop tard, TROP TARD!

Il se frotta l'arête du nez, replaça ses lunettes et dit posément:

— Je veux dire que vous ne pouvez pas vous contenter de vivre différentes excitations uniquement par procuration.

Il dérapait, ça n'avait pas de sens de parler ainsi à une cliente. Et il commettait ce genre de maladresses de plus en plus souvent. Difficile de croire qu'il s'était déjà intéressé à ses clients… En fait, non: il s'intéressait aux névroses, qu'il trouvait jadis fascinantes. Quant aux gens qui les vivaient, il devait bien admettre qu'il n'avait jamais rien ressenti à leur égard. Ni empathie ni agacement, juste de l'indifférence.

Rien de nouveau dans cette vision des choses. Déjà, durant l'enfance, il trouvait tout terne. L'adolescence, malgré les quelques beuveries et les soirées de danse, était rapidement devenue pénible. Il avait eu peu d'amis, pour la simple raison que la communication avec autrui s'avérait souvent un acte ennuyant. Les gens avaient si peu de choses à dire… tout comme lui, d'ailleurs, il en était bien conscient. Au cégep, après bon nombre de questionnements, il avait opté pour la psychologie. Si les gens ne l'intéressaient guère, leurs désordres mentaux, par contre, promettaient d'être plus stimulants. Tout en étudiant à l'université, il s'était marié avec Gisèle, une étudiante en socio. Il la connaissait peu, mais elle était follement amoureuse de lui. En fait, il ne s'était même pas demandé si lui l'aimait. Mais comme ses propres parents étaient mariés et semblaient comblés, Frédéric s'était dit qu'il n'avait rien à perdre à essayer. Et effectivement, pendant quelques années, il avait connu un certain bonheur. Il avait même eu deux enfants, parce qu'après tout, c'était la suite logique, non ? La vie de famille lui avait donc donné une certaine félicité et il avait commencé son travail de psychologue avec enthousiasme, captivé par ses patients… ou plutôt par leurs névroses. Mais après quelques années, la monotonie s'était installée. Et après vingt ans de fidélité et d'ennui, il avait commencé à s'intéresser à tout ce qu'il avait négligé dans son adolescence : il s'était mis à tromper Gisèle, à sortir et à boire beaucoup. Gisèle l'avait quitté alors qu'il avait quarante-trois ans, faisant ainsi preuve d'un courage qu'il n'avait pas.

Il considéra sa cliente avec lassitude et précisa plus doucement :

— Vous devez trouver un sens à votre vie.

Pierrette l'observa avec effroi et, au bord des larmes, elle demanda :

— Comment on fait ça ?

Une image affolante s'imposa à l'esprit du psychologue : Icare qui sortait de la stratosphère, qui manquait d'air mais qui continuait son ascension, suffoquant… Il regarda sa montre et s'empressa de dire :

— L'heure est passée, nous en reparlerons la semaine prochaine.

— Mais… vous avez pas répondu à ma question !

— C'est une question complexe, on ne peut pas y répondre en trente secondes. Nous prendrons le temps qu'il faut à notre prochaine rencontre.

Pierrette se leva, quelque peu hagarde. Elle lança un regard contrit vers Frédéric, salua mollement, puis finit par sortir.

Le psychologue fit quelques pas dans la pièce en poussant une longue expiration, les mains sur la tête. Il devait reprendre le contrôle, sinon ses clients finiraient par l'abandonner… Pourquoi n'arrêtait-il pas, alors ? Cinquante et un ans, c'est un bel âge pour la retraite, non ? Mais il avait besoin d'argent. Il en avait dépensé tellement au cours des deux dernières années… Et il y avait la pension de Gisèle qui lui coûtait un bras.

Il pensa au prochain week-end. Rien de prévu. Il n'avait eu aucune relation sexuelle depuis neuf semaines. Il pourrait retourner aux partouzes de Lucie. Cela devait bien faire quatre ou cinq mois qu'il n'y était pas allé. Oui, pourquoi pas ? Peut-être avait-elle trouvé de nouvelles variantes, elle qui était si imaginative. Pourtant, cette perspective ne l'enthousiasmait pas tellement. Après le parachutisme, quel pourrait bien être le degré suivant ? Le *bunjee*, peut-être? Son cœur serait-il assez fort? Le *bunjee* était peut-être à étudier, mais par pour ce week-end, qui commençait demain et s'annonçait donc plutôt terne...

Pourtant, après que Gisèle l'eut quitté, les week-ends avaient été très colorés. Pendant quatre ans, il avait accumulé les aventures d'une nuit, même s'il ne s'intéressait pas davantage à son prochain. Il ne trouvait les gens intéressants que dans la mesure où ceux-ci le désennuyaient, ce qui arrivait à l'occasion. C'est ce qui expliquait sans doute qu'il n'avait pas vraiment d'amis. Mais après quatre années de célibat, il commençait à en avoir marre et c'est à ce moment qu'il avait rencontré Audrey, de dix ans plus jeune que lui. Une révélation: artiste en arts visuels, intellectuelle, belle et bonne baiseuse. Le couple avait duré deux années. Dont une de parfait bonheur, d'ardeur continuelle, autant physique qu'intellectuelle. Frédéric avait autant de plaisir à faire l'amour à Audrey qu'à lire les livres de philosophie qu'elle lui faisait découvrir. Mais l'ennui, toujours en alerte, était revenu à la charge. Avait-il vraiment aimé Audrey ou l'avait-il tout simplement trouvée plus distrayante que la moyenne des gens? Frédéric avait su enfin, de manière irrémédiable, que la vie de couple ne le comblerait jamais à long terme. Ce qu'il devait rechercher, c'était l'extrême. L'impensable. Le hors-limites. C'est ce qu'il s'efforçait de faire depuis bientôt deux ans.

Il regarda sa montre. Son prochain client serait là bientôt. Il erra dans la pièce, examina d'un air absent son diplôme sur le mur, mit de l'ordre dans ses papiers pourtant parfaitement classés... Son regard tomba sur un livre sur la petite table Bauhaus. Le roman policier qu'il était en train de lire. Un flash: envoyer au diable son prochain patient et lire

pendant l'heure suivante. Il adorait les polars.
D'ailleurs, n'avait-il pas rêvé d'être flic quand il
était jeune ? Mais ses parents l'en avaient dissuadé.
Peut-être n'aurait-il pas dû les écouter… Détective :
voilà un boulot qui aurait été réellement passionnant.
Des enquêtes, des vraies, le défi de trouver la solution,
de percer le mystère… Toujours un but à atteindre,
toujours des énigmes à résoudre, toujours différentes… L'exaltation de chercher, de comprendre,
de trouver… Chaque criminel étant un cas différent,
complexe… Mais n'était-il pas devenu psy pour les
mêmes raisons, croyant que chaque névrose serait
différente ? Et pourtant, il s'en lassait de plus en
plus…

Non, une enquête policière, c'était différent ! Aller
sur le terrain, frayer avec le monde de l'illégalité,
se frotter au sordide et au danger, au vrai danger !
Rien à voir avec le fait d'écouter les mêmes symp-
tômes et les mêmes obsessions durant des heures !
De plus, son envie d'être flic n'avait rien à voir avec
la fierté de faire respecter la loi. Celle-ci, d'ailleurs,
lui avait toujours semblé assez assommante. Non,
le défi était d'entrer dans la mécanique opaque du
crime, de la comprendre, de la dépasser et de la casser !
Un jeu. Un jeu perpétuel. Le criminel lui-même devait
s'amuser aussi, pourquoi pas ? Sa passion à lui était
de déjouer tout le monde, de désobéir…

Il s'appuya des deux mains sur son bureau. S'il
était trop tard pour vivre l'embrasement de l'enquêteur, il lui restait celui du criminel…

Il fut si foudroyé par cette idée qu'il n'entendit pas
les petits coups frappés à la porte. Il fallut que le
visiteur ouvre lui-même pour que Frédéric, hébété, se
retourne. Un grand Noir dans la trentaine piétinait
sur place, emprunté, et le psychologue reconnut enfin
Hervé Desroches, son client suivant.

— Heu… c'est l'heure de mon rendez-vous…

Frédéric plaqua un sourire d'usage sur son visage.

— Excusez-moi, Hervé. Allez, venez vous asseoir…

Les deux hommes s'installèrent l'un en face de
l'autre, et Frédéric demanda comment s'était déroulée
sa semaine. L'autre prit un air piteux.

— Assez déprimante… Au travail, c'était mortel…
On s'est engueulés, ma femme et moi… Je suis allé
au cinéma deux fois et les films étaient vraiment
nuls…

Frédéric hocha la tête, remerciant le ciel que ce
patient soit le dernier de la journée. Hervé releva alors
la tête et annonça avec enthousiasme :

— Mais j'ai vu une nouvelle émission à la télé,
hier soir, *Vivre au Max*. Vous l'avez écoutée ?

CHAPITRE 25

L'affaire Diane Nadeau est déjà désignée, dans les journaux de Drummondville, comme l'événement le plus dramatique de 2006, même si l'on n'est que le 12 juin, date à laquelle la criminelle doit passer devant le juge pour sa représentation sur sentence. Pierre, en montant dans sa voiture pour se rendre au Palais de justice, ressent une certaine lassitude. Il se doute bien de ce qui va se passer tout à l'heure : la Défense va plaider la folie, la Couronne va réfuter, et le juge va se donner une semaine pour étudier tout cela. De la simple formalité.

Tandis qu'il roule, le détective allume la radio : la musique qui en sort ne l'intéresse pas et Pierre cherche distraitement une autre chanson. Il tombe alors sur une entrevue avec Max Lavoie et écoute avec intérêt.

— Il y a beaucoup de gens qui s'inscrivent pour participer à votre émission ? demande l'intervieweuse.

— Trente-deux mille l'année dernière, pis à peu près le même nombre cette année, répond Lavoie.

— Et, paraît-il, vous lisez chacune des demandes ?

— *Right !* Pendant quatre mois, je ne sors plus pis je fais juste lire ! Pis je les conserve toutes, répond

Lavoie avec une fierté affectée. Ce qui fait que si, à la dernière minute, il y a un concurrent qui ne peut plus ou qui *back*, je retourne fouiller dans les vieilles demandes pour trouver un remplaçant. C'est déjà arrivé une couple de fois.

— Et vous n'en retenez que trente-trois par saison... Quels sont les critères pour qu'un participant voie son rêve se réaliser à *Vivre au Max*?

— Que ce soit possible pis non criminel.

— Et, si on se fie à ce qu'on voit, plutôt... insignifiant?

— Dites ça aux concurrents, pas à moi. Moi, j'offre des possibilités, mais ce sont les gens qui décident quoi en faire. Je les laisse libres.

Si Chloé entendait cette entrevue, se dit Pierre, elle serait sûrement découragée. Du moins, c'est ce que croit le policier à la lumière de sa discussion avec sa collègue l'autre soir.

Eh oui: il a fini par accepter d'aller prendre un verre avec elle, il y a deux jours. Rien de sérieux, juste une manière de conclure agréablement leur première enquête ensemble. Chloé était habillée d'un short en jeans et d'un t-shirt rouge, comme pour bien marquer qu'il s'agissait d'une sortie non professionnelle. Pierre, lui, était vêtu comme d'habitude, avec son pantalon noir et sa chemise grise, abandonnant tout de même son veston et sa cravate pour la soirée. Ils ont discuté une couple d'heures au Saint-Georges, un bar relax. Enfin, c'est surtout elle qui a parlé. De son divorce à Sherbrooke, de son choix de venir à Drummondville, du fait qu'elle aurait aimé avoir des enfants. Pierre, moins loquace, glissait quelques phrases de temps à autre. Puis, il y a eu un silence, rempli par les discussions ambiantes et les sonneries de téléphones cellulaires qui retentissaient à intervalles réguliers. La jeune femme a regardé son collègue dans les yeux, comme si elle disait : « À ton tour ! Qu'as-tu donc à dire ? » Pierre a fini par parler de Diane Nadeau.

— Un cas sordide mais qui, finalement, a été ben facile à régler…

— On va pas parler de la job en buvant une bière ! a rétorqué gentiment Chloé.

Pierre a pris une gorgée de son verre, se demandant ce que les femmes pouvaient bien avoir contre l'idée de parler du boulot. Il travaillait dix heures par jour, il ne pouvait tout de même pas parler de patin artistique !

— C'était ben le fun avec ma fille, la semaine passée.

— J'imagine ! a répondu Chloé, emballée par ce sujet. Tu ne la vois pas souvent, je pense.

— Deux fois par année, parfois trois…

— Montréal, pourtant, c'est pas si loin !

— C'est ça que je lui dis.

— Je disais ça pour toi, surtout.

Et elle a eu un sourire malicieux.

— Je suis tellement occupé, s'est défendu Pierre.

— Vous avez fait quoi, elle et toi ?

Pierre a cherché un moment.

— On est allés au resto. On a jasé un peu, pis… on a regardé la télé.

Comme si cette phrase lui tendait une perche, il a expliqué qu'il venait de s'acheter un nouveau téléviseur (un cinquante-cinq pouces, enfin !) et qu'il pourrait désormais écouter ses émissions sans risquer de se fracturer la main à force de frapper sur l'appareil. Chloé a ri, ce qui a agréablement surpris Pierre, réputé pour avoir peu d'humour.

— À cause de mon ancienne télé, j'ai manqué la fin de *Vivre au Max*, jeudi passé, a-t-il ajouté.

Chloé a grimacé.

— Tu aimes cette émission ?

— Ben… oui.

— Moi, je la déteste. Je trouve que c'est le comble de la niaiserie humaine.

Tout en conduisant sa voiture, Pierre se rappelle que la remarque de sa collègue l'a insulté, comme si elle le concernait, lui, personnellement. À la radio, la journaliste demande :

— En tout cas, monsieur Lavoie, on ne peut pas dire que vos émissions fassent appel à ce qu'il y a de plus noble dans l'être humain.

— L'année passée, il y a eu quelques rêves très touchants, rétorque la star. Comme cette femme qui a emmené six enfants pauvres de son quartier à Disney World…

— Ce genre de rêve ne se produit pas souvent.

— C'est pas de ma faute à moi ! Je vous répète que ce sont les concurrents qui décident. Pis ça dépend de ce que vous entendez par noble. On tombe dans les jugements de valeur, là…

Bien répondu, se dit Pierre qui, par ricochet, songe de nouveau à sa sortie avec Chloé. Cette dernière, à un moment, est revenue sur *Vivre au Max* et lui a demandé :

— Qu'est-ce que tu aimes dans cette émission ?

Après avoir fixé son verre un moment, il a fini par répondre :

— Quand j'écoute la télé, c'est pour relaxer après une dure journée de travail, pas pour trouver un sens à la vie.

Il s'est dit que cette réponse boucherait Chloé. Mais, à sa grande surprise, la jeune femme a éclaté de rire.

— Tu penses que j'écoute la télévision pour trouver un sens à la vie ? Moi aussi, le soir, je suis crevée !

Pierre a remarqué la musicalité des éclats de rire de sa collègue, comme s'ils étaient autant de manifestations de sa joie de vivre. Sans cesser de sourire mais le regard un peu plus songeur, elle a ajouté doucement :

— De toute façon, le plus important, c'est pas de trouver un sens à la vie, mais à la nôtre.

Pierre a tiqué. Ça voulait dire quoi, ça, trouver un sens à *notre* vie ? La vie allait tout droit et on n'avait qu'à suivre, ce n'était pas plus compliqué que ça. Il a donc pris soin d'orienter la discussion vers un autre sujet (son intention de rénover son sous-sol, tiens !) tout en commandant une nouvelle bière.

— Comment expliquer que tant de gens aiment regarder ce genre d'émission ? demande l'intervieweuse à la radio.

— Ils vivent les mêmes expériences que les participants, mais par procuration, répond Lavoie sans louvoiement. C'est pas tout le monde qui aurait le *guts* de faire l'amour en parachute ou de plonger dans une rivière au volant d'un *char*. Ces idées-là excitent sûrement ben du monde ! De voir des gens les exécuter à la télé, ça donne au spectateur une sorte de contentement, ça crée une complicité. C'est comme au cinéma. On se met à la place du héros. Pourtant, personne dénonce le cinéma, alors pourquoi on dénonce les reality shows ?

— Parce que c'est avec du vrai monde et ce qu'ils font est réel.

— Justement, c'est plus vrai, donc c'est ben mieux !

Pierre s'arrête à un feu rouge, encore une fois songeur. Après deux consommations, il est allé reconduire Chloé (l'été, elle refuse de prendre sa voiture car elle préfère marcher) et elle lui a demandé d'arrêter une minute à la tabagie Marier, encore ouverte. Elle est revenue dans la voiture avec cinq ou six journaux, dont certains qu'il ne connaissait même pas. Lisait-elle tout cela ? Lorsqu'ils se sont arrêtés devant le triplex où elle habite, elle a posé un baiser sur la joue du détective avec un naturel déroutant. En retournant chez lui, Pierre a frotté sa joue qui portait une mince trace de rouge à lèvres et s'est dit que, même s'il avait passé une agréable soirée, il devrait, à l'avenir, ne plus accepter les invitations de Chloé.

Pourquoi donc ? se demande-t-il au volant de sa voiture en repensant à cette résolution. *Pourquoi ce refus de sortir avec une collègue ? Au contraire, ça simplifierait les choses, non ?* Le feu passe au vert et la voiture se remet en route.

— Même si ces exploits ne sont pas les vôtres, vous les assumez en les montrant à la télé, insiste la journaliste. Le modèle de vie que vous proposez est assez superficiel, non ?

— Voyons, je propose aucun modèle, moi, vous voyez plus de choses dans mes émissions que je veux en mettre ! Je propose des trips, point final. Pis s'il y a des gens qui veulent faire de ces trips leur mode de vie, j'y peux rien ! De toute façon, y est où, le problème ?

Pierre approuve en souriant. Cette manie qu'ont certains journalistes intellos de compliquer les choses ! Heureusement, Max Lavoie n'est pas du genre à se laisser marcher sur les pieds ! Cette intervieweuse s'entendrait bien avec Chloé, tiens ! Pierre arrête sa voiture dans le stationnement du Palais de justice et, avant de descendre, écoute encore l'entrevue un bref moment.

— Tout de même, monsieur Lavoie, vous ne faites pas ça par philanthropie. Tout cela doit être plutôt payant.

— Vous pensez ça? Savez-vous combien ça me coûte, une saison de *Vivre au Max*? Juste en procès, c'est débile! J'aime l'argent, mais si je peux mener la vie de luxe que je mène en ce moment, c'est plus grâce à la vente de Lavoie inc. qu'à mon émission!

— Alors, quoi? Si ce n'est pas pour l'argent, quel est votre moteur?

— Mon moteur...

Lavoie prend deux bonnes secondes puis:

— Mon moteur premier, c'est le plaisir. Ça fait de moi un producteur assez *weird,* disons.

Pierre regarde sa montre: allez, pas une minute à perdre. À regret, il ferme la radio.

◆

— L'accusée est donc convoquée lundi prochain, à la même heure, pour connaître sa sentence, conclut le juge.

Son marteau émet un petit « poc » sec contre le bois, mettant ainsi fin à la séance. Les deux avocats ramassent leurs affaires tandis que deux policiers s'approchent de Diane Nadeau pour l'escorter. Au fond de la salle, Pierre observe la meurtrière, qui se laisse faire en silence, le visage aussi sépulcral que lors de son arrestation il y a douze jours. Les deux policiers de Tanguay ont expliqué au détective, tout à l'heure, qu'elle ne parle presque pas depuis son incarcération, sinon pour demander, de temps en temps, qu'on la laisse « se retirer ».

— Terme intéressant, a expliqué un psy à Pierre la semaine dernière. « Retirer » implique l'idée qu'elle a accompli quelque chose, mais pas nécessairement qu'elle le regrette. C'est comme si elle constatait que désormais, il n'y a plus de raison valable pour qu'elle demeure dans ce monde.

Ces théories psychanalytiques, ce n'est vraiment pas la tasse de thé du détective, lui qui n'est motivé que par une chose : arrêter les criminels. Comprendre leurs motivations peut, à la limite, être intéressant pour les retrouver plus vite, mais dans le cas de Diane Nadeau, tout a été dit : femme introvertie qui n'a pas accepté que son ex fonde une famille avec une autre conjointe. Elle a pété les plombs, et voilà. Qu'elle utilise le mot « retirer » au lieu de « suicider » avait d'abord intrigué Pierre (tout comme cette autre phrase qu'elle avait dite à sa meilleure amie deux semaines avant de passer à l'acte, qu'est-ce que c'était, déjà ? « *Il faut que ça flambe au plus vite.* »), mais au bout du compte, cela change quoi aux faits ? Rien du tout.

Les deux policiers de Montréal ont par contre ajouté que depuis hier, Nadeau, tout en conservant le silence, montre quelques signes d'agitation. Effectivement, Pierre remarque que l'assassin, tandis qu'on l'escorte vers le fond de la salle d'audience, paraît plus troublée. Malgré son visage fermé, elle lance des regards traqués autour d'elle, a des gestes plus secs, cligne souvent des yeux. Pierre croit même voir ses lèvres bouger, comme si elle marmonnait des mots pour elle-même. Il se tourne vers Chloé, debout à ses côtés, et propose :

— Bon, allons disperser la bande d'énervés dehors avant que Nadeau sorte.

La détective, qui observe Nadeau avec intensité, ne bouge pas, comme si elle n'avait pas entendu. Pierre répète sa phrase et Chloé, qui réagit enfin, approuve de la tête et suit Pierre.

— Je pensais à Nadeau, s'excuse-t-elle. Qu'est-ce qui a bien pu la pousser à commettre un tel geste ?

— On le sait, voyons : meurtre passionnel.

— Non, non, je veux dire : comment peut-on en arriver là ? Comment peut-on être malheureux au point de faire *ça* ?

Pierre ne relève pas, quelque peu ennuyé. Décidément, cette Chloé aime vraiment se poser des questions compliquées…

En sortant du Palais de justice, ils tombent sur une petite foule d'une trentaine d'individus et sur deux caméras de télévision en provenance de Montréal. Pierre et Chloé demandent à tout ce beau monde de dégager le passage et le repoussent posément. Malgré leurs expressions peu avenantes et agressives, les gens obéissent. Mais lorsque Diane Nadeau, escortée par les deux flics, apparaît quelques secondes plus tard, la foule explose en malédictions haineuses. Pierre et Chloé demeurent de chaque côté du passage, les bras écartés, mais personne ne fait mine de vouloir s'approcher de la meurtrière. Cette dernière, le visage crispé, perdue dans des pensées manifestement chaotiques, semble à peine se rendre compte de la présence de ses pourfendeurs. Elle ne cesse de se mordiller les lèvres, daigne enfin observer la foule autour d'elle… et, en apercevant l'une des caméras tout près, la meurtrière s'immobilise, hésite un centième de seconde et tout à coup, comme si elle laissait enfin surgir ce qui la tourmente depuis la veille, se met à crier vers l'œil de verre :

— Il faut que vous fassiez quelque chose ! Pis vite ! Le plus vite possible !

C'est si inattendu que tous se taisent instantanément. Pierre et Chloé eux-mêmes se retournent avec curiosité. Les deux gardiens veulent obliger Nadeau à se remettre en marche, mais celle-ci se dégage d'un mouvement brusque, tend tout son corps vers la caméra et sa voix est si enragée, si désespérée, que la foule impressionnée recule de quelques pas :

— Je pourrai pas me retenir longtemps, vous entendez? Je... je ne peux plus! *Je ne peux plus!*

La cohue se remet aussitôt à l'injurier. Les deux policiers réussissent enfin à remettre leur prisonnière en marche. Nadeau, tout à coup adoucie, se laisse guider sans résistance, le visage blême d'épuisement. Pierre la suit des yeux tandis qu'on la fait entrer dans le fourgon qui la ramènera à Montréal.

— Qu'est-ce qu'elle a voulu dire, tu penses? demande une voix.

C'est Chloé qui s'est approchée. Autour des deux détectives, les manifestants s'éparpillent déjà, curieusement sereins, comme satisfaits de s'être tant défoulés.

— Aucune idée, répond Pierre en réajustant son veston.

Tous deux observent le fourgon s'éloigner sur le boulevard.

CHAPITRE 3

Maxime Lavoie, les bras le long du corps, le torse bien droit, observa le cadavre de son père à ses pieds et ne put empêcher sa bouche de se tordre en un rictus de dégoût.

L'aspect physique du macchabée à lui seul justifiait une telle réaction. René Lavoie était obèse et sa nudité le rendait encore plus burlesque. L'énorme ventre flasque débordait sur le carrelage en céramique et le minuscule pénis, éperdu au milieu de cette graisse, inspirait plus la dérision que la virilité. Étonnant, d'ailleurs, que ce dérisoire appendice ait pu encore servir. Non pas tant à cause de l'âge de René Lavoie que de son poids et de sa lamentable forme physique. D'ailleurs, quel âge avait-il, déjà ? Le jeune homme se livra à un rapide calcul. Nous étions en 1998, donc… ma foi, cinquante-quatre ans seulement. Bien jeune pour passer l'arme à gauche, mais plutôt vieux pour se livrer aux galipettes qui l'avaient conduit à sa mort. À la pensée de ce qui s'était vraisemblablement passé, Maxime n'en grimaça que davantage.

— Tu pourrais au moins être plus discret, souffla une voix à son oreille.

Maxime tourna la tête. Le sexagénaire à ses côtés semblait parfaitement réveillé et l'empressement avec lequel on l'avait tiré du lit n'altérait en rien sa dignité et son élégance naturelle. Mais Maxime décelait bien la lueur de reproche dans le regard de l'homme, qui poursuivit à voix basse :

— Pour l'instant, il n'y a que des policiers, mais dans cinq minutes, les journalistes seront ici, alors *per favore,* joue le jeu, ne serait-ce qu'un minimum…

Maxime regarda autour de lui : les policiers, éclairés par les luminaires extérieurs, qui allaient et venaient dans l'immense cour ; la poufiasse en robe de chambre, toujours en pleurs, qui racontait tant bien que mal, pour la dixième fois, son histoire à deux flics ; la piscine creusée, illuminée de l'intérieur, avec un îlot-bar en plein centre ; et sur le sol en céramique, René Lavoie, son père, nu, le ventre à l'air, les yeux entrouverts, le front ouvert et maculé de sang séché, mort. Maxime observa tout cela d'un œil morne et articula :

— Pour la discrétion, Michaël, je pense que c'est trop tard.

— Tu sais ce que je veux dire, Maxime…

Bien sûr, qu'il savait. Jouer le jeu. Comme toujours. Comme partout. Sauf que Maxime n'avait jamais aimé cette sorte de jeu. Cette manie des gens de dévier la réalité l'avait toujours radicalement écœuré. Et là, même dans la mort, il semblait qu'il faille jouer encore. Et son père aurait sans doute été le premier d'accord. Il toisa le corps à nouveau et tenta de l'imaginer en train de courir, nu et hilare, affreusement vulgaire, puis glisser sur le carrelage, se péter le front sur cette petite table design et laide, puis s'étendre de tout son long, foudroyé par la crise cardiaque, cherchant un souffle que ses poumons ravagés ne trouvaient pas, suffoquant comme un énorme morse échoué sur une banquise... Oui, il imaginait très bien la scène, et s'il n'avait été aussi nauséeux, il aurait sans doute ri, d'un rire sans joie, un rire qui aurait eu la même texture et le même goût qu'un jet de vomissure.

La main discrète mais solide de Michaël Masina lui prit le bras.

— Viens, on va aller discuter à l'intérieur...

Maxime se laissa guider à travers la foule de policiers. L'un d'eux s'approcha, avec un visage de circonstance.

— Excusez-moi de vous déranger encore, monsieur Lavoie, mais je ne veux faire aucune erreur dans le rapport et... C'est bien monsieur Masina qui vous a appelé et non madame Lambert, c'est ça ?

Maxime retint un sourire. Accoler à cette pétasse de dix-huit ans le mot « madame » était pour Maxime le comble de la politesse poussée jusqu'à l'hypocrisie. Il se demanda combien de maîtresses comptait son père. Car il devait posséder un harem, comme tout pacha qui se respecte.

— Exactement.

Il jeta un œil vers Iza Lambert, mannequin au futur prometteur, toujours en pleurs près d'un flic. Quand Maxime était arrivé un peu plus tôt, elle était hystérique, mais il avait tout de même réussi à comprendre l'histoire qu'elle racontait aux policiers. Car elle n'avait même pas essayé de camoufler la vérité, trop bouleversée pour réfléchir (en supposant qu'il lui arrivât de se livrer à pareil exercice). Elle et René étaient arrivés à la résidence secondaire du milliardaire vers minuit trente, après un luxueux souper en ville. Ils s'étaient baignés dans la piscine (nus, manifestement), puis René avait prétendu être

un méchant rôdeur à la recherche de chair fraîche,
l'un de ses jeux préférés.

Le jeu, toujours…

Iza, bonne joueuse, était sortie de la piscine en
faisant mine de se sauver

*(autre évocation risible : Iza, sur le bord de la
piscine, qui mime la frayeur en ondulant son cul
provocant, poussant de petits rires idiots)*

et René, comme à l'habitude, était sorti à son tour
en jouant les mauvais garçons

*(son père, énorme et repoussant, de trente-six ans
l'aîné de sa maîtresse et quatre fois et demie sa
corpulence, courant sur le carrelage, grognant stupidement comme un ours, ses mains grasses brandies
devant lui, inconscient que dans quelques secondes,
il allait crever, crever comme un porc, nu et grotesque,
affichant enfin à la face du monde sa laideur, sa
profonde et fondamentale laideur)*

mais il n'avait pas fait attention au carrelage glis-
sant et…

Elle avait appelé le 9-1-1, bien sûr. Et, tout de
suite après, elle avait rejoint Masina. Et ça, Maxime
savait pourquoi. Il l'imaginait penchée sur le corps
suffocant de Lavoie, en pleurs, tandis que celui-ci,
en proie à la crise cardiaque, bredouillait : « Masina…
Appelle Michaël Masina… », ou quelque chose du
genre. Jusqu'à la porte de la mort, le grand homme
d'affaires aura pensé à tout. Mais Iza Lambert n'était
pas une femme d'affaires et tout ce qu'elle avait vu,
c'était l'éventualité de se retrouver seule avec un
mort. Contacter la police, pour elle, allait de soi.
Comment lui en vouloir ? Après son coup de fil aux
flics, elle s'était sans doute rappelé la demande de
son amant. Elle avait fouillé dans le calepin de
Lavoie et trouvé le numéro dudit Masina. Cette

scène aussi, Maxime l'imaginait sans difficulté : le fidèle bras droit, redressé dans son lit, dépeigné mais déjà en alerte, le téléphone sur l'oreille, faisant signe à sa femme préoccupée de se taire.

— Vous avez appelé quelqu'un d'autre ? avait-il sûrement demandé.

Maxime aurait donné cher pour voir la grimace de Masina en entendant la réponse de la mannequin surexcitée.

— Vous ne leur dites rien avant que j'arrive, d'accord ? avait-il sûrement ordonné de cette terrible voix qu'il prenait lorsqu'il parlait aux subalternes de la compagnie.

Le jeu, encore, sauf que personne ne s'amusait dans cette partie. Drôle de jeu, se disait Maxime… Puis, Masina l'avait rejoint, lui, tout de suite après le coup de téléphone d'Iza.

— Je passe te chercher, il est arrivé quelque chose à ton père. N'appelle pas ta mère !

Quand ils étaient arrivés, la police était déjà là et Iza, incapable de se maîtriser, avait tout raconté. Seule consolation pour l'Italien : aucun journaliste n'était encore sur les lieux.

Le policier écrivit quelque chose dans son rapport, tandis que Masina lui demandait si on allait dégager le corps bientôt.

— Encore quelques minutes, monsieur, mais ça ne devrait pas tarder.

Le vieil homme entraîna de nouveau Maxime et, trente secondes plus tard, ils se retrouvaient tous deux au second étage dans le bureau de René Lavoie, presque entièrement vitré et dont la vue donnait sur la piscine. Masina, les mains dans les poches, observa un moment la scène en bas, les policiers grouillants, le corps blanc du PDG sur le bord de la piscine, et pour la première fois de la soirée, la tristesse apparut sur son visage ridé. Cette fois, Maxime sut que le vice-président de Lavoie inc. avait momentanément cessé de jouer.

— Il était comme mon *fratello*, Max.

Maxime ne dit rien, mais il savait que le vieil homme ne frimait pas. S'il y avait une chose vraie et sincère dans cette entreprise, c'était l'amitié qui liait son père et Michaël Masina. Du plus loin que pouvaient remonter les souvenirs de Maxime, l'Italien avait toujours été là, à toutes les fêtes, à tous les événements importants de la famille Lavoie, heureux ou malheureux. Et si, quand il était petit, Maxime le trouvait très drôle et très généreux, il avait fini par découvrir que lorsque son père et lui se retrouvaient dans le bureau de René Lavoie, l'oncle Masi devenait le vice-président Masina.

Le sexagénaire se tourna vers Maxime. La tristesse avait déjà disparu de son visage et la sévérité de l'homme d'affaires avait refait surface.

— Mais nous pleurerons plus tard. Pour l'instant, il faut que tu saches, Maxime : tu es le nouveau directeur général de Lavoie inc.

Le jeune homme ouvrit de grands yeux.

— Tu n'es pas surpris, tout de même ? Tu es fils unique. Ton père te lègue non seulement sa fortune, mais toutes ses actions. Je le sais, il m'en a souvent parlé. Quarante pour cent de la compagnie t'appartient désormais.

— Mais c'est absurde ! Je ne me suis jamais intéressé aux affaires de mon père ! Je les ai toujours méprisées !

— Tu crois qu'il ne le savait pas ? Ç'a toujours été le drame de sa vie ! Mais il s'est dit qu'à sa mort il te léguerait tout et que tu n'aurais pas le choix.

— Comment, pas le choix ? ! Je n'ai qu'à vendre les parts, c'est tout ! Tiens, je te les vends à toi, pas cher ! Avec tes propres actions, tu seras majoritaire dans la compagnie ! C'est ce que tu souhaites, non ?

— Non !

Maxime fronça les sourcils. À travers la gravité du visage de Masina, la tristesse se fit entrevoir par quelques fissures.

— Lavoie inc. appartient à ta *famiglia*. C'est ton grand-père qui l'a fondée. Il a été le premier à vendre, dans une petite bâtisse grosse comme ma main, des accessoires de ski qu'il fabriquait le soir à la sueur de son front. C'est ton père qui en a fait une multinationale. Et c'est toi qui vas poursuivre l'œuvre familiale.

Encore une fois, Maxime savait que ce discours n'était pas de la frime. Comme s'il avait lu dans ses pensées, Masina ajouta :

— De tous les hommes qui ont travaillé dans l'entreprise de ton père, je suis le seul qui ne trahira jamais la confiance d'un Lavoie. Mon poste de vice-président me va très bien et je m'en accommoderai jusqu'à ma mort... si tu veux de moi, bien sûr.

— Comment, si je veux de toi ?

— Parce que tu seras aussi le président du conseil d'administration. Ne t'inquiète pas, ta nomination ne sera pas un problème, j'y veillerai.

— Michaël, tu... tu me faisais faire l'avion quand j'avais cinq ans, je ne peux pas être ton patron !

— Tu vas voir que ça ne marche pas comme ça. Ton père et moi étions des partenaires.

— Justement, je ne connais rien, moi, en affaires ! Et je n'ai même pas trente ans !

— Ton père savait tout ça, et c'est pour ça qu'il m'a fait jurer de t'aider du mieux que je le pourrais si jamais il venait à...

Il ne compléta pas sa phrase, remué. Maxime marcha vers la fenêtre en se lissant les cheveux. Il observa l'animation en bas, son regard glissa jusqu'au cadavre flasque de son père. Le dégoût revint sur son visage. Masina s'en rendit compte et s'approcha de lui. Pendant une seconde, il fit mine de lui prendre affectueusement les épaules, mais se retint au dernier moment.

— Je sais que tu n'avais pas beaucoup d'estime pour ton père…

Maxime eut un rictus amer pour souligner l'euphémisme.

— Mais lui, poursuit l'Italien, croyait en toi… Si la compagnie ne restait pas dans la *famiglia*, ce… ce serait comme le tuer une deuxième fois !

— Voilà une excellente raison pour refuser, alors !

— Et tu feras quoi ? se fâcha alors Masina. Tu continuerais à vivre dans ton petit trois et demi ? à remplacer de temps à autre des enseignants malades ? à corriger des épreuves pour un salaire ridicule ? et, entre deux emplois temporaires, à rêvasser à un monde meilleur et à lire ton foutu Baudelaire ? Tu as vingt-huit ans, Maxime ! Tu vas mener cette vie merdique pendant combien de temps encore ?

Maxime tiqua. Ses études en lettres et en philosophie n'avaient jamais donné de travail très stable au jeune homme. Son père lui avait offert durant des années un poste intéressant dans la compagnie, mais Maxime avait toujours refusé. C'étaient d'ailleurs à peu près les seules fois où Lavoie et son fils avaient parlé ensemble : lorsque le père voulait que son fils travaille pour lui. Sa vie était-elle aussi misérable que l'insinuait l'Italien ? Maxime revit les vingt-huit dernières années en accéléré : son enfance entre un père qu'il ne voyait jamais et une mère dépressive qui dépérissait ; ses amis d'école qui ne le fréquentaient que pour son argent et son luxe, mais qui ridiculisaient son tempérament rêveur et romantique ; ses études au cégep et sa quête de l'idéal au moyen de toutes sortes de causes sociales anti-capitalistes, qui s'étaient avérées décevantes ; son départ de la maison à dix-huit ans ; d'autres faux amis qui voulaient profiter de son argent ; sa désillusion du monde universitaire, où les facultés étaient à la solde des grandes entreprises ; son exaspération, lorsqu'il enseignait, de constater que ses jeunes étudiants se gavaient de conneries et n'aspiraient qu'à une chose : baiser le plus possible, gagner un max d'argent et faire la fête jusqu'à la fin des temps... Et il y avait eu Nadine, une étoile qui s'était transformée en trou noir... Il l'avait rencontrée à l'université. Ils avaient sorti ensemble et il l'aimait à devenir dingue. Elle était la Pureté, l'Idéal qu'il cherchait tant dans ce monde sans cœur. Mais quand, au bout de quatre mois, elle avait compris qu'il n'avait pas l'intention de travailler dans l'entreprise de son père, elle l'avait plaqué pour un imbécile de fils à papa qui étudiait en finances. C'était pire qu'une trahison, c'était... c'était l'écroulement complet. Sa réaction avait été irrationnelle, absurde. Dangereuse. Heureusement, Francis était là et l'avait aidé.

Francis... La seule vraie perle dans ce dépotoir. Son complice depuis l'école secondaire. Son seul et vrai ami. Celui qui lui donnait l'espoir de croire qu'il devait bien y avoir d'autres personnes comme eux, quelque part, prêtes à se battre pour changer les choses. D'ailleurs, si Francis s'était trouvé là à ce moment, dans cette pièce richement meublée, s'il avait entendu l'offre qu'on lui faisait, qu'aurait-il fait ? Comment aurait-il réagi ?

Cette fois, Masina mit sa main sur l'épaule de Maxime et ce dernier fut frappé par l'éternelle jeunesse de l'homme devant lui. Il avait soixante-sept ou soixante-huit ans, mais on ne l'aurait jamais cru. Ce n'était pas une question physique, ses rides étaient nombreuses et évidentes, ses cheveux d'un poivre et sel assumé. En fait, son air de jeunesse venait de la solidité qu'il dégageait, de la *superbe* qu'il affichait toujours, en toutes circonstances. Une idée désagréable traversa le jeune homme : l'obsession de faire de l'argent gardait-elle plus jeune que le sport ?

— Écoute, fit l'Italien. Tu as la chance de devenir le principal actionnaire d'une des compagnies les plus riches du pays. Tu vas avoir le genre de pouvoir que peu de gens peuvent se targuer de posséder. Si tu veux dire non à ça, juste pour aller contre la volonté de ton père ou pour des raisons idéologiques, libre à toi. Mais toi qui as toujours voulu changer les choses, tu aurais maintenant le pouvoir de le faire. Réfléchis à ça.

Maxime fronça les sourcils. Les deux hommes se mesurèrent du regard, mais c'est le plus jeune qui finit par baisser la tête. Maxime songea que la dernière fois que Masina avait baissé les yeux le premier devant quelqu'un devait remonter à sa petite enfance dans une cour d'école italienne… Et encore !

La main quitta l'épaule de Maxime. Masina replaça une mèche de ses cheveux, ajusta son veston sur ses épaules et jeta un coup d'œil vers la fenêtre.

— *Cazzo…,* marmonna-t-il.

En bas, quatre individus faisaient irruption dans la cour, dont deux avec des appareils photo.

— Viens, fit Masina en marchant rapidement vers l'escalier.

— Mais… Mais comment ont-ils su?

— Comment les vautours trouvent-ils une carcasse dans le désert? Allez, viens!

Maxime suivit Masina. Lorsqu'ils arrivèrent dans la cour, les photographes avaient déjà commencé à prendre des clichés du corps inanimé de Lavoie, tandis que les journalistes bombardaient les flics de questions.

— Messieurs, s'il vous plaît, lança l'Italien d'une voix ferme.

Tous se tournèrent vers lui, comme s'ils avaient reconnu la voix d'une autorité naturelle. Maxime demeura à l'écart tandis que le sexagénaire expliquait:

— Je suis Michaël Masina, vice-président de Lavoie inc. Je me ferai un plaisir de répondre à vos questions.

— Lavoie était avec sa maîtresse, c'est ça?

— Allons, qu'est-ce qui vous fait croire une telle chose?

Ironique, le journaliste désigna Iza Lambert plus loin, maintenant seule et qui, toujours emmitouflée dans la robe de chambre masculine, observait la scène avec égarement. Les mâchoires de Masina se raidirent un moment, mais, flegmatique, il articula:

— Je vous propose de me suivre pour que nous puissions discuter de tout ça posément.

Et sans attendre de réponse, il marcha vers la serre vitrée, à quelques pas de là. Après un bref moment de flottement, les journalistes lui emboîtèrent le pas. Masina ouvrit la porte de la serre pour laisser passer les journalistes, mais avant d'entrer lui-même, il revint rapidement sur ses pas. Il sortit un chéquier de son veston, signa rapidement un chèque en blanc et le tendit à Maxime.

— Tiens, donne quelque chose à cette *puttana* pour qu'elle déguerpisse enfin et qu'on n'en entende plus jamais parler.

— Pas question ! Je ne veux rien savoir de ces magouilles dégu...

— Tu veux que le scandale sorte un peu partout ?

— Je m'en fous complètement !

— Et ta *madre*, tu t'en fous aussi ?

Maxime se figea, pris de court. Sa mère dépressive, qui n'avait jamais pu vraiment s'occuper de lui mais qui avait fait le maximum que ses capacités lui permettaient... Sa mère fragile qui se gavait de pilules et restait assise au salon ou près de la piscine toute la journée, à lire des romans à l'eau de rose...

À contrecœur, Maxime prit le chéquier. Masina approuva de la tête.

— Tu vois, quand je te dis de réfléchir, c'est exactement pour *ça*.

Il retourna rapidement vers la serre. Maxime avait mal au cœur, comme lorsqu'il sortait d'un fast-food. Il regarda autour de lui : il ne restait que deux policiers qui discutaient près de l'entrée de la cour. Plus loin, un médecin légiste agenouillé examinait le corps. Plus personne ne s'occupait d'Iza. Maxime essuya sa bouche pourtant sèche et marcha vers elle. Elle le regarda approcher, l'air méfiant malgré ses pleurnichements.

— Écoute..., commença-t-il froidement.

— Je te reconnais, le coupa-t-elle tandis que son regard s'éclairait. T'es Maxime, son fils !

Maxime fit signe que oui.

— C'est toi qui vas hériter de tout, alors ?

Évidemment, elle avait vite fait le lien. Le jeune homme sentit sa nausée s'intensifier tandis que la mannequin se remettait à chialer :

— C'est épouvantable ! René était un homme tellement exceptionnel ! Je sais qu'il était marié, mais… je l'aimais pour de vrai ! Vraiment !

Maxime l'observa faire son numéro un moment, le visage de glace.

Alors, voir un homme mourir, ça joue sur les nerfs, ma belle ? Surtout quand cet homme vaut des milliards et a des relations un peu partout, y compris dans le monde de la mode ! Pas drôle d'être obligée de se trouver un autre vieux riche à sucer ! On commence à peine à s'habituer à son sperme ranci et hop ! on doit faire subir à ses papilles gustatives un entraînement intensif en vue du prochain choc ! Pas facile… Est-ce qu'il te battait, en plus ? Devais-tu subir non seulement sa queue mais ses coups ? Si c'est le cas, difficile de lui en vouloir là-dessus ! Moi-même, en ce moment, si je ne me retenais pas, je te foutrais une ou deux baffes solides, ou même pire, je…

Il frissonna, soufflé par tant d'agressivité.

— Bon, ça suffit, dit-il d'une voix retenue pour ne pas attirer l'attention. Voici un… un petit quelque chose pour… pour te consoler.

Allez, aussi bien jouer un peu lui aussi. Le temps d'éloigner toute cette saleté, toute cette boue… Iza cessa de pleurer, soudain intéressée. Le stylo dans une main, le chéquier dans l'autre, Maxime hésitait. Combien devait-il donner ? Merde, merde, il ne connaissait rien là-dedans, *rien !* D'un geste rageur, il inscrivit le nombre vingt mille, détacha le chèque et le jeta presque au visage de la fille, qui, en voyant le montant, loucha de stupéfaction.

— J'imagine que tu sais ce que ça veut dire.

Elle leva la tête vers lui. Et tout à coup, un sourire enjôleur retroussa ses lèvres, en total contraste avec la détresse qu'elle affichait dix secondes plus tôt.

— Merci… Mais l'argent ne remplacera jamais René…

Elle s'approcha alors de Maxime jusqu'à le frôler et entrouvrit la robe de chambre, qui laissa furtivement voir un corps parfait. Maxime contempla cette splendeur de la nature une courte seconde. Plusieurs années auparavant, il se serait sûrement agenouillé devant cette icône en remerciant Dieu de lui envoyer une telle preuve de Son existence, mais depuis sa séparation avec Nadine, les charmes féminins le laissaient assez froid. Il avait bien couché avec quelques filles au fil des années, mais les expériences s'étaient avérées décevantes. En fait, ce n'était pas un corps sculptural qu'il voyait en ce moment, mais le jeu qu'il représentait, crasse et convenu, stupide, vain et insignifiant.

Le jeu, l'ostie de jeu…

— Peut-être que le fils pourrait me faire oublier le père, susurra Iza avec un regard si exagérément vicieux qu'il en était risible.

Mais Maxime n'avait même pas envie de se moquer. La seule chose qui aurait pu fuser de sa bouche à ce moment était un crachat, qu'il réussit à retenir par un effort de volonté colossal et, surtout, grâce à l'évocation de sa mère. Il entrouvrit les lèvres, juste assez pour râler les mots :

— Va-t'en… tout… de suite…

La mine vicieuse de l'allumeuse flancha ; après un haussement d'épaules, elle referma sa robe de chambre, alla ramasser ses vêtements qu'elle s'obstinait à ne pas enfiler et disparut.

Maxime ferma les yeux en prenant une grande respiration, puis reluqua vers la serre, tout illuminée dans la nuit. À l'intérieur, Masina parlait avec animation aux journalistes qui écoutaient, sur la défensive mais attentifs. Un autre jeu qui se jouait, avec des joueurs consentants, prêts à réinventer les règles au fur et à mesure.

Il détourna la tête, épuisé autant physiquement que moralement. Son regard tomba sur le corps de son père, là-bas. Le légiste se relevait et s'éloignait. Après une brève réticence, Maxime s'approcha du cadavre et reprit la même posture qu'un peu plus tôt, avec la même répugnance dans le regard. Il essayait de trouver un soupçon de compassion ou de tristesse dans son âme. Rien. Au contraire. Voir un tel rapace mort, n'était-ce pas une immense délectation?

Pour ne pas dire une solution?

Les mots de Masina lui revinrent à l'esprit. Avoir un pouvoir gigantesque, un pouvoir que très peu de gens possèdent… Un pouvoir qui, au lieu d'empirer les choses, pourrait les améliorer… À nouveau, le jeune homme se demanda ce que serait la réaction de Francis s'il était là. Que ferait-il? Que ferions-*nous*?

Deux infirmiers arrivaient avec un brancard. Sans s'occuper de Maxime, ils soulevèrent péniblement le corps, ce qui produisit sur le carrelage un désagréable bruit de succion, et s'affairèrent à le glisser dans une grande enveloppe de tissu. Maxime observait la scène avec une soudaine résolution dans le regard. Quand on remonta la fermeture-éclair de l'enveloppe, Maxime s'éloigna à grands pas, sans un regard vers la serre. Il monta dans sa Honda et démarra.

Il arriva à Montréal trente minutes plus tard, roula dans les rues assoupies du Plateau-Mont-Royal et arrêta sa voiture devant un logement de la rue Fabre. Le pas décidé, il monta l'escalier et sonna plusieurs fois. Au bout de trois minutes, un jeune homme grassouillet et à peine réveillé, habillé d'un caleçon et d'un t-shirt, apparut à travers la vitre de la porte. En reconnaissant le visiteur, il s'empressa d'ouvrir.

— Max! Criss, as-tu vu l'heure?

— Faut que je te parle, Francis!

En émettant un grognement pour la forme, Francis fit entrer son ami. Une minute plus tard, ce dernier était assis à la table de la cuisine éclairée par une ampoule au plafond. Francis, après s'être frotté les yeux, installa sur son nez ses petites lunettes rondes, puis alla au frigo en demandant à son visiteur s'il voulait quelque chose.

— Un gin tonic.

— Je suis à moitié endormi, Maxime, tu pourrais pas me demander quelque chose de plus simple?

— Une bière.

Francis revint à la table avec deux bouteilles, s'assit et croassa:

— Si mes étudiants me demandent demain matin pourquoi je suis si fatigué, je répondrai que mon ami m'empêche de dormir la nuit... Et ils vont penser que je suis gai.

— Mon père est mort cette nuit.

Francis n'eut aucune réaction d'apitoiement ou de compassion. Au contraire, il eut une petite moue presque indifférente et, en dirigeant la bouteille vers sa bouche, lâcha d'un ton neutre:

— C'est pour ça que tu as ressenti un besoin urgent de fêter...

Maxime ne put s'empêcher d'esquisser un sourire. Déjà à l'école secondaire, au début de leur amitié, Francis Lemieux était le plus ironique des deux, celui qui avait le plus de répartie, et Maxime lui avait toujours envié cette personnalité forte. Comme lui, c'était un idéaliste, un poète, un rebelle qui refusait les règles du jeu, mais son humour et sa personnalité le rendaient plus efficace que Max. Alors qu'en société, durant des discussions animées, le jeune Lavoie finissait par se fâcher devant l'égoïsme et la bêtise des interlocuteurs, le jeune Lemieux, lui, toujours souriant, répondait avec des pointes brillantes, caustiques et dévastatrices.

— C'est vrai que je ne me noie pas dans mes larmes, admit Maxime.

— J'imagine même le contraire. Je me souviens de t'avoir souvent entendu souhaiter sa mort.

Il prononça ces mots sur un ton de reproche et ajouta même :

— Maintenant que ton vœu est exaucé, peut-être que tu as des remords…

— Aucun.

Francis secoua la tête et, tout en prenant une autre gorgée, laissa tomber sur un ton mi-sérieux, mi-railleur :

— Tu es vraiment inquiétant, parfois…

Il déposa la bouteille déjà à moitié vide sur la table en ajoutant :

— Mais, bon, je dois avouer que je n'irai pas pleurer sur sa tombe.

— Francis, il me lègue tout son fric et ses actions de la compagnie.

Cette fois, le jeune enseignant ne trouva rien à répliquer.

— Je n'ai qu'un mot à dire pour devenir PDG de Lavoie inc.

— Et milliardaire.

— Et milliardaire.

— Tu vas enfin accepter de me payer une bière de temps en temps…

En voyant l'air grave de son ami, Francis devint austère à son tour.

— Tu ne vas quand même pas accepter ?

— Je crois que oui.

Cette fois, c'est l'appréhension qui apparut sur les traits du jeune prof.

— Tu vas devenir ce que toi et moi méprisons le plus ?

— Écoute, ça fait plus de douze ans qu'on veut changer les choses, toi et moi, et qu'on trouve que nos efforts sont vains.

— Erreur : *tu* trouves que nos efforts sont vains. Moi, j'ai toujours considéré que mes petits gestes au jour le jour, que mes efforts pour sensibiliser mes étudiants étaient parfaitement valables en considération du peu de munitions dont je dispose. C'est toi qui es perpétuellement frustré. Frustration, d'ailleurs, qui ne peut que te nuire, je te l'ai toujours dit…

— Exactement, je suis toujours frustré ! Mais si je suis riche, si je prends la tête de Lavoie inc., je pourrai frapper grand et large ! Je pourrai mener l'entreprise à ma manière !

— Il y aura de la résistance au sein même de la compagnie, tu t'en doutes bien.

— Et alors ? s'emporta le jeune héritier. Ce sera moi le patron, c'est moi qui déciderai ! Et ceux qui s'opposeront à ma vision seront éliminés, voilà tout !

— Qu'est-ce que tu entends par éliminer ?

Maxime émit un petit rire puis, en voyant l'air sévère de son ami, comprit qu'il ne se moquait pas.

— Voyons, Francis, c'est une façon de parler, pourquoi tu poses une telle question ?

— Parce que ce mot a déjà eu un sens très littéral pour toi.

Maxime eut l'impression que les ténèbres, autour de la table, devenaient encore plus épaisses.

— Pourquoi tu… pourquoi tu reparles de ça, Francis ? Ça fait huit ans… Et je t'ai dit je ne sais combien de fois que mon intention n'était pas de les tuer…

— La police a pourtant dit que c'était un miracle que le gars n'ait que les deux jambes cassées.

— Je sais, mais j'avais bu quelques bières, mon jugement était faussé et… Je voulais juste leur flanquer la frousse !

Mais était-ce vraiment le cas ? Lorsqu'en roulant en voiture cette nuit-là (cette vieille bagnole que Francis et lui avaient achetée en mettant en commun leurs maigres économies d'étudiants), il avait vu Nadine et son nouvel amoureux bourgeois marcher dans cette petite rue déserte main dans la main en lui tournant le dos, qu'avait-il ressenti exactement ? La rage, bien sûr. La frustration. La révolte à l'idée que cette fille si belle, si intelligente, puisse nourrir des projets si vains, si bassement matériels… Qu'elle puisse ne pas être d'accord avec ses idéaux à lui, qu'elle ne comprenne pas… Pire : qu'elle *refuse* de comprendre et qu'elle choisisse consciemment et volontairement ce clown nuisible, ce futur financier, symbole même de tout ce qui était le contraire de Maxime ! Aveuglé par cet outrage, il avait foncé vers eux, mais dans quel but, exactement ? Uniquement pour leur faire peur, vraiment ? Alors pourquoi n'avait-il pas ralenti ? N'était-ce pas un miracle que Nadine se soit retournée juste à temps pour voir la voiture, crier et se jeter sur le côté ? Et si son amoureux, alerté par le cri, n'avait pas effectué lui-même un saut à la dernière seconde, la voiture se serait-elle contentée de lui fracasser les jambes au vol ? S'il n'avait pas l'intention de les tuer, Maxime aurait-il ressenti, tandis qu'il se sauvait à pleins gaz, cette amère déception ?

Mais non, il n'avait pas voulu les éliminer, c'était absurde ! Et cela le mettait en colère d'être obligé de le répéter à son meilleur ami huit ans plus tard.

— D'ailleurs, tu sais bien que ce n'était pas mon intention puisque tu m'as aidé ! lui rappela Maxime sur un ton sombre.

Francis approuva en silence. C'était vrai qu'il avait tiré son ami du pétrin. Car cette nuit-là, sur le chemin du retour, la déception avait rapidement disparu en Maxime pour laisser place à l'incrédulité, au remords et surtout à la peur. Lorsqu'il était allé réveiller Francis dans son appartement de la résidence universitaire et qu'il lui avait tout expliqué en pleine panique, son ami avait réagi promptement : il avait pris la voiture et il était allé percuter un arbre de plein fouet. Alibi parfait pour Maxime : lui et Francis avaient eu un accident et avaient passé la nuit à chercher un garage ouvert. Alibi qui tint la route lorsque la police, le lendemain, vint questionner Maxime et examiner la voiture, trop cabossée pour y déceler toute trace louche. L'amoureux de Nadine s'en était tiré avec les deux jambes cassées. Mais aucun des deux ne pouvait identifier ni le chauffard ni même la marque de la voiture : il faisait trop noir et tout s'était déroulé trop vite. Plus tard cette journée-là, Francis avait dit à son ami : « Tu me dis que tu as perdu la tête, cette nuit, et que c'était une erreur. Je te crois. Nous n'en reparlerons plus. Mais ne refais jamais une connerie pareille. Jamais. Je ne pourrais pas l'accepter une seconde fois. » Maxime n'avait jamais vu son ami si grave. Francis était-il déçu du comportement de son complice de toujours ? Peut-être. Mais il venait tout de même de lui procurer la plus belle preuve d'amitié et de confiance. En larmes, Maxime l'avait remercié en répétant qu'il ne voulait pas les tuer. Et ils n'en avaient plus reparlé.

— Alors, pourquoi tu reviens là-dessus aujour-d'hui ? s'énervait Maxime.

Francis enleva ses lunettes d'une main en levant l'autre dans un signe d'apaisement.

— Je suis désolé… Tout ce que tu me racontes en ce moment me prend au dépourvu, tu es particu-lièrement fébrile et quand tu as dit le mot « éliminer », j'ai… C'est ridicule, excuse-moi.

Il mit ses deux mains à plat sur la table, l'air sin-cèrement désolé, ce qui tranquillisa Maxime, puis :

— Je ne suis pas sûr que tu puisses éliminer, ou écarter, ou appelle ça comme tu voudras, ceux qui te tiendront tête, même si tu es le grand patron. Ce n'est sûrement pas si simple.

— Je peux au moins essayer ! Écoute, l'idée, c'est d'être PDG, mais pas à la manière de mon père ! À la mienne ! Au milieu de toute cette fange qui sévit partout, Lavoie inc. sera un phare, une bouée, un îlot ! Un exemple à suivre ! La preuve qu'une grande compagnie peut être fructueuse et humaine ! Et ça va marcher ! Tellement qu'on oubliera que l'entreprise a déjà fonctionné autrement ! On oubliera même mon père ! Et ça, ce sera ma plus grande réussite !

Francis observa son ami un long moment, les yeux rétrécis. Maxime attendait sa réaction avec anxiété. Depuis treize ans, ils étaient toujours d'ac-cord, menaient les mêmes combats. Maxime était celui qui montrait le plus souvent des signes d'abat-tement, celui qui y croyait de moins en moins, et Francis lui avait plus d'une fois donné la force de continuer. Si son ami ne l'appuyait pas dans cette décision, dans cette immense aventure dans la-quelle il était sur le point de se jeter, alors Maxime n'aurait sans doute pas le courage de sauter à l'eau seul.

Francis roula sa bouteille entre ses paumes un moment, haussa les épaules et lâcha sur le ton pince-sans-rire que son ami lui connaissait bien :

— Tant qu'à être fatigué demain matin, aussi bien avoir la gueule de bois…

Et il termina sa bière, l'œil brillant, tout en se levant pour aller chercher une seconde bouteille. Maxime sourit et prit enfin une première gorgée.

— Ça va marcher, Francis, tu vas voir !

— C'est bien possible, oui…

Assis dans la modeste petite cuisine, au centre d'un étroit halo de lumière, ils trinquèrent avec optimisme.

CHAPITRE 27

Les bras croisés, Pierre regarde Diane Nadeau sortir du Palais de justice de Drummondville et marcher vers le fourgon, escortée par les deux policiers montréalais, sous les insultes de la foule. Et voilà, la sentence a été rendue: prison à vie, sans possibilité de libération conditionnelle avant vingt-cinq ans. Le juge a complètement rejeté la thèse de la folie. Pierre se sent satisfait. Justice a été rendue. Nadeau semble si épuisée qu'elle a peine à tenir debout. Chloé, qui se tient près de Pierre, lui explique:

— Les deux gars de Tanguay m'ont dit tout à l'heure qu'elle a piqué des crises au cours des deux derniers jours. Elle hurlait qu'elle n'en pouvait plus, qu'elle voulait se retirer… Vraiment hystérique. Il a fallu qu'on lui donne des calmants.

On fait monter Nadeau dans le fourgon. Pierre explique sans enthousiasme:

— En tant que détective principal de cette affaire, je dois me rendre aussi à Tanguay pour signer des papiers.

— Tu veux que je t'accompagne?

Pierre la remercie mais lui dit qu'elle sera plus utile ici. Le travail ne manque pas depuis quelques jours : un vol de voiture il y a deux jours, un suicide hier, un appel de femme battue ce matin très tôt…

— D'accord, fait la policière. Bonne route, alors.

Pierre s'approche du fourgon. Les deux policiers montréalais attachent les pieds de la meurtrière à une chaîne fixée à la paroi intérieure du véhicule, puis vont s'asseoir à l'avant. Un troisième policier, un jeunot tout blond, est assis face à Nadeau.

— Prêt ? lui demande Pierre

— Prêt, répond le blondinet.

Pierre approuve et lance un dernier regard à la meurtrière. La tête chancelante de fatigue, elle tourne les yeux vers lui. Le détective a une petite lippe dédaigneuse, puis veut s'éloigner lorsque Nadeau l'interpelle :

— Est-ce que vous venez ?

Pierre s'arrête.

— Quoi ?

— Est-ce que vous venez à Montréal ?

— Oui, répond froidement Pierre.

— Écoutez, je veux…

Elle ferme les yeux et, comme à contrecœur, souffle en fixant le sol :

— … je veux vous parler quand on sera rendus à Tanguay… Je… j'en peux plus… J'en peux plus…

Pierre la dévisage, mais elle garde la tête baissée tandis que le jeune flic referme la lourde porte de métal. Le détective va à l'avant du fourgon et passe la tête par la fenêtre baissée de la portière où se trouvent installés les deux agents.

— Pis ce gars qu'on a lâché lousse dans une SAQ pendant douze heures ! raconte le plus âgé, derrière le volant. T'as vu tout ce qu'il a bu ?

— Ouais, mais t'as vu tout ce qu'il a vomi ensuite ? rétorque son collègue.

Ils s'esclaffent. Pierre aussi a écouté *Vivre au Max* jeudi passé. C'est vrai que le gars qui a bu pendant douze heures dans une SAQ, c'était assez drôle. Stupide mais drôle.

— Excusez-moi, les gars... Pierre Sauvé, sergent-détective responsable de l'enquête Nadeau.

Les deux autres se présentent : Croteau derrière le volant, Rivard à ses côtés.

— Il faut que j'aille à Tanguay signer des papiers. Je vous suis avec ma voiture, OK ?

Les policiers approuvent. Trois minutes plus tard, sous un soleil sans merci, le fourgon roule sur le boulevard Saint-Joseph, suivi par la voiture de Pierre. Ce dernier pense à ce que vient de lui demander Nadeau : lui parler en arrivant à Tanguay... Lui parler de quoi ? De ses remords ?

Il regarde sa montre : quinze heures moins cinq. Parfait, il ne devrait pas revenir trop tard. Peut-être même qu'il pourra écouter *Dominic et Martin*. Il ne les trouve pas vraiment drôles mais, bon, ça passe le temps...

La chaleur est suffocante. Le fourgon s'immobilise à un feu rouge près du restaurant Jucep et Pierre profite de l'arrêt pour ouvrir les deux vitres. Inutile : il n'y a pas un souffle d'air. Tiens, il devrait faire comme ces gens dans la décapotable qui vient de s'arrêter à la gauche du fourgon. Ça, ce sont des gens qui savent profiter de l'été.

Croteau, assis derrière le volant et attendant que le feu tourne au vert, se dit la même chose que le sergent-détective tandis qu'il examine la décapotable à sa gauche. Tout de même, il a rarement vu quatre individus aussi dépareillés. Un jeune couple est assis à l'avant : le jeune homme derrière le volant est encore un adolescent, il porte un jeans sale et un t-shirt à l'effigie d'un groupe rock, tandis que sa compagne, une fille dans la vingtaine, est habillée de vêtements griffés sûrement très chers. À l'arrière sont installés deux hommes. Celui dans la trentaine, avec sa chemise blanche et ses cheveux courts peignés sur le côté, a un look très conservateur tandis que l'autre, dans la quarantaine, ressemble à un artiste anarchiste avec ses cheveux gris attachés en queue de cheval et sa chemise aux couleurs si psychédéliques qu'elle donne le tournis. Drôle de quatuor, se dit Croteau. Mais la fille est vraiment mignonne, avec sa camisole rose. Comme si elle se savait observée, elle tourne la tête vers le fourgon et lance un sourire ensoleillé au policier. Ce dernier ne voit pas ses yeux camouflés par des lunettes noires, mais il jurerait qu'elle est asiatique. Flatté de pouvoir encore, à son âge, susciter de telles réactions chez les nymphes, il sourit à son tour.

La fille lève une main qui tient un pistolet et tire. Croteau sourit toujours lorsque la balle lui traverse l'œil droit.

Le cerveau de Pierre Sauvé a besoin de deux secondes pour saisir qu'on vient de tirer un coup de feu et que ce tir a été exécuté par la fille de la décapotable. Dans le même laps de temps, les trois autres occupants de la voiture sport se lèvent et se mettent à arroser le fourgon de tirs de mitraillettes.

De *mitraillettes!*

Tétanisé, Pierre observe la scène sans pouvoir réagir, comme si tout son être avait décidé de se mettre sur pause pour questionner la vraisemblance de ce qui se déroule devant lui. Son moteur interne se remet enfin en marche lorsqu'il aperçoit Rivard, du côté opposé à la décapotable, surgir du fourgon, pistolet en main, et marcher prudemment vers l'arrière du véhicule, le souffle court. Il lance vers Pierre un regard égaré qui hurle silencieusement : *Mais qu'est-ce qui se passe ?*, puis, risquant un œil, tire un coup vers la décapotable. Personne n'est touché, mais les quatre cinglés changent la direction de leurs tirs. Rivard recule juste à temps, tandis que des étincelles éclatent sur le fourgon, tout près de sa tête. Sans même s'en rendre compte, Pierre a pris la radio et, d'une voix étonnamment solide, ordonne :

— Fusillade sur Saint-Joseph, en face du Jucep ! Des renforts, pis vite ! Beaucoup de renforts !

Il lâche la radio et, tandis que le policier montréalais continue à résister à l'assaut, fouille dans la boîte à gants. Il saisit son Glock, le sort du réceptacle mais, trop survolté, l'échappe. En poussant un juron étouffé, il se penche vers le sol et cherche son arme. Il ne la trouve pas ! Comment peut-il perdre un pistolet dans une voiture, c'est complètement… Ses mains l'agrippent enfin et, au moment où il se redresse, il voit qu'un des occupants de la décapotable, l'adolescent, a contourné le fourgon et s'approche maintenant de Rivard par-derrière, à l'insu de ce dernier.

— Attention ! crie Pierre à travers la vitre de sa voiture.

Le jeune tireur fait cracher sa mitraillette. Des dizaines de balles fusent dans toutes les directions, quelques-unes viennent même réduire en miettes le pare-brise de Pierre qui, instinctivement, se protège des deux mains. Mais il a tout de même le temps de voir le policier se cambrer sous l'impact des projectiles qui lui lacèrent le dos avec une telle force qu'il en est projeté sur le capot de la voiture du détective. Pendant une seconde, les visages des deux hommes ne sont séparés que par cinquante centimètres, deux visages atrocement conscients de ce qui se passe, puis les yeux de Rivard deviennent vitreux et son corps glisse mollement vers le sol.

La colère qui envahit soudain Pierre se confond avec son instinct de survie et ce mélange procure au policier une foudroyante lucidité. D'un geste assuré, sans trembler, il passe la main qui tient le pistolet par le pare-brise éclaté, vise et tire, un seul coup. L'adolescent, atteint droit au cœur, bascule par-derrière sans émettre un son. Les trois autres tireurs dans la décapotable font aussitôt taire leurs armes, pris au dépourvu par ce nouveau participant. Durant ces deux secondes de cafouillage, on entend quelques hurlements en provenance des alentours. Pierre, qui devrait profiter de cet avantage, reste paralysé, la bouche entrouverte, son semi-automatique toujours brandi vers le cadavre du tireur.

Pour la première fois de sa carrière, il a tiré sur un être humain… et l'a tué !

Il entend deux coups de feu, qui sont suivis d'une brûlure glaciale à son épaule gauche. C'est la fille au pistolet, qui est revenue la première de son saisissement. Pierre s'effondre sur la banquette de sa voiture, hors d'atteinte, et se met à gémir en tenant son épaule blessée. Les trois tireurs sortent enfin de leur véhicule. Haletants, le visage tendu, ils se mettent à tirer sur la serrure arrière du fourgon qui cède rapidement. La fille, sans hésitation, ouvre la porte, pour aussitôt recevoir en pleine gorge une balle tirée par le jeune flic blondinet à l'intérieur. Les deux mitraillettes se remettent à vomir des dizaines de balles et le policier, après avoir aspergé l'intérieur du fourgon de son propre sang, s'écroule aux pieds de Nadeau, qui assiste à la scène sans broncher.

Toujours renversé sur sa banquette, Pierre entend tous ces coups de feu. Il ne peut pas rester là à ne

rien faire ! Mais où est son Glock ? Quand il a été
blessé, tout à l'heure, il l'a lâché… sur le capot…
Péniblement, il se redresse et se hisse à travers le
pare-brise éclaté. À plat ventre sur le capot, il rampe
vers le pistolet tout près, à quelques centimètres
devant lui. Il jette un rapide coup d'œil plus loin et
comprend immédiatement que deux tireurs sur quatre
sont morts… que les deux survivants dirigent leur
arme vers Nadeau, toujours assise et menottée…
que la prisonnière, à la vue des canons pointés vers
elle, se borne à soupirer en fermant les yeux… Et
Pierre jurerait… oui, il jurerait qu'il s'agit d'un soupir
de soulagement. Les deux mitraillettes pétaradent
brièvement, Nadeau a un violent tressaillement, puis
ne bouge plus, la tête rejetée vers l'arrière.

Est-ce à cause de sa blessure ou de toute cette
violence, Pierre ne saurait dire, mais sa vision devient
soudain floue, un étourdissement nauséeux se saisit
de lui et, sans qu'il puisse l'en empêcher, son corps
glisse du capot et va percuter le sol. La première
chose qu'il voit en ouvrant les yeux est le cadavre
de Rivard à ses côtés. Puis il tourne la tête vers le
haut. Les deux tireurs s'approchent lentement de lui,
mitraillettes pointées. Plus de cris en provenance de
la rue, maintenant. En fait, il n'y a plus personne, le
boulevard est désert sur plus de deux cents mètres,
certains véhicules ayant même été abandonnés en
pleine rue. À travers les vitrines de certains com-
merces, on peut voir des visages blêmes qui observent
la scène avec une fascination épouvantée.

Pierre lève une main tremblante.

— Fai… faites pas ça, faites pas…

Les deux tireurs respirent rapidement et leurs
yeux clignotent. Un indéfinissable mélange de résignation et de contentement détend tout à coup leurs

traits. Ils se consultent du regard, hochent rapidement la tête et, à l'unisson, enfoncent le canon de leur mitraillette dans leur bouche. Le policier n'a pas le temps de fermer les yeux : sang et cervelle l'éclaboussent tandis qu'il se met à hurler, à hurler avec tant de force qu'il n'entend pas le miaulement des sirènes de plus en plus près.

Trois minutes plus tard, entre les mains des infirmiers qui l'étendent sur la civière, il hurle toujours.

CHAPITRE 10

L'un des moments les plus attendus de l'été 2005 était sans contredit la première de la nouvelle émission *Vivre au Max*. Depuis le temps qu'on en parlait! Mais on ne savait pas trop à quoi s'attendre. Une émission qui réalisait les rêves les plus fous des gens? Fallait voir...

Dans le Studio Max, les gradins étaient presque pleins, essentiellement de gens entre dix-huit et trente ans, mais on comptait quelques têtes grises aussi. L'animateur de foule réussissait à dérider l'assistance, mais les gens avaient surtout hâte de voir si l'émission allait être à la hauteur des attentes créées.

Dans les coulisses, Maxime ressentait une telle nervosité qu'il craignait d'être malade. Il prit de grandes respirations, puis tourna la tête vers sa gauche. Il vit Langlois, plus loin. Celui-ci n'avait pas l'habitude de venir sur les lieux de tournage des émissions, mais pour cette première, il tenait à être là. Il leva un pouce confiant, même s'il était manifestement tout aussi anxieux. La musique du générique débuta, suivie de la voix de l'annonceur:

— Et voici celui qui prendra vos rêves les plus fous et les transformera en trips inoubliables: Max Lavoie!

Maxime s'élança sur la scène, tout souriant, comme on le lui avait montré durant les quelques ateliers d'animation qu'il avait suivis. Au cours de la dernière semaine, toute une équipe avait travaillé sur son apparence et son style. Quand il s'était regardé dans le miroir, il avait eu du mal à se reconnaître, surtout avec ses grotesques mèches blondes et cette barbe de deux jours, qui devait être bien taillée tout en ayant l'air négligée… mais on lui avait assuré que son look aurait l'effet d'une bombe. « Vous êtes déjà bel homme, Max ! Avec ces petites touches supplémentaires, vous allez rendre les filles folles et leurs *chums* jaloux ! » Il s'était donc laissé faire.

Sous les exhortations gestuelles de l'animateur de foule, les spectateurs en studio se mirent à applaudir, certains poussèrent même des petits cris d'enthousiasme. Tout en souriant, Maxime ne cessait de se répéter les consignes qu'il avait bien assimilées au cours de la semaine. Les consignes du jeu…

Souris, fais des signes avec tes mains, promène-toi de long en large…

Après quelques secondes, la musique s'arrêta et Max commença à parler.

Parle fort, toujours…

— Bonsoir, tout le monde ! Ça va bien ?

Tous dirent oui, mais avec retenue.

— J'ai dit : ça va bien ?

Cette fois, les « oui » furent plus solides. Maxime remarqua que plusieurs filles, dans la salle, l'observaient d'un œil intéressé.

— Alors, nous voici enfin à la première de cette émission qui a suscité tant d'intérêt au cours des dernières semaines, et même des derniers mois ! Finis les secrets, fini le suspense, place maintenant au concret !

*Tu parles trop bien ! Fais comme les humoristes,
prends un niveau de langage populaire, ça fait cool.*

— Ça fait qu'à soir, on va réaliser trois rêves !
Trois super trips qui vont vous en mettre plein la vue,
checkez ben ça !

*Trouve un leitmotiv qui va revenir souvent dans
l'émission et que le public va répéter, pour qu'il se
sente complice avec toi. Un leitmotiv simple et insignifiant.*

— Préparez-vous, parce qu'on va passer une soirée
méga-hot ! Pis vous êtes ici pour ça, *right ?*

Pause, puis il répéta :

— *Right ?*

Une vingtaine de personnes répétèrent « *right* »,
bons joueurs.

*Claque dans tes mains souvent. Ça fait du mou-
vement, ça fait du bruit, ça donne l'impression que
tu es dynamique.*

— Alors notre premier invité est un gars de Trois-
Rivières (clac !) qui, depuis quelques années, est
obsédé par une idée assez capotée ! (clac !) OK, la
gang (clac !), on accueille Marc-André Barrière !

Un homme d'environ vingt-cinq ans arriva sur
scène, sous les applaudissements de la foule. Maxime
lui sourit.

Donne-lui la main.

Il hésita.

Allez, donne-lui la main !

Max lui serra la main, son sourire un rien crispé.

*Sois sympathique avec lui, familier, parle-lui
comme si c'était ton ami depuis des années !*

— T'as l'air en forme, Marc-André ! Vas-y, mon
vieux, raconte-nous ça !

Le rêve de Barrière consistait à chanter une chanson
d'Elvis Presley tout en faisant un strip-tease. Il se

livrait depuis deux ans à ce petit numéro chez lui, devant sa blonde ou des amis, mais il rêvait de le faire à la télé, devant des milliers de personnes. Surtout que sa blonde ne serait pas choquée puisqu'elle ne sortait plus avec lui (Max ne manqua pas de rire avec force après cette précision).

Pendant le numéro, les gens, d'abord irrésolus, se décoincèrent peu à peu, commencèrent même à s'amuser, puis à frapper des mains au rythme de la musique. Barrière, force était de l'admettre, chantait et dansait plutôt bien. Lorsqu'il ne fut plus qu'en string, de véritables cris d'encouragement explosèrent. Même les cameramen, sans cesser de filmer, se bidonnaient derrière leur viseur. Le danseur, sur la dernière note, tira sur son string retenu par un simple velcro et se retrouva complètement nu, pendant environ trois secondes, car les lumières s'éteignirent d'un coup. Cris de joie dans la salle qui applaudit à tout rompre, à l'exception de quelques individus, manifestement choqués. Quand les lumières se rallumèrent, Barrière était à nouveau en string et saluait, triomphant. Maxime vint le rejoindre en applaudissant lui aussi.

— *Wow!* J'espère que les directeurs de compagnie de disques ont regardé ça, parce qu'on a une future vedette ici, *right?*

Cette fois, la moitié de la salle répéta « *right* » sans se faire prier.

— Ça va peut-être donner des idées à certains de nos chanteurs ou chanteuses connus, on sait jamais!

Oublie pas de faire des jokes, *des* jokes *grossières et puériles…*

— Quoique Ginette Reno en string… Hmmm… Pas sûr…

Rires assez généralisés dans la salle.

Pendant la pause publicitaire, les gens discutèrent entre eux avec ardeur. Des coulisses, Maxime en vit tout de même une dizaine se lever et quitter la salle d'un air débecté. Il les suivit des yeux en hochant étrangement la tête.

Après la pause, Maxime présenta son second invité, Jacques Gamache, un homme de quarante-trois ans qui avait toujours rêvé de conduire une formule 1 au cœur de Montréal. Maxime expliqua que son rêve avait été réalisé quelques semaines plus tôt et que le tout avait été filmé. Un montage d'une dizaine de minutes fut montré sur écran géant. On avait préparé un mini-circuit en plein centre-ville de Montréal et les rues, bien sûr, avaient été fermées pour la cause. Gamache pouvait faire ce circuit autant de fois qu'il le désirait. La scène était filmée par une trentaine de caméras, placées un peu partout sur le trajet, dont six étaient sur rails et deux en hélicoptère. Dans le casque de Gamache, il y avait un micro pour capter ses commentaires.

Tandis que Gamache, sur l'écran, roulait à pleins gaz, Maxime se remémora la complexité du tournage de cet événement. La Ville avait exigé un tarif exorbitant pour fermer ces rues, de même que les commerçants qui voulaient être dédommagés. En échange, tous avaient signé des contrats dans lesquels ils promettaient de ne divulguer aucune information sur l'événement en question, sous risque d'amende sévère. Bien sûr, des curieux avaient sans doute réussi à voir ce qui se passait et en avaient sûrement parlé dans leur entourage, mais ces fuites étaient trop insignifiantes pour tout gâcher…

Gamache en était à son troisième tour. On entendait sa voix, enregistrée par le micro de son casque, qui jubilait de joie.

— C'est... c'est délirant, j'ai... j'ai jamais rien ressenti comme ça, c'est... Y a pas de mots !

Le montage était dynamique, rapide, avec musique rock rythmée. Gamache prenait de l'assurance, allait de plus en plus vite. Tellement qu'à la fin du quatrième tour, au moment où il tournait dans Peel, le bolide glissa sur le côté, hors de contrôle, tandis que la voix de Gamache lançait comme pour lui-même :

— Oups, je pense que j'ai... Oh *shit, shit, SHIT !*

Et la formule 1, dans un fracas assourdissant qu'on avait pris soin d'amplifier au montage, traversa la vitrine du magasin HMV. Cris dans la salle. Une caméra à l'épaule s'approcha rapidement du magasin, avec une image instable qui donnait une impression de reportage de guerre. Plusieurs personnes, dont Mike le coanimateur, s'approchaient du bolide, immobilisé au milieu de centaines de CD et de DVD éparpillés. On vit enfin Gamache, qui enleva son casque, tourna un visage suant et extatique vers la caméra et souffla :

— Génial !

Mike éclata de rire et applaudit tandis que, dans le studio, tous les spectateurs l'imitaient en poussant des hululements de joie. Sur l'écran géant, les images disparurent et sur scène, Gamache, les yeux brillants au souvenir de cette aventure, expliqua à Maxime qu'il s'était cassé deux côtes et la clavicule, mais qu'il ne regrettait rien.

— C'était incroyable, ajouta-t-il. Je pourrai plus jamais ressentir quelque chose comme ça, c'est sûr !

Et pendant qu'il prononçait ces mots, une crispation de dépit tordit brièvement ses lèvres, mais personne ne s'en rendit compte car Max criait déjà vers la foule :

— C'est ce qu'on appelle vivre à fond la caisse, *right?*

— *Right!* répondirent en chœur les trois cent cinquante spectateurs dans les gradins.

Le troisième et dernier invité était en fait un couple, Joël et Manon, début trentaine, qui fantasmait depuis longtemps sur l'idée de faire l'amour à la télévision, en direct. Maxime expliqua qu'on ne pouvait évidemment pas montrer cela à la télé, mais qu'on avait trouvé un moyen. Sur scène, on avait aménagé une sorte d'immense boîte de deux mètres de haut, deux de large et trois de long. Le côté face à la foule était ouvert et on voyait un grand lit. Une fois le couple installé, on refermerait la boîte pour camoufler leurs ébats.

— Sauf qu'un micro nous permettra de tout entendre! Mais nos deux amis, eux, pourront rien entendre de ce que *nous* on va dire, pour pas être trop déconcentrés, quand même!

Maxime, en plus, les mit au défi d'avoir chacun un orgasme dans les sept prochaines minutes. Sous les airs douteux des spectateurs, Joël et Manon montèrent dans la boîte, puis deux techniciens vinrent la refermer avec un panneau insolite qui ressemblait à un tableau noir d'école. Durant les sept minutes suivantes, Maxime joua au commentateur cabotin, d'une voix exagérément suave.

— Alors, en ce moment même, nos deux tourtereaux en sont sûrement aux préliminaires… Est-ce que Joël commence par caresser les seins de sa douce ou s'attaque-t-il directement à l'entrejambe? Hmmm… Grande question philosophique…

Même si plusieurs personnes dans la salle riaient des pitreries de l'animateur, la plupart étaient confus, tiraillés entre le malaise et la réjouissance. Quand les premiers gémissements résonnèrent dans les haut-parleurs, il y eut bon nombre d'expressions sceptiques. Maxime le remarqua et dit :

— Ahhhhh ! Vous y croyez pas, hein ? Vous pensez que c'est de la *bullshit* pis qu'ils font semblant, hein ? Ben *checkez* ben ça…

Et tout à coup, la paroi de la boîte face à la foule s'éclaira de singulière façon et un spectacle surréaliste apparut. Comme si on projetait un dessin animé sur la boîte, deux squelettes mal définis, recouverts d'une enveloppe diaphane, apparurent sur la paroi : celle-ci était en fait un écran de radiologie ! L'un des squelettes était à califourchon sur le second et donnait de furieux coups de bassin, tandis que des halètements féminins scandaient le rythme. Un brouhaha indescriptible envahit la salle, amalgame de cris, de rires, de claquements de mains et de commentaires incrédules, puis tout à coup, la tête du squelette couché sur le dos se renversa vers l'arrière tandis qu'un long râle masculin fusait des haut-parleurs.

— Ah ! fit Maxime en levant un doigt. On dirait bien que Joël a fini son *shift* !

Cette fois, l'hilarité l'emporta sur l'embarras. Sept ou huit spectateurs se levèrent pour quitter la salle, outrés, mais passèrent inaperçus, noyés par l'emballement général. De toute façon, les caméras se gardèrent bien de les filmer. Puis, l'écran à rayons-X s'éteignit et la boîte perdit tout de son caractère indécent. Clameurs de déception dans la salle.

— Hé, on peut pas tout montrer, quand même ! fit Maxime, exagérément désolé.

Et il continua à commenter de façon comique les sons qui fusaient des haut-parleurs. Lorsque ce fut au tour de la fille de pousser son cri primal, Maxime leva les bras en clamant :

— Et voilà ! Moins d'une minute avant la fin, mission accomplie !

Triomphe dans les gradins, tandis que l'animateur expliquait :

— Pis pour que le rêve exhibitionniste de Joël et Manon soit complet, vous pouvez aller sur notre site *www.maxplus.com* ! Juste dix piastres pour devenir membre et vous pourrez y voir tous les trips de nos émissions dans leur intégralité, y compris le petit tête-à-tête de nos deux *chums* ! Parce qu'il y avait une caméra aussi dans la boîte !

Derrière Max, la boîte s'ouvrit et les deux en sortirent, habillés mais dépeignés, les yeux vaseux, intimidés mais fiers. Maxime les montra de la main en annonçant avec force :

— Deux chanceux pour qui un rêve inaccessible est devenu un trip réel !

Alors, comme s'ils éclataient sous une pression trop forte pour eux, les spectateurs se levèrent d'un seul mouvement, applaudissant à s'en casser les doigts, les yeux brillants comme s'ils venaient d'avoir la révélation de leur vie. Maxime écarta les bras, comme un prédicateur qui se ferait irradier par l'admiration de ses disciples. Et lentement, subtilement, son sourire changea, prit une expression indéfinissable qui n'avait rien à voir avec l'air cool et sympathique qu'il affichait depuis le début de l'émission.

Mais cela dura à peine une seconde.

◆

Dans les coulisses, c'était l'exultation. Tout le monde triomphait, félicitait Maxime à coups de claques dans le dos. Sobre, l'animateur acceptait les louanges. Lisette Boudreault, qui montrait beaucoup plus d'assurance que deux semaines plus tôt à peine, le prévint :

— Vous avez besoin d'être en forme pour les prochains jours : je vous prédis que vous allez être invité à une dizaine d'émissions au moins ! Est-ce qu'il y en a auxquelles vous ne voulez pas participer ?

Maxime la jaugea d'un rapide coup d'œil. Son physique était toujours aussi ingrat, mais elle s'habillait maintenant avec des vêtements chers et griffés.

— Non, Lisette, j'accepte toutes les invitations.

Ce fut au tour de Langlois de s'approcher, jubilant.

— Mais qu'est-ce que vous faisiez dans les articles de ski ? Vous perdiez votre temps, *you little rascal !*

Il fit une accolade à Maxime. Le visage de ce dernier se crispa une seconde, mais son sourire était revenu lorsque Langlois le lâcha.

— J'ai jamais vu quelque chose de même à TV ! *Never !* En tout cas, pas ici ! C'est tellement… tellement…

Son cellulaire sonna. Il répondit. Écouta. Raccrocha. Soucieux.

— C'est la station. Le téléphone dérougit pas. Des plaintes par dizaines !

— C'est bon signe… *right* ? fit Maxime.

Langlois jongla mentalement un moment, puis un rictus gourmand vint altérer son air inquiet.

— *Right…*

◆

Assis à l'arrière de la limousine, Maxime lâcha dans un souffle :

— Et voilà, Gabriel, c'est parti…

Face à lui, le jeune de douze ans plongea sa main dans une boîte de Froot Loops, le visage inexpressif. Maxime le considéra, mi-attendri, mi-mélancolique.

— Tu y crois, n'est-ce pas ?

Dans le regard en apparence neutre de Gabriel, une lueur qui pouvait ressembler à un assentiment passa rapidement. Maxime sourit et ébouriffa les cheveux du jeune. Tout de même, il aurait aimé discuter *pour de vrai* avec Gabriel. Même s'il respectait et comprenait le mutisme du garçon, même s'il se sentait appuyé par lui, le milliardaire trouvait son silence parfois frustrant. Il aurait eu tellement besoin d'échanger avec quelqu'un…

Francis aurait pu être cette personne…

Tu sais bien que c'est faux.

Le visage du milliardaire s'assombrit.

Au loin, la grille de sa nouvelle villa, qu'il avait achetée quelques mois plus tôt, apparut… et garée juste devant, une autre limousine noire, dont seuls les reflets métalliques l'empêchaient de se fondre totalement dans la nuit.

Maxime hocha imperceptiblement la tête, comme s'il avait compris.

— Arrête-toi, ordonna-t-il à son chauffeur.

La limousine s'arrêta à une dizaine de mètres de son double, puis Maxime sortit. Tandis que le milliardaire marchait vers la seconde voiture, un chauffeur sortait de celle-ci et ouvrait la portière arrière. Un homme s'en extirpa, avec une aisance stupéfiante pour son âge avancé.

— C'est bien la première fois que je te vois attendre à une grille comme un vulgaire visiteur, railla Maxime.

Masina fit quelques pas. L'éclairage de l'unique réverbère de la grille rendait plus creuses ses innombrables rides.

— J'ai sonné, mais ton majordome ne me connaît manifestement pas. Il a un drôle d'accent… Un Latino ?

— Ça devrait te plaire, non? Lavoie inc. a toujours apprécié les travailleurs étrangers.

Sans relever l'ironie, Masina évalua le vaste terrain obscur qui s'étendait de l'autre côté de la grille. Très loin, derrière les arbres, on devinait les fenêtres éclairées d'une immense demeure.

— En tout cas, je suis bien aise de voir que tu as enfin un environnement digne de ton statut.

— Tu viens me voir à onze heures du soir pour apprécier ma nouvelle maison?

Les deux hommes s'étaient immobilisés à deux mètres de distance. Derrière l'Italien, le chauffeur remonta dans la voiture.

— Tu ne me fais pas visiter? demanda Masina.

— Je pense que non. Il me semble que la dernière fois qu'on s'est vus, il y a un an, j'avais exprimé la volonté que ce soit la dernière…

— C'est vrai.

Silence. La maison la plus près était à trois cents mètres, on n'entendait aucun son en provenance de la forêt environnante du mont Royal.

— Alors, comment tu t'en tires comme président? demanda Maxime.

— Très bien. Il y a Dumont qui est de plus en plus dépressif mais, bon, rien de nouveau là-dedans.

Maxime eut un sourire fugace. Masina poursuivit:

— Depuis ton départ, les actions ont grimpé de 14 pour cent. En fait, au train où vont les choses, nous allons avoir une année record.

— Ça ne m'étonne pas du tout.

— Mais évidemment, tu t'en moques.

— Pas du tout. Cela va augmenter les petits dividendes de mon 5 pour cent d'actions, ce qui n'est pas une mauvaise chose si on considère tout l'argent que j'ai dépensé récemment.

Nouveau silence.

— Eh bien, bonne nuit, Michaël…

— Maxime, ça n'a pas de sens ! rétorqua Masina en avançant d'un pas, laissant enfin tomber les formalités. Tu ne peux pas m'effacer de ta vie comme ça, comme on le ferait d'un employé qu'on congédie !

— Intéressant de constater à quel point un individu trahit sa personnalité dans le choix de ses comparaisons…

— Je t'ai vu grandir, je t'ai bercé, je t'ai…

— Michaël, j'ai déjà eu un père, que j'ai profondément détesté. Je n'en ai pas besoin d'un second, surtout s'il suit les traces du premier.

Masina hocha la tête, la baissa un moment puis, en fixant le sol, articula :

— J'ai écouté ton émission, tout à l'heure…

Maxime releva le menton. Bien sûr. Il aurait dû y penser.

— J'imagine que tu as détesté.

— *Evidentemente*, que j'ai détesté, mais la question n'est pas là ! Tu as…

Il se frotta le menton en regardant au loin, comme s'il cherchait ses mots.

— Tu as quitté la compagnie parce que tu n'en pouvais plus de… de notre philosophie de gestion…

— Bel euphémisme.

— Tu trouvais qu'on ne respectait pas la dignité humaine, qu'on exploitait les gens… Bref, tu nous trouvais ignobles. Mais ce que j'ai vu, ce soir…

Il émit un petit rire ironique.

— Ce que tu fais dans cette émission est tout aussi méprisable, Maxime, et tu le sais ! *Porca dio !* je suis sûr que tu le sais, tu es trop intelligent pour ne pas t'en rendre compte !

Il écarta les bras dans un geste d'impuissance.

— Alors pourquoi ? Pour l'Amour du Ciel, explique-moi !

Maxime garda le silence un moment, les mains dans les poches de son pantalon capri. Puis il répondit d'une voix lointaine :

— Je voulais être utile ailleurs.

— Où ça ? Dans ta nullité d'émission ? Avec tes sourires idiots et tes participants lobotomisés ? Moi, j'exploite peut-être les gens mais au moins, je fabrique des produits de qualité ! Mais toi ? Toi ? En quoi *Vivre au Max* est plus utile que Lavoie inc, explique-moi ça !

Il avança vers Maxime, rageur.

— Et ne me sors pas les *stupidaggini* que tu vas servir aux journalistes au cours des prochains jours ! Parce que je l'entends d'ici, ton boniment, ton droit au divertissement, ton respect du désir du public ! Je veux la vérité ! Alors, explique-moi ! *Explique-moi !*

Les lèvres de Maxime tremblèrent légèrement et, pendant un instant, le vieillard crut qu'il allait parler... mais le son d'une portière attira leur attention. Gabriel venait de sortir de la limousine et, immobile près de la voiture, observait la scène de loin. Masina émit un petit son ironique en désignant le garçon du menton.

— Parlant de choses incompréhensibles...

Il se tut un moment, puis commença plus bas :

— Je ne sais pas ce qui s'est vraiment passé en Gaspésie, mais c'est depuis ce voyage que tu as...

— Parce que tu penses que la Gaspésie est la cause de tout ? le coupa Maxime avec emportement. Tu ne crois pas que cela a commencé *avant* ? Ce que je suis est le résultat d'un long processus, Michaël, un processus qui a débuté dans ma jeunesse et dont la Gaspésie n'a été que le point d'orgue, le dernier coup de pinceau qui a finalement achevé le tableau, qui a permis la révélation complète !

Il se tut et serra les lèvres, comme s'il regrettait d'en avoir tant dit. Masina secoua la tête comme au ralenti et, la voix brisée, souffla :

— Quel gâchis…

— Moi, je suis un gâchis ? s'énerva à nouveau le milliardaire, avec une agressivité aussi soudaine qu'incompréhensible. Tu oses dire que *moi*, je gâche tout, alors que c'est moi qui… qui…

Les traits méconnaissables, Maxime leva la main dans l'intention de frapper le vieil homme… mais la vue du chauffeur qui sortait de la voiture d'un air menaçant le calma aussitôt. Devant lui, Masina n'avait pas bronché d'un centimètre, mais s'était borné à afficher une expression blessée. Maxime se couvrit les yeux brièvement de la main droite puis, comme s'il faisait un effort pour garder le contrôle, articula sans regarder son ancien vice-président :

— Écoute-moi, Michaël. Je ne veux plus te revoir, tu as compris ? Si tu viens m'embêter une autre fois, tu… tu vas avoir des ennuis.

Et sans attendre la réaction de l'Italien, il marcha vers sa voiture et y remonta rapidement. Gabriel observa encore quelques secondes Masina, avant de disparaître à son tour dans la limousine.

Dix secondes plus tard, la voiture de Maxime franchissait la grille qui s'ouvrait. Quand elle se referma, Masina, le corps voûté, tourna les talons et regagna sa limousine d'un pas accablé.

FOCALISATION ZÉRO

La première de *Vivre au Max* est écoutée par 1 088 231 personnes. Soixante-quinze pour cent d'entre elles trouvent l'émission géniale. L'autre quart est outré et scandalisé ; ces indignés, le lendemain, en parlent à leurs collègues et amis qui n'ont pas écouté l'émission et en font un compte-rendu si ignoble que les amis en question se promettent de ne pas la manquer la semaine suivante.

Parmi les téléspectateurs, il y a des milliers de couples dans la vingtaine. Parmi ceux-ci, plusieurs centaines de garçons, en voyant Joël et Manon baiser en direct, demandent à leur copine si elles ne trouveraient pas ça cool de faire quelque chose du genre, juste pour le *kick*. Les réponses sont variées : environ 10 pour cent d'entre elles répondent par l'affirmative avec enthousiasme, une grande majorité envoient leur conjoint au diable et environ 15 pour cent, d'abord réticentes, finissent par reconnaître (sans conviction et face aux sarcasmes de leur copain qui les traite de *straight*) que cela pourrait être distrayant.

Après l'émission, Marc-André Barrière, le strip-teaseur imitateur d'Elvis, retourne à Trois-Rivières et sort dans un bar avec des amis pour fêter son

passage à la télé. Sur place, plusieurs consommateurs qui viennent d'écouter l'émission reconnaissent
Barrière et lui paient un verre, admiratifs. Quelques-
uns se foutent de sa gueule, mais se font rabrouer
par les nombreux supporteurs. Trois filles paient une
bière au héros du jour et n'arrêtent pas de le minauder.
À la fin de la soirée, il part avec l'une d'elles. Dans
l'appartement de cette dernière, il lui refait son imi-
tation d'Elvis ; l'admiratrice rit, applaudit et lui taille
une pipe. Durant les semaines suivantes, Barrière
couche avec bon nombre de filles qui ont toutes
adoré son numéro à la télé et qui ne demandent qu'à
avoir une représentation privée. Trop sûr de lui, il
devient insupportable et ses amis finissent par le
laisser tomber. Mais au bout de trois mois, au début
de l'automne, l'effet Barrière a fait son temps. On
le reconnaît de moins en moins et ceux qui se sou-
viennent encore de lui l'observent de loin. Barrière
essuie plusieurs échecs féminins avant de réaliser
qu'il est redevenu ce qu'il était, c'est-à-dire un anonyme, ce qui équivaut désormais dans son esprit à
loser, constat qui le jette dans une profonde déprime.

Durant les jours qui suivent la première de l'émission, le magasin HMV, qui s'est fait rembourser tous
ses dommages par Maxime Lavoie, voit sa clientèle
doubler.

Durant les semaines qui suivent, les éditoriaux
explosent. Si certains affirment que l'émission est
plutôt amusante et inoffensive, la plupart fustigent
Vivre au Max et la démolissent allègrement. Maxime
est invité à plusieurs tribunes, autant télévisuelles que
radiophoniques. Certains animateurs l'affrontent,
tentent de lui faire avouer que son émission est une
merde démagogique, mais le milliardaire se défend
habilement, appelant à lui le droit au divertissement

et la liberté d'expression, affirmant que les combats de boxe sont beaucoup plus violents, les films pornos beaucoup plus indécents et que, pourtant, ces deux formes de divertissement sont parfaitement acceptées dans la société. Par ailleurs, plusieurs émissions le reçoivent comme un roi, surtout les émissions du matin et les talk-shows, durant lesquels les animateurs et animatrices s'empressent d'en faire leur bon ami. TQS l'invite à sa tribune sportive pour toute une semaine, il partage sa recette préférée à une émission culinaire de TVA et il participe même à un jeu télévisé à Radio-Canada. Au moment de son passage à CKMF-FM, les animateurs le présentent comme un grand provocateur des temps modernes, invitant même les auditeurs à appeler pour raconter leurs fantasmes ultimes, le tout se déroulant dans la joie, la complicité et une orgie de fous rires qui démontre, sans l'ombre d'un doute, qu'on ne s'ennuie vraiment pas à cette délirante station de radio.

À la quatrième émission, les plaintes ont doublé et l'auditoire s'élève maintenant à 2 143 597 spectateurs.

À la mi-juillet, Maxime Lavoie a déjà fait la couverture des magazines et journaux *Le Lundi*, *Dernière Heure*, *La Semaine* et *Voir*. *Elle-Québec* lui propose de faire la première page de son prochain numéro.

Deux sondages faits par TQS et *Écho-Vedettes* le placent numéro 1 comme sex-symbol québécois.

CHAPITRE 13

Frédéric Ferland étudiait la montre entre ses doigts en prenant un air connaisseur. En fait, il était à l'affût de ce qui se passait autour de lui. Du coin de l'œil, il devinait le vendeur snobinard qui embobinait l'unique autre client du magasin. La difficulté ne résidait pas tant dans l'acte de mettre la montre dans sa poche que dans celui de quitter discrètement le commerce. Car aussitôt que le psychologue marcherait vers la sortie, le commerçant remarquerait l'absence de l'article de luxe sur le comptoir. Très risqué.

Et donc, très excitant.

Disons : *assez* excitant. C'était tout de même le sixième vol qu'il effectuait en un mois et demi. Le sixième ! Vraiment incroyable ! À bien y penser, il n'avait pas vraiment chômé depuis deux ans : 2003 avait été l'année de ses premiers pas dans les partouzes et les drogues, 2004 celle des premiers essais en sports extrêmes... et maintenant, l'été 2005 marquerait son entrée dans la criminalité ! Entrée fort humble, il fallait le reconnaître. Bon, quand il s'était fait prendre par le gardien de sécurité, trois semaines plus tôt, l'excitation avait atteint une sorte de paroxysme. Mais en constatant que celui qui avait volé un portefeuille en cuir d'une cinquantaine de dollars était un psychologue d'âge mûr, le gérant avait eu pitié et avait laissé partir Frédéric en lui conseillant de ne plus se livrer à ce genre de gamineries. Bien sûr, Frédéric avait continué. Car oui, l'exaltation du criminel existait, comme il l'avait si bien présumé. Mais comme toutes les autres, elle s'émoussait aussi. Et Frédéric devait accomplir des larcins de plus en plus coûteux pour augmenter l'adrénaline. Cette montre, par exemple, valait deux mille dollars. C'était de loin son vol le plus audacieux. Si on le pinçait, on ne se contenterait pas cette fois de lui faire la morale.

Il était vingt heures cinquante, le magasin allait fermer dans dix minutes. S'il voulait agir, c'était maintenant ou jamais. Il entendit le vendeur dire à la dame : «Attendez, j'en ai un autre quelque part…» Frédéric le vit disparaître sous son comptoir, le tout accompagné de bruits de boîtes que l'on ouvre. C'était le moment. Le cœur au galop, mais le pas normal, Frédéric marcha vers la sortie en enfouissant d'un geste machinal la montre dans sa poche de veston. À l'extérieur, il se fraya rapidement un chemin dans la foule montréalaise mouvementée, puis, après avoir tourné deux coins de rue, reprit une allure normale.

Hé bien, il l'avait fait, une fois de plus. Il sortit la montre de sa poche et l'admira. Deux mille dollars, tout de même… La prochaine fois, il volerait quoi ? Un bijou ? Une voiture ? Et après ? Il dévaliserait une banque ? À moins qu'il aille plus loin dans le crime…

Il enleva ses lunettes, se frotta les yeux. Était-il donc en train de perdre l'esprit ?

Il regarda la rue Sainte-Catherine autour de lui,
tous ces gens insignifiants qui déambulaient dans
leur vie monotone... N'y avait-il donc pas moyen
d'échapper à *ça?* La nausée le saisit soudain. Une
ruelle étroite et sombre apparut sur sa droite et il
s'y lança. Il alla presque jusqu'au fond, finit par
s'appuyer contre le mur et prit de grandes respirations, au milieu de déchets de toutes sortes et de
vieilles poubelles cabossées. Les sons de la rue lui
provenaient faiblement. Mais une voix tout près le
fit sursauter :

— Tu t'sens pas ben, bonhomme ?

Un sans-abri, si sale et aux vêtements si misé-
rables qu'il était impossible de dire s'il avait trente
ou soixante ans, était vautré par terre, le dos au
mur. Malgré la noirceur, Frédéric percevait son œil
flou fixé sur lui. Il l'observa un moment en silence.
Une envie naissait en lui, devant ce déchet de l'hu-
manité, devant cette existence sans intérêt qui ne
comptait plus pour personne. Le sans-abri se redressa
un peu.

— T'aurais-tu un peu de change ?

Les mains de Frédéric tremblaient. Aller plus loin
dans le crime...

— Pour manger un peu...

... juste pour voir...

— *Come on,* un p'tit trente sous !

... ce qu'on ressentait...

Et l'excitation déferla en lui comme un raz-de-
marée, avec cette force que la nouveauté provoquait
chaque fois, cette formidable et extraordinaire impression de vivre *quelque chose d'unique.* En s'en
rendant à peine compte, il se saisit d'une vieille
poubelle en métal, la leva et la fracassa sur la tête
du clochard de toutes ses forces. L'homme poussa

une sorte de cri enroué, dressa mollement un bras pour se protéger et, tandis qu'il relevait la poubelle, Frédéric l'entendit marmonner :

— Pour… pourquoi ? Pour…

Il frappa à nouveau. Le cri, cette fois, devint râle, et le psychologue répéta son geste encore, et encore. Chaque fois que la poubelle percutait l'homme, Frédéric savait qu'il s'enfonçait davantage dans l'odieux, dans l'inacceptable, et c'est justement ce qui l'embrasait, car en enlevant la vie à quelqu'un, la sienne devenait d'autant plus importante, d'autant plus unique. Mon Dieu, comment se sentir plus vivant qu'en transgressant la valeur même de la Vie, qu'en osant ce que personne n'osait ! Impossible de ne pas être enflammé en se sentant si fort, si supérieur ! Je tue, donc *je vis !* Il se remémora cet homme en flammes que Gisèle et lui avaient vu des années plus tôt, il se souvint de la fascination qu'il avait alors ressentie… et il frappa, frappa encore, tandis qu'Icare volait tout à coup plus haut, encore plus haut…

Lorsqu'il s'arrêta enfin, à bout de souffle, il réalisa qu'il avait éjaculé dans son pantalon.

Toujours fébrile, il prit le pouls du sans-abri, en évitant de se tacher du sang qui recouvrait tout le visage de l'homme.

Mort. Voilà. Aucun remords. Au contraire : l'euphorie était totale.

Il ne pouvait sortir de la ruelle tout de suite. C'était la fermeture des magasins, les rues seraient bondées et il ne voulait pas courir le risque qu'on le voie. Il allait attendre une petite heure, jusqu'à ce que les trottoirs soient moins bondés. Il s'assit donc à côté du cadavre, s'alluma une cigarette et observa sa victime. Oui, c'était sans aucun doute une des grandes excitations qu'il avait vécues. Courte, mais redoutable.

Alors quoi ? Il allait devenir un meurtrier ? un tueur en série ? Le jour, il traiterait des patients, et le soir, il tuerait des gens ? L'absurdité de cette situation lui sauta soudain au visage. Combien de temps pourrait-il vivre ainsi ? Jusqu'à ce que la police le trouve ? Car elle finirait par le trouver, c'était évident. Il regarda à nouveau le corps ensanglanté. Pour celui-ci, il pouvait dormir tranquille : comment remonter jusqu'à lui ? La victime était un pauvre clochard anonyme. Frédéric songea tout de même à l'inspecteur faisant son enquête, relevant des indices. Encore une fois, il s'imagina flic. Oui, ça, ça devait être stimulant... Enquêter, fouiller... et gagner ! Travailler ensuite sur un nouveau cas, de nouvelles pistes... Tout à coup, il se dit qu'il devrait peut-être envoyer des indices au flic qui enquêterait sur la mort de ce clochard. L'aider un peu dans sa recherche. Ce serait ensorcelant, non ? Être des deux côtés à fois : flic et criminel. Ça devait être toute une expérience...

Mais une fois qu'il serait pris, il serait arrêté. Et tout serait fini. Alors, à quoi bon ?

L'excitation s'atténuait peu à peu, le marasme pointait le bout du nez, comme à la fin d'un trip de cocaïne. Il jeta un coup d'œil à la montre qu'il avait volée : vingt-deux heures. Il se leva et, sans un regard pour sa victime, sortit de la ruelle. Les quelques piétons dans Sainte-Catherine ne lui prêtèrent aucune attention. Il avait mal à la tête. Rapidement, il marcha jusqu'à sa voiture et démarra en direction du pont Jacques-Cartier.

Vingt-cinq minutes plus tard, il roulait dans les rues de Saint-Bruno. Chez lui, le silence de la maison lui parut insoutenable et il alluma la télévision. Debout, il regarda quelques secondes les manchettes à RDI, mais n'écoutait pas vraiment.

Il y a peut-être une fin, après tout. Peut-être qu'Icare ne peut pas monter indéfiniment, peut-être qu'il y a une limite : la répétition des mêmes étoiles, des mêmes planètes... du même néant.

Un soudain haut-le-cœur : Frédéric eut tout juste le temps de se rendre aux toilettes et de vomir. Alors qu'il était toujours penché sur la cuvette, la bouche dégoulinante, il songea pour la première fois à mourir.

Il retourna au salon d'un pas si lourd qu'on l'aurait cru sur le point de s'effondrer. Une forte envie de pleurer le prit et il se retint par pur orgueil. Pendant une seconde, il songea à rappeler Audrey, à lui dire qu'il avait été idiot, qu'elle lui manquait et qu'il voulait juste être dans ses bras. Et il le croyait. Il était convaincu qu'en ce moment même, s'il se blottissait contre son ancienne amoureuse, il pourrait rester dans cette position pendant trois jours. Mais il savait que ce n'était qu'un leurre. Il retournerait avec Audrey non pas par amour, mais juste pour qu'elle le *désennuie*. Ce qui ne durerait qu'un temps. Cette simple idée lui enleva toute force, le fit littéralement choir vers le sol, où il se retrouva assis à l'indienne, les bras tout mous, la tête basse.

Puis, le son de la télé se fraya un chemin jusqu'à son cerveau.

— ... scandale de l'émission *Vivre au Max* bat toujours son plein. En effet, à la suite de la mort accidentelle et en direct d'Éric Boyer, l'un des jeunes participants de l'émission d'hier soir, le CRTC a reçu un nombre record de plaintes qui...

Frédéric fixa l'écran d'un œil bilieux. Encore cette histoire ! Déjà que tout le monde parlait de l'émission avant même ce drame... Maintenant qu'il y avait eu mort d'homme, c'était la démesure !

— Maxime Lavoie, producteur et animateur de cette émission très controversée, affirme qu'il se battra pour la survie de son émission…

Le visage du milliardaire apparut à l'écran, en parfait contrôle :

— C'est évident que cet accident est une tragédie et que nous le déplorons tous. Mais les participants sont au courant des risques…

Ferland regardait toujours l'écran. C'était donc lui, l'excentrique milliardaire qui avait conçu cette émission aliénante ? Était-ce sa façon à lui de voler toujours plus haut ? Lavoie ajoutait sur un ton presque tragique :

— … je suis moi-même secoué par cet événement… mais il faut que l'émission se poursuive, parce que deux millions de gens croient que cela vaut la peine ! *Vivre au Max* continuera à réaliser les rêves de ceux qui ont l'audace d'aller plus loin que les autres.

Ferland fronça les sourcils. Le lecteur de nouvelles parlait maintenant d'un suicide spectaculaire survenu sur la Côte-Nord, mais le psychologue n'écoutait plus.

Réaliser les rêves des gens qui ont l'audace d'aller plus loin que les autres…

Il n'avait jamais écouté l'émission, mais les discussions qu'il ne pouvait s'empêcher d'entendre autour de lui sur le sujet n'étaient pas très édifiantes.

Tout à coup, et pour la première fois, il eut envie de voir par lui-même. Pas une envie de voyeur, ni une envie ludique, mais comme pour vérifier quelque chose… Confirmer une impression… Et un espoir, peut-être ? Mais un espoir de quoi ? Que Maxime Lavoie soit peut-être celui qui avait trouvé le moyen de voler toujours plus haut sans jamais se heurter à des limites? Il ne se sentait pas la patience d'attendre jusqu'à jeudi prochain. À moins que… son fils de vingt-huit ans était bien le genre à écouter ce type d'émission. La dernière fois qu'il l'avait vu, huit mois plus tôt, Simon s'extasiait sur *Loft Story* et *Facteur de risques,* deux insipidités abrutissantes. Il devait donc logiquement compter parmi les fans de Maxime Lavoie…

Il appela chez lui, sans succès, et ne réussit à le joindre que le lendemain en fin d'après-midi. Simon Ferland ne cacha pas son étonnement en reconnaissant la voix de son père. Ce n'était ni son anniversaire ni Noël, alors quoi? De but en blanc, Frédéric lui demanda s'il écoutait l'émission *Vivre au Max*. Il apprit que non seulement Simon l'écoutait, mais qu'il l'enregistrait sur vidéocassettes.

— Tu peux m'en prêter quelques-unes?

— Tu t'intéresses à cette émission, *toi*?

Frédéric inventa une histoire de recherches universitaires en psychologie sur l'impact émotionnel de cette émission.

— Tu sais qu'avant-hier un participant est mort? expliqua son fils. C'était vraiment…

— Je peux passer les prendre tout de suite?

De plus en plus abasourdi, Simon répondit par l'affirmative.

Vingt minutes plus tard, Frédéric sonnait à la porte de la maison de son fils, un beau grand cottage acheté à peine deux ans auparavant et qui démontrait une réussite sociale indéniable. Un jeune homme vint ouvrir la porte, souriant mais empêtré. Poignée de main. Dans le vestibule, Simon demanda à son père s'il voulait prendre un café.

— Non, je suis assez pressé, alors…

Simon hocha la tête, déçu mais pas surpris.

— D'accord. Mais dis quand même bonjour à ton petit-fils. C'est moi qui ai la garde d'Alexis cette semaine.

Il se tourna vers la cuisine et appela son fils. Un petit bonhomme de quatre ans apparut, timoré mais curieux.

— C'est grand-papa Frédéric ! Tu viens lui dire bonjour ?

Alexis s'approcha. Frédéric, avec réticence, se pencha et le prit dans ses bras.

— Ça alors, tu as grandi, toi ! Tu vas bien ?

— Oui, dit tout simplement le gamin.

Simon paraissait ému par la scène. Frédéric s'en rendit compte et, avec indifférence, déposa le garçon, qui demeurait sur place à fixer ce monsieur qui ressemblait à son papa. Simon tendit un sac :

— Tiens, il y a les six premières émissions, y compris celle d'il y a deux jours.

Frédéric prit le sac en remerciant. Allons, un petit effort ! Il ne pouvait quand même pas s'en aller sans au moins s'informer un peu !

— Alors, comment tu te débrouilles sans Nadia ?

— C'est correct. Ça fait quand même presque un an, ça se place.

Ça se place. Eh oui, Simon, ça se place… Tout se place, c'est bien ça le problème. Tu brûles d'envie de me demander pourquoi on ne se voit pas plus souvent, tous les deux. Pour quoi faire ? Pour parler ? Pour échanger ? Sur quoi ? Sur les mêmes banalités dont je peux discuter avec n'importe qui ? Ou alors, tu me parlerais de ta vie ? des étapes que tu es en train de traverser et que j'ai traversées moi-même, que tout le monde traverse ? Qu'est-ce que tu pourrais me dire sur ton divorce que je ne sais pas déjà ? Tu crois que j'en ai envie ? Et lorsque tu sentiras la lassitude s'installer dans ton travail, tu vas aussi m'en parler, comme si je n'avais pas connu ça? À moins que ce soit de l'aide que tu cherches? Tu crois que ton père pourrait te conseiller? Mon pauvre vieux! L'être humain est un mauvais comédien qui répète la même pièce, et c'est à croire que nous faisons des enfants pour qu'ils la poursuivent jusqu'à la fin des temps! J'ai été acteur de cette pièce, Simon, il est hors de question que j'en devienne le spectateur. De toute façon, tu vas la jouer quand même, que la salle soit pleine ou vide.

Frédéric mit alors une main sur l'épaule de son fils, qui en sursauta.

— Je suis désolé, Simon.

— Désolé de quoi? bredouilla le fils, le regard brillant d'espoir.

— Désolé que tout soit si décevant.

Le reproche apparut dans le regard du fils.

— Tu l'es surtout pour toi, n'est-ce pas?

Frédéric ne répliqua rien. Il ébouriffa la tête d'Alexis, qui eut un petit sourire poli, puis il sortit.

Dans sa voiture, il aperçut, sous le porche de la maison, son fils et son petit-fils qui le suivaient des yeux. Il tenta de les imaginer dans dix ans, dans vingt ans… Alexis qui deviendrait grand et qui se tiendrait à son tour sous un porche de maison, avec son fils à ses côtés, qui lui-même grandirait et se tiendrait sous un porche de maison avec son fils qui à son tour grandirait et…

La nausée de la veille refit son apparition. Il trouva tout de même la force de leur envoyer la main. Dépité, Simon lui répondit, de même que le petit Alexis.

◆

Tout d'abord, Frédéric écouta trois émissions, dont la dernière, celle où un concurrent mourait en direct. Bien sûr, il trouva le concept insupportable, les effets grossiers et poseurs, et la foule parfaitement pathétique dans son acharnement à être cool. Mais ce qui le frappa encore plus fut l'insignifiance des rêves des participants. À l'exception d'une femme qui avait emmené avec elle quelques jeunes enfants pauvres de son quartier à Disney World, les autres trips consistaient essentiellement en des prouesses sexuelles, des défis sportifs, des agissements extrêmes ou des vengeances pathétiques. Et pourtant, Frédéric ne se perdait-il pas lui-même dans une multitude d'actions futiles pour chercher le nirvana ultime ? Ses innombrables partouzes, ses sauts en parachute, ses petits larcins récents… son meurtre… Tout ça n'était-il pas aussi vain que les actes des noyés de *Vivre au Max* qui se débattaient avec désespérance pour rester à la surface ? Il se découvrait donc des points communs avec ces gens… et cela le déprima au plus haut point. Il était bien placé pour comprendre que la réalisation de ces trips spectaculaires n'était que poudre aux yeux.

Mais au-delà de l'émission, ce qui l'intriguait encore plus était l'animateur, Maxime Lavoie. Cet homme n'était-il pas l'ancien PDG d'une des compagnies québécoises les plus puissantes ? Pourquoi lâcher une grande carrière pour faire… *ça ?* Il écouta avec attention le discours que fit Lavoie à chaud, quelques instants après la mort du concurrent :

— Vous comprendrez, bien sûr, que nous interrompions l'émission pour ce soir. Je me donne comme devoir d'appeler personnellement la famille d'Éric et, évidemment, de me mettre à leur entière disposition. Ce soir, nous avons vu que… que parfois, dans nos rêves, il y a des parties sombres. Des parties sombres qu'Éric Boyer, malgré tout, a accepté d'assumer… jusqu'au bout.

Il réécouta ce laïus une vingtaine de fois, étudiant avec attention la physionomie de Lavoie, ses gestes, son attitude… Frédéric finit par conclure que cela sonnait faux.

Pendant deux jours, il se tapa les six émissions en boucle. Plus le psychologue analysait Lavoie, moins il croyait à cet homme. Il finit même par remarquer chez l'animateur un certain sourire, discret, furtif mais révélateur d'une émotion intérieure et vraie que Lavoie, malgré lui, laissait percevoir durant ces brefs instants : une tristesse teintée de mésestime.

Le soir du deuxième jour, Frédéric, dans son lit, n'arriva pas à s'endormir, il ne pensait qu'à Lavoie. Étrange homme… Étrange émission…

Dans la semaine qui suivit, le psychologue effectua des recherches sur l'animateur dans différentes revues et archives électroniques. Ce qu'il trouva ne fit qu'accentuer sa perplexité, qu'aiguiser sa curiosité.

Tellement qu'il résolut de rencontrer Maxime Lavoie.

CHAPITRE 12

— OK, la gang, on est rendus à notre deuxième participant de la soirée ! Pis préparez-vous, ça va être quelque chose : Éric Boyer !

Musique, applaudissements, puis un jeune homme dans la vingtaine, habillé d'un pantalon sport de toile et d'un t-shirt sur lequel était inscrit «*Dare or die*», vint rejoindre Maxime en saluant la foule, l'air très relax. Derrière les deux hommes, on avait érigé une grande arène circulaire qui devait bien avoir dix mètres de diamètre.

— En forme, Éric ?

— Ouais, méga-cool ! répondit le jeune d'une voix molle.

— C'est notre sixième émission, à soir, j'espère que tu as écouté les cinq autres ?

— Mets-en ! J'en ai pas manqué une !

Son corps bondissait imperceptiblement, comme s'il avait des ressorts dans les pieds. Il mâchait une gomme en souriant vers les caméras et faisait constamment des signes de victoire avec son majeur et son index, on ne savait trop à qui.

— Ce soir, tu vas te payer un trip assez pété : tu vas défier un taureau !

Boyer approuva, tandis que les gens émettaient des sons interloqués.

— Pis dans la vraie vie, ton travail, c'est quoi ?

— Ah ! je travaille dans une boutique d'électronique pis c'est plate à mort...

— Ben, si tu veux, on pourrait remplacer le taureau par ton *boss*.

Rires dans la salle, tandis que Maxime faisait mine avec son doigt de tirer, geste accompagné par l'enregistrement sonore d'un coup de feu. Boyer approuva.

— Pis qu'est-ce qui t'attire dans la corrida ? demanda Maxime.

— La quoi ? rétorqua le jeune homme, désorienté.

— Pourquoi t'as envie de jouer les toréadors ?

— Ah, ben, j'ai vu ça l'autre jour, à la télévision. J'ai trouvé que ça avait l'air méga-cool. Y a un pays où que c'est leur sport national, y paraît... L'Allemagne, je pense...

— L'Espagne.

— Ouais, dans ce coin-là.

— Pis pourquoi tu trouves que ç'a l'air trippant ?

— Ben, j'sais pas... (grattement de tête, effort de concentration) Y a de l'action, c'est dangereux pis... c'est défoulant, aussi. En tout cas, ça doit être excitant en cali... heu, en maudit !

Il se remit à tressauter, satisfait de sa réponse.

— Pis le risque ? demanda Maxime. Ça peut être dangereux.

— Ben c'est ça le plus méga-cool !

— Pourquoi ?

— Parce que...

Réflexion, puis, l'expression soudain plus sérieuse, il poursuivit :

— ... quand y a un risque, tu te sens en vie.

Cette fois, tout le monde écoutait avec attention.

— Qu'est-ce que tes amis pensent de ça ?

— Ah, ils me trouvent ben *fucké !*

Il rit, en recommençant ses signes avec ses doigts.

— Pis tes parents ?

— Hein ? Ah, ils le savent pas…

— Peut-être qu'ils te regardent ce soir.

Cette éventualité ne sembla pas trop plaire à Boyer et Maxime s'empressa de changer de sujet :

— Donc, tu vas jouer au toréador ce soir devant nous, mais on a quand même limité les risques : on a choisi un taureau assez vieux, pas trop méchant, pas trop fringant. Mais c'est un taureau quand même pis il a des vraies cornes.

— Méga cool !

— Pis évidemment, comme on a des lois précises sur les animaux, tu pourras pas le mettre à mort, comme on peut le faire en Espagne. Au lieu de lui planter des vraies pointes dans le corps, tu vas le piquer avec… ça !

Et Maxime sortit de l'étui accroché à sa ceinture une longue tige dont l'extrémité était en caoutchouc rouge.

— C'est une sorte de suce qui adhère au poil du taureau. On aura pas de troubles avec la SPCA, ça saignera pas pis les gars du ménage vont moins sacrer après le show !

La salle rit. Mais on sentait le jeune homme un rien déçu.

— T'as cinq minutes pour en coller trois sur le taureau. Si tu réussis, tu gagnes pis on te donne un beau trophée ! Si le taureau te renverse une seule fois, on arrête tout. Mais que tu réussisses ou non, t'auras réalisé ton rêve, *right ?*

— *Right,* répondit Boyer, à nouveau exultant.

— OK, qu'on apporte la cape de monsieur !

Un accessoiriste apporta une cape rouge à Boyer, qui la prit et la soupesa, admiratif.

— Tu t'es pas mis en costume de torero ? demanda Maxime.

— Ah non ! Je trouve qu'ils ont l'air *fif* avec ça sur le dos !

Nouveaux rires dans la salle.

— OK, je vais sortir de l'arène pis vingt secondes après, on lâche le taureau ! Il est pas trop tard si tu veux tout arrêter !

— Jamais de la vie !

— *All right !* On applaudit le courageux Éric !

Tonnerre d'applaudissements tandis que Maxime sortait de l'arène pour aller se planter dans un coin, hors de l'éclairage. Boyer, seul au centre de l'arène, remonta son pantalon, fit un dernier signe vers la caméra en ricanant, puis attendit, anxieux, sautillant plus que jamais. Une musique espagnole se fit alors entendre dans la salle…

… et, apparaissant par une grande porte qui s'ouvrit soudain à une extrémité de l'arène, un taureau s'avança. Une rumeur impressionnée parcourut la salle. Boyer devint tout raide, tétanisé par cette vision qu'il ne s'était, jusque-là, qu'imaginée. L'animal, de son côté, regarda à gauche et à droite, nonchalant, comme s'il se demandait ce qu'il fabriquait là. Après quelques secondes de saisissement, Boyer cracha sa gomme et, maladroitement, déploya enfin sa cape. Un éclair traversa le regard du taureau et, tête baissée, il fonça vers le jeune homme. Dans la salle, tous les spectateurs cessèrent de respirer et, lorsque les cornes rencontrèrent la cape, plusieurs cris fusèrent. Mais Boyer, avec une rapidité peu élégante mais efficace, évita la bête et celle-ci continua sa course sur quelques

mètres. Les cris apeurés devinrent admiratifs et les
applaudissements suivirent. Boyer contempla la foule,
béat de joie, dressa ses deux doigts à nouveau, puis
revint au taureau, l'air plus assuré.

Pendant deux minutes, il réussit plusieurs passes,
avec de plus en plus de style, de plus en plus d'audace, au point que la foule, prise au jeu, criait un
immense « olé » à chaque passage. Il est vrai que la
bête n'était pas des plus agressives, mais tout de
même, ses cornes affilées donnaient le frisson et
frôlaient chaque fois l'apprenti torero. Boyer avait
réussi à coller une pointe sur l'animal et cherchait à
fixer la seconde. Maintenant crâneur, il tenait la
cape d'une seule main et brandissait la deuxième
pointe. Le taureau, sans trop d'agressivité, fonça
sur la cape. Boyer l'évita et, dans son mouvement,
colla la pointe…

Fut-ce un soudain éveil de l'animal ? un hasard ?
un réflexe déclenché par la relative douleur causée
par la pointe ? Toujours est-il qu'après avoir fauché
la cape, la bête, au lieu de poursuivre sa course, fit
immédiatement volte-face, avec une brusquerie
qu'elle n'avait pas démontrée jusqu'à maintenant,
et sa corne droite accrocha le flanc de Boyer. Son
petit couinement de douleur, tandis qu'il tombait sur
le sol, fut audible pour tous. Et tandis que la dernière
syllabe du « olé » de l'assistance se muait en cri
d'effroi, le taureau donna un second coup de cornes,
cette fois dans le ventre du jeune homme qui poussa
un cri rauque.

Trois mouvements eurent lieu avec un parfait syn-
chronisme : le redressement spontané des spectateurs,
qui se mirent tous debout en poussant des exclamations d'épouvante ; l'apparition de trois assistants
qui sautèrent dans l'arène pour attirer l'attention du

taureau ; et la tombée d'un immense rideau qui n'avait jamais servi et qui cacha la scène en moins de deux secondes.

Rapidement, un homme apparut sur la scène pour expliquer que tout était sous contrôle, mais, dans les coulisses, le chaos régnait. En effet, les trois assistants avaient beau crier, faire bouger des capes et claquer des mains pour attirer l'attention de la bête, celle-ci continuait à s'acharner sur Boyer qui, après avoir reçu un troisième coup de cornes, avait réussi à se mettre sur le ventre pour ramper sous les regards horrifiés des techniciens qui ne s'occupaient plus de leur équipement. Un homme armé d'une carabine sauta enfin dans l'arène, mais tandis qu'il épaulait son arme, le taureau donna un quatrième coup de cornes, cette fois dans le dos de sa victime, et Boyer cessa net de bouger. La carabine tira et une fléchette alla se ficher dans le dos de la bête qui gronda, se retourna, mais vacilla rapidement, pour enfin s'écrouler au sol, endormie. On s'empressa de sortir l'animal, tandis que plusieurs personnes, dont le médecin de l'émission, entouraient Boyer. Maxime apparut, le visage soucieux.

— Alors ? demanda-t-il.

— C'est… Il est mort…

Des exclamations catastrophées accueillirent cette affirmation. Deux ou trois techniciens sortirent en vitesse du plateau, en larmes. Les mâchoires de Maxime se serrèrent, puis il marcha vers le *boot* technique. Derrière sa console, Chapdelaine, le réalisateur, qui affichait normalement une expression blasée, tourna vers le milliardaire un visage blanc comme neige.

— Est-ce que la diffusion a été interrompue ? demanda l'animateur.

— O... oui...

— Comment ça? Je t'ai dit de jamais, *jamais* interrompre la diffusion, peu importe ce qui se passait!

— C'est pas nous, c'est la station elle-même qui a coupé! Dix secondes après que le rideau est tombé! Pis si tu veux mon avis, ils ont eu raison!

Maxime poussa un juron, sortit de la régie en lançant:

— Téléphone, Robert!

Robert Sanschagrin, tétanisé, se tenait près de l'arène et fixait le cadavre avec l'expression d'un homme qui voit sa maison brûler.

— *Robert!*

Sanschagrin sursauta, s'approcha et, tout en tendant le cellulaire, balbutia:

— On est vraiment dans le trouble, là, Maxime... Vraiment...

L'animateur prit le téléphone et appuya sur une touche. Presque aussitôt, une voix hystérique retentit à son oreille:

— *Jesus fucking Christ!* Que c'est qui s'est passé?

Mais au-delà de la colère, c'était la peur que Maxime devinait dans cette voix.

— Il paraît que t'as coupé?

— Mets-en que j'ai coupé! Au premier coup de cornes, j'ai appelé à la station pour en donner l'ordre, qu'est-ce que tu penses?

— Criss, Jack! on s'était entendus que jamais on couperait!

— *Are you fucking nuts?* On parle pas d'une fille qui se montre les boules, on parle d'un gars qui se fait embrocher par un taureau, tabarnac!

Autour, c'était la pagaille, on transportait enfin le corps de Boyer sur une civière, personne ne se préoccupait de Maxime sauf Sanschagrin qui, tout en se tordant les mains, attendait près de son patron avec un air de chien battu.

— Chapdelaine a dit que ç'a coupé en même temps que le rideau tombait ! rétorqua Maxime. Le monde n'aurait rien vu de toute façon !

— Y avait pas de chance à prendre !

— OK, OK ! Mais maintenant, je veux que tu me remettes en ondes !

— *Dream on !* Y est pas quest...

— Le rideau va rester fermé, je veux juste parler aux gens !

— Parler aux gens ? Veux-tu ben me dire ce...

— Jack, si tu veux pas qu'on soit dans la marde...

— On est déjà dans la marde, *you sick fuck !* hurla Langlois.

— Si tu veux pas qu'on le soit encore plus, écoute-moi et fais ce que je te dis, *you got that, you hysterical fat ass ?*

Le ton agressif de Maxime atteignit son but. Le directeur de la programmation se tut un moment, ne laissant percevoir que son souffle gras. Puis, d'une voix de laquelle perçait cette fois une sorte de supplication, il abdiqua :

— *All right...* T'es en ondes dans deux minutes...

— Merci, Jack.

Il referma le cellulaire et le tendit à Sanschagrin, sans même le regarder, tandis que ce dernier demandait :

— Et puis ? On est foutus ?

Sans lui répondre, Maxime claqua les mains et cria d'une voix forte :

— OK, je veux que tout le monde soit prêt, on retourne en ondes ! On va agir en professionnels et en gens responsables, d'accord ? Dans cinq minutes, on pourra tous pleurer ! Mais pas tout de suite ! Pas encore ! Je compte sur vous tous ! *Let's go !*

Après quelques secondes de flottement, tous se mirent péniblement en branle. Une femme dans la trentaine, qui était la troisième participante de l'émission, s'approcha gauchement de Maxime pour lui demander :

— Ça… ça veut-tu dire que je ferai pas mon trip ?

Maxime l'ignora complètement et, une minute plus tard, traversait le rideau pour aller se planter devant la foule houleuse. Lorsque le voyant rouge s'alluma sur la caméra, Maxime ajusta son micro-casque et clama :

— S'il vous plaît, tout le monde… Un peu de calme, s'il vous plaît…

Le silence revint peu à peu. L'air très solennel, l'animateur marmonna :

— J'ai… j'ai le regret de vous annoncer qu'Éric Boyer est… mort.

Consternation dans la salle. Maxime, en levant une main, s'empressa de continuer :

— Vous comprendrez, bien sûr, que nous interrompions l'émission pour ce soir. Je me donne comme devoir d'appeler personnellement la famille d'Éric et, évidemment, de me mettre à leur entière disposition. Ce soir, nous avons vu que… que parfois, dans nos rêves, il y a des parties sombres. Des parties sombres qu'Éric Boyer, malgré tout, a accepté d'assumer… jusqu'au bout.

Quelques marmonnements dans la salle. Maxime poursuivit :

— *Vivre au Max* est un reality show nouveau genre. Et dans reality show, il y a le mot réalité. Et dans la réalité, il y a la mort, absurde et imprévisible. Nous en avons eu une terrible démonstration ce soir. Mais Éric nous a quittés en toréador. Je ne prétends pas que c'est ce qu'il aurait souhaité et, d'ailleurs, nous ne le saurons jamais. Mais aussi ironique que cela puisse paraître, il est mort en accomplissant son rêve. Alors que des millions de gens meurent avec le regret de ne jamais l'avoir accompli.

Quelques personnes dans l'assistance grimacèrent avec tiédeur, mais la grande majorité ne bougeait plus, buvait les paroles de Maxime. Ce dernier cligna soudain des yeux, ses lèvres tremblèrent et, la voix chevrotante comme s'il retenait un sanglot, il ajouta :

— Je crois… je propose que nous gardions une minute de silence en hommage à Éric.

Il baissa la tête, imité par les quatre cents spectateurs dans la salle. Dans les coulisses, la plupart des techniciens firent de même. Le silence fut absolu.

Au bout d'une minute, Maxime releva la tête et murmura :

— Merci. Je vous assure que j'assumerai toute ma responsabilité dans cette histoire.

Il sortit dignement. Une centaine de personnes applaudirent de manière désordonnée, mais rapidement les discussions passionnées reprirent.

Aussitôt que l'animateur revint en coulisses, Sanschagrin lui tendit le cellulaire.

— *Not bad,* fit Langlois à l'autre bout de la ligne, un peu plus calme. Pas mal de *bullshit,* mais assez habile. Ça n'empêche pas que notre émission est morte.

— Ça, c'est loin d'être sûr…

— Max, voyons, on pourra jamais…

— On s'en reparle demain.

Il coupa, redonna le cellulaire à Sanschagrin en ignorant ses questions et marcha rapidement vers le couloir des bureaux. Lisette Boudreault l'intercepta, son visage encore plus figé qu'à l'accoutumée :

— Il va y avoir des tas d'appels pour des entrevues, j'en ai déjà reçu quatre, je sais pas si… heu…

— Accepte-les toutes.

Il repartit, traversa le couloir empli de gens qui allaient et venaient, puis rentra dans son bureau. Gabriel était assis devant la télé, boîte de Froot Loops en main, et fixait l'écran sur lequel défilait le générique de l'émission, sans musique. Le garçon tourna la tête vers Maxime. Le milliardaire hocha la sienne avec fatalisme :

— C'était inévitable, non ? Fallait s'attendre à ce que ça finisse par arriver.

Il marcha vers son bureau en lissant lentement ses cheveux.

— Ça va être une grosse semaine…

Il donna trois petits coups de paume sur le bord de son bureau et lâcha avec énergie :

— OK ! On va y arriver !

Gabriel le regardait toujours en silence. Dieu ! que Maxime aurait eu besoin, à ce moment-là, de quelqu'un avec qui *vraiment* parler de ce qu'il ressentait ! Ce silence, par moments, devenait vraiment lourd. Mais il ne pouvait en vouloir à Gabriel, il le savait bien, et il se sentit aussitôt coupable de sa frustration.

Dix semaines plus tôt, en mai, il avait discrètement souligné la fête de Gabriel en lui achetant une multitude de nouveaux jeux vidéo. Enfin, Maxime ignorait sa date d'anniversaire exacte, mais comme il s'agissait du jour où il avait *rencontré* Gabriel, pourquoi ne pas en faire son anniversaire ? Et comme il savait que le garçon avait onze ans lorsqu'il l'avait ramené de Gaspésie, il avait donc mis douze bougies sur le gâteau. Gabriel n'avait semblé ni enchanté ni incommodé de cette fête discrète.

Maxime se laissa tomber dans sa chaise avec une petite moue :

— Tu aurais dû voir ça, en coulisses. C'était assez atroce…

Mais il prononçait ces mots d'une voix neutre, qui contrastait avec le contenu de ses paroles, comme si au fond cela ne l'impressionnait guère. Maxime se tourna vers Gabriel et son visage se teinta d'une certaine compassion tandis qu'il marmonnait :

— C'est vrai que l'horreur ne t'impressionne plus beaucoup…

L'enfant le fixa encore un moment, puis reporta son attention sur l'écran de la télévision, en se fourrant une poignée de céréales dans la bouche.

◆

Maxime accorda bon nombre d'entrevues, la plupart très agressives à son égard. À chacune d'elles, il conserva un sang-froid admirable et ses propos consistèrent en une série de variations sur ce qu'il avait déjà dit en ondes. À la station de télévision et au CRTC, les plaintes furent abondantes. Langlois, par contre (suivant les conseils de Maxime), déclarait sur toutes les tribunes que sa chaîne n'avait pas l'intention de retirer l'émission. Néanmoins, quatre jours après le drame, Langlois recevait un appel du CRTC et apprenait sans surprise que *Vivre au Max* était sur la sellette. On ne lui enlevait pas son permis pour l'instant, mais le conseil discutait de l'avenir de l'émission et l'affaire pourrait même se rendre en cour. La nouvelle parut dans les journaux et provoqua bon nombre de manifestations dans plusieurs villes. À Montréal, huit mille personnes descendirent dans les rues pour clamer que l'émission devait demeurer en ondes au nom de la liberté d'expression et pour inciter le CRTC à respecter les auditeurs québécois. Une centaine d'individus profitèrent de la manifestation pour vandaliser quelques vitrines de magasins. À Québec, le nombre de manifestants s'éleva à cinq mille.

La même journée, Maxime rencontrait Salvador dans son restaurant.

— Tu te souviens quand je t'ai demandé, il y a quelques mois, de me monter un dossier sur René Coutu?

L'Espagnol, qui était concentré sur une grille de mots croisés, lança un ordre à l'un de ses hommes qui, une minute plus tard, tendait une grande enveloppe brune au milliardaire. Maxime examina le contenu et approuva:

— Bon travail, *amigo*.

— Si j'étais aussi bon en mots croisés! regretta Salvador en lâchant son crayon avec dépit.

Trois jours plus tard, Maxime, accompagné de son chauffeur espagnol baraqué, rendit visite à René Coutu, le directeur du CRTC; l'animateur avait pris soin de choisir un soir où il savait la femme du directeur absente. Coutu accueillit froidement les deux hommes et daigna les rencontrer quelques minutes seulement dans son bureau. Dans la petite pièce, l'animateur exposa la situation, puis fit un petit signe au Latino qui déposa une mallette sur la table. Maxime l'ouvrit et plusieurs piles de billets de banque apparurent, toutes bien rangées, sous les yeux d'abord ahuris, puis choqués de Coutu, qui s'écria qu'il n'était pas à vendre, que son intégrité était sans faille et que Lavoie et son gorille avaient trois secondes pour vider les lieux. Maxime, l'air faussement désolé, fit un autre signe à son homme de main qui, cette fois, sortit une enveloppe brune, celle donnée par Salvador trois jours plus tôt. Comme Coutu, altier, refusait de l'ouvrir, Maxime s'en chargea lui-même et aligna délicatement sur le bureau tout le contenu qu'elle renfermait, devant le directeur dont le visage s'affaissait au fur et à mesure que les documents apparaissaient. Il y avait tout d'abord une série de photocopies du site Internet illégal que Coutu visitait plusieurs fois par semaine, *Real raped girls,* et qui montrait exactement ce que promettait son titre évocateur. Suivaient des photos de Coutu lui-même en train de se masturber devant son écran saturé d'images de femmes ensanglantées. Le directeur ne demanda même pas comment ces photos avaient pu être prises, trop occupé à se désagréger de honte. Quand Maxime et l'Espagnol sortirent de sa maison, il pleurait en serrant la photo de ses enfants sur sa poitrine.

La limousine de Maxime était garée devant la maison de Coutu. L'Espagnol alla s'asseoir derrière le volant, tandis que Maxime montait à l'arrière rejoindre Gabriel qui attendait sagement.

— Tu as tout entendu? demanda l'animateur en s'assoyant face à lui.

Car Maxime portait, caché sous sa chemise, un micro qui avait permis à Gabriel de suivre toute la discussion.

— Édifiant, non? poursuivit le milliardaire. Ça donne encore plus de sens à notre projet.

Et il ébouriffa affectueusement les cheveux de son protégé, qui le regardait sans broncher.

Deux semaines après la mort de Boyer, le CRTC renversa tout le monde en annonçant que l'affaire n'irait pas en cour et que, par conséquent, *Vivre au Max* ne serait pas retirée des ondes. Aux médias qui demandaient les raisons de cette décision, un porte-parole du CRTC résuma la position du conseil en trois points :

1- Le conseil avait examiné les contrats signés par Boyer et, effectivement, il était spécifié que le signataire était conscient des risques encourus, y compris celui de mourir, et qu'il les assumait complètement et personnellement.

2- La station avait arrêté la diffusion dès les premières secondes du drame, ce qui démontrait sa bonne volonté de ne pas verser dans le sensationnalisme.

3- Il s'agissait tout de même d'un cas isolé et, après tout, aucune émission présentée en direct n'était à l'abri de ce genre de situation.

Cette décision, si elle déclencha la fureur de certains éditorialistes et de quelques milliers de citoyens, soulagea les 2,2 millions de fans de Maxime Lavoie, au point que plusieurs manifestations furent organisées à nouveau, cette fois dans un but festif. Même ceux qui n'écoutaient pas l'émission approuvèrent la décision du CRTC, arguant qu'après tout, « on était dans un pays libre ».

Quand Maxime entra dans le bureau du directeur de la programmation, il s'attendait à trouver un Langlois jubilatoire. À la place, il tomba sur un homme qui le dévisageait avec une sorte de crainte décontenancée.

— On garde notre permis et c'est tout l'effet que ça te fait ? s'étonna le milliardaire.

Langlois, assis derrière son bureau, demanda d'une voix basse, comme s'il craignait que des oreilles indiscrètes l'entendent :

— Tu tires les cordes, pas vrai ?

— Quelles cordes ? De quoi tu parles ?

— Arrête tes conneries ! Le CRTC ne prend jamais une décision si rapidement ! Surtout pas sur un cas aussi *heavy* !

Maxime se laissa tomber dans un fauteuil.

— L'émission reste, c'est le principal, non ?

Langlois se leva, fit quelques pas vers une étagère, soupesa un vieux trophée Gémeau qu'il avait gagné huit ans auparavant, alors qu'il était producteur, puis marmonna :

— *I don't like the smell of all this, Max.* Je veux pas d'emmerdes, moi. Je suis pas sûr que je veux continuer.

Maxime ne broncha pas.

— C'est pour ça que tu n'es que le diffuseur, Jack. Il ne peut rien t'arriver.

— C'est pas si simple…

— Mais oui, ce l'est.

Langlois s'humecta les lèvres, toujours en examinant son trophée :

— Pis j'ai des principes, aussi.

Cette fois, Maxime eut un grognement dédaigneux.

— *Cut the crap, Jack.*

— Parce que toi, t'en as, je suppose ? rétorqua le directeur avec une ironie sans joie.

— Oh oui, j'en ai, justement…

Langlois tourna la tête vers lui, étonné par l'accent de sincérité de cette réponse.

— Écoute, Jack, ne tourne pas autour du pot : tu redoutes d'être mouillé et moi, je te dis que tu n'as pas à avoir peur. Mais si tu es trop peureux, je vais voir TVA, qui va m'accueillir comme le Messie. Non seulement la mort de Boyer ne nuira pas à l'émission, mais elle va faire grimper nos cotes d'écoute déjà vertigineuses. Et ça, tu le sais parfaitement. Alors à toi de décider si c'est ton compétiteur qui va en profiter… ou toi.

Langlois inspira en déposant le trophée sur l'étagère, fit quelques pas en se massant la mâchoire, puis se tourna finalement vers Maxime.

— Pourquoi tu fais cette émission, Max ? Moi, elle m'enrichit, mais toi, elle va finir par te ruiner. Alors pourquoi tu y tiens tant ?

Maxime croisa sagement les mains sur son ventre et, avec le plus grand sérieux, répondit :

— Je te l'ai dit : j'ai des principes.

Pendant un instant, Langlois songea à lui demander d'être plus clair, puis, réalisant après réflexion qu'il était effectivement mieux pour lui d'en comprendre le moins possible et de profiter de l'argent apporté par ce succès tombé du ciel, il estima qu'il était préférable de se taire.

Ce qu'il fit.

CHAPITRE 28

Dans son demi-sommeil tenaillé, il entend des pas. Alerté, il ouvre les yeux pour voir une ombre qui approche, qui tient quelque chose… Un pistolet, sûrement ! Éperdue, sa main droite s'étire vers son bureau à la recherche de son Glock… Mais il n'est pas chez lui ! Non, il est à l'hôpital ! Sans arme ! Sa main ne rencontre qu'un verre d'eau qui se renverse. Comment a-t-on pu… a-t-on pu le laisser seul, aux mains de… des… Le souffle lui manque, vite, pousser un cri avant de suffoquer définitivement. Il ouvre la bouche…

— Du calme, monsieur Sauvé, tout va bien.

Une voix de femme, lasse. Une lumière s'ouvre dans la pièce et la silhouette devient infirmière.

— Je… Je m'excuse, halète-t-il. J'ai… Pendant une seconde, j'ai cru que…

Sa voix chevrote. Merde, encore ! Depuis son arrivée à l'hôpital, hier, il a toujours envie de pleurer ! Heureusement, il a pu, jusqu'à maintenant, se retenir. L'infirmière, avec des gestes blasés et mécaniques, examine sa blessure à l'épaule, heureusement superficielle, et prend sa température. Pierre ne dit rien, trop occupé à retenir ses larmes. L'infirmière le remarque et articule sèchement :

— Voyons, c'est pas si pire ! Y en a qui souffrent ben plus que vous !

Une minute après, il se retrouve seul. Des gens passent dans le couloir ; de temps à autre on entend dans les haut-parleurs une voix demander un médecin ; quelques sonneries de téléphone parviennent jusqu'à lui. Il se met à fixer le joint qui relie le plafond au mur... puis se repasse le film de la veille, dans ses moindres détails. Un film d'horreur qui ne cesse de défiler devant ses yeux, ouverts ou fermés. Il voudrait bien l'interrompre, mais comme il n'y a aucun bouton « stop », le film repasse en boucle, sans possibilité d'arrêt.

La nuit dernière, la projection a été pire, des variantes aussi absurdes que démentes se sont ajoutées. Les assassins tiraient sur Nadeau et les policiers, mais Rivard ne mourait pas sur le coup : son ventre explosait, son visage se faisait déchiqueter par les balles, il continuait pourtant de hurler à l'aide, en tendant sa main sanglante vers Pierre. Et lui fouillait sur le plancher de sa voiture, à la recherche de son foutu Glock qu'il ne trouvait pas... Enfin, il l'attrapait ! Mais il l'échappait aussitôt, se remettait à le chercher, le reprenait et le perdait derechef, ça n'avait aucun sens ! Et Rivard, devant lui, qui recevait des centaines et des centaines de balles, l'appelait toujours à l'aide. Pierre jurait, cherchait son pistolet et, enfin, le tenait solidement ! Alors, il bondissait hors de sa voiture, pointait son arme, prêt à appuyer sur la détente... mais ce n'était pas son Glock qu'il tenait ! C'était une feuille de papier. Hébété, il l'approchait de ses yeux ; il y avait un long texte sur la feuille : *Pour faire changement, tu n'es pas à l'heure. Il est sept heures et demie et tu ne m'as même pas...,* mais l'encre se mettait à dégouliner sur la feuille, comme si une eau invisible diluait les phrases maintenant illisibles. Qu'est-ce que ce stupide bout de papier foutait entre ses mains ? Où était son arme ? Il la cherchait dans la voiture, sur l'asphalte de la rue, partout, ne la trouvait pas. Désespéré, il regardait vers son confrère qui, sous le tir incessant des mitraillettes, n'avait plus forme humaine. Mais de cet amas de chair écarlate surgissaient toujours une main implorante, des cris inarticulés, et Pierre, s'arrachant les cheveux de démence, tournait la tête vers le fourgon dans lequel il croyait maintenant voir la silhouette d'une petite fille, immobile et tournée vers lui…

À ce moment, il se réveillait en criant. Et il repensait à cette foutue feuille de papier dans son rêve, qu'il tenait entre les mains ; cette feuille dont il se souvenait très bien, qu'il tentait d'oublier depuis des années, qu'il avait même réussi à repousser très loin de sa conscience et qui, tout à coup, sans aucun lien avec ce qui lui arrivait, revenait le hanter.

Pourquoi ? *Pourquoi ?*

Le téléphone sonne, mais le regard de Pierre demeure fixé au mur. Nouvelle sonnerie. Qui cela peut-il bien être, cette fois ? Sa mère ? Elle est venue hier, mais elle est bien capable d'appeler tous les jours… Son frère ? Il vit en Belgique depuis cinq ans, il ne peut être au courant. À moins que maman l'ait prévenu. Des amis ? Ils sont tous flics et sont venus le voir hier. Peu importe, il n'a pas envie de répondre. La troisième sonnerie lui donne envie de pleurer. Criss ! il en a ras le bol, de ces réactions de fillette ! Tout à coup, il croit deviner. Rapidement (du moins le plus rapidement que le lui permet son état), il prend l'appareil et le porte à son oreille. En reconnaissant la voix de sa mère, il est déçu. Il a espéré celle de Karine. Il réussit à convaincre sa mère que ce n'est pas nécessaire de revenir le voir aujourd'hui, puis il raccroche.

Pas dans le couloir, sonneries, appels dans les haut-parleurs... À un moment, un homme à l'allure démontée et un médecin passent devant la porte du détective et ce dernier saisit au passage une phrase du docteur indifférent : « Écoutez, votre père n'est pas le seul malade, ici... »

Pierre repense à la visite de ses confrères la veille. Ils ne connaissaient pas les trois flics tués, mais il s'agissait tout de même de collègues et ils jurèrent qu'ils allaient tirer cette épouvantable histoire au clair. Pierre leur a posé des questions sur ce qu'on savait jusqu'à maintenant, mais les gars ont expliqué qu'on n'avait encore rien trouvé de concluant et que, de toute façon, il devait se reposer. Chloé est aussi venue mais seule, encore plus bouleversée que les autres. Elle a carrément pris Pierre dans ses bras qui, gêné, s'est laissé faire.

— Pierre, c'est... c'est vraiment... Je trouve pas les mots pour...

— Je sais, je sais.

Et le film repartait, les images, les cris, le sang...

— J'aurais dû t'accompagner, aussi ! s'était-elle reproché.

— C'est moi qui ai voulu que tu restes ici.

— Je sais mais... Si j'avais été là, peut-être que j'aurais... que j'aurais pu faire quelque chose...

Elle a un peu pleuré et cela a beaucoup touché Pierre. Il a ensuite demandé qui s'occupait de l'enquête.

— Moi, puisque j'étais sur le cas Nadeau.

— Alors, tu es prête à prendre ma déposition ?

— Voyons, c'est pas le temps de parler de ça !

— Il faut toujours interroger les témoins le plus vite possible, pendant que les souvenirs sont encore chauds. Plus on attend, plus c'est risqué. C'est pas avec de la sensiblerie qu'on fait des bonnes enquêtes !

— Ça, c'est ton point de vue. Votre ancien enquêteur, Mercure, il paraît qu'il travaillait pas comme ça...

— Ouais, pis ça lui a souvent joué des tours.

— Chiale si tu veux, ta déposition va attendre à demain. C'est Gauthier qui va venir la prendre, ou moi.

— Gauthier ?

— Il est sur le cas avec moi.

Pierre s'est renfrogné en répétant :

— Franchement, c'est moi qui devrais mener cette enquête.

— Tu viens de te faire tirer dessus !

— C'est une blessure légère.

— Légère ou pas, tu as eu un choc et tu as droit à plusieurs semaines de convalescence.

— Ce dont j'ai vraiment besoin, c'est de reprendre mon travail le plus vite possible.

— T'es pas heureux à l'idée de passer quelques semaines chez toi, tranquille ?

— Non.

— Comment ça ?

Il s'était tu. En effet, pourquoi cette éventualité lui déplaisait-elle tant ? Il avait donc tenté de s'imaginer chez lui, seul pendant un ou deux mois, à avoir toutes ses journées libres pour pouvoir faire... faire quoi, au fait ? Que ferait-il, s'il ne travaillait pas ? Une sorte d'angoisse, tout à coup, s'était saisie de lui, cette même angoisse, étrange et inexplicable, qui finissait immanquablement par le ronger chaque fois qu'il passait quelques jours sans travailler.

— J'ai pas besoin de convalescence, s'est-il borné à répéter.

Des pleurs sortent Pierre de ses pensées. Les sanglots proviennent en sourdine d'une autre chambre. Le détective, avec la télécommande, allume la télévision accrochée au mur. Les hôpitaux, c'est tellement déprimant! Il se souvient de la mort de son père, il y a douze ans. Cet homme taciturne, qui avait eu une vie bien paisible, qui avait été agent immobilier pendant trente-cinq ans et dont le seul vice avait été de jouer au poker avec ses copains une fois par semaine, a été emporté par un cancer qui l'a torturé pendant quatre longs mois dans un lit d'hôpital. Chaque fois que Pierre venait lui rendre visite (environ une fois par semaine, au grand découragement de sa mère et de son frère qui eux, bien sûr, venaient tous les jours), il se sentait inconfortable, entouré de ces malades et de cette souffrance, comme si chacune de ses visites lui rappelait qu'il allait un jour lui-même se retrouver ici.

Il se rappelle surtout sa dernière visite. Il était seul au chevet de son père (sa mère était descendue manger à la cafétéria, son frère déjà reparti) qui, depuis trois semaines, fixait le plafond d'un regard éteint et, comme unique son, émettait une respiration rauque entrecoupée de râles sinistres. Pierre songeait à une enquête qu'il menait depuis quelques jours lorsque Hervé Sauvé s'était tout à coup agité. Le détective, alarmé, s'était approché, avait pris la main soudain tremblante de son père et ce dernier, si terrorisé qu'il ne réalisait même pas la présence de son fils, avait articulé d'une voix brisée par la détresse :

— Mon Dieu! C'est fini! Et il ne s'est rien passé…
Rien!

Et il était mort, ses yeux figés dans une abominable révélation qu'il était le seul à avoir vue.

Pierre n'a jamais répété les derniers mots de son père à personne, pas même à sa mère. Pourquoi troubler ses proches à cause d'une phrase sans queue ni tête ? Car c'était bien le cas : rapidement, Pierre s'est convaincu qu'il ne fallait pas chercher de sens dans l'ultime message de son père, vraisemblablement provoqué par la panique d'un homme qui sent la mort toute proche. Il ne repensait d'ailleurs jamais à ces mots absurdes, sauf lorsqu'il se retrouvait dans un hôpital.

— P'pa ?

Pierre est si plongé dans ses pensées qu'il sursaute littéralement en tournant la tête. Karine est là, dans l'entrebâillement de la porte. Et l'émoi qu'il lit sur son visage le ravit malgré lui.

— Karine…

Elle s'approche enfin.

— T'es-tu correct ? T'es-tu ben blessé ?

— Tout va bien, ma blessure est légère, c'est…

Il doit se mordre les lèvres pour ne pas éclater en sanglots. Il comprend alors que cette visite est celle qu'il espérait le plus. Sa gorge est tellement contractée qu'elle se fissure de douleur.

— P'pa ?

Il se racle la gorge, tousse puis reprend sur un ton contrôlé :

— J'ai eu une balle dans l'épaule gauche, mais elle a touché aucune articulation.

— Tant mieux.

Court silence. Il ouvre la bouche pour lui dire à quel point il se réjouit de sa présence, mais d'autres mots sortent :

— T'aurais pas dû te déplacer, voyons…

— T'es drôle, toi ! Je lis dans le journal que mon père s'est fait tirer dessus pis tu penses que je vais rester chez nous ?

Elle sourit et lui prend alors la main et pendant un court moment, l'ombre qui enveloppe constamment Karine s'atténue quelque peu, comme une toute petite percée de soleil dans le brouillard. Pierre doit se retenir pour ne pas lui serrer la main de toutes ses forces.

— Mais… mais qu'est-ce qui s'est passé, au juste ? s'enquiert-elle.

— Je sais pas…

— Comment, tu sais pas ? T'étais là !

— Karine, j'ai vu des… des collègues se faire assassiner en quelques secondes, comment veux-tu que…

— T'as raison, excuse-moi, c'est… c'est juste que… Une fusillade de même, à Drummondville, c'est… c'est *heavy !*

— Oui… C'est *heavy,* oui.

— As-tu… as-tu réussi à leur tirer dessus ?

— J'en ai tué un.

— C'est vrai ? *Wow !*

Pierre ne dit rien. L'idée qu'il a tué quelqu'un, même en pleine légitime défense, même s'il s'agissait d'un dingue, ne lui est pas particulièrement agréable. Et pourtant, s'il avait été assez vite pour tous les flinguer, on aurait peut-être évité la tragédie.

Le silence tombe. Ils regardent tous deux la télévision un moment, où un long reportage montre des dizaines de fans aguichés qui attendent, devant l'hôtel Saint-James de Montréal, la sortie de Madonna.

— Tu vas rester ici longtemps ? demande enfin Karine.

— Pas question. Demain, je sors. Pis je retourne au travail dans deux jours.

— Pourquoi si vite ? Profites-en pour te reposer un peu.

— Non, non. C'est au travail que je me sens le mieux.

À la télévision, on voit enfin Madonna sortir de l'hôtel, la voix off de l'animatrice devient passionnée tandis que les fans se mettent à hurler, mais trois secondes plus tard, la star a déjà disparu dans une voiture. Un des admirateurs présents, un homme d'une trentaine d'années, témoigne alors devant la caméra et, pantelant, affirme avoir vécu l'un des moments les plus paroxystiques de sa vie.

— Tu veux que je reste cette nuit ? demande Karine.

Pierre se sent touché.

Oui, Karine. Oui, j'aimerais que tu restes.

— Non, non, c'est pas nécessaire.

Elle n'insiste pas. Elle consulte sa montre, dit qu'un autre autobus part dans une heure et embrasse son père. Un baiser modeste, sans emphase mais peut-être un peu plus long que d'habitude. Elle le regarde dans les yeux lorsqu'elle lui dit :

— Prends soin de toi, p'pa...

Et elle ajoute avec sincérité :

— Pis j't'aime.

Pierre, interdit, se met à bredouiller :

— Ben... Moi aussi, voyons, tu... tu le sais ben.

Et il ajoute :

— Ça va aller.

Une fois sa fille sortie, il fixe longuement la porte ouverte, puis revient à la télé, où une jeune femme analyse l'impact de Madonna sur la mode au cours des vingt dernières années. Mentalement, il se répète ses derniers mots.

Ça va aller.

◆

La visite de Samuel Gauthier a lieu quelques heures plus tard, en fin d'après-midi. Assis sur son lit d'hôpital, le convalescent est en train d'écouter une émission dans laquelle on explique ce que sont devenues les vedettes de l'ancienne émission *Baywatch*. Pierre reçoit son collègue assez froidement : il ne l'a jamais trouvé particulièrement compétent. Gauthier, jeune quadragénaire grassouillet au visage angélique, s'approche du lit, les yeux pleins de compassion.

— Tu es sûr que ça va, Pierre ? Si tu ne te sens pas d'attaque, je peux repasser…

— Ça va très bien, Sam. Bon. Alors, je te raconte tout ?

— S'il te plaît, fait le sergent-détective en s'assoyant, calepin de notes en main.

Pierre baisse le son de la télé. Il s'est préparé mentalement à cette déposition. Il raconte donc tout avec objectivité. Une ou deux fois, sa voix tressaille et il doit faire une courte pause, mais il ne flanche jamais, comme si le contexte professionnel de ce témoignage le consolidait émotionnellement. À la fin, Gauthier observe son collègue avec un regard qu'il veut consolant mais qui, pour Pierre, ne parvient qu'à être risible.

— Ouais, c'est affreux… Dire que tu es le seul à avoir survécu.

— Ils étaient venus tuer Nadeau. Nous autres, les flics, on était juste des obstacles, rien de plus. Une fois qu'ils ont eu Nadeau, ils n'avaient plus de raison de me tuer.

— Chloé pense la même chose.

Évidemment ! Et si tu avais deux sous d'intelligence, tu en serais venu à la même conclusion tout seul !

— Ça explique pourquoi c'était si absurde comme attaque, si risqué, poursuit Pierre. Ils agissaient comme des kamikazes. Quand la fille pis le gars ont été tués, les deux autres ont eu aucune réaction.

— Dirais-tu qu'ils agissaient comme si leur propre vie était sans importance ?

— Je dirais plus que…

Pierre se concentre, revoit les visages des tueurs : calmes, certes, mais allumés.

— C'est pas leur vie qui était importante, mais ce qu'ils étaient en train de vivre… Et quand ils se sont suicidés, ils…

Il revit ce moment si pénible, si atroce. Il subit cette image depuis trois jours, mais l'expliquer rationnellement l'aidera peut-être à mieux la supporter.

— … ils avaient l'air tellement…

Il secoue la tête, cherche une image pour bien se faire comprendre… et pour comprendre lui-même.

— … comme deux personnes qui s'apprêteraient à faire une course de chars mais… mais qui savent que… que les voitures ont pas de freins…

Il regarde Gauthier.

— … pis c'est justement ça qui les excite.

Gauthier, qui prenait des notes, se met à secouer son stylo :

— Merde, il est vide…

Il cherche bêtement dans la pièce quelque chose pour écrire, sous l'œil corrosif du convalescent.

Si tu utilisais des crayons à mine, comme moi, ce genre de gaffes n'arriverait pas !

Gauthier s'excuse et sort de la chambre. Pierre soupire, puis revoit les deux tueurs se fourrer le canon des mitraillettes dans la bouche. Il entend les détonations… Il sent le sang gicler sur lui… puis le hurlement… *son* hurlement.

Gauthier revient avec un autre stylo, l'air victorieux. Au moment où il se rassoit, Pierre lui demande ce qu'ils ont trouvé sur les quatre tueurs.

— Pas grand-chose. Aucun n'est fiché. Rien n'indique qu'ils se connaissaient. Ils viennent tous de régions différentes : un de Montréal, un de Gatineau, un de Roberval et l'autre de Ville-Marie, au Témiscamingue ! Les deux les plus éloignés ont quitté leur famille la veille de la fusillade. Ils se sont sûrement rencontrés tous les quatre à Montréal le dix-neuf au matin. Ils devaient donc savoir que Nadeau serait transférée ce jour-là. Bien organisées pour quatre personnes qui, en apparence, ne se connaissent pas.

— Ils se connaissaient, c'est sûr ! Un coup comme ça, ça s'organise à l'avance ! Avec des mitraillettes en plus !

— D'après les familles de ceux qui habitaient à Roberval et Ville-Marie, ils ne quittaient jamais la ville, ou très rarement. Et personne dans l'entourage des quatre assassins ne connaît Diane Nadeau.

— Pourtant, ils sont venus pour la tuer.

Pierre revoit la porte du fourgon s'ouvrir, Nadeau se faire tirer dessus, sans même essayer de se défendre ou de se cacher derrière ses mains. Et, surtout, il revoit son visage, une seconde avant qu'elle soit fauchée par les balles.

— Elle avait l'air soulagé, souffle-t-il.

— Quoi ?

— Quand Nadeau a vu les deux tireurs sur le point de la tuer, elle a eu l'air… soulagé.

— T'es sûr de ça ?

Pierre s'effleure le front du bout des doigts. Les images se chevauchent sous son crâne, mais au centre de cette cavalcade écarlate, il distingue nettement le visage de Nadeau, ses traits qui se détendent, sa bouche qui s'entrouvre comme pour laisser sortir une expiration de contentement…

— Oui… Oui, pas mal sûr.

Pour la première fois, il recule plus loin, jusqu'à la sortie du Palais de justice, lorsque Nadeau, dans le fourgon, lui a parlé, le visage vaincu, épuisée de lutter contre… contre…

« Je veux me retirer, vous entendez ? »

— Elle voulait me parler, une fois qu'on serait à Montréal. Elle disait qu'elle n'en pouvait plus et qu'elle devait me parler. Elle en avait sans doute long à me dire et voulait attendre qu'on soit seuls à Tanguay.

— Pour te dire quoi ?

Pierre regarde le mur devant lui.

« Laissez-moi me retirer ! »

— Aucune idée.

Un mal de tête se profile à l'horizon, en haut de la nuque. Pierre se masse en grimaçant. Gauthier se lève.

— OK, Pierre, je ne t'achale plus avec ça.

— Ça m'achale pas pantoute ! J'arrête pas de penser à ça, de toute façon. Pis je trouve aucune logique, je comprends rien, c'est tellement… surréaliste !

— On va trouver, inquiète-toi pas.

— Quand je pense qu'on a cru jusqu'ici que le cas Nadeau était juste un crime passionnel… C'est clair que c'est plus que ça.

— Je pense qu'il faut remonter jusqu'à Gendron, l'ex de Nadeau. Elle l'a peut-être tué pour d'autres raisons que la jalousie. Le meurtre de sa nouvelle blonde et des bébés, c'était peut-être juste pour camoufler les vraies causes.

Pierre, presque à contrecœur, doit admettre que l'idée n'est pas bête.

— Mais pourquoi elle aurait eu l'air soulagé qu'on vienne la tuer ? demande-t-il.

Gauthier se gratte l'oreille, gêné. Pierre comprend.

— Tu penses que j'ai imaginé ça, hein ?

— Pierre, t'étais au cœur d'une fusillade, tu peux avoir… T'avais pas l'esprit clair, c'est normal.

Le détective a une mine farouche. Pourtant, il sait que son collègue peut avoir raison. Le mal de tête remonte jusqu'à ses tempes. Il cligne des yeux, soudain fatigué.

— Merci pour tout, Pierre. C'est fini. Essaie de plus trop penser à ça.

S'il en avait la force, Pierre rigolerait.

◆

Les funérailles des trois agents ont lieu deux jours plus tard à Montréal. Des centaines de policiers des quatre coins du pays, et même certains des États-Unis, sont venus soutenir leurs collègues montréalais. Des délégués politiques sont aussi présents, dont le ministre de la Justice. L'ambiance est lourde, austère, et dans les regards des policiers sur place, l'incompréhension et la révolte brillent avec la même amplitude.

Pierre, le bras en écharpe, est évidemment présent et l'expérience lui est pénible. C'est la seconde fois en quatorze mois qu'il assiste à des funérailles de policiers : l'an passé, le sergent Henri Guérin, âgé de cinquante et un ans, s'est tué après avoir, en moins de vingt-quatre heures, battu sa femme, violé sa voisine et volé une banque. On l'a trouvé trois jours plus tard, dans une cabane dans les bois, pendu. Il n'a laissé aucun mot d'explication. On le savait dépressif depuis quelque temps, mais jamais à un point si critique. À la longue, s'est dit Pierre, ce métier peut vraiment rendre dingue… Et pourtant, il n'en pratiquerait aucun autre. Un peu plus d'un an après le suicide de Guérin, Pierre se retrouve dans un cimetière à Montréal, pour les mêmes raisons mais dans des circonstances encore plus dramatiques puisque, cette fois, il est personnellement impliqué. La vue des trois cercueils lui scie littéralement les jambes et c'est par miracle qu'il peut tenir debout durant le service religieux. Les réactions à son égard sont un désagréable mélange de compassion et de malaise. Certains sont incapables de lui dire quoi que ce soit et d'autres, par nervosité, sortent des maladresses du genre : « Écoute pas ceux qui disent que c'est de ta faute, Pierre, c'est pas vrai ! » ou encore, comble de l'absurde : « Si t'as besoin d'argent, hésite pas ! » Lorsqu'il peut enfin s'isoler dans des toilettes, il se recroqueville sur la cuvette, les mains si tremblantes qu'il n'arrive même pas à essuyer la sueur sur son front.

De retour à Drummondville, il file directement au poste et informe son supérieur qu'il veut se remettre au travail. Bernier essaie de le convaincre de prendre congé, mais en vain. Quand le capitaine lui dit qu'il a même droit aux services d'un psychologue, Pierre se fâche et Bernier change de direction :

— En plus, t'as le bras en écharpe !

— C'est une petite blessure de rien ! Dans trois jours, j'en aurai plus besoin, de cette écharpe ! Écoute, Gilles, si je reste chez nous, je vais juste penser à ça pis là, je vais virer fou pour de vrai ! Faut que je travaille ! C'est ça qui va vraiment m'aider ! Je voudrais reprendre l'enquête sur Nadeau.

— Hors de question que tu travailles sur ce cas-là ! C'est Chloé qui s'en occupe maintenant, avec Sam. Je veux bien que tu travailles, Pierre, mais pas sur le terrain. Pas tout de suite. (Pause, puis :) Tu pourrais faire de la révision de dossiers en cours, ça te va ?

Le détective ne bondit pas d'enthousiasme, mais il accepte. C'est mieux que rien. Et puis, cela ne sera que pour une semaine ou deux.

Le lendemain, au poste, on lui remet le rapport d'une arrestation d'un homme en état d'ébriété. Pierre révise le dossier, apporte des annotations, mais a de la difficulté à se concentrer. Chloé vient le saluer, même si on sent qu'elle n'approuve pas son obstination à vouloir travailler.

— Et l'enquête? demande Pierre.

— Rien de concluant encore. Je vais te tenir au courant.

Il ne sait pas s'il doit la croire. Peut-être qu'elle veut le «ménager»...

Dans l'après-midi, les choses se gâtent. Dans le rapport que Pierre révise, il est écrit qu'un adolescent a frappé le policier qui lui demandait son permis de conduire. Pierre se dit que le flic a eu de la chance. Cela aurait pu mal se terminer si le jeune avait été armé... d'un pistolet, par exemple...

... ou, pire, d'une mitraillette...

... qu'il aurait vidée sur le policier...

Pierre se secoue, mais durant une bonne heure, il n'avance presque pas dans son travail, obsédé par cette image absurde. Bernier, qui vient le voir, le remarque:

— Cibole, Pierre, t'as pas l'air à filer! T'es en sueur!

Le détective veut le rassurer, lui dit que ça va. Mais le capitaine, constatant le peu de progrès dans le travail du policier, prend un air désapprobateur.

— Tu vois bien que ça va pas! Prends donc une couple de semaines pour...

— Demain, ça va aller mieux.

— C'est la Saint-Jean-Baptiste, demain!

— Pas grave, je vais venir travailler quand même. Tu me donneras un autre rapport à réviser pis ça va être correct.

Tandis qu'il sort du poste, il sent tous les regards apitoyés le suivre jusqu'à la sortie. Cela l'humilie tellement qu'il songe pendant une seconde à tous les envoyer au diable. Le soir, il décide d'aller au cinéma. Il ne suit pas du tout ce qui se passe à l'écran. Il ne peut s'empêcher de repenser à Nadeau, qui souhaitait lui parler en arrivant à Montréal, comme si elle voulait se vider le cœur… Aurait-il dû lui demander de parler tout de suite ? Cela aurait-il tout changé ? La nuit est pénible, éclaboussée de cris, de sang et de fureur. Il se réveille encore plus fatigué qu'il ne s'était couché.

Au poste, les quelques agents présents se souhaitent une joyeuse Saint-Jean. Pierre hérite d'un nouveau rapport à réviser et, plein de bonne volonté, se met au travail. Le dossier raconte une histoire presque cocasse : une vieille femme a appelé au poste pour déclarer un vol. Elle a affirmé avoir laissé dans sa voiture trois sacs de nourriture pour chien, et lorsqu'elle a voulu aller les chercher, ils avaient disparu. Devant l'insistance de la vieille, un agent s'est rendu sur place et a tout fait pour convaincre la petite dame que personne ne volerait de la nourriture pour chien, qu'elle avait sûrement cru acheter les sacs ou quelque chose du genre. Mais la vieille avait la tête dure et avait exigé une enquête. Pierre, sans quitter le rapport des yeux, prend son café en esquissant un sourire amusé. Il imagine le pauvre flic en train de relever les empreintes dans la voiture. Si c'était lui le responsable de cette pseudo-affaire, il passerait dès ce soir chez la vieille et lui dirait que le cirque a assez duré. Il lui expliquerait qu'elle se fait des idées, qu'aucun voleur ne s'intéresse à de la bouffe pour chien, et que de toute façon, il n'y a aucun voleur dans un quartier si tranquille, encore moins des assassins, sauf, peut-être, des fous furieux avec des mitraillettes qui pourraient, sait-on jamais, s'introduire chez la dame sans défense, sans raison, comme ça, et Pierre, en arrivant chez elle avec la ferme intention de l'apaiser, sonnerait à la porte et entendrait tout à coup les coups de feu alors à toute vitesse il défonce la porte bondit dans la maison et voit quatre dingues en train de cribler de balles la petite vieille et Pierre comprend qu'il est arrivé trop tard qu'il n'a pu rien faire qu'il…

Quelque chose brûle sa peau. Son regard se tourne vers sa main. Le gobelet qu'il tient tremble tellement que du café est en train de se répandre sur ses doigts et ses cuisses. Pierre demeure immobile, hébété, à observer le phénomène. Sa main vibre, le café déborde, sa peau brûle… et il ne fait rien pour arrêter cela.

Présence autour de lui. Il lève la tête. Trois policiers le dévisagent avec consternation. Il revient à sa main spasmodique. Pourquoi ne dépose-t-il pas le gobelet sur le bureau? Pourquoi ne crie-t-il pas de douleur? Pourquoi ne fait-il pas *quelque chose*?

Pourquoi je n'ai pas ramassé mon ostie de pistolet plus vite?

Il lâche alors le gobelet qui tombe sur ses cuisses. Un collègue intervient enfin et fait un pas vers lui.

— Pierre…

— Quoi? crie-t-il en se levant. Qu'est-ce qu'il y a, là? Vous auriez fait mieux, c'est ça? Vous auriez réagi plus vite que moi?

Cette fois, tous les policiers dans la salle le dévisagent. Pierre pointe un doigt accusateur vers eux, un à un.

— C'est tellement facile à dire, hein ? Tellement facile !

Une main se dépose sur son épaule, celle de Bernier qui s'est approché, mais Pierre sursaute avec une telle violence qu'il bondit sur le côté, trébuche sur sa chaise et tombe littéralement sur le plancher. Pendant une pénible seconde, il tente de se relever, n'y parvient pas à cause de son bras en écharpe et, tout à coup, tout lâche : il se laisse retomber, la main droite sur les yeux. Les sanglots remontent dans sa gorge et il déploie un tel effort pour les retenir qu'il émet, malgré lui, des hoquets rauques et douloureux.

Ses collègues, rassemblés autour de lui, le regardent râler, pétrifiés.

CHAPITRE 15

Aussitôt le jeune homme sorti de la pièce, Marie-Josée Jobin enleva ses lunettes et se frotta les yeux avec le pouce et l'index.

— Un petit coup de fatigue ? fit Louvain à ses côtés.

Jobin observa l'homme qui souriait avec trop d'ostentation. Ses cheveux courts à l'avant et longs à l'arrière, dignes des années quatre-vingt, lui donnaient un air parfaitement caricatural. Comment, en 2005, pouvait-on encore arborer une telle coupe de cheveux ? Et ses lèvres qui étaient constamment mouillées...

— Oui, mais ça va passer, répondit Jobin.

Maxime Lavoie l'avait approchée trois mois plus tôt, à la fin de juillet, en lui expliquant qu'il cherchait des psychologues pour la sélection des concurrents de la seconde saison de son émission. Elle serait assignée à l'un des bureaux de la Montérégie. Jobin avait longuement tergiversé. Elle trouvait *Vivre au Max* plutôt insignifiant et dégradant. Bon, elle l'écoutait de temps à autre, mais de là à s'y impliquer... Mais Lavoie lui avait proposé un salaire si exorbitant qu'elle avait rapidement fait taire ses scrupules. Puis, il lui avait expliqué le fonctionnement des auditions : chacun des quarante-quatre centres d'auditions dispersés dans le Québec serait, comme l'année précédente, sous la responsabilité d'un analyste et d'un psychologue.

— L'analyste dirige l'entrevue et note avec précision le rêve que souhaite réaliser le demandeur, avait expliqué Lavoie. Le demandeur doit présenter son trip de manière détaillée. Plus il le décrira avec précision, plus cela démontrera qu'il y rêve depuis longtemps. L'analyste devra ensuite classer la demande dans la bonne catégorie. Il y en a quatre. Catégorie A : fantasmes sexuels. Catégorie B : épreuves difficiles ou dangereuses. Catégorie C : libération de frustrations. Et catégorie D : croissance personnelle ou buts humanitaires.

— Et moi, comme psy, je sers à quoi ? avait demandé Jobin.

— Au rapport factuel de l'analyste, vous ajouterez un court diagnostic psychologique sur le demandeur. N'hésitez pas à intervenir durant l'entrevue, à poser des questions. Le demandeur est-il psychologiquement stable ou non ? Est-il dangereux ou pas ? dépressif ? conscient de ce qu'il demande ? Et surtout : est-il influençable, manipulable ? Vous comprendrez que je ne veux pas me retrouver avec des psychotiques ou des dépressifs à l'émission.

— Chaque entrevue durera combien de temps ?

— Une heure maximum.

— Ça me paraît insuffisant pour établir un diagnostic très précis, même si je lui pose des questions.

— Je sais bien, madame Jobin, je veux seulement les grandes lignes, disons la… « tendance mentale » de l'individu.

Puis, il avait poursuivi avec gravité :

— Les analystes et les psys doivent être neutres durant l'entrevue. Ne laissez pas voir si le rêve du demandeur vous plaît ou non, vous choque ou pas. Si sa demande est illégale ou criminelle, ne réagissez pas. Le tri de ce qui est légal ou non sera fait plus tard. Vous passerez neuf auditions par jour. Votre seule pause aura lieu entre midi trente et une heure pour le dîner. Je vous préviens, ça va être des grosses journées.

En effet... Jobin en était à sa neuvième semaine d'entrevues, donc à mi-chemin, et en était venue à la conclusion que, finalement, son salaire élevé était pleinement mérité. Ce qui l'avait le plus surprise au cours des deux derniers mois était l'ennui qui semblait ronger les demandeurs. Même si la plupart d'entre eux étaient de bonne humeur (ce jour-là, comme c'était l'Halloween, certains s'étaient même déguisés!), leurs réponses trahissaient la grisaille de leur vie, l'absence de motivation réelle dans leur existence. Quelques-uns étaient carrément effrayants. Comme cet homme, sinistre et amorphe, dont le rêve était d'enfermer son ex-femme claustrophobe dans un ascenseur pendant trois jours, juste pour lui donner une bonne leçon! Et il semblait vraiment sincère! La psychologue avait posé quelques questions pour rapidement se rendre compte que l'homme en question représentait un danger potentiel. Mais le rapport avait été rempli et expédié à Lavoie, qui insistait pour lire la totalité des demandes.

Jobin s'étira et Louvain lui dit:

— Ça fait deux ans que je fais ça. L'année passée, à mi-chemin, j'ai eu un coup de fatigue, moi aussi. Mais tu vas voir, ça se place.

Elle ne dit rien et, d'un air entendu, il ajouta:

— À moins que t'aies trop fêté hier... T'as l'air d'une fille de party, toi.

Elle le dévisagea en remettant ses lunettes. Est-ce qu'il la draguait ? Après neuf semaines, il tentait tout à coup le grand jeu ? Il avait beau avoir à peine trente ans, soit une dizaine d'années de moins qu'elle, il l'avait tutoyée dès le début des auditions. Et voilà qu'il lui lançait même un clin d'œil, prenant un air séducteur qui ne le rendait que plus pathétique. Il allait l'inviter à prendre un verre à la fin de la journée, elle en était convaincue, ce qu'il n'avait encore jamais osé faire. S'il avait été plus beau, juste un peu, elle aurait dit oui et l'aurait même suivi au motel. Elle ne trompait pas son mari souvent, mais quand une bonne occasion de déjouer la routine se présentait, comment refuser ? Sauf que là, franchement... Elle imaginait le contact de ces lèvres moites et collantes et cette évocation la fit frémir.

— Pas vraiment, non.

Sur quoi, elle s'empressa de terminer la rédaction de son mini-rapport. Louvain se leva, alla ouvrir la porte et lança le mot : « Suivant ! » Le temps qu'il revienne s'asseoir, le septième postulant de la journée entrait : un homme d'une cinquantaine d'années, grand et svelte, avec une calvitie avancée et des petites lunettes argentées. Un bel homme, malgré la froideur qui émanait de lui. Louvain lui tendit la main :

— Bonjour, monsieur. Je suis Alain Louvain, l'analyste de votre demande. Voici madame Marie-Josée Jobin, mon assistante, qui est aussi psychologue.

Nouvelle poignée de main et le postulant, impassible, s'installa sur la chaise devant la table.

— Allons-y, fit ensuite Louvain en prenant son crayon. Alors, nom, occupation et âge.

— Frédéric Ferland, cinquante et un ans, psychologue.

Jobin ne put s'empêcher de hausser un sourcil. L'analyste s'enquit aussi de l'adresse et du numéro de téléphone, puis demanda d'un air affable :

— Et quel rêve souhaiteriez-vous réaliser, monsieur Ferland ?

— Mon cas est assez particulier. Je crois que le plus simple serait que j'en parle à monsieur Lavoie lui-même. J'ai passé les trois derniers mois à essayer d'entrer en contact avec lui mais, ma foi, je crois que j'aurais eu plus de chance avec le pape ! Alors, je me suis dit que le meilleur moyen était peut-être de venir à ces... auditions.

— Monsieur Lavoie ne peut rencontrer les postulants personnellement. Il nous engage justement pour faire une sorte de tri. Dites-nous ce qu'est votre rêve et c'est lui qui jugera.

— C'est que... C'est plus compliqué que ça...

Louvain demeurait poli. Jobin jetait des notes sur son rapport : tendances narcissiques ? Encore un peu tôt pour le dire.

— Si vous ne me dites rien, je ne pourrai rien écrire, insista Louvain.

Ferland caressait son menton.

— Peu importe ce que je vous dis, vous allez l'écrire ?

— Bien sûr.

— Et vous me garantissez que Lavoie le lira ?

— Il lit toutes les demandes, dans la semaine qui suit l'audition.

— Eh bien, mon rêve est...

Petite crispation de la bouche. Il se reprit :

— Je n'ai pas de rêve précis. Je veux... Je veux juste le rencontrer. Écrivez cela.

Tout en notant la réponse, Louvain sourit discrètement. Sur sa feuille, Jobin inscrivit : rigide. Et un peu fan, aussi. Comme s'il avait deviné ce que la psychologue avait écrit, Ferland précisa :

— Je ne veux pas le rencontrer parce que je suis un admirateur. Je trouve son émission parfaitement ridicule et aberrante.

Jobin haussa à nouveau un sourcil. Culotté, le confrère ! Sur sa feuille, elle raya « fan », souligna « narcissique », ajouta « arrogance ». Louvain, malgré son professionnalisme, ne put s'empêcher de pincer les lèvres, lui qui était un grand admirateur de l'émission.

— Alors, pourquoi souhaitez-vous le rencontrer ?

— Parce qu'il est comme moi. Il…

Il chercha ses mots un moment, sans cesser de caresser son menton, puis ajouta d'une voix aérienne :

— … il a constaté le vide.

Jobin étudiait avec attention son confrère, le crayon oscillant entre ses doigts, puis elle inscrivit : « projection ».

— Qu'est-ce que ça veut dire, au juste ? demanda enfin l'analyste.

— Écrivez juste ça.

Manifestement à contrecœur, Louvain s'exécuta. Ferland regarda Jobin et ajouta :

— Et vous, chère consœur, vous pouvez bien écrire « dépressif » sur votre feuille si vous voulez, mais ajoutez « lucide ».

Avant que Jobin puisse réagir, le psychologue se levait pour prendre congé.

— Attendez, j'ai d'autres questions à vous poser, fit Louvain.

— Et j'aimerais bien vous en poser quelques-unes aussi, ajouta Jobin d'une voix neutre.

— Désolé, je n'ai pas d'autres réponses pour vous.

Il sourit poliment.

— Merci à l'avance de transmettre ma demande à monsieur Lavoie.

Il sortit. Louvain se mit à écrire en marmonnant :

— Puisque Lavoie veut voir *toutes* les demandes...

La psychologue, elle, observait avec indécision les quelques mots qu'elle avait jetés sur le papier. Il fallait maintenant dresser un court rapport. Qu'est-ce qu'elle allait bien pouvoir écrire ? Tandis qu'elle réfléchissait à la chose, Louvain lui demanda, après s'être humecté les lèvres :

— Au fait, je suis invité à un party d'Halloween ce soir. T'as envie de venir avec moi ?

CHAPITRE 5

À RDI, le commentateur rappelait la force des frappes américaines infligées à Bagdad en ce dix-neuvième jour de guerre, mais Pierre, installé dans son fauteuil, n'écoutait pas. Son oreille était à l'affût de tout son en provenance de l'extérieur.

Enfin, un bruit de moteur le fit bondir vers la fenêtre de la cuisine. Dans la pièce plongée dans le noir, il n'essayait même pas de se cacher, au point que si Karine avait pris la peine de regarder dans cette direction, elle l'aurait vu. Du moins, elle aurait aperçu sa silhouette. Mais non : sur le trottoir, devant la voiture dont le moteur continuait de tourner, elle était bien trop occupée à embrasser son petit ami pour réaliser que son père l'observait d'un œil maussade. D'ailleurs, il ne savait même pas que Karine avait un petit ami. Qui était donc ce garçon ? Difficile de discerner les traits de quelqu'un à deux heures du matin. Surtout lorsque ces traits se frottent de manière obscène sur ceux d'une autre personne, en l'occurrence ceux de sa fille. Et puis, on ne s'embrasse pas comme ça à seize ans !

Là ! Il lui passait les mains sous le manteau pour lui caresser les fesses ! Et elle se laissait faire ! Pierre serra les poings, retenant une envie folle de marteler la fenêtre. Il se demanda même si elle ne l'avait pas vu et n'agissait pas ainsi par pure provocation. Supposition qui disparut bien vite lorsque Karine, mettant fin à ce baiser obscène, tourna le visage vers la maison et aperçut enfin son père. Pierre la vit se raidir et il en ressentit une mesquine satisfaction. Oui, tu peux bien avoir peur ! Réaction qui, dans une minute, sera parfaitement justifiée ! Elle dit un mot rapide au garçon qui, après avoir lui-même jeté un œil vers la fenêtre (avait-il souri ? Pierre l'aurait juré !), retourna dans sa voiture en même temps que Karine marchait vers la porte de la maison. Le détective s'empressa d'aller fermer la télévision.

Lorsque sa fille apparut dans la cuisine toujours plongée dans le noir, Pierre, debout, les bras croisés, gardait le silence. Karine tituba un moment sur place, changea son sac à main d'épaule, puis finit par le déposer sur le bahut.

— Salut… T'es encore debout ?

Elle tentait de prendre une voix désinvolte. La désinvolture, c'était sa spécialité. Pour ne pas dire l'impertinence.

— Comment tu veux que je dorme quand je sais que ma fille se dévergonde toute la nuit !

— Dévergonde ! Relaxe, là ! Je suis pas sortie toute la nuit !

— Y est deux heures et demie du matin !

— Tous ceux qui rentrent à cette heure-là sont dévergondés, c'est ça ?

— Y ont pas tous seize ans !

— Je vais en avoir dix-sept dans deux mois ! Pis la plupart des jeunes de mon âge rentrent à cette heure-là, tu sauras !

— La plupart des jeunes de ton âge sont dévergondés, aussi !

— Ah, OK, OK! T'as envie de ça là, là! Cette nuit, hein? Ouais, ouais! Cool!

Avec un soupir plein de morgue, elle marcha d'un pas incertain vers l'évier pour se remplir un verre d'eau qu'elle but d'un trait. Pierre retint son envie de s'approcher d'elle: son immobilité comptait parmi ses moyens d'intimidation les plus efficaces, il le savait d'expérience. En tout cas, cette tactique fonctionnait toujours devant les inculpés qu'il interrogeait.

— Pis tu te laisses tripoter par les gars, en pleine rue!

— Ben oui! À cette heure-là, tout le quartier a dû nous voir, c'est sûr!

Elle but un second verre d'eau, puis le remplit à nouveau.

— On s'embrassait, on se tripotait pas! Pis c'est mon *chum*!

— Tu m'avais pas dit que t'en avais un!

— Tu me l'as pas demandé!

Elle fit cul sec une troisième fois. Pierre remarqua enfin cette absorption d'eau aussi spectaculaire qu'inhabituelle. Et ce pas titubant qu'elle avait depuis son entrée…

Ah ben criss!…

Il brisa enfin son immobilité et la rejoignit en deux pas. Il lui prit le menton et tourna son visage vers le sien d'un mouvement sec.

— Qu'est-ce que tu fais là! s'insurgea Karine, insultée.

Tout près d'elle, il discernait parfaitement ses traits. Elle avait les yeux rougis. Il renifla, comme s'il voulait détecter une odeur, et aussitôt son visage s'empourpra autant de colère que de honte.

— T'as bu!

— Ben oui, une couple de bières…

— *Hey*, mens-moi pas ! J'ai assez vu de monde soûl pour savoir à quoi ça ressemble !

— OK, j'ai pris un petit coup ! Pis, ça ?

— T'es mineure, Karine !

— Voyons donc, tous les jeunes de mon âge prennent de la…

— Lâche-moi, avec les jeunes de ton âge ! T'es ma fille, t'as seize ans, pis moi, je suis un policier ! Je permettrai pas que…

— Oui, oui, je le sais, que t'es un policier, comment tu veux que je l'oublie ! Criss, j'aurais pu avoir un père médecin, comptable ou plombier ! Ben non, y a fallu que je tombe sur un flic !

— Tu devrais être fière !

— Ah, ben fière ! Ben fière qu'il m'empêche de rentrer tard, de boire de la bière, d'être une ado normale ! Pis tiens, avant que tu fouilles dans mes affaires…

Elle plongea une main fiévreuse dans son sac à main, comme si elle voulait mettre fin le plus rapidement possible à cette scène grotesque, en sortit quelque chose qui ressemblait à une cigarette et le lança vers son père.

— J'ai du shit, aussi ! Pis j'en ai fumé tout à l'heure ! Voilà ! Vous allez faire quoi, monsieur l'agent ? Me mettre en prison ?

Interdit, Pierre fixa le petit rouleau de papier sur le sol comme s'il s'agissait d'une coquerelle géante surgissant d'une fente du plancher. Il perdit alors la tête. Saisissant sa fille par les épaules, il la secoua en tous sens sans cesser de répéter entre ses dents serrées : « T'as pas fait ça ! T'as pas fait ça ! » Elle se démenait, lui criait de la lâcher, pour enfin réussir à le repousser avec force. Pleurant sans même s'en rendre compte, elle cracha vers lui :

— J'suis écœurée, écœurée ben raide ! Tu comprends rien, criss, rien, pis tu veux même pas comprendre ! J'en peux pus !

— Comprendre quoi ? Que ma fille est une droguée ?

— Ostie que t'es con ! T'es con, t'es con, *t'es con !*

— Karine !

— M'man, elle, elle comprendrait !

Pierre se tut, électrifié par cette phrase. Karine ravala un sanglot en essuyant sa bouche et ajouta comme pour elle-même :

— Si elle était vivante, je serais avec elle pis ce serait pas mal plus simple…

Le cœur de Pierre se tordit comme un morceau de cellophane jeté au feu. Disait-elle cela pour lui faire mal ou le pensait-elle vraiment ? Ce n'était pas la première fois qu'elle utilisait ce genre de chantage émotif et cela le meurtrissait chaque fois. Mais cette nuit, il y avait quelque chose de plus résigné dans sa voix, dans son attitude même.

— Ta mère serait d'accord avec moi, rétorqua-t-il d'une voix chamboulée.

— Elle a jamais été d'accord avec toi, répliqua Karine avec une douceur incongrue. Même avant de mourir, elle m'a dit que…

Le cœur de Pierre ne se tordit pas, il s'arrêta littéralement de battre. Jamais Karine ne lui avait parlé de ce qui s'était passé ce soir-là, pas une seule fois. À sa psychologue, oui ; à des amis, peut-être. Mais jamais à *lui* !

…et jamais tu n'as tellement insisté non plus…

Karine, sans terminer sa phrase, se tut et, mal à l'aise, fixa le plancher.

— Qu'est-ce qu'elle a dit ? demanda le policier dans un souffle.

Silence de Karine.

— *Qu'est-ce qu'elle a dit ?*

Il fit un geste menaçant vers elle, comme s'il allait lui prendre le bras ou quelque chose du genre. Mais, avec une rapidité étonnante, Karine se saisit du verre sur le comptoir et le brandit en marmonnant :

— Arrête, sinon je te le casse sur la tête.

Et sa voix était gonflée d'une tristesse trop usée pour une fille de seize ans. Pierre ne fit plus un mouvement. Il aurait évidemment été capable de lui enlever ce verre en un tour de main, mais la violence du geste de sa fille le paralysait complètement. Alors Karine lança le verre dans l'évier, le faisant ainsi éclater en morceaux, et marcha d'un pas lourd vers sa chambre.

Pierre, seul dans la cuisine silencieuse, alla s'asseoir dans la chaise berçante. Il se fondit peu à peu dans l'ombre de la pièce.

◆

Au poste de police, Pierre passa la matinée à repenser à la nuit. Ce n'était pas sa première engueulade avec Karine, loin de là, mais cette fois, une limite avait été dépassée : il y avait de la drogue. Et même si Pierre savait qu'un petit joint n'était pas dramatique, il savait aussi que cela pouvait être le premier pas vers quelque chose de plus critique.

Que devait-il faire ? La punir, bien sûr. Il n'avait pas le choix. Ainsi elle comprendrait que c'était beaucoup plus grave qu'elle semblait ne le croire. Peut-être n'avait-il pas été assez sévère par le passé. Oui, peut-être… Il décida de retourner dîner à la maison, certain d'y trouver Karine, à peine réveillée, en train de manger un bol de céréales. Il lui annoncerait sa punition : un mois sans sortie. Voilà. De la fermeté.

En stationnant sa voiture devant la maison, il resongea à ce que sa fille avait dit sur sa mère, à l'allusion sur sa dernière soirée passée avec elle. Pour la première fois, elle avait entrouvert une porte devant son père sur ce qui s'était passé ce soir-là. Il aurait dû en profiter, ouvrir cette porte lentement, avec précaution. Mais il l'avait défoncée comme un sourd. Il devait en reparler à Karine. Profiter de cette perche tendue. Oui, il le devait. Mais comment ?

Tandis qu'il marchait vers l'entrée de sa maison, il se sentait mal à l'aise, comme chaque fois qu'il avait songé à aborder des sujets personnels avec sa fille mais qu'il avait toujours fini par repousser l'idée. Mais là, il devait plonger. C'était trop important. Il s'agissait du traumatisme que sa fille avait vécu sept ans plus tôt, traumatisme qui avait empêché Karine de dormir pendant des mois et qui avait nécessité une thérapie de deux ans, avec courte rechute dix mois auparavant. Oui, il devait profiter de cette occasion unique... mais pas tout de suite. La punition avant tout. Après, il tenterait une approche.

Il trouva Karine, comme il l'avait prévu, en train de manger des céréales à la cuisine, encore en robe de chambre, ses cheveux nouvellement teints en orange (quelle horreur !) complètement ébouriffés. Elle ne le regarda même pas lorsqu'il entra.

— Bonjour, dit-il d'une voix qu'il voulut normale.

Elle daigna tourner un œil torve vers lui, puis ramena son attention vers la télé ouverte dans le salon. Une capsule culturelle annonçait que le disque de Star Académie était celui qui se vendait le mieux au Québec, nouvelle qui semblait emballer la chroniqueuse au plus haut point.

— B'jour...

Il se fit un sandwich aux tomates, sans un mot. Le son de la cuiller dans le bol tintait de temps à autre. Il s'installa enfin devant elle. Les yeux dans son bol, la joue écrasée contre sa main ouverte, Karine avait la sale gueule typique des lendemains de brosse. Mais le pire, c'est qu'elle réussissait tout de même à rayonner de beauté. Dieu qu'elle ressemblait à sa mère. Mais il y avait cette ombre autour d'elle, qui l'enveloppait depuis la mort de Jacynthe, telle une coquille secrète et impénétrable.

Allez, de la fermeté. Vas-y.

— Karine, j'ai pris une décision par rapport à cette nuit…

— Je vais m'en aller, p'pa.

Elle dit cela d'une voix égale, sans quitter son bol des yeux. Pierre ne comprit pas. Elle leva enfin la tête et, voyant l'air interrogatif de son père, elle ajouta :

— Je vais quitter la maison.

— De quoi tu parles ?

— Je vais aller vivre en appartement à Montréal.

Après quelques secondes de stupéfaction, il hocha la tête d'un air entendu. C'était donc sa nouvelle tactique de chantage ! Elle avait déjà menacé de ne plus manger, de lâcher l'école, de mettre le feu à sa chambre, mais de quitter la maison alors qu'elle était encore mineure, c'était une première !

— Tu penses que je vais te laisser faire ? se pompa peu à peu le détective, qui avait complètement oublié son sandwich entre ses mains. Pour que tu puisses courailler dans tous les bars de Montréal pis te tenir avec toutes sortes de *bums*, de…

— Je veux aller faire mes auditions de théâtre ! l'interrompit l'adolescente.

Pierre se tut. Karine, du bout de sa cuiller, taquinait ses céréales.

Une chanson pop à la mode se fit tout à coup entendre : c'était le cellulaire de l'adolescente, sur la table, qui sonnait. Karine étirait la main mécaniquement pour le prendre lorsque Pierre se fâcha :

— Laisse faire ton cellulaire, Karine, c'est vraiment pas le temps !

La jeune fille le laissa sonner. Quand l'appareil se tut enfin, elle expliqua :

— Ça fait longtemps que je te parle que je veux essayer d'entrer dans une école de théâtre de Montréal…

— Oui, mais tu as toujours dit que tu ferais tes auditions *après* le cégep, qu'avant ça ne valait même pas la peine d'essayer… pis tu commences ton cégep en août prochain !

— Ben, j'ai changé d'avis.

Elle lui expliqua qu'elle voulait essayer dès maintenant. Même si cela ne fonctionnait pas tout de suite, elle se trouverait un bon coach à Montréal et pourrait pratiquer ses auditions longtemps à l'avance. Elle précisa que son amie Marie-Claude déménageait aussi à Montréal en juillet et qu'elles pourraient vivre ensemble, surtout que Marie-Claude était une fille sérieuse et fiable, ce que Pierre fut bien obligé de reconnaître.

— Tu vois ben que c'est pas pour aller virer le *party* à longueur de journée ! se défendit-elle.

Pierre, qui tenait toujours son sandwich, la considéra un long moment, avec l'air de quelqu'un à qui on ne la fait pas.

— Pis tu penses à ça ce matin, par hasard… juste après notre engueulade de cette nuit !

— C'est sûr que… ça précipite les choses.

Une autre discussion s'ensuivit. Ne voyait-il donc pas que cela ne pouvait plus continuer ainsi ? Mais lui croyait que c'était normal, ce genre d'engueulades, que les relations parent-enfant n'étaient jamais simples.

— On ne vit plus sur la même planète, p'pa.

— Voyons, j'ai déjà été adolescent, moi aussi !

— Non, justement, t'as jamais été un ado ; à dix-neuf ans, tu devenais père de famille !

Et elle ajouta :

— C'était peut-être trop jeune, justement.

Le regard de Pierre se durcit et Karine, dont la gueule de bois s'estompait peu à peu, se redressa en un geste de conciliation :

— Écoute, je veux pas qu'on se chicane encore, c'est juste que... On fait déjà chacun nos affaires de notre bord, pis on s'engueule de plus en plus souvent.

— J'ai pas été un bon père, c'est ça ?

— C'est pas ça que je dis.

Court silence, durant lequel on n'entendit que l'animateur de Musique Plus qui annonçait dans un français approximatif que l'émission *Jackass* allait débuter dans quelques secondes. Pierre, sans conviction, tenta un dernier argument :

— Tu pourrais attendre d'être majeure, l'année prochaine. Tu commencerais ton DEC en sciences humaines pis...

— Si on attend un an, on va s'entretuer tous les deux d'ici là.

Elle avait dit cela en souriant, mais Pierre n'y trouva rien de drôle. Plus pondérée, elle expliqua qu'ils feraient ainsi d'une pierre deux coups : d'un côté, ils prendraient leurs distances, ce qui ne pourrait être que bénéfique ; de l'autre, Karine pourrait commencer ses démarches en théâtre. La détresse s'empara du policier. Voilà, sa fille voulait le fuir. Elle n'en pouvait plus de lui. Elle le détestait. Comme si Karine avait lu dans ses pensées, elle lâcha timidement :

— Je t'aime, p'pa.

Voilà des mots qu'elle n'avait pas prononcés souvent, mais cela tranquillisa Pierre à un tel point qu'il sut, à ce moment précis, qu'il accepterait sa demande. Parce qu'il savait qu'elle avait raison. Il lui prit la main gauchement. Elle se laissa faire, tourna la tête vers la télé et éclata de rire : à l'écran, un jeune homme entrait son bras dans l'anus d'une vache, déclenchant l'hilarité de ses potes et du caméraman lui-même.

— Ces gars-là sont fous raides ! commenta Karine, hilare.

Pierre regarda vers la télé, émit un petit rire à son tour et l'idée de discuter avec Karine de la porte entrouverte durant la nuit lui sortit peu à peu de l'esprit.

◆

Pierre aida sa fille à déménager trois mois plus tard, par une splendide journée ensoleillée. Marie-Claude et le père de celle-ci étaient également présents, ainsi que trois amis qui étaient descendus de Drummondville avec leur propre voiture. La mère de Pierre avait aussi voulu venir pour aider sa « petite fleur » à s'installer, mais Pierre avait réussi à la convaincre que ce n'était pas nécessaire.

C'était un quatre et demi plutôt étroit, à l'intérieur d'un immeuble de huit logements, et pendant un moment, Pierre ressentit une certaine anxiété à l'idée que deux adolescentes allaient demeurer dans un endroit si minuscule. Malgré tout, le déménagement se déroula dans la bonne humeur et se termina par la traditionnelle pizza, sur le petit balcon qui donnait sur la rue Drolet. Les bruits de la rue Saint-Denis, tout près, ne leur parvenaient qu'en sourdine. Au moins, se dit Pierre, sa fille dormirait bien.

Le père de Marie-Claude partit vers dix-huit heures trente, puis ce fut au tour de Pierre, tout à coup rattrapé par l'émotion. Karine, elle, était si survoltée qu'on aurait eu bien du mal à déceler le moindre signe de mélancolie chez elle. Mais elle rassura son père avec tendresse.

— Je vais descendre à Drummond de temps en temps.

— Je vais venir te voir souvent.

Elle eut un petit sourire sceptique, mais s'abstint de tout commentaire. Enfin, ils se firent une longue accolade, sûrement la plus longue depuis que Karine n'était plus une petite fille. Pierre éprouva à ce contact une immense bouffée de chaleur et ferma même les yeux un moment. Mais il fut le premier à se dégager.

— C'est mieux pour nous deux, marmonna Karine.

Lorsqu'il sortit de l'immeuble et arriva sur le trottoir, il entendit les rires et les bruits de bouteilles qui fusaient déjà de la fenêtre ouverte de l'appartement. Pendant une seconde, son instinct lui fit faire un pas vers la porte, comme pour retourner dans l'appartement, mais il réalisa aussitôt la stupidité de son intention.

Ça ne te concerne plus, Pierre…

Sur la route du retour, il se raisonna : maintenant, il serait seul, il n'aurait qu'à penser à lui-même. Belle perspective, non ? Évidemment, la culpabilité surgit presque simultanément, mais il se raisonna : il avait élevé seul une fille pendant sept ans ! Il pouvait bien souffler un peu, maintenant qu'elle était adulte ! Enfin, presque adulte…

Lorsqu'il entra chez lui, qu'il se retrouva dans la cuisine, il se dit que le départ de Karine allait tout de même créer un vide.

Quel vide ? Tu es au boulot douze heures par jour ! Et quand vous étiez ensemble au salon, vous

vous parliez si peu! À part pour échanger des bana-
lités!

Il se dit qu'il aurait dû lui parler plus souvent. Si elle n'était pas partie, il aurait réparé cette erreur et aurait discuté davantage avec elle… Il s'installa au salon dans l'intention d'écouter la télévision et, au moment d'appuyer sur le «*on*» de la télécommande, songea qu'il s'apprêtait à faire exactement la même chose que d'habitude. Et demain, à sa seconde journée de congé, comment tromperait-il l'ennui qui menaçait toujours de se pointer lorsqu'il ne travaillait pas? Il bricolerait sans doute un peu. Tiens, il n'avait pas joué une ou deux parties de billard avec les collègues depuis un bout de temps. À moins qu'il aille au cinéma, voir le nouveau film de Wesley Snipes…

Bref, exactement ce qu'il faisait quand sa fille vivait avec lui.

Assis dans son fauteuil, sans allumer la télé, il abaissa lentement la main qui tenait la télécommande, sidéré par une révélation bouleversante.

L'absence de Karine ne créerait pas un vide.

L'absence de l'adolescente ne lui procurerait aucune liberté.

L'absence de sa fille ne changerait à peu près rien.

CHAPITRE 29

Pierre s'interrompt, comme s'il réalisait quelque chose, puis regarde la femme presque avec reproche.

— Mais pourquoi je vous parle de ma fille ?

La psychologue, assise devant lui, les jambes croisées et un calepin entre les mains, relève la tête.

— Je vous ai demandé s'il y avait eu d'autres moments dans votre vie où vous vous étiez senti coupable de quelque chose et, comme réponse, vous me parlez du départ de votre fille pour Montréal.

— Je sais, mais je veux dire : quel rapport ont mes… mes moments de culpabilité avec ma… avec la raison pour laquelle je suis ici ?

— Monsieur Sauvé, il est clair que la mort de vos collègues durant cette fusillade a déclenché en vous un sentiment de culpabilité…

— Je me sens coupable mais pas tant que ça, se défend le policier.

La psychologue fait un geste diffus de la main, comme si cette remarque n'était pas importante pour le moment, et poursuit :

— J'essaie donc de voir comment, en temps normal, vous affrontez la culpabilité. Pour cela, je dois connaître d'autres occasions où vous avez connu ce sentiment.

Pierre lui décoche un regard par en dessous.

— C'est pas avec ma fille que j'ai un problème, docteur…

— Je ne suis pas docteur.

— … c'est avec ce qui m'est arrivé il y a dix jours !

— Justement, il faut savoir ce qui vous est arrivé émotionnellement lors de cette fusillade. Et, pour comprendre cela, je dois dresser une sorte de carte émotive de votre personnalité.

Pierre gratte avec impatience les accoudoirs de son fauteuil. Cette Girouard représente exactement ce qu'il pensait des psychologues. Non seulement elle ressemble à une intellectuelle coincée, mais elle parle avec de grandes phrases savantes qui ne veulent rien dire ! Mais le détective se rappelle alors ce que lui a dit Chloé :

— C'est excellent, Pierre, que tu acceptes de rencontrer un psychologue. Mais n'oublie pas que tu dois le faire avec de la bonne volonté et une ouverture d'esprit. Il faut que tu dises tout. Si tu es sur la défensive, ça ne donnera rien.

Docile, il explique donc :

— C'est pas compliqué : je suis ici parce que j'ai assisté à une fusillade qui m'a traumatisé ! J'arrête pas de penser à ça ! Tout le temps !

— Il faut déterminer à quoi vous pensez exactement.

— À la fusillade, tiens ! Je revois les tirs de mitraillettes, les policiers qui… qui tombent, pis…

Il sent sa gorge se serrer.

— Pis j'y rêve tout le temps, sans arrêt !

— Justement, racontez-moi ces rêves plus en détail.

Pierre raconte : Rivard qui se fait littéralement déchiqueter par les balles en tendant une main vers lui, Pierre qui n'arrive pas à saisir son Glock qui lui glisse sans cesse entre les doigts, Rivard qui n'a plus forme humaine et qui l'appelle à l'aide…

— Rien d'autre ? demande la psychologue.

— Vous trouvez pas que c'est assez ?

— C'est juste que ce rêve est très près de la réalité. Je me demandais s'il n'y avait pas des détails insolites qui, symboliquement, pourraient en révéler beaucoup sur ce que vous ressentez.

Pierre se gratte furtivement le nez. Bien sûr qu'il y a des détails insolites. Comme lorsqu'il croit saisir son pistolet pour réaliser qu'en fait il tient une feuille de papier sur laquelle est écrit : *Pour faire changement, tu n'es pas à l'heure. Il est sept heures et demie et tu ne m'as même pas…*, tandis que le reste du texte se perd en encre dégoulinante. Ou lorsqu'à la fin du rêve, il distingue la silhouette dans le fourgon, qui n'est plus celle de Nadeau mais celle d'une fillette floue et immobile… Il sait parfaitement qui est cette silhouette. Tout comme il sait ce qu'est cette feuille de papier insolite. Il le sait, mais ne comprend par leur présence dans son rêve.

Pourquoi n'en parle-t-il pas à la psy ?

— Rien d'autre ? répète Girouard en regardant Pierre dans les yeux.

Pierre soutient son regard.

— Non, rien d'autre.

Girouard hoche la tête, regarde sa montre et annonce :

— Parfait, ça va être tout pour cette première rencontre. On se revoit lundi, c'est ça ?

C'est Pierre qui souhaite deux rencontres par semaine. Le plus vite il ira mieux, le plus vite il retournera au travail. Car, évidemment, après sa petite crise de l'autre jour, il a dû prendre un congé. Bernier, cette fois, ne lui a même pas laissé le choix.

En sortant du bureau de la psychologue, il traverse la salle d'attente, où se trouvent assis un homme et une femme. Cette dernière ne jette qu'un bref regard vers Pierre, mais l'homme lui sourit en marmonnant un « bonjour » poli. Pierre lui répond brièvement et baisse la tête, comme s'il sortait d'un club de danseuses. Il va voir la secrétaire pour confirmer son prochain rendez-vous dans quatre jours.

— Monsieur Felps ou madame Girouard ? demande la femme en regardant l'écran de son ordinateur.

— Girouard.

Elle regarde enfin le policier et aussitôt s'exclame :

— Ah ben ! Détective Sauvé !

Pierre prend un air surpris, puis la reconnaît à son tour. Avec un sourire forcé, il salue la femme et avoue qu'il a oublié son nom. Lyne Salvail, bien sûr ! Elle paraît en pleine forme. Beaucoup plus que lorsque Pierre s'est rendu chez elle il y a six mois, alors que son appartement venait d'être vandalisé et qu'elle était convaincue que c'était l'œuvre de son ex-mari, qu'elle a toujours soupçonné d'être dangereux.

— Je ne vous remercierai jamais assez d'avoir fait avouer mon ex si rapidement ! déclare-t-elle avec autant de gratitude que si l'événement s'était produit la veille.

— C'est mon travail, répond-il rapidement. Donc, dans quatre jours, à trois heures, c'est ça ?

Elle semble alors se souvenir de quelque chose et elle ouvre de grands yeux.

— Mon Dieu, mais… C'est vrai ! Vous étiez là pendant la fusillade !

Une grande lassitude s'empare du policier. Quand il a vu sa photo dans tous les quotidiens de la province qui le présentaient comme « l'unique survivant du spectaculaire massacre », il a compris qu'il était loin d'être sorti du bois.

— Il paraît qu'il y avait une Asiatique dans la bande ? demande Lyne Salvail. Ils sont bizarres, ces gens-là…

— Écoutez, il faut que j'y aille…

Le professionnalisme de la secrétaire reprend enfin le dessus. D'une voix plus basse, le visage confiant, elle marmonne :

— Vous allez voir, madame Girouard est une excellente psychologue, elle va vous aider rapidement.

Pierre bredouille un merci piteux, se sentant tout à coup extrêmement gêné. Il se retourne dans l'intention de marcher vers la sortie et fait de nouveau face à la salle d'attente. La femme évite toujours son regard, mais l'homme le dévisage avec curiosité. Pierre étouffe. D'un pas rapide, il atteint la porte et se retrouve enfin dans la rue.

L'idée de manger seul chez lui avec ses pensées brunâtres lui paraît trop lourde. Une seconde, il songe à appeler Chloé pour l'inviter à souper, mais repousse cette idée : lui qui, deux semaines plus tôt, avait pris la décision de ne plus répéter leur petite soirée amicale, a déjà fait deux entorses à cette résolution depuis sa sortie de l'hôpital. Mais il doit avouer que cela lui a fait beaucoup de bien. Finalement, il mange seul chez lui en écoutant le téléjournal : poursuite de l'enquête sur les dix-sept terroristes qui préparaient une attaque en Ontario ; capture de huit ministres palestiniens par l'armée israélienne ; mort d'une jeune fille de vingt ans qui s'est enlevé la vie après avoir traversé tout le Québec dans une voiture volée ; fermeture d'une chaîne de vêtements qui se spécialisait en vêtements équitables… Rien pour remonter le moral de Pierre. Trois heures plus tard, il écoute l'émission *Vivre au Max* où les mésaventures d'une participante obèse, qui a réalisé son rêve de manger pendant une semaine chez les plus grands pâtissiers d'Europe, réussissent enfin à lui changer les idées, et même à le faire rire.

— Revenez-nous la semaine prochaine! proclame Max Lavoie à la fin de l'émission. Et oubliez pas, tout le monde, de...

— VIVRE AU MAX! clame la foule jubilante.

◆

Le lendemain, Pierre gaspille quelques heures à se demander quoi faire. Même lorsqu'il n'a que deux jours de congé, il trouve le temps long, alors comment réussira-t-il à remplir deux, peut-être trois semaines? Il décide de travailler un peu sur le terrain de sa maison. Maintenant qu'il n'a plus son écharpe, il est temps que son bras gauche retrouve sa souplesse. Mais l'esprit n'y est pas. Ses mains tremblent souvent, la simple vue du râteau déclenche en lui des souvenirs violents et par deux fois, agenouillé près de sa galerie, il combat une colossale envie de pleurer. Il songe aussi à cette secrétaire, Lyne Salvail, qui a dû raconter à ses amies que le détective Sauvé voit un psychologue à cause de, vous savez, ce terrible massacre de l'autre jour... Pauvre monsieur Sauvé, il doit être *tellement* traumatisé... À cette pensée, Pierre frappe son cerisier avec le râteau, ce qui non seulement casse l'instrument en deux mais provoque une onde de douleur aiguë dans son bras blessé.

Le soir, comme c'est vendredi, il va se promener au centre commercial. Il erre d'une boutique à l'autre, croise des gens aux visages fermés, jette un regard suspicieux vers un groupe d'adolescents de quinze ans réunis au centre de l'allée principale, mais s'adoucit rapidement en constatant qu'ils comparent leur cellulaire respectif. À vingt heures, écrasé d'ennui, il

entre dans un magasin d'électronique à la recherche
de fils pour brancher sa nouvelle télévision à sa
chaîne stéréo. Le vendeur lui dit qu'il revient dans
une minute et, en attendant, Pierre se plante devant
un mur d'écrans qui diffusent tous la même émission. On y voit trois filles et trois gars dans un bain
à remous, en mini-maillots de bain. L'image change
et on voit un des trois gars, maintenant habillé, qui
confie à la caméra :

— Cynthia est vraiment cool. Elle a une belle
personnalité pis elle est drôle. J'aime ça, moi, les
filles qui sont drôles. C't'une preuve d'intelligence
pis de… heu… de quelqu'un qui est le fun.

La scène revient dans le spa, où la dénommée
Cynthia explique aux autres baigneurs :

— Moi, j'ai juste du 34-b, mais c'est du 34-b qui
s'assume en maudit ! Tiens !

Elle remonte sa poitrine et, déclenchant les rires
des autres dans la piscine, ajoute :

— Toujours au garde-à-vous, toujours prêts !

— Parle-moi de ça, une fille qui ose s'exprimer !
approuve le vendeur du magasin qui, fils en main,
s'est approché de Pierre.

— Ouais, pour moi elle va finir avec Martin, ajoute
Pierre qui ne sait plus sur lequel des dix écrans fixer
son attention.

— Vous avez manqué l'émission de la semaine
dernière, vous, hein ? Parce que Cynthia et Martin,
ça ne marche plus du tout ! Elle s'intéresse à Didier,
maintenant.

— Ah oui ?

Tous deux regardent l'émission en silence un
moment. Tandis que Cynthia, sur une musique pop
et toujours en bikini, danse de manière lascive devant
un Didier béat, le vendeur tend les fils à Pierre en

lui demandant s'il a besoin d'autre chose. Le détective le remercie et, fils en main, se dirige vers la caisse… lorsqu'il voit, près des chaînes stéréo, un client qu'il reconnaît tout de suite : c'est l'homme qui était assis dans la salle d'attente, chez sa psychologue. Il est avec une femme, sûrement son épouse, et est pour l'instant trop occupé à s'obstiner avec elle sur le prix d'un lecteur CD pour remarquer le policier. Pierre s'empresse d'aller payer à la caisse. Mais tandis que le commis range les fils dans un sac, le client aperçoit le détective et, manifestement, le reconnaît. Les deux hommes s'observent un bref moment, puis l'inconnu fait un petit signe de tête, presque complice, comme s'il indiquait discrètement à Pierre qu'il *comprenait*.

Mais comprendre quoi ?

Pierre saisit le sac et, rapidement, sort du magasin. Il constate que l'homme, tout en le suivant des yeux, marmonne quelque chose à sa femme, qui à son tour se tourne vers le policier. Pierre sort du centre commercial et s'engouffre dans sa voiture avec l'allégement de l'enfant chétif ayant échappé aux persiflages des plus grands. Dans son lit, plus tard, il repense à cet homme… puis à la secrétaire de sa psychologue…

Durant la nuit, il rêve de nouveau à la fusillade. À la silhouette de la petite fille dans le fourgon… À la feuille de papier dont l'encre se dilue entre ses doigts…

Quand, le lundi après-midi, il arrive à son rendez-vous, il entend une voix l'interpeller au moment où sa main se tend vers le bouton de la porte. Il tourne la tête et aperçoit Sévigny de l'autre côté de la rue, un de ses voisins, qui traverse pour venir à sa rencontre. Sévigny demande au détective comment il va depuis la tragédie. Pierre répond du bout des lèvres et le voisin lui-même ne semble plus trop savoir comment poursuivre cette conversation lorsqu'il voit inscrits, sur la porte qu'était sur le point d'ouvrir le policier, les noms de deux psychologues de la place. Un certain embarras apparaît sur les traits de Sévigny tandis que Pierre se sent rougir jusqu'aux cheveux.

— Eh ben... Lâche pas, mon Pierre, bredouille le voisin qui s'éloigne rapidement.

Le détective regarde autour de lui avec humeur. Combien d'autres connaissances va-t-il croiser, comme ça, chaque fois qu'il va venir consulter? Il monte l'escalier en se disant que cela ne peut pas fonctionner ainsi.

Dans la salle d'attente, quatre personnes sont assises, quatre paires d'yeux qui se tournent vers lui aussitôt qu'il pousse la porte, quatre regards qui le paralysent sur place. Va-t-il croiser ces quatre personnes un peu partout dans la ville, comme le gars d'hier au magasin d'électronique? au resto? au cinéma? Ou, pire, plus tard pendant le travail? Auront-ils encore confiance en un flic qui était tellement *fucké* qu'il a dû voir un psy?

Tout à coup, il prend sa décision. Il s'approche de la secrétaire qui l'accueille avec un sourire mielleux.

— Détective Sauvé! Comment al...

— Je vais mettre fin à mon traitement.

— Après une seule séance? s'étonne la secrétaire.

— Je vais très bien maintenant, merci, réplique-t-il avec un sourire si forcé qu'il en est hideux.

Et il s'en va sans regarder personne.

Au poste de police, il va au bureau de Pauline, la responsable des ressources humaines, et lui explique qu'il ne peut pas voir un psy à Drummondville, qu'il trouve cela trop incommodant, qu'il a l'impression que tout le monde est au courant.

— Ce n'est pas une honte de voir un psychologue, Pierre.

— Je sais, mais… Est-ce que ça serait possible que… que je voie un psychologue à l'extérieur de Drummondville ?

Pauline lui dit qu'elle va voir ce qu'elle peut faire.

Une heure plus tard, elle rappelle le policier chez lui. Les psychologues dans les villes les plus près de Drummondville ne peuvent prendre de nouveaux clients avant dix jours. Elle n'en a trouvé que deux qui sont prêts à le recevoir dès jeudi : un à Trois-Rivières et l'autre à Saint-Bruno. Au hasard, sans raison particulière, Pierre choisit le second.

Le détective note l'heure et l'adresse dans son calepin, ainsi que le nom du psychologue : Frédéric Ferland.

CHAPITRE 16

Tout le gratin artistique québécois était là. C'était une première tellement attendue, la plus attendue de l'année : pas moyen de se promener en ville sans voir d'immenses affiches qui annoncent : *novembre 2005 : Trente Arpents*. Après la projection du film, tout le monde s'était rendu au Club Soda pour fêter. Autour de la piste de danse remplie, on discutait en prenant un verre.

— Ça va marcher au *boutte,* c'est sûr ! expliquait le distributeur. Ça m'étonnerait pas que ça batte le succès de *Séraphin !*

Une productrice, un réalisateur et une actrice l'écoutaient en hochant la tête d'assentiment. Il y avait aussi le scénariste du film, très fier de l'appui de son distributeur. Maxime Lavoie, présent parmi le petit groupe, eut une petite moue admirative et dit :

— C'est pas des farces, juste en promotion, vous avez mis vingt fois le salaire du scénariste !

On le regarda d'un œil suspect. Le scénariste eut un sourire figé. Maxime changea de sujet :

— Le dernier Morin est vraiment bon, vous l'avez vu ? En passant, comment il s'en tire en salles ?

— Ben moyen, répondit le distributeur. Comme on l'avait prévu.

— C'est sûr qu'avec juste cent mille dollars de marketing dessus, il passe plus inaperçu… Et il joue sur combien d'écrans, déjà?

— Dix-sept.

— Et *Trente Arpents*, il va jouer sur combien?

— Cent vingt-trois.

Maxime hocha la tête avec ironie en prenant une gorgée de son gin tonic. Pas impressionné, le distributeur, qui semblait habitué aux pointes de l'animateur-vedette, rétorqua:

— Écoute, Max, on met de l'argent sur les films qu'on sait que le monde va aimer. Le dernier Morin, c'est très bon, mais c'est pas grand public, alors que *Trente Arpents,* ce l'est.

— C'est un classique de la littérature du terroir, rappela le scénariste.

— C'est vrai, approuva Maxime. Il doit bien y avoir un Québécois sur dix mille qui a lu ça.

— Pas grave! rétorqua le distributeur sans se démonter. Ça se déroule dans le passé, le monde aime ça! Pis y a une belle histoire d'amour.

— Histoire d'amour qui n'était pas très importante dans le roman, si je me rappelle bien.

Le scénariste prit une gorgée de son verre:

— Oui, je l'ai gonflée. Je trouvais que ça manquait, dans le livre.

Tous approuvèrent avec conviction. Un photographe intervint. Automatiquement, tous les membres du petit groupe se rapprochèrent, bras dessus, bras dessous, en adoptant des expressions hilares. Le photographe prit le cliché dans les deux sens du terme, puis s'éloigna, tandis que les membres du groupe reprenaient leurs postures initiales.

— Tu as lu le roman si je comprends bien? demanda la productrice.

— En effet, répondit Maxime. Je ne sais pas ce qui m'a pris : un soir, j'ai décidé de lire. Ma télévision devait être défectueuse.

Petits rires bons joueurs, sauf le distributeur qui éclata franchement de rire.

— Sacré Max ! Toujours aussi provocateur ! T'as pas inventé *Vivre au Max* pour rien !

— En passant, c'était super bon, ton émission ! s'empressa de dire le réalisateur.

À nouveau, tout le monde approuva. Maxime prit une gorgée de son gin sans rien dire.

— J'ai beaucoup aimé ça, moi aussi, ajouta avec empressement le scénariste. Est-ce que ça revient l'été prochain pour une deuxième saison ?

— Absolument, dit Maxime. On auditionne en ce moment.

— De la bonne télé, renchérit la productrice. Provocante, divertissante, ludique, proche du vrai monde...

— Je comprends pas ceux qui se plaignent, c'est du snobisme, fit le distributeur.

— C'est à cause du gars qui est mort, ajouta la comédienne. Mais ça, ça faisait partie du risque.

— Moi, je trouve qu'il était temps qu'on fasse de la télé de même au Québec ! déclara avec emphase le réalisateur.

Maxime les écoutait en silence, le sourire crispé. D'une voix à peine audible, il marmonna :

— Je vais aller me chercher un autre verre.

Tandis qu'il s'éloignait, il ferma les yeux un moment. Il avait bien failli éclater, mais s'était retenu à temps. D'ailleurs, ce soir, il poussait l'ironie un peu loin.

Francis aurait sûrement apprécié...

Sauf qu'il devait faire attention : l'alcool le rendait moins circonspect. Mais comment supporter de telles

soirées autrement? Il s'approcha de la piste de danse,
où la musique était tonitruante. Il observa d'un œil
morne les danseurs qui s'éclataient, plusieurs étant
des comédiens et comédiennes connus. Certains
l'aperçurent et lui envoyèrent la main avec enthousiasme. Maxime leva la sienne poliment, alors qu'il
n'avait jamais rencontré la plupart d'entre eux. Mais
tout le monde le saluait, tout le monde le regardait
avec envie, lui, Maxime Lavoie, le symbole même du
succès, qu'on invitait à tous les lancements, toutes
les premières, toutes les occasions. Et comme il
aurait été mal vu que la plus grande star du Québec
les refuse tous, Maxime devait de temps à autre
faire bonne figure… comme ce soir-là.

On lui prit le bras et il se retourna. Un autre producteur, entouré de quelques personnes, fit une
accolade à Maxime, qui se dégagea rapidement.

— Hé, Max! En forme, le grand? lança le producteur qui n'avait rencontré le milliardaire qu'une
seule et brève fois. Tu connais Yves? C'est lui qui a
fait la musique du film!

— J'ai beaucoup aimé ton émission, fit le dé-
nommé Yves, manifestement sous les effets du
haschisch, la voix couverte par la musique rock.
C'était ben cool.

Les autres personnes approuvaient en silence, les
yeux grands ouverts. Maxime remercia d'un sourire.

— Et la musique du film, c'est vraiment bon,
hein? ajouta le producteur. Comment tu l'as trouvée,
Max?

Tous attendaient la réponse, surtout Yves, même
s'il feignait d'être indifférent. L'animateur s'humecta les lèvres et répondit enfin:

— Omniprésente.

Le petit groupe, Yves en tête, ne sut trop comment réagir. Prétextant une soudaine envie d'uriner,

Maxime s'éloigna. Il devait rentrer… Il était un tantinet ivre et disait trop de conneries. Et puis, il n'en pouvait plus de…

— Maxime !

Une fille dans la vingtaine, habillée de manière à ce que tout le monde soit conscient des sommes faramineuses investies dans son corps, se jeta littéralement dans ses bras. Maxime la reconnut : l'une des comédiennes les plus en vue du moment, qui lui avait déjà fait des avances dans deux ou trois *partys* précédents.

— Maxime, dis-moi pas que t'es encore tout seul ! minauda-t-elle en l'entourant de ses bras. As-tu une blonde ou un *chum* secret que personne connaît ?

— Peut-être, répondit Maxime qui tentait de se dégager.

— Pourquoi tu couches pas avec moi ? lui susurra-t-elle à l'oreille en pressant ses cinq kilos de silicone contre l'animateur. Envoie donc, mon *chum* est en tournage en Europe pis je suis sûre qu'il fourre avec plein de Françaises ! Envoie, viens chez nous ! J'ai suivi un cours de *strip dance* pour mon prochain film pis j'ai envie de pratiquer un peu…

Maxime savait qu'au moins trente gars l'observaient avec envie. Il réussit tout de même à se libérer et, poli mais froid, articula :

— Peut-être une autre fois, OK ?

Mimant avec exagération un air boudeur, la comédienne continuait de rechigner mais Maxime s'éloignait déjà. Il devait sortir et vite…

Au vestiaire, la musique était moins forte. Tandis qu'il enfilait son manteau, un comédien connu arrivait. Manifestement, il avait déjà bu quelques verres. Un rien chancelant, il rangeait son ticket de vestiaire dans son veston lorsque son regard tomba sur Maxime. Il fronça les sourcils :

— Max Lavoie ?

Maxime, tout en boutonnant son manteau, soupira :

— Oui, oui…

Le comédien eut un hideux rictus et, la voix un peu pâteuse mais dure, articula :

— Ton émission pue.

Les doigts de l'animateur se figèrent sur le dernier bouton et il leva la tête. Le comédien poursuivait :

— Le fait que des millions de personnes l'écoutent, c'est alarmant, mais qu'on puisse produire une telle émission pour rire du monde et faire de l'argent sur leur dos, c'est carrément honteux.

Maxime ne disait rien. Le comédien, trop ivre pour s'en rendre compte, ajouta en pointant un doigt vers l'animateur :

— Sais-tu ce que tu es ? La preuve de notre décadence !

Il attendit, son regard liquide plein de défi. Maxime brandit la main et, dans un réflexe de défense, le comédien leva son bras comme pour parer un coup, mais la main de l'animateur se posa sur son épaule. Maxime, avec tristesse, marmonna alors :

— Tu ne pouvais pas mieux dire…

Et il se dirigea vers la sortie, sous l'œil déstabilisé de son détracteur.

◆

La voiture s'arrêta devant l'entrée de la luxueuse demeure.

— Bonne nuit, Luis, fit Maxime au chauffeur espagnol.

— Bonne nuit, monsieur. Si vous ne voulez pas avoir mal à la tête demain matin, prenez deux grands verres d'eau avant de vous coucher. Un vieux truc qui marche tout le temps !

Maxime remercia du conseil et entra chez lui. Luis était peut-être bavard mais, au moins, il ne posait aucune question sur les affaires de son patron. Maxime le préférait de loin à Pablo, le prédécesseur de Luis, tellement curieux que l'animateur avait dû demander à Salvador de trouver un remplaçant.

Il traversa le hall d'entrée. Cette demeure surdimensionnée lui semblait pédante, inutile, il aurait facilement vécu dans un cottage ordinaire. Mais les apparences… Surtout ne pas négliger les apparences.

Jouer le jeu…

Cette idée le ramena sept ans en arrière, lorsqu'il se tenait debout devant le cadavre de son père, tandis que tout le monde autour (Masina, les journalistes, la maîtresse de son père) jouaient le jeu. Lui aussi jouait, maintenant. Mais dans un but tout à fait différent.

Tout de même, cette immense maison lui faisait encore plus réaliser à quel point il était seul dans ce projet. Il y avait Gabriel, bien sûr, mais il ne pouvait communiquer avec lui. Une fois de plus, Maxime regretta de n'avoir personne avec qui partager, quelqu'un à qui il aurait pu raconter sa vie afin qu'on comprenne ses motivations, quelqu'un qui l'aurait appuyé et approuvé, qui aurait été une sorte de consolation, la preuve que Maxime n'était pas le seul à *voir*. Une pâle mais tangible étoile dans cette nuit d'encre.

Quelqu'un comme Francis…

Arrête, tu sais bien que Francis n'aurait pas approuvé.

Cette idée lui revenait de plus en plus souvent à l'esprit. Et il savait que c'était vrai. Francis était si idéaliste, encore plus que Maxime.

Hélas, il avait tort. Sa mort en est la preuve…

Oui, sans doute. C'est à ce noir constat que Maxime devait se raccrocher.

Dans le vaste salon vitré qui avait vue sur les bois du mont Royal, l'écran de la télévision affichait le menu d'un film DVD. Moitié-assis, moitié-couché, Gabriel dormait sur le divan, la télécommande toujours en main. Maxime le considéra un moment avec un sourire affectueux. Pourquoi ne pas le laisser là? Il risquait de le réveiller en le portant dans sa chambre. Dans son sommeil, l'adolescent se mit à gémir. Maxime s'assombrit. Gabriel rêvait. Et l'animateur se doutait bien à quoi. À ses parents. Et aux *autres*, aussi. À sa vie d'avant. Et, par ricochet, à la vie en général, cette existence merdique, ces gens si... tellement...

Le milliardaire serra les poings.

Les plaintes de Gabriel cessèrent enfin et Maxime lui caressa le front. Après quoi, il monta l'escalier. Il ne se sentait plus ivre du tout. Il décida donc de lire quelques rapports d'audition avant d'aller se coucher.

Le bureau était une grande pièce avec de larges baies vitrées. Rien de faste ni de tape-à-l'œil dans la décoration. Beaucoup de simplicité, de bois, de chaleur, tout cela décoré avec sobriété et bon goût, en parfait contraste avec le reste de la maison, beaucoup plus moderne, froid et artificiel. Maxime marcha vers un placard et l'ouvrit. Il s'agissait d'un vaste garde-robe *walk-in* dans lequel il entra avec circonspection. C'était son jardin secret, sa caverne d'Ali Baba.

Tout en marchant lentement, Maxime examinait les deux étagères qui couraient le long du mur. Sur la première, il y avait une vieille édition des *Fleurs du mal* qu'il avait achetée au cégep, une véritable révélation dans sa vie. Juste à côté, une pile de *L'Actif*, un journal étudiant engagé dans lequel il avait écrit

nombre d'articles, la plupart cosignés avec Francis.
Deux photos aussi : sur la première on le voyait avec
Nadine, son seul amour. Sur la seconde, on voyait
Nadine avec son imbécile d'étudiant en finances,
tous deux

que j'ai failli écraser avec ma voiture

souriants et bien enlacés. La première photo était
la preuve qu'il avait déjà aimé ; la seconde lui rappelait l'inutilité de l'amour. Il y avait aussi un verre
vide avec l'inscription *Verre bouteille,* le bar où
Francis et lui allaient si souvent prendre une bière.
Sur la seconde étagère, on retrouvait entre autres
une photo de son père avec l'annonce nécrologique
du journal, puis un état de compte de la compagnie
Lavoie inc. pour lui rappeler ses années inutiles
comme PDG de la compagnie. Ensuite, un ticket de
métro, avec la date fatidique inscrite dessus, ainsi
qu'un article de journal datant du lendemain, relatant
la mort de Francis ; la liste des invités de la toute
première de *Vivre au Max ;* quelques couvertures de
magazines le représentant dans toute sa gloire ; une
chaîne à moitié rouillée, en provenance de la Gaspésie… et, bien sûr, des copies des DVD dont il
s'était servi pendant ses neuf semaines de « vacances »
en février et mars derniers, de même que les vidéos
qu'il avait enregistrées durant ces mêmes « vacances ».

Vacances qui, d'ailleurs, allaient se répéter l'hiver prochain.

Enfin, sur le sol, quinze boîtes de carton pleines
de papiers : les rapports d'auditions rejetés. Trois
semaines plus tard, il y aurait certainement quatre
ou cinq boîtes de plus.

Les grandes étapes de sa vie étaient là, dans ce
garde-robe : les débuts pleins d'illusions et d'espoir,
la longue désillusion le plongeant en enfer… et, enfin,

la solution. Il avait souvent besoin de revenir dans cet antre intimiste, d'en contempler l'intérieur pendant parfois une heure, pour se rappeler… se motiver… se confirmer qu'il avait raison. Plus tard, quand on découvrirait ce *walk-in* et qu'on se pencherait sur son contenu, on comprendrait peut-être…

Il prit la dernière boîte, à moitié pleine, et la traîna jusqu'à son bureau. Sur ce dernier se trouvait une impressionnante pile de feuilles de papier, représentant des rapports d'auditions pour son émission, en provenance d'un des quatre centres de la Montérégie. Il y avait aussi une chemise contenant quelques rapports sur laquelle on pouvait lire *Montérégie*.

Chaque vendredi soir (ou samedi matin pour les régions plus éloignées), Maxime recevait les rapports en provenance des quarante-quatre centres d'auditions. En moyenne 1900 par semaine. Des demandeurs de tous les âges : la moitié avait entre 18 et 35 ans, le tiers entre 36 et 50 ans et le reste représentait les plus de 50 ans. Environ 60 pour cent des demandeurs étaient des hommes. Maxime prenait les sept jours suivants pour lire les 1900 rapports hebdomadaires. Il ne sortait pas (sauf exception comme ce soir), ne dormait que cinq heures par nuit et lisait seize heures par jour, en moyenne dix-sept rapports à l'heure, tandis que Gabriel jouait à des jeux vidéo ou regardait la télé. Souvent, après quelques lignes seulement, le milliardaire éliminait le rapport : plus de 65 pour cent d'entre eux étaient ainsi expédiés en quelques secondes. Il y avait un certain équilibre entre les catégories A (trips sexuels), B (trips sportifs ou dangereux) et C (trips de défoulement). Quant aux rapports de la catégorie D (trips humanitaires), ils étaient les moins nombreux. On retrouvait dans celle-ci des gens qui rêvaient de retrouver leur enfant biologique, ou qui voulaient construire de belles choses pour leur patelin, ou qui souhaitaient créer une fondation pour les pauvres, ou juste aider leurs parents malades. Mais sur 1900 demandes hebdomadaires, à peine une soixantaine entrait dans cette catégorie. Maxime en conservait quelques-unes, les plus intéressantes et les plus réalisables.

Il s'installa sur sa chaise et commença à lire les rapports de l'impressionnante pile. Le premier fut éliminé en quinze secondes à cause de la banalité de sa demande (le gars voulait baiser dans un ascenseur de la Place-Ville-Marie! Qu'il le fasse, c'est tout!). Il déposa le rapport dans la boîte de carton, avec les autres rejetés. Le second fut lu et étudié en quatre minutes: un homme voulait descendre en patins à roulettes le mât du Stade olympique. Il inscrivit sur la première page «catégorie B» et le mit de côté: il s'agissait là d'un concurrent potentiel pour l'émission. Le troisième retint l'attention de Maxime pendant six ou sept minutes. Le rêve de la fille en question était de trouver l'amour de sa vie. Elle avait trente-huit ans, était obèse, inhibée et sans instruction, n'avait jamais embrassé un homme de sa vie. Le rapport du psy notait que la fille était désespérée, influençable et dépressive. Elle avait même versé quelques larmes durant l'audition. Maxime lut le rapport plusieurs fois puis, sans rien inscrire dessus, le glissa dans le dossier *Montérégie*. Le quatrième rapport fut aussi expédié dans la boîte à rejets après vingt secondes: une grand-mère voulait emmener son petit-fils au Japon. Noble idée, mais l'été précédent, un rêve semblable avait été réalisé à l'émission, sauf que la destination était l'Australie. Trop semblable, donc. Les deux rapports suivants furent aussi jetés dans la boîte en moins de trente secondes. Maxime bâilla et prit le septième rapport sur la pile.

Le demandeur s'appelait Frédéric Ferland. Psychologue de cinquante et un ans, divorcé, actuellement célibataire, il souhaitait rencontrer Maxime Lavoie. Ce type de requête était assez courant, surtout chez les femmes. Mais ici, l'analyste précisait qu'il ne s'agissait pas d'un fan.

Le demandeur n'a pas de rêve à proprement parler. D'ailleurs, il n'aime pas du tout l'émission et la trouve même ridicule et aberrante. Mais il aimerait rencontrer monsieur Lavoie.

L'animateur expira avec lassitude. Il lut tout de même les dernières lignes:

Raison pour laquelle il souhaite cette rencontre, et je cite mot pour mot: « *Parce que Maxime Lavoie, comme moi, a constaté le vide.* »

Maxime sentit l'air se figer autour de lui. Il eut même l'impression que la feuille de papier, entre ses doigts, s'était cristallisée. Il relut plusieurs fois cette dernière phrase, puis passa enfin aux commentaires de la psychologue, une certaine Marie-Josée Jobin. Elle mentionnait les mots narcissisme, arrogance, projection et dépressif. Mais, surtout, elle concluait ainsi:

Sous son air froid et en contrôle, cet homme, qui se considère comme lucide, semble vivre une grande brisure, une grande désillusion.

Maxime se leva, la bouche sèche. Il alla se remplir un verre d'eau à la salle de bain et revint à son bureau en prenant une bonne gorgée. Il relut le rapport.

Maxime Lavoie, comme moi, a constaté le vide.

Était-il envisageable que quelqu'un d'autre puisse avoir compris… ou, du moins, pressentir… *partager…?* Ses yeux accrochèrent certains mots du rapport.

Lucide.

Désillusion.

Vide.

Il se leva et alla à la grande fenêtre. Il contempla l'immense parc, la grille d'entrée tout au bout, à peine visible. Au-delà, la route, puis plus bas, la ville, avec tous ces gens. Plus loin, d'autres villes, d'autres gens, tous pareils ou à peu près... Et il y en aurait un, parmi eux, qui aurait entrevu ce que lui-même voyait depuis si longtemps?

Comme moi...

Maxime émit un petit claquement de langue, comme pour se convaincre qu'il divaguait. Mais le doute avait creusé son nid, il y penserait sans arrêt maintenant, il le savait. Il revint à son bureau et, en demeurant debout, prit le rapport pour lire le paragraphe d'identification: Frédéric Ferland, psychologue, Saint-Bruno.

Il sentit que cette nuit-là, il ne trouverait pas facilement le sommeil.

CHAPITRE 30

— Eh bien, on dirait que c'est ici, fait Chloé en s'arrêtant devant la porte vitrée.

Pierre s'arrête aussi, lit l'inscription sur la porte et approuve en silence. Chloé se tourne vers la montagne, de l'autre côté de la rue.

— Je ne savais pas que c'était si joli, Saint-Bruno.

Pierre regarde la montagne à son tour en haussant une épaule, puis revient à la porte, comme s'il se demandait comment l'ouvrir. Conciliante, Chloé désigne le petit parc en face de l'immeuble.

— Je vais aller m'asseoir là-bas et t'attendre.

— Qu'est-ce que tu vas faire ?

— Rien. Regarder la montagne.

Devant l'air interloqué de Pierre, elle ajoute :

— Un beau décor comme ça, ça fait réfléchir.

— À quoi ?

— À la beauté. À la vie. À nous-mêmes.

Puis, très naturellement, elle l'embrasse sur la joue et, avant que Pierre réagisse, elle dit :

— Allez ! Bonne chance !

Elle traverse la rue vers le parc.

Pierre a d'abord refusé qu'elle l'accompagne pour son premier rendez-vous à Saint-Bruno, mais il a fini par céder devant son insistance. C'est vrai que les cent minutes de route, aller-retour, seraient moins longues avec quelqu'un. Et puis, il n'avait tout simplement pas la force de tenir tête à sa collègue.

En plus, elle est agréable, tu peux bien le dire !

Il s'est aussi dit que l'occasion serait bonne pour discuter avec Chloé de l'enquête en cours. Mais finalement, tandis qu'ils roulaient sur l'autoroute 20, la détective n'a pas eu grand-chose à dire.

— Les trois mitraillettes étaient des AK-47. C'est une arme de contrebande très populaire, mais ça coûte plus cher qu'une carabine à plomb ! On a fouillé dans les maisons des quatre tueurs mais on n'a rien trouvé. Ils ont détruit et brûlé tout ce qui pouvait révéler des informations intimes sur eux : disques durs d'ordinateurs, archives informatiques, journaux personnels, papiers divers, agendas… En tout cas, c'étaient quatre citoyens tout à fait ordinaires, sans histoires.

— Mais qui ont réussi à se procurer des Kalachnikov ! a ajouté Pierre d'un air entendu.

Chloé a conclu :

— En ce moment, on essaie de trouver un lien entre eux et… franchement, on patauge.

Pierre n'a rien pu tirer de plus.

Au milieu de la route, Chloé attend qu'un camion passe, puis marche vers le parc, de son pas juvénile, comme si elle était toujours sur le point de gambader. Elle a attaché ses longs cheveux bruns en queue de cheval. De loin, Pierre détaille les fesses de sa collègue, particulièrement bien moulées dans son short blanc. Bon, un petit peu larges peut-être, mais faut avouer qu'elles rebondissent plutôt bien tandis qu'elle marche ainsi dans le parc… En tout cas, c'est mille fois mieux que les croupes étroites et sans forme de ces adolescentes anorexiques. Pierre la regarde s'asseoir sur un banc. Allons, il la trouve intéressante et plutôt jolie, pourquoi lutter contre ça ? Il pourrait au moins coucher avec elle de temps en temps, non ?... Non, mauvaise idée, il le sait. Chloé, au départ, accepterait peut-être ce compromis, mais finirait par vouloir plus, évidemment. Comme Chantal l'année dernière, qui voulait s'engager après trois semaines... Comme Rachel il y a cinq ans... Pourtant, Chloé semble différente, moins compliquée... Sauf qu'elle est une collègue de travail.

Objection plutôt illogique, non ? Sortir avec une flic ne simplifierait-il pas les choses ? Contrairement à Jacynthe, elle comprendrait l'horaire surchargé de Pierre. Et ils pourraient tous les deux parler du travail. Pourtant, la simple idée que son boulot et son quotidien puissent s'entremêler procure au détective une sourde angoisse qu'il n'arrive pas à s'expliquer.

Et que je n'ai pas envie de m'expliquer !

Chloé se tourne vers lui et, égayée, lui fait signe d'entrer au plus vite. Pierre lui répond d'un petit mouvement de la main et ouvre enfin la porte.

Il monte l'escalier. Pourvu que ce nouveau psy ne soit pas comme Girouard, qu'il soit moins... moins « chiant », tiens. D'ailleurs, le détective n'est pas du tout convaincu que ce rendez-vous soit nécessaire. Il va beaucoup mieux depuis deux jours.

Ah oui ? Alors pourquoi tu combats des envies de brailler encore tous les jours ? Et le rêve que tu fais plusieurs fois par nuit ?

Oui, ce foutu rêve... toujours avec ce bout de papier qu'il tient entre ses mains et ces mots inscrits dessus...

En haut, une toute petite salle d'attente, déserte. Pas de secrétaire. Une seule porte, fermée. Pierre s'assoit, mais dix secondes plus tard, la porte s'ouvre et un homme d'une cinquantaine d'années, à la calvitie avancée mais au corps svelte, apparaît.

— Monsieur Pierre Sauvé ?

Pierre se lève en approuvant.

— Frédéric Ferland. Entrez, je vous prie.

Le bureau est bien ordonné, mais Pierre trouve la décoration plutôt chargée. Les deux hommes s'assoient l'un en face de l'autre et le détective remarque sur l'horloge murale (en forme d'animal avec une tête de femme !) qu'il est seize heures sept.

— Je m'excuse du retard.

— Aucun problème. Depuis quelques mois, je ne prends que quelques clients par semaine, donc je ne suis pas à cinq minutes près.

Le psychologue est poli, sa voix agréable, mais Pierre remarque une certaine froideur chez lui, pour ne pas dire un désintérêt, ce qui accroît le malaise du détective.

— Alors, monsieur Sauvé, vous venez de Drummondville, c'est ça ? Pourquoi choisir un psychologue à Saint-Bruno ?

— Je voulais plus de discrétion. À cause de mon travail.

— Et de quel travail s'agit-il ?

— Je suis sergent-détective.

Un changement parfaitement perceptible s'opère alors chez Ferland.

— C'est vrai ? Un inspecteur ?

— On dit « sergent-détective ».

— Détective, marmonne Ferland en reculant dans son fauteuil, un sourire mélancolique aux lèvres. Ce travail m'a toujours émerveillé… Ce doit être excitant, non ?

— Ben… j'aime beaucoup ça. Vous n'étiez pas au courant que j'étais… ?

— On m'a seulement dit que c'était dans le cadre d'un programme d'aide aux employés.

Pierre lui dit que justement, il a une feuille à lui faire signer. Il sort de sa poche un papier plié en deux et le tend au psychologue, qui s'y intéresse à peine et le dépose sur son bureau en disant qu'il le signera tout à l'heure. Il revient à Pierre et l'examine un moment en silence, rêveur.

— Détective, répète-t-il.

Pierre ne sait que dire, décontenancé par cette attitude. Enfin, Ferland semble se rappeler que l'homme devant lui est avant tout un client et il étire la main pour prendre un calepin et un crayon sur son bureau.

— Bien ! Alors, qu'est-ce qui vous amène ici ?

— Vous le savez pas non plus ?

— Mais non. On m'a parlé d'un traumatisme, mais je ne voulais pas en savoir plus. Je préfère que les patients s'expliquent eux-mêmes.

Pierre se frotte les paumes, cherche ses mots.

— J'imagine que vous êtes au courant de la tuerie qui a eu lieu à Drummondville, il y a deux semaines…

Ferland fronce les sourcils, et tout à coup une stupéfaction presque comique envahit son visage.

— Est-ce que vous êtes… le policier qui a survécu ?

Pierre se borne à hocher la tête. Ferland, hébété, souffle enfin après quelques secondes de silence :

— Eh bien… Eh bien, c'est… Ça alors !…

Mais quel genre de psychologue est-ce donc là ? Lui qui est supposé agir en professionnel, il démontre le même étonnement encombrant que tout le monde ! Même que dans l'expression de Ferland, il y a une sorte d'éblouissement que le policier considère comme peu approprié. Comme s'il réalisait l'inconvenance de sa réaction, Ferland croise une jambe, met son crayon en position d'écriture au-dessus du calepin et, d'une voix redevenue neutre, articule :

— Je vois… Parfait, Pierre, je vous écoute.

Pendant une trentaine de minutes, Pierre relate le drame et répète ce qu'il a *grosso modo* expliqué à Girouard. Il conclut, sur la défensive :

— Et avant que vous me le demandiez, oui, je me sens un peu coupable.

— Pourquoi ? demande Ferland.

— Si j'avais trouvé mon *gun* plus vite, si j'avais pas figé après avoir tiré sur l'un des tueurs… Faut dire que c'était la première fois que je tuais quelqu'un, alors…

— Vraiment ? demande le psychologue. C'est quelque chose, n'est-ce pas ?

Pierre se renfrogne.

— C'est pas… pas agréable du tout…

Ferland hoche la tête. Il a l'air vraiment intéressé, et pourtant Pierre ne sent chez lui aucune réelle empathie, contraste qui déroute quelque peu le détective.

— Mais, bon, je me raisonne pis je me dis qu'au fond, peut-être que ça aurait rien changé. Où je veux en venir, docteur, c'est que…

— Je ne suis pas docteur.

— Vous dites tous ça ! On vous appelle comment, alors ?

— Frédéric sera parfait.

Pierre n'a pas l'air convaincu : il se voit mal appeler son psychologue par son prénom.

— Où je veux en venir, c'est que la culpabilité est pas vraiment le problème. Le problème, c'est que je pleure souvent, j'arrête pas de revoir les images du massacre pis… C'est épuisant moralement et ça m'empêche de… de travailler, de fonctionner.

— Et vous croyez que cela n'a rien à voir avec votre culpabilité ?

Pierre s'assombrit.

— Vous, vous pensez que oui, hein ?

— Ça peut être un élément parmi d'autres.

Le policier est alors convaincu que Ferland va lui demander s'il s'est déjà senti coupable à d'autres moments dans sa vie, comme le lui a demandé Girouard. Cette fois, il ne parlera pas de Karine, qui n'a rien à voir dans cette histoire. Mais, contre toute attente, le professionnel demande :

— Deux des quatre meurtriers se sont suicidés devant vous, selon les journaux. Ont-ils dit quelque chose ?

— Heu, non…, répond le détective, pris au dépourvu. Pourquoi vous me demandez ça ?

Le regard de Ferland devient lointain, comme s'il pensait à tout autre chose, puis il finit par répondre :

— Si les tueurs avaient dit quelque chose, il aurait été intéressant de connaître l'impact de ces paroles sur vous…

Il remonte ses lunettes sur son nez puis ajoute :

— Le fait qu'on ne connaisse pas le mobile de cette tuerie ne vous aide sûrement pas non plus… car on ne sait toujours pas les causes, n'est-ce pas ?

— Non, admet Pierre en fixant ses mains. On se doute bien que leur but était de tuer Nadeau, mais… on sait pas pourquoi.

— Cette incompréhension devant un acte si barbare et si absurde est sûrement un facteur supplémentaire de votre traumatisme.

À nouveau, il se perd dans ses pensées et c'est presque sur un ton négligent qu'il demande :

— Vous rêvez lorsque vous dormez ?

Pierre lui avoue qu'il rêve à la fusillade toutes les nuits, mais en plus sanglant encore. Il raconte son rêve mais, comme avec Girouard, ne parle ni de la fillette dans le fourgon ni de la feuille de papier qu'il tient à la place de son pistolet. La voix de Chloé intervient dans sa tête :

« *Si tu vas voir un psy, Pierre, il faut tout lui dire…* »

Il n'est pas question qu'il parle de *ça* ! Il n'est pas là pour subir une psychanalyse sur toute sa vie mais uniquement sur son traumatisme, point final !

Pierre s'attend à ce que Ferland insiste, qu'il demande quelque chose du genre : « Rien d'autre ? » Mais non. Le psychologue hoche la tête en silence et, pendant de longues secondes, fixe Pierre avec fascination. Mal à l'aise, le détective cherche quelque chose à ajouter, mais Ferland réagit enfin et se lève en annonçant :

— Bien, je crois que cela va être suffisant pour une première visite. J'ai les bases de votre problème, je vais méditer là-dessus.

Il dépose son calepin sur son bureau et Pierre, en se levant à son tour, réalise que Ferland n'a rien écrit durant toute l'heure. Dubitatif, il marche vers la porte, que le psychologue lui ouvre.

— Et le papier que je vous ai donné ? s'informe le détective.

— Je vais le remplir et le poster directement à votre employeur. Vous voulez deux rencontres par semaine, n'est-ce pas ? Alors disons lundi dans quatre jours ? Une heure plus tôt, ça vous va ?

Pierre acquiesce. Ferland se fait alors très solennel :

— Je vais vous aider, Pierre. Je vous le garantis.

Cette assurance presque exagérée intimide quelque peu le policier.

— Heu… j'espère bien. Merci, docteur.

— Au revoir, inspecteur.

— Je ne suis pas inspecteur.

— Je ne suis pas docteur non plus.

Il sourit et Pierre lève un doigt en hochant la tête, pour montrer qu'il a compris. Mais tandis qu'il serre la main du psychologue, un détail, qui échapperait sans doute au commun des mortels mais qu'un policier expérimenté remarque presque naturellement, attire son attention. Une cicatrice vieille de quelques mois traverse le poignet droit de Ferland. Une cicatrice dont l'origine ne peut faire aucun doute. Un psychologue qui a tenté de se suicider ? Pour Pierre, ça semble aussi farfelu qu'un dentiste qui aurait la bouche pleine de dents cariées. Il sort enfin, décontenancé par ce Ferland.

Dehors, il traverse la rue pour aller rejoindre Chloé. Il ne voit pas, à la fenêtre du premier étage de l'édifice qu'il vient de quitter, Ferland qui l'observe avec attention.

CHAPITRE 17

Sur la table du salon, il y avait une corde et une lame de rasoir.

Frédéric, assis sur le divan, les étudia avec attention, puis tourna la tête vers la fenêtre. Une faible neige tombait. Dans la nuit perçaient les lumières multicolores des décorations de Noël, particulièrement celles du voisin d'en face, dont l'immense *Joyeux Noël 2005* était si flamboyant qu'il devait servir de repère pour les avions égarés. Mourir moins d'un mois avant Noël… Un peu mélo, non ? Pourtant, on aurait été au printemps que cela n'aurait changé en rien sa décision. Il reporta son attention sur la table et se demanda lequel des deux accessoires choisir. Voyons voir les pour et les contre de chacun.

La corde, tout d'abord. Pour : c'était propre et rapide. Contre : cela devait être douloureux et il n'était pas sûr de se rappeler comment faire un nœud coulant.

La lame de rasoir. Pour : c'était sans réelle douleur et facile d'exécution. Contre : malpropre et lent.

Il n'avait même pas la frousse. En fait, il ressentait seulement une incommensurable déception. Deux semaines auparavant, il était finalement retourné chez Lucie et avait rencontré cette jeune femme qui éjaculait durant ses orgasmes, une certaine Michelle. Drôle de fille, qui affirmait venir d'un coin de Montréal que personne ne connaissait et qui refusait d'expliquer pourquoi elle n'y vivait plus. Elle ne voulait pas qu'on la touche, mais lorsqu'elle se masturbait, elle giclait littéralement sur tout homme ou femme se trouvant à moins de trois mètres devant elle. Vraiment unique. Frédéric avait répété l'expérience deux fois. Après, il en avait eu assez. De plus, il avait effectué son second meurtre. Un autre clochard, deux semaines plus tôt. L'excitation avait été beaucoup moindre que la première fois. Enfin, il était retourné récemment à la philosophie, avait même goûté au bouddhisme : rien.

Il décrochait de plus en plus, les signes le démontrant se multipliaient : cette semaine, en plein milieu d'une consultation, il avait demandé à son client de partir, prétextant une migraine, alors qu'en réalité il se sentait sur le point de lui exploser au visage, de lui crier qu'il perdait son temps en venant ici parce que, de toute façon, rien ne valait la peine, rien de rien de rien !

Alors, aussi bien tout arrêter tout de suite. Dans quelques minutes, Icare cesserait enfin de battre des ailes. Mettre fin à ces mouvements de bras désordonnés, cela lui ferait le plus grand bien. Il était tellement, tellement fatigué…

Il contempla la pièce autour de lui. Les bibelots de toutes les cultures, les reproductions de peinture de tous les genres, le roman policier sur le fauteuil, l'écran vide de la télé éteinte, la fenêtre qui donnait sur la rue illuminée… Enfin, il prit entre ses doigts la lame de rasoir. Cette méthode serait plus contemplative : il aurait le temps de voir la mort approcher. Peut-être que cela serait intéressant. Peut-être que la vraie béatitude résidait dans l'acte de mourir. Il allait le savoir très bientôt.

Le téléphone sonna.

Il n'accorda aucune attention à l'appareil. Tout de même, qui pouvait bien l'appeler, lui qui n'avait pas vraiment d'amis? Son fils? Sa fille? Improbable. Il avait d'ailleurs songé vaguement à laisser un petit mot à leur intention… mais pour dire quoi? Qu'il regrettait de leur faire de la peine? Cela aurait été faux. Alors? Tandis que le téléphone sonnait pour la troisième fois, il approcha la lame de son poignet droit. Où fallait-il couper, exactement? C'était tout de même un comble: lui qui avait déjà eu certains patients suicidaires, il n'avait aucune idée de la façon de s'y prendre. Il sourit, malgré la déception.

Le répondeur du téléphone se déclencha. Il entendit sa propre voix, amorphe, qui articulait simplement: «Laissez un message.»

Il appuya la lame sur la peau. Ce devait être là, ou tout près. Lentement, il trancha. La douleur, comme il l'avait prévu, fut minime. Le sang commença à couler, mais vraiment lentement. Il ne devait pas avoir sectionné l'artère. Bon, ce serait plus long. Fallait-il qu'il se tranche l'autre poignet?

Un *beep* aigu, puis une voix riche, détachée.

— Bonjour, j'espère que je suis bien chez monsieur Frédéric Ferland. C'est Maxime Lavoie à l'appareil.

Le psychologue leva enfin les yeux. En une seconde, il se souvint à quel point il avait voulu rencontrer cet homme, allant même jusqu'à participer à ces grotesques auditions. On lui avait dit que Lavoie lisait les rapports dans la semaine qui suivait l'audition, mais comme, un mois plus tard, il n'avait toujours aucune nouvelle, Frédéric s'était dit que cette démarche n'avait finalement rien donné. Et puis, qu'avait-il espéré de cette rencontre, au juste ? Il tenait donc tant à vivre une autre déception ? Mais voilà que Lavoie appelait. Et au moment précis où Icare s'apprêtait à cesser son battement d'ailes.

— Je... heu... j'imagine que vous savez qui je suis, poursuivit la voix de l'animateur-vedette. J'ai lu le rapport de votre audition il y a trois semaines et...

Court silence, puis la voix reprit :

— J'ai hésité longtemps avant de vous appeler, mais j'avoue que vous m'intriguez, ce qui est... disons, peu courant. Comme vous souhaitiez me rencontrer, je crois que... je crois bien que je le souhaite aussi.

La lame toujours figée sur son poignet tranché, Frédéric écoutait, déconcerté par ce message. La voix laissa son numéro de téléphone, puis conclut :

— Alors, voilà, n'hésitez pas à m'appeler dès votre retour. Je crois que...

Nouvelle pause, puis :

— Je crois vraiment que nous devrions nous parler.

Déclic. Lavoie avait raccroché. Frédéric fixait l'appareil. Des petits sons secs lui firent baisser les yeux : il s'agissait de son sang qui gouttait sur le plancher.

Il ne croyait pas aux signes, mais cet appel à ce moment si précis... Que faisait-il maintenant ? Il se coupait l'autre poignet pour en finir, tel que prévu ?

Ou il tentait un dernier envol ? Vraiment un dernier ?

Après avoir tout fait pour rencontrer cet homme, ce serait bête de ne pas répondre à son invitation... Et si cette rencontre ne donnait rien (ce qui était fort probable), il n'aurait qu'à revenir dans son salon et à reprendre la lame de rasoir, tout simplement.

Il observa le sang sur le tapis. Non, il utiliserait la corde. La lame, c'était décidément trop salissant.

◆

Maxime désigna les luxueux fauteuils du salon.

— Je vous en prie, assoyez-vous.

Ferland, qui venait d'être introduit par le major-dome espagnol, porta son regard un bref moment vers la grande baie vitrée, qui donnait sur les bois autour de la maison. S'il apprécia la vue, il n'en montra rien et alla s'asseoir. Il continuait à fouiller des yeux la pièce richement meublée mais terne, mais pas de cette manière impressionnée qu'affichaient la plupart des visiteurs qui pénétraient dans l'antre du milliardaire pour la première fois. Non, c'était plutôt une sorte d'examen rapide mais minutieux, comme si Ferland cherchait quelque chose, comme si le décor recelait des informations qui lui seraient utiles.

Maxime se tourna vers son majordome et lui dit :

— À propos, Miguel, ces achats que je voulais que tu fasses pour moi... Vas-y donc maintenant avec Luis, il t'attend au pavillon.

Miguel s'inclina et marcha vers le garde-robe.

— Vous n'avez pas beaucoup l'esprit des fêtes, fit le psychologue en pointant du menton l'unique décoration de Noël : une couronne accrochée au mur, au-dessus du miroir.

— La naissance d'un imposteur qui nous a fait de fausses promesses ne me donne pas tellement envie de fêter... Un verre ?

— Si vous voulez.

L'animateur se dirigea vers le bar.

— Vous prenez quoi ?

— Comme vous.

Tout en préparant les deux gin tonic, Maxime examinait discrètement son visiteur. Même s'il était plutôt bel homme, il ne dégageait rien de particulier, à part une certaine froideur qui s'apparentait plus à de la lassitude. Miguel sortit enfin de la maison et, par la fenêtre, Maxime le vit marcher vers le pavillon. Même s'il avait une confiance absolue en ses deux employés espagnols, il préférait que cette première rencontre avec Ferland ait lieu en privé.

— C'est compliqué d'entrer chez vous, dit enfin Ferland. Cet interphone à votre grille d'entrée, ça fait très sérieux. Votre majordome m'a même demandé si j'avais rendez-vous.

— Si vous saviez le nombre de personnes qui veulent me voir, expliqua Maxime en s'approchant, verres en main. Vous êtes un privilégié, monsieur Ferland.

Commentaire qui laissa le visiteur indifférent. Maxime lui donna un verre. Sans prendre de gorgée, le psychologue le déposa sur la petite table devant lui.

— Vous avez trouvé l'endroit facilement? demanda Maxime en s'assoyant.

Ferland eut un petit sourire, comme s'il disait: *Allons, nous n'allons pas perdre notre temps avec ce genre de lieux communs!* Maxime se sentit ridicule, ce qui ne lui était pas arrivé depuis des lustres. Par contenance, il prit une gorgée de son verre et avisa le bandage autour du poignet droit de Ferland. Ce dernier le remarqua et expliqua:

— C'est récent. Quelques minutes avant votre coup de fil, j'avais entamé mon suicide.

Il avait articulé ces mots d'une voix parfaitement neutre, peut-être un rien ironique mais sans joie. Maxime ne trouva rien à dire, le verre figé à ses lèvres. Le psychologue ajouta:

— En fait, notre rencontre déterminera si, en revenant chez moi, je poursuis ce projet ou non.

Cette fois, malgré son air blasé, une étincelle d'espoir brilla dans son regard.

— Je ne suis pas sûr de vouloir assumer cette responsabilité, fit le milliardaire en déposant son verre. Ce n'est pas un CLSC, ici.

Le visiteur ne répliqua rien.

— Pourquoi vouliez-vous me voir, monsieur Ferland?

— Et vous? rétorqua Ferland. Vous avez vous-même dit que j'étais un privilégié. Alors, pourquoi moi plus qu'un autre?

— Je vous l'ai dit: le rapport de votre entrevue m'a intrigué. Il était différent des autres.

— En quoi?

Maxime prit une autre gorgée, pour se donner le temps de réfléchir. Comment dire à cet homme qu'il avait cru, en lisant le rapport, sentir un... une...

« *Maxime Lavoie, comme moi, a constaté le vide...* »

... une sorte de connexion, de... lien? Mais ce fut Ferland qui répondit:

— Cette rencontre a lieu parce que tous les deux, nous espérons y trouver quelque chose d'important.

— Ah bon? Dites-moi donc ce que moi, je pourrais y trouver?

Ferland plissa les yeux.

— Quelqu'un qui puisse vous comprendre... qui soit apte à apprécier ce que vous êtes en train de faire...

Une brève décharge électrique parcourut Maxime. Qu'est-ce que cela voulait dire, au juste? Ferland était-il en train de l'adoucir ou de le menacer? Et pouvait-il avoir *vraiment* compris?

— Qu'est-ce que je suis en train de faire, selon vous?

— Je n'ai pas dit que je comprenais, j'ai dit que je suis peut-être apte à comprendre.

— Monsieur Ferland, si vous n'êtes pas plus clair, je vais être obligé de vous demander de partir.

Ferland se gratta l'oreille, comme s'il se demandait comment poursuivre. Il prit enfin une gorgée de son verre, sous l'œil effarouché de Maxime, puis se lança :

— Vous êtes fils unique, vous avez fait des études en littérature et en philosophie, au grand dam de votre père dont les affaires ne vous intéressaient pas. Vous étiez un rêveur et vous aviez un ami qui partageait les mêmes idéaux que vous, Francis Lemieux, mort il y a plus de deux ans. Vous étiez, et êtes toujours, un admirateur de Baudelaire. On ne vous connaît aucune histoire sentimentale sérieuse. Vous avez vécu de manière précaire jusqu'à vingt-huit ans de petits contrats d'enseignement.

Maxime haussa un sourcil. Ferland, qui ne regardait pas Maxime directement, croisa les jambes.

— ... puis, à la mort de votre père en 1998, vous devenez président de l'entreprise familiale.

— Exact, approuva Maxime. L'idéalisme, c'est beau quand on est jeune, mais à un moment, il faut manger et vivre.

— Non, vous aviez encore vos illusions. Votre intention était de changer la façon de faire des affaires, vous vouliez que la firme de votre père devienne une entreprise propre et humaine.

— Comment savez-vous tout ça ?

— Ces derniers mois, j'ai fait des recherches sur vous, j'ai lu plusieurs entrevues que vous avez données dans des magazines au cours des sept dernières années. Quand vous étiez PDG, par exemple, vous ne cachiez pas votre intention de changer la philosophie de Lavoie inc.

— Tout de même, vous avez mené une enquête…
disons… exhaustive.

Ferland camouflait mal sa fierté, ce qui lui donnait
un air curieusement gamin.

— Oui, les enquêtes, ça me fascine.

Il reprit aussitôt son air réservé.

— Plus les années passaient, moins vous donniez
d'entrevues, et lorsque vous en accordiez, elles étaient
de moins en moins optimistes, de plus en plus for-
melles et conventionnelles. Comme si vous réalisiez
votre incapacité à changer les choses. Votre départ
de l'entreprise, après six ans, aurait pu laisser présager que vous vouliez faire quelque chose de plus
engagé socialement, de plus humanitaire, à l'image
de vos rêves de jeunesse… Mais non. À la surprise
générale, vous créez une émission qui fait fi de la
dignité humaine et de l'intelligence des participants.
Une émission au potentiel intéressant, mais qui s'avère
finalement insignifiante.

— Vous vouliez me rencontrer pour m'insulter ?
rétorqua Maxime, qui n'arrivait pas à prendre vraiment une voix courroucée.

— Non. Je constate juste que le Maxime Lavoie
d'aujourd'hui n'a plus rien à voir avec le jeune
Maxime Lavoie… ni avec celui qui est devenu PDG
d'une grande entreprise.

Il prit son verre et l'examina avec prudence,
comme s'il était conscient qu'il allait loin et risquait
de se faire expédier dehors à tout moment. Tout de
même, il poursuivit :

— Dans *Vivre au Max*, vous mésestimez vos concurrents. Votre personnage est trop gros, trop exa-
géré. Et dans certains sourires, vous vous trahissez.

La déception envahit tout à coup Maxime, au point
que toute tension en lui se relâcha.

— Vous croyez que vous êtes le premier à ébaucher cette théorie ? Plusieurs journalistes ont déjà écrit que je jouais un rôle, qu'au fond je riais de mes concurrents, comme le font d'ailleurs bien des animateurs d'émissions.

Il se levait tout en parlant, comme pour abréger cet entretien futile.

— Sauf que l'argumentation de ces journalistes repose sur l'idée que vous n'êtes intéressé que par l'argent et la gloire, rétorqua Ferland. Je crois qu'ils ont tort. D'ailleurs, vous dites vous-même perdre beaucoup d'argent avec cette émission.

Debout, Maxime tergiversait. Devait-il l'écouter encore un peu ? Plus rapidement, comme conscient de sa situation précaire, le psychologue expliqua :

— Si vous aviez toujours été un ambitieux, un assoiffé d'argent, un carriériste sans scrupule, oui, j'y croirais. Mais jusqu'à vingt-huit ans, et même durant vos premières années chez Lavoie inc., vous étiez le contraire de ce type. Et on ne change pas aussi profondément. Vous pouvez, à force de désillusions, devenir cynique, oui, mais un homme intègre et instruit, qui a longtemps été un humaniste et qui a voulu changer le monde ne peut pas, comme ça, devenir aussi bête, aussi artificiel, aussi insignifiant. Par contre, il peut...

Il chercha ses mots un moment, puis formula autrement :

— Quand on a cru en une personne pendant longtemps, quand on y a cru avec fureur, on peut, si cette personne ne change pas et nous déçoit trop, la haïr avec tout autant d'énergie.

Il leva enfin les yeux vers son hôte. Maxime ne bougeait plus. Il avait complètement oublié que, vingt secondes plus tôt, il avait l'intention de donner congé à ce quinquagénaire banal.

— Votre mépris des gens n'est pas la conséquence de votre soif d'argent et de pouvoir, ajouta Ferland. Il est votre motivation. Votre raison d'agir. J'oserais même dire votre…

Il se mordilla les lèvres.

— … votre solution.

Silence. Maxime avait beau être debout devant son visiteur, il avait tout de même l'impression que Ferland le surplombait.

— Un autre verre ? demanda enfin le milliardaire.

Ferland ne répondit rien. Maxime réalisa que le verre du psychologue était à peine entamé et, après avoir attrapé le sien, il se dirigea vers le bar. Il se prépara un autre gin tonic, ignorant ses mains tremblantes. Maintenant, il n'y avait plus de doute : il avait *vraiment* bien fait de rencontrer cet homme. L'espoir revint, mais aussi la peur, encore plus grande.

— Pourquoi vous vous êtes autant intéressé à moi ?

Ferland prit une gorgée de son verre avant de répondre.

— J'ai vu votre discours, à la télé, lorsque votre concurrent est mort. Vous parliez de votre mission, qui était de réaliser les rêves des gens. Cela m'a intrigué parce que… vous touchiez une fibre très personnelle.

En revenant vers les fauteuils, verre en main, Maxime redoubla d'attention.

— Quand j'ai écouté vos émissions, j'ai été secoué. Dans l'insignifiance des rêves de vos concurrents, j'ai reconnu la propre insignifiance de mes objectifs. Aviez-vous donc compris quelque chose que, moi, je n'avais pas encore saisi ?

Maxime s'installa dans son fauteuil en déposant son verre sur la table et croisa les jambes. Il réfléchissait à toute vitesse, se demandant comment poursuivre cet entretien sans trop se dévoiler… du moins pas tout de suite, pas avant de comprendre la véritable raison de cette rencontre.

— Qu'entendez-vous par votre fibre personnelle, vos objectifs insignifiants ?

Ferland eut un sourire désabusé.

— Je vous ai dit, tout à l'heure, que cette rencontre a lieu parce que nous espérons y trouver chacun quelque chose d'important.

Tout à coup, la peur qui rongeait sournoisement Maxime depuis tout à l'heure explosa dans son sternum. D'un bond, il fut sur le psychologue et le fouilla sans ménagement, à la recherche d'un micro ou d'un magnétophone miniature. D'abord ahuri, Ferland sursauta avec tant de force que son pied droit percuta brutalement la table, faisant ainsi choir son verre de gin tonic sur le tapis, mais il finit par ricaner, sincèrement amusé.

— Si vous pensez que je suis ici pour vous faire chanter, vous faites vraiment fausse route !

À moitié rassuré, Maxime se rassit en le jaugeant d'un regard tout de même soupçonneux. Avec sérieux, Ferland ajouta :

— Dites-moi si j'ai vu juste jusqu'à maintenant.

— Dites-moi avant ce que vous êtes venu faire ici !

La peur, maintenant, prenait presque toute la place. Lui qui pourtant avait espéré rencontrer quelqu'un qui le comprît, voilà que la lucidité de Ferland le terrorisait. Il songea à Luis. Peut-être devrait-il lui demander un petit service lorsqu'il reviendrait… Peut-être, oui…

Quelqu'un entra dans le salon : c'était Gabriel. Ferland l'observa discrètement. Maxime lui lança :

— Gabriel, laisse-nous, s'il te plaît.

Depuis qu'il s'occupait du jeune adolescent, c'était la seconde fois qu'il lui demandait de partir. Maxime s'en voulut sur le coup, faillit rectifier le tir, mais se retint. Il ne voulait rien cacher à son protégé, mais cette conversation était si déroutante qu'il devait la vivre seul. Gabriel parut surpris, du moins un peu, mais il sortit lentement. Ferland voulut alors prendre une gorgée de son verre, réalisa qu'il était renversé puis se lança :

— Je vous ai dit que si vous ne m'aviez pas appelé, je serais mort en ce moment. Voyez-vous, je suis très, très désillusionné. Au point que j'ai décidé d'arrêter de voler… et de me laisser tomber.

Maxime haussa les sourcils, saisissant mal le sens de ces derniers mots. Ferland leva des yeux tout à coup allumés :

— Puis je vous ai vu. Vous qui, j'en suis sûr, êtes aussi un grand désillusionné. Mais vous, vous avez trouvé une solution. Une solution qui manipule et se joue de la futile quête de sens des pauvres gens. Votre condescendance pour les individus, votre émission médiocre, tout cela a nécessairement un but, alors que moi, je n'en ai plus. Je veux savoir quel est ce but, *votre* but. Lorsque je le saurai, je déciderai si la mort est encore la seule issue.

Les deux hommes se mesurèrent du regard un moment.

— Et qu'est-ce qui vous fait croire que moi, j'ai besoin de partager ce supposé but avec quelqu'un ? demanda l'animateur.

— Le fait que vous ayez organisé cette rencontre.

La peur de Maxime s'envola d'un coup. Il savait maintenant que cet homme ne serait pas son ennemi, peu importe comment se terminerait cet entretien. Pour être l'ennemi de quelqu'un, il faut se battre. Et Ferland n'avait plus l'énergie pour cela. Ni le désir. En fait, il n'avait plus envie de rien. Sauf, peut-être, de trouver une solution plus intéressante que celle qu'il avait envisagée… ou un moyen plus stimulant pour exécuter sa grande sortie.

Maxime sentait une soudaine fièvre bouillir en lui. Ferland avait perdu la foi, c'était clair… et, par conséquent, cet homme *pouvait* le comprendre. Il en était sûr. Le milliardaire prit alors sa décision. Il proposa avec austérité :

— Je vous invite à une série de séances que je vais animer, après les fêtes. Des séances particulières qui, je crois, fourniront le début de la réponse que vous cherchez.

Ferland pencha la tête sur le côté, défiant.

— Vous allez devoir m'en dire plus que ça.

— Vous allez devoir patienter.

Ferland ne trouva rien à répliquer. L'animateur ajouta :

— Et si vous ne pouvez patienter d'ici là, eh bien, suicidez-vous, je n'y peux rien.

Il avait délibérément pris un ton indifférent, par provocation. Mais, au fond de lui, il espérait que Ferland accepte l'invitation.

Le psychologue réfléchissait.

— Vous ne me faites pas marcher, n'est-ce pas ? Si vous voulez juste vous débarrasser de moi, dites-le tout de suite.

— Si je voulais me débarrasser de vous, vous n'auriez même pas besoin de vous suicider.

Qu'est-ce qui lui prenait d'être si transparent ? Mais depuis qu'il avait pris sa décision, il se sentait très sûr de lui. De toute façon, la menace ne sembla pas troubler Ferland, qui se borna à demander :

— C'est quand, ces… séances ?

— Elles débutent en février. La date précise n'est pas encore arrêtée, mais je vous tiendrai au courant.

Ferland cogita encore un bref moment et se leva avec un petit soupir :

— J'imagine que je peux attendre deux mois.

— Parfait. Et rassurez-vous : rien dans ces réunions n'ira à l'encontre de ce que vous êtes. Au contraire.

Ferland parut perplexe, ce qui plut à Maxime, satisfait d'avoir repris les rênes. Il raccompagna son visiteur à l'entrée et le regarda enfiler son manteau. Le psychologue ouvrit la porte et, avec un sourire discret mais satisfait, salua :

— J'attends de vos nouvelles, monsieur Lavoie.

Il ne lui tendit pas la main, comme s'il avait compris que l'animateur éprouvait de la répugnance quant à cette pratique. Maxime chercha quelque chose à dire : une discussion aussi particulière ne pouvait se terminer par un simple au revoir. Pourtant, il se borna à hocher la tête. Il observa le psychologue monter dans sa voiture, rouler vers la grille, disparaître sur la route bordée d'arbres. Il referma lentement la porte.

Les séances, oui... C'est là qu'il se ferait vraiment une opinion sur Ferland.

Il alla dans la chambre de Gabriel. La petite télévision était ouverte et une animatrice annonçait d'un air dramatique que, dans quelques minutes, toute la lumière serait faite sur la discorde entre les deux *morning-men* de CKOI-FM, Normand Brathwaite et Jean-René Dufort. Sur le lit, l'enfant, qui lisait des BD, leva la tête et Maxime eut un sourire repentant.

— Désolé, Gabriel. Mais c'était vraiment... vraiment particulier.

Le garçon ne semblait pas lui en vouloir le moins du monde. Maxime éteignit le téléviseur et s'assit sur le lit, tandis que Gabriel replongeait dans ses illustrés.

— Je sais que tu es d'accord avec ce que je fais. Jamais je ne t'ai obligé à rester avec moi. Si tu restes, c'est parce que tu m'approuves, je le sais.

Il soupira.

— Mais j'ai tellement besoin d'en parler, d'en parler pour de vrai ! La mort de Francis a créé un trou terrible ! Un trou qu'il serait si réconfortant de remplir, ne serait-ce que partiellement. Et ce Ferland semble tellement me ressembler...

Il joua dans les cheveux de Gabriel, qui se laissait faire en lisant.

— Si je pouvais communiquer avec toi... Si tu acceptais de parler, même un tout petit peu...

Il tourna tendrement la tête de l'adolescent vers lui, en lui tenant le menton.

— Un mot, Gabriel... Un seul...

Le garçon serra les lèvres et une désespérance floue, teintée de colère, passa dans ses yeux. Maxime lâcha le menton.

— Excuse-moi. Je ne sais pas ce qui m'a pris... Je sais que tu ne veux plus communiquer avec qui que ce soit. Comment t'en vouloir ? Communiquer, c'est donner quelque chose aux autres...

Son ton devint haineux, une haine dirigée vers l'invisible, vers le passé.

— Et toi, l'enfer t'a tout pris.

Gabriel, le regard soudain plus crépusculaire, tourna une page de son album.

CHAPITRE 31

— Alors ?

Tout en tournant dans une petite rue, Pierre secoue la tête.

— Je sais pas… Je le trouve bizarre.

— Tu trouves tous les psys bizarres !

— C'est pas ça que je veux dire. C'est juste qu'il avait des drôles de réactions. Il avait quasiment l'air plus intéressé par la fusillade que par mes problèmes. (Courte pause.) À la fin, pourtant, il m'a dit qu'il m'aiderait et il avait l'air très sérieux, très convaincu. Je sais pas trop quoi penser.

— Tu te fais sûrement des idées parce que tu es sur la défensive. Vas-tu revenir le voir ?

— Je me le demande…

Chloé le fustige sans gêne : il ne va pas *flusher* tous les psychologues du Québec après seulement une consultation ! Il peut donner une seconde chance à ce Ferland, non ? Du bout des lèvres, Pierre reconnaît qu'elle a raison. La policière a tout à coup un sourire entendu.

— Tu trouves ça dur, hein ?

— Quoi, ça ?

— Voir un psy, te confier, tout ce processus…

Pierre ne dit rien. Dans la voiture, on n'entend plus que l'animateur de CKMF qui, surexcité, présente le palmarès des hits de la semaine tout en racontant les derniers potins sur les chanteurs de l'heure. Chloé demande si on peut changer de poste.

— Tu préfères CKOI ?

En voyant l'expression de sa collègue, il opte finalement pour l'arrêt pur et simple de la radio. La voiture passe devant un panneau qui annonce un accès à l'autoroute 20 tout près.

— Et si on allait à Montréal ? propose Chloé. C'est pas loin, on pourrait en profiter !

— Pour quoi faire ?

— Je sais pas, se promener un peu… On pourrait manger là-bas, y a des bons restos.

En sentant son collègue sur le qui-vive, elle cherche rapidement une motivation moins compromettante pour lui et lâche tout à coup :

— On pourrait aller voir ta fille !

Emballée par sa propre idée, elle tente de convaincre son collègue. Comme il ne voit pas Karine souvent, pourquoi ne pas saisir cette occasion en or ? Et Chloé, qui ne l'a vue qu'une fois au Charlemagne, à Noël passé, pourrait la connaître un peu plus. Pierre n'est pas sûr de trouver l'idée bonne. Il a tout de même vu sa fille deux fois au cours du dernier mois, ce qui est vraiment exceptionnel. De plus, en voyant son père avec Chloé, Karine se fera des idées et il devra la rappeler pour remettre les pendules à l'heure. Bref, tout cela s'annonce compliqué. D'ailleurs, elle doit travailler à sa boutique en ce moment. Mais il se souvient que Karine lui a déjà dit qu'elle ne travaillait jamais les jeudis et vendredis soirs.

— Elle doit donc finir à six heures, maximum, et il est cinq heures et quart ! insiste Chloé qui refuse de lâcher prise. On l'attend dans la voiture, en face

de son appartement, et quand elle arrive : surprise !
(Elle crie ce dernier mot littéralement en levant ses
bras qui percutent le plafond de la voiture.) Combien
de fois es-tu allé la voir, *toi,* à Montréal ?

— Une fois, ronchonne Pierre, piteux.

— En trois ans ? Franchement ! Et là, tu es juste
à côté et tu n'en profiterais pas ? Tu imagines sa
joie si tu apparaissais chez elle à l'improviste ?

Que répliquer à ça ? C'est vrai que Karine ne
pourrait plus lui dire qu'il ne fait jamais d'effort pour
lui rendre visite. Juste pour ça, ça vaudrait la peine.
Comme si elle savait ce qu'il redoutait, la détective
ajoute sur un ton entendu :

— Fais-toi-z-en pas : on expliquera ma présence
par le fait qu'on devait aller interroger un témoin, toi
et moi, à Saint-Bruno.

Pierre proteste, pour la forme, mais cette idée le
rassure.

— OK, pourquoi pas…

Chloé pousse un « Yoouhou ! » enfantin tandis
que Pierre s'engage sur la 20. Malgré lui, il se sent
gonflé de fierté à l'idée de faire plaisir à sa fille. Il
pianote sur son volant, puis lance enfin :

— Je voudrais te… te remercier.

— De quoi ?

— Ben, depuis le… la fusillade, t'as pris soin de
moi… tu m'accompagnes à Saint-Bruno… Pis là, tu
me donnes même des conseils parentaux…

Il hausse une épaule, gauche.

— Ben c'est ça… Merci, t'es… T'es ben fine.

Il pianote à nouveau sur son volant. Chloé, souriante, marmonne :

— Pas de problème.

◆

Il retrouve la rue Drolet facilement et stationne sa Suzuki tout près de l'immeuble à logements. Ils regardent l'heure sur le tableau de bord : dix-sept heures quarante.

— Peut-être que c'est sa journée de congé et qu'elle est chez elle, fait Chloé en sortant de la voiture.

Pierre l'imite et, tandis qu'ils traversent la rue, il rétorque :

— Si c'est sa journée de congé, peut-être qu'elle est sortie avec des amies et qu'elle va rentrer juste à minuit, et on aura fait tout ça pour rien.

— Bravo pour l'optimisme !

Dans le hall d'entrée, il hésite une seconde devant les huit sonnettes, puis se rappelle : numéro 4, au premier. Il sonne. À son étonnement, le timbre annonçant qu'on déverrouille la porte du hall retentit presque aussitôt. Chloé va l'ouvrir, toute réjouie de leur chance.

À l'étage, tandis qu'ils avancent dans le petit couloir, Pierre s'attend à voir la porte numéro 4 s'ouvrir, Karine passer la tête et écarquiller les yeux de surprise. Mais non, la porte ne bronche pas. Peut-être est-ce Marie-Claude, sa coloc, qui a répondu. Si c'est le cas, ils attendront Karine en buvant un café, ce sera plus agréable que dans la voiture. Ils s'arrêtent devant la porte, qui ne s'ouvre toujours pas. Aucun œil magique, aucun son de l'autre côté. Pierre frappe trois petits coups. Il perçoit enfin des pas et Chloé lui jette un sourire ravi. La porte s'ouvre et c'est bel et bien Karine qui répond. Et, comme prévu, elle écarquille les yeux.

— P'pa ! souffle-t-elle, pétrifiée.

— Hé ! Salut !

Que fait-elle en robe de chambre à pareille heure ? En fait, ça tient plus du déshabillé que de la robe de chambre. Dormait-elle ? Non, elle est trop maquillée pour cela. Très maquillée, même. En plus, elle porte des talons hauts.

— Mais… mais que c'est que tu fais ici ?

Pierre croit percevoir de l'effroi dans cette voix.

— Ben, je… je passais dans le coin, je voulais te faire une surprise…

Il se demande pendant une seconde s'il a eu une bonne idée, mais Karine sourit enfin.

— Ah, ben, c'est super ! Crime, j'en reviens pas ! Attends une minute !

Elle disparaît à peine deux secondes et revient avec une vraie robe de chambre qu'elle referme sur elle. Elle rit en embrassant son père avec raideur.

— Tu te souviens de Chloé ? présente Pierre.

Les deux femmes se donnent la main, Karine avec un peu trop de vigueur, Chloé avec un sourire incertain. Puis, il y a un flottement, durant lequel une musique en sourdine parvient de l'intérieur, et Pierre demande :

— Heu… On entre ?

— Ah ! Ben oui, voyons, entrez !

On se retrouve dans un petit vestibule et Chloé referme la porte derrière elle. Tout en se frottant les mains, Karine propose d'une voix très rapide :

— Écoutez, je vais m'habiller et on va aller prendre un café sur Saint-Denis, OK ? Parce qu'ici, c'est vraiment en désordre pis…

— Voyons, c'est pas grave, ça ! assure son père en se mettant en marche vers la cuisine.

Et tandis que, derrière lui, Karine rétorque qu'elle préférerait *vraiment* sortir, Pierre jette un coup d'œil par une porte ouverte, qui se trouve être la chambre de sa fille. C'est l'odeur, tout d'abord, qui le fait s'arrêter. Une odeur de haschisch, sans l'ombre d'un doute. Karine prend donc encore de cette cochonnerie, se dit-il en examinant rapidement la chambre. Il remarque que les rideaux sont fermés et que l'éclairage provient d'une ampoule rouge plongeant la pièce dans une ambiance plutôt troublante. D'un lecteur CD s'écoule une musique sensuelle et le détective aperçoit une série de perruques hétéroclites accrochées au mur. Et là, sur la table de chevet, ce bibelot cylindrique, en forme de phallus... Serait-ce un...?

La porte se ferme brusquement, poussée par une Karine qui ricane avec malaise.

— Ah là là! Les pères devraient pas avoir le droit de regarder dans la chambre de leur fille de vingt ans!

Pierre la dévisage, démonté. Son maquillage, sa robe de chambre, ses talons hauts...

— On devrait peut-être s'en aller, Pierre.

C'est Chloé qui, à l'écart, prononce ces mots avec un trouble évident, comme si tout à coup elle regrettait d'être venue. Pierre ne comprend pas. Mais il voit le regard que lance Karine à la policière, un regard reconnaissant.

Mais qu'est-ce qui se passe, ici?

La sonnette de la porte retentit. La jeune fille regarde partout autour d'elle, toujours avec ce masque d'effroi. Non, ce n'est plus de l'effroi, maintenant, c'est de la panique.

La sonnette, à nouveau.

— Tu réponds pas?

— À cette heure-là, c'est toujours des vendeurs de porte à porte! Il va se tanner!

Pierre ne sait que rétorquer à ce raisonnement absurde. Tandis que la sonnette se fait entendre encore trois fois, il croit enfin deviner. Ces jeunes! Ils sont si romantiques, avec leurs mises en scène! Mais le vibrateur, franchement, c'est un peu trop… Enfin, il aurait préféré ne pas voir ce genre de détails.

Quand la sonnette s'arrête enfin, Karine semble aussi soulagée que si on venait de lui annoncer qu'elle n'avait finalement aucune tumeur. Pierre veut lui dire de se calmer, qu'il comprend très bien ce qui se passe, mais elle ouvre la porte de sa chambre en clamant :

— Bon, alors je m'habille et on sort, d'accord ?

Elle disparaît en refermant rapidement derrière elle. Goguenard, Pierre se tourne vers Chloé, sur le point de lui dire : « Tu vois ? Je suis pas si rigide puisque ça me choque pas ! » Mais la policière a un visage si accablé que cela le désarçonne un moment.

Tout à coup, on frappe à la porte, en même temps qu'une voix appelle :

— Laura ? Tu es là ? Ça fait dix minutes que je sonne en bas ! Laura ?

Laura ? Le type s'est trompé d'appartement. À moins que Karine ait une nouvelle colocataire. Pierre marche vers la porte dans l'intention de l'ouvrir. Chloé veut l'en empêcher, de même que Karine qui a surgi de sa chambre tel un boulet de canon, mais le policier a déjà tourné la poignée. L'homme devant lui est dans la cinquantaine, habillé d'un complet-cravate, et semble complètement désarçonné de tomber sur Pierre.

— Oh, je… Peut-être que je suis trop tôt ?

Regardant derrière Pierre, il ajoute :

— Excuse-moi, Laura. Je sais qu'y est pas tout à fait six heures, mais…

Pierre se retourne et voit que l'homme parle manifestement à sa fille. Mais pourquoi l'appelle-t-il Laura ?

Alors, tout se fige. Karine, pétrifiée, qui lance des regards suppliants vers l'inconnu ; Chloé, qui voudrait être cachée sous terre ; le nouvel arrivant qui, en voyant tout ce beau monde, est à son tour embrouillé…

… et Pierre, qui enfin comprend.

Un trou noir s'ouvre dans son ventre, un abîme sans fond qui aspire tout : ses organes, son cœur, son âme. Il dévisage sa fille sans un mot, le visage pétrifié par l'incrédulité. L'inconnu, juste avant de s'éclipser, marmonne bêtement une excuse que Pierre n'entend pas. Chloé regarde le plancher, la main sur le front. Mais le moment le plus pénible est lorsque Karine tente une ultime défense :

— Écoute, c'est pas ce que tu penses…

Mais, aussitôt, elle se fâche et se met à crier à toute vitesse :

— C't'idée, aussi, d'arriver chez le monde sans prévenir ! *Fuck !* Toi qui viens jamais, il a fallu que tu débarques aujourd'hui ! T'aurais pas pu appeler ?

Tout en parlant, elle a avancé vers son père sans s'en rendre compte, dépassant Chloé qui fixe toujours le sol. Pierre ne réagit pas, tandis que Karine poursuit sur sa lancée :

— J'ai une vie privée, tu sauras ! C'est pas parce que je suis ta fille que tu peux venir fourrer ton nez dans mes affaires ! Si tu m'avais prévenue, je me serais arrangée, t'aurais rien vu pis en ce moment, on prendrait une bonne bière pis ce serait cool ! Mais là, par ta faute, on va…

Seul le bras de Pierre bouge, comme s'il était indépendant du reste du corps ; la main atteint bruyamment la joue de Karine qui, si ce n'eût été du mur du couloir, aurait perdu l'équilibre et serait tombée au sol. Chloé bondit vers Pierre et lui retient le bras, tandis que la jeune fille se redresse en massant sa joue endolorie. Pierre, d'un mouvement sec, se dégage de Chloé, lève un doigt vers Karine, les lèvres serrées, et éructe d'une voix rauque :

— Parle-moi pas.

Le trou noir dans son ventre est monté jusque dans son regard. Karine est si impressionnée par son expression qu'elle ne dit rien, tétanisée, la main collée à sa joue.

— Parle-moi pas, répète Pierre.

Il tourne les talons et marche vers la porte, toujours ouverte. Chloé veut dire quelque chose à la jeune femme, ne trouve rien et, désolée, se lance sur les talons de son collègue.

Pierre est dans l'escalier quand la policière le rattrape. Le corps raide, il regarde droit devant lui, le visage fermé. Chloé fait plusieurs fois le geste de lui toucher l'épaule ou le bras, mais n'ose pas. Elle le suit donc en silence jusqu'à la voiture, dans laquelle il monte en claquant la portière. Chloé s'installe à ses côtés, osant à peine le regarder. Le véhicule démarre. Après une cinquantaine de mètres, Pierre regarde dans le rétroviseur: il voit, devant l'immeuble où habite Karine, un homme sortir d'une voiture. C'est le quinquagénaire de tout à l'heure qui retourne chez sa fille! Pierre applique les freins brusquement, faisant pousser un petit cri à Chloé. Laissant sa voiture en plein milieu de la rue heureusement déserte, il sort et court jusqu'à l'homme, qu'il saisit par les épaules. Avant que le type puisse rouspéter, Pierre lui assène trois directs en ligne. L'homme tombe sur le sol et reçoit au ventre deux coups de pied qu'il ne voit même pas venir.

— Si tu touches une autre fois à ma fille, vieux câlice, j'te tue! T'entends-tu?

Et il lui donne un autre coup de pied.

— J'te tue!

Le pauvre n'a plus la force de répondre. Pierre tourne les talons au moment où Chloé arrive. Sans un regard pour elle, il retourne à la voiture. La détective se penche vers l'homme, lui demande si ça va. Le quinquagénaire, maintenant à quatre pattes, crache un jet de sang et marmonne douloureusement :

— Ça... ça se passera pas comme ça... Je vais por... porter plainte !

Chloé sort son insigne de police et le met sous le nez de l'homme.

— Allez-y, dit-elle sans agressivité. Portez plainte. Et expliquez-moi par la même occasion ce que vous alliez faire dans cet appartement.

L'homme détourne les yeux, penaud, crache encore un peu de salive rougie. Chloé lui met une main sur l'épaule et propose :

— Rentrez chez vous et oubliez tout ça...

Elle repart au trot vers la voiture... qui, tout à coup, démarre sans elle !

— Pierre ! crie-t-elle en redoublant de vitesse.

La Suzuki s'arrête. Chloé la rejoint et, à bout de souffle, monte à l'intérieur où elle dévisage son collègue. Mais ce dernier l'ignore complètement et repart aussitôt.

Soixante-dix minutes sans qu'un seul mot ne soit échangé, durant lesquelles, plus d'une fois, Chloé songe à tenter une approche, mais renonce chaque fois devant l'air implacable de Pierre qui ne quitte jamais la route des yeux. Soixante-dix atroces minutes de silence.

La voiture s'arrête enfin devant l'appartement de Chloé. Les deux mains sur le volant, Pierre regarde toujours devant lui, le visage blanc, la bouche réduite à une mince ligne sèche.

— Pierre, je suis...

— C'est de ta faute, marmonne-t-il toujours en regardant devant lui. C'était ton idée d'aller la voir.

— Je sais. Si j'avais su… Je voulais juste… Je voulais juste que…

— Je le sais, ce que tu veux ! explose-t-il soudain en tournant un visage furieux vers elle. Mais j'ai rien demandé, moi ! Rien ! Tu vois ce que ça donne ? Juste du trouble ! Fait que laisse faire, OK ? Laisse-moi tranquille ! C'est pas compliqué, ça ! Laissez-moi donc tranquille, tout le monde !

Il détourne la tête et se tait, les lèvres tremblantes. Chloé ne semble même pas offusquée, juste triste. Sans un mot, elle sort. Elle a à peine lâché la poignée que la voiture démarre.

CHAPITRE 14

— Ouais, vous avez ben arrangé ça !

Il dit cela pour faire plaisir à sa fille. Parce que lui, bien sûr, trouvait cette décoration trop criarde à son goût, mais bon, c'était la jeunesse. Si Marie-Claude le remercia, Karine esquissa un petit sourire qui démontrait qu'elle n'était pas dupe.

— C'est sûr qu'en deux ans on a eu le temps de s'installer, dit-elle avec un regard entendu.

Pierre eut un rictus contraint. Depuis qu'il avait aidé sa fille à déménager en 2003, donc deux ans plus tôt, c'était la première fois qu'il venait lui rendre visite. Mais il était si occupé au boulot… En fait, la raison de sa présence ce jour-là était un antique coffre à bijoux que la grand-mère maternelle de Karine lui léguait. Comme Pierre devait aller à Bordeaux pour signer des papiers de transfert, il s'était dit qu'il en profiterait pour donner le coffre à sa fille et lui faire une petite visite. Ils étaient tous les trois plantés au milieu du salon lorsque Marie-Claude proposa de prendre un café dans la cuisine, invitation qu'accepta Pierre.

Ils parlèrent durant une demi-heure. Marie-Claude, surtout. De ses études d'histoire, de la vie à Montréal…

Elle posa aussi quelques questions à Pierre sur son travail de policier. Le détective répondit aux questions avec plaisir, malgré l'air vaguement ennuyé de Karine. À un moment, le père demanda à sa fille comment avançaient ses auditions en théâtre.

— Les prochaines sont dans deux mois. Mais je me fais plus d'accroires : chaque fois que j'auditionne quelque part, ça marche pas.

Pierre tenta de l'encourager, mais elle fit un geste résigné.

— C'est pas grave. J'ai une bonne job dans une boutique et ça m'étonnerait pas que je sois gérante bientôt.

Pierre aurait dû remarquer l'air emprunté de Marie-Claude. Mais il ne vit rien. Ou décida de ne rien voir. La nuance est si mince.

Le cellulaire de Marie-Claude sonna et elle changea de pièce pour répondre. Pierre annonça qu'il devait partir.

— Reste donc à souper, proposa Karine.

Elle était sincère, mais n'insistait pas trop. Comme si elle savait que cela serait inutile. Et effectivement, son père répondit qu'il avait du travail, qu'il devait être à Drummondville ce soir-là. Ce qui était vrai. Bon, ce n'était pas obligatoire, mais il avait hâte de replonger dans ce dossier, une histoire de viol vraiment complexe.

Malgré le froid de l'automne, Karine l'accompagna jusque dehors. Alors que Pierre s'apprêtait à monter dans sa voiture, elle lui dit, les bras croisés pour se protéger du froid :

— C'est de valeur que tu restes pas pour souper… Je t'aurais fait un spaghat avec ma sauce que t'aimes tant…

— Désolé, ma belle. On s'est quand même vus pour ta fête cet été.

— Je sais… Mais c'est la première fois que *toi*, tu viens dans mon univers…

Il aurait dû être frappé par cet étrange choix lexical : son « univers ». Mais, encore une fois, il ne releva pas. De toute façon, tenait-il tant à découvrir son univers ? Mieux connaître Karine aurait peut-être impliqué des choses trop complexes, aurait peut-être aussi obligé Pierre à faire face. À quoi ? Il ne savait pas trop au juste. Du moins, il préférait ne pas y penser.

— T'aurais pu en profiter pour… pour voir une autre facette de moi, ajouta-t-elle.

— T'as l'air de bien t'en sortir, en tout cas.

Elle sourit, mais d'un sourire amer et, cette fois, il remarqua : l'ombre qui entourait continuellement sa fille devint si opaque que Karine parut se fondre en elle-même durant quelques secondes. Elle prit même son ton ironique qu'il détestait tant, qu'elle finissait *immanquablement* par adopter :

— *Wow !* T'as tout vu ça en une demi-heure, toi !

— Karine, je suis venu te voir, non ? T'es pas contente ?

Elle approuva de la tête, et il voulut bien y croire.

— Ben oui… C'était une belle surprise.

Quand il démarra, il ne regarda pas dans son rétroviseur. S'il l'avait fait, il aurait vu une jeune adulte qui, seule ainsi sur le trottoir, ressemblait tout à coup à une enfant, et qui se protégeait du froid de ses bras croisés.

CHAPITRE 20

Frédéric regardait, par la fenêtre de sa maison, les arbres couverts d'une neige qui refusait de fondre. C'était un début d'avril froid, même si les derniers jours de mars avaient laissé présager le contraire. Un piéton passa rapidement, affichant un air morose devant cette soirée glaciale. Le psychologue songeait aux quatre derniers mois qu'il venait de vivre. En décembre, alors qu'il était sur le point de se suicider, il était bien convaincu qu'il ne verrait jamais 2006… mais il avait rencontré Lavoie. Et ce dernier l'avait invité à assister à ses « séances ». La première avait eu lieu en février, la dernière deux semaines auparavant. Frédéric en était encore sous le choc.

Derrière lui, la télé était ouverte et diffusait une émission où des gens venaient régler leurs comptes devant les caméras. L'assistance en studio devait voter pour la personne la plus convaincante. En ce moment, un homme et une femme, manifestement voisins dans la vie, s'engueulaient avec tant de passion qu'ils s'étaient levés de leurs sièges.

— Ta criss de clôture, elle dépasse d'un pied sur mon terrain pis tu le sais ! criait la femme. T'as fait exprès pour l'installer de même, juste pour m'écœurer !

— Pis toi, rétorqua l'homme, tu fais pas exprès, peut-être, pour envoyer ta pelouse dans ma cour quand tu passes la tondeuse?

— Ça dérange qui? Ta femme qui passe ses journées à se faire griller en bikini?

Dans la salle, des «houuuuu» réjouis fusèrent.

— T'es jalouse! contre-attaqua l'homme. Parce que toi, tu peux pus te permettre de te mettre en bikini!

Rires et applaudissements dans la salle.

Frédéric avait allumé la télévision pour tromper son attente, mais n'y accordait finalement aucune attention. Il repensait aux séances de Lavoie. Après la dernière, le milliardaire et lui avaient peu discuté. Lavoie avait donné deux semaines de réflexion au psychologue. Le délai était maintenant passé et le rendez-vous avait lieu ce soir-là. Lavoie lui avait suggéré de venir chez lui, mais le psychologue avait insisté pour que cela se passe à Saint-Bruno.

Deux semaines durant lesquelles Frédéric avait pensé à cette dernière séance sans arrêt. En tout cas, une chose était sûre: se suicider était pour le moment hors de question.

Pour le moment.

— OK, OK, un dernier mot chacun avant que le monde vote? proposa l'animateur à la télé, égayé par le comportement de ses invités.

— J'en peux plus, moi! se lamenta la femme en se laissant retomber dans le fauteuil. J'ai pogné le pire voisin au monde, pourquoi moi? Maudit que je suis pas chanceuse! Pensez-vous que c'est une vie, ça?

Une autre femme dans la salle se leva soudain et cria, en colère:

— Moi, je vis dans un trois et demi avec trois enfants, pas de *chum* pis un salaire de *waitress*! J'suis prête à changer ma vie contre la tienne n'importe quand !

Face à la fenêtre, Ferland se demanda pour la millième fois si Maxime Lavoie était fou. Et, comme chaque fois, il se répondit que cette question était, au fond, sans importance. Ce qui était fou, c'était que lui veuille le suivre. Et cette constatation lui procurait une singulière stimulation.

Il vit une Audi grise s'arrêter devant sa maison. Le psychologue hocha la tête : le milliardaire avait choisi une voiture discrète, histoire de ne pas être remarqué par les voisins. La portière du côté passager s'ouvrit et Lavoie en sortit.

Moins de cinq minutes plus tard, ils étaient assis l'un en face de l'autre, dans le salon surchargé de Frédéric. Maxime avait son gin tonic en main, le psychologue n'avait rien pris.

— Alors ? fit le milliardaire.

Frédéric regarda ses mains entre ses genoux, puis répondit enfin :

— Vous vous attendez à ce que j'accepte, n'est-ce pas ? que j'aille au bout de cette folie avec vous ?

— Bien sûr. Sinon, entre la dernière séance et aujourd'hui, vous vous seriez déjà tué.

Ferland ne put rien répliquer à cela. Lavoie ajouta :

— Comme je vous l'ai dit après la séance, vous pourriez vous aussi trouver votre flambeau.

Frédéric eut un ricanement de dérision. Flambeau… Ce mot que Maxime avait utilisé durant toute la durée des deux dernières séances, qu'il répétait pour le faire entrer dans la tête des personnes présentes… Flambeau. Une terminologie que le psychologue avait d'abord trouvée simpliste mais qui, une fois mise en contexte, s'avérait assez juste. Oui, assez juste…

Frédéric se leva et fit quelques pas dans la pièce. Il se sentait calme. Au fond, il avait pris sa décision tout de suite après la dernière séance, inutile de le nier. Comme il ne pouvait nier l'excitation qu'il en ressentait. Alors pourquoi cette résistance de mascarade ? N'avait-il pas parfaitement assumé son nihilisme lorsqu'il avait tué son premier sans-abri, l'été précédent ? Les agissements de Lavoie n'arrivaient pas à le choquer, loin de là. Tout ce qu'il voyait, c'est qu'Icare, après avoir monté en vain, pourrait tout simplement modifier la direction de son vol, ce qui en changerait toute la perspective.

Mais Lavoie croyait que si Frédéric le suivait, ce serait pour les mêmes raisons que lui, car le milliardaire était convaincu qu'ils étaient tous deux mus par les mêmes motivations. En cela, il se trompait. Mais Ferland, comme lors de la dernière séance, se dit que s'il voulait lui-même aller jusqu'au bout, il était préférable de ne pas détromper Lavoie.

Le psychologue se tourna enfin vers son invité, qui contemplait avec curiosité la décoration tarabiscotée du salon, et demanda avec un réel intérêt :

— Vous croyez donc que, moi aussi, je pourrais trouver mon… flambeau ?

Lavoie avala une gorgée de gin tonic, prit la peine de reposer le verre sur la table et, en croisant les mains sur son ventre, proposa :

— On pourrait se tutoyer, non ?

CHAPITRE 2

Tandis qu'il roulait en s'efforçant de ne pas dépasser la vitesse permise, Pierre se préparait psychologiquement à la pluie de reproches qui s'abattrait sur lui dans une vingtaine de minutes. Il faut dire que ce ne serait pas son premier retard. En fait, lorsqu'il allait chercher Karine, il était rarement à l'heure. Il était même arrivé en retard au dixième anniversaire de la petite, le mois précédent. Ce soir, il était censé être au chalet à dix-neuf heures et il était maintenant dix-neuf heures cinquante. Il y serait donc vers vingt heures dix, ce qui ferait immanquablement bondir Jacynthe.

Mais, merde ! dans son travail, on ne pouvait pas *puncher* à cinq heures tous les jours ! Il avait passé l'après-midi à interroger un suspect pour l'affaire du vol de la bijouterie Thériault et, vers dix-huit heures, il sentait que le gars flanchait. Encore une petite demi-heure, et il craquerait ! Pierre ne pouvait tout de même pas dire : « OK, faut que je m'en aille, on reprendra ça demain ! » alors qu'après une bonne nuit de sommeil, le suspect aurait repris tout son aplomb ! Il devait l'achever sans tarder, lui faire cracher le morceau ce jour-là ! C'était ça, être flic, ce que Jacynthe ne comprenait pas ! Ce qu'elle n'avait jamais compris, d'ailleurs. Oui, bon, son collègue Lafond, qui l'avait assisté durant tout l'interrogatoire, aurait pu prendre la relève et sûrement qu'il aurait réussi tout aussi bien que Pierre, au stade où en était le suspect, mais Pierre voulait terminer lui-même ! Le plaisir de faire craquer un suspect, c'était magique ! C'est lui qui l'avait cuisiné toute la journée, il ne laisserait pas le mérite de la grande finale à quelqu'un d'autre !

Finalement, il avait eu besoin d'une heure de plus, mais le suspect avait tout avoué. Pierre s'était empressé de remplir quelques papiers, puis d'appeler au chalet : pas de réponse. Et évidemment, il n'y avait pas de répondeur ! Comment, en 1996, pouvait-on ne pas posséder de répondeur ? Mais ses beaux-parents avaient toujours détesté cette « machine à stress ». Jacynthe et Karine devaient donc l'attendre à l'extérieur en ce moment même ! Et il était dix-neuf heures dix ! Il partit à toute vitesse vers le chalet. Mais pourquoi n'était-elle pas revenue à Montréal avec la petite ? Pourquoi devait-il se taper plus d'une heure de voiture ? Il savait pourquoi. Il se rappelait les mots de Jacynthe :

— J'aimerais que tu ne sois pas trop en retard, Pierre. J'ai eu une semaine harassante et comme mes parents ne sont pas au chalet en fin de semaine, je veux passer une soirée relax, toute seule. Tu peux comprendre ça ?

— Ben oui, franchement, tu me prends pour qui ?

Le ton habituel. Pas vraiment la guerre, mais pas vraiment la bonne camaraderie non plus, loin s'en faut. Une sourde hostilité, viable mais agaçante. Parce qu'elle le trouvait irresponsable et pas fiable.

— Un père divorcé qui voit sa fille une fin de semaine sur deux seulement et qui trouve le moyen d'annuler sa fin de semaine de garde une fois sur quatre, c'est pas ce que j'appelle fiable, Pierre!

Il renonçait à se défendre. À quoi bon? De toute façon, elle était bien la seule à se plaindre. Karine, elle, ne se plaignait jamais. C'est vrai qu'elle ne parlait pas beaucoup…

Il traversa Saint-Anicet, ce petit village qu'il connaissait tant, en se disant qu'il devrait peut-être se procurer un cellulaire. Ces gadgets étaient de plus en plus à la mode. Il connaissait deux ou trois collègues qui en possédaient et ils affirmaient que désormais ils ne pourraient plus s'en passer. Ce serait bien pratique dans des situations comme celle-ci. À condition qu'il convainque Jacynthe de s'en acheter un aussi…

Il tourna sur un chemin de terre en pleine forêt et le chalet apparut, complètement isolé parmi les arbres, modeste mais bien entretenu, simple mais chaleureux, sa « grande maison de poupées », comme l'appelait Karine, qui adorait venir ici. Les parents de son ex l'avaient acheté pour une bouchée de pain vingt ans plus tôt, en 1976, et Pierre devait bien admettre qu'il avait apprécié chacun des nombreux week-ends qu'il était venu y passer avec Jacynthe et la petite, surtout quand les beaux-parents n'y étaient pas. Tout cela paraissait maintenant si loin…

Il sortit de sa voiture, surpris de ne pas trouver Jacynthe debout sur le gazon bien entretenu, les mains sur les hanches, écarlate de colère contenue. Il marcha vers le côté de la maison où se trouvait la porte d'entrée. Lorsqu'il dépassa la grande haie, le lac apparut, situé à trente mètres à peine de la maison. Combien de fois s'y était-il baigné? Combien de fois y avait-il lancé Karine? Jacynthe et lui y avaient fait l'amour deux ou trois fois. Une bouffée de nostalgie lui chatouilla l'intérieur et, chose qui lui arrivait rarement, il se demanda si, après tout, il n'avait pas tout gâché. Normalement, quand cette question venait le frapper ainsi par-derrière, il s'obligeait à se changer les idées. Il s'empressa donc de cogner à la porte. Au moins, le savon qu'allait lui passer son ex l'empêcherait de se complaire dans ce genre de questionnement stérile. Comme on ne répondait pas, il se permit d'entrer. En une minute, il constata que les filles ne se trouvaient pas à l'intérieur. La petite valise de Karine était sagement posée sur le plancher de la cuisine, en attente.

Pierre ressortit, chercha dans les alentours. Son regard tomba alors sur le vieil arbre près de l'entrée. Plus rien ne poussait dans ce cerisier malade, les branches en étaient crochues et le tronc d'un gris maladif. Mais le père de Jacynthe refusait de le couper, prétextant qu'il l'avait planté à l'achat du chalet et que l'arbre durerait aussi longtemps que la maison elle-même. Au bout de la branche la plus basse, on avait transpercé une feuille de papier. Pierre s'approcha et, sans décrocher la feuille, lut le message écrit dessus au crayon feutre noir :

Pour faire changement, tu n'es pas à l'heure. Il est sept heures et demie et tu ne m'as même pas appelée. Enfin, tu as peut-être appelé, mais nous, on t'attend dehors depuis une demi-heure. Comme Karine s'ennuie, je suis partie faire un petit tour de bateau avec elle. J'espère vraiment que tu seras là à mon retour. Merci : grâce à toi, ma soirée de relaxation débute du bon pied.

Exactement ce qu'il avait prévu ! Et encore, ce n'était que de l'écrit, ça, il imaginait comment ça sonnerait oralement tout à l'heure. Mais elle ne crierait pas, non ! Jacynthe ne criait jamais, elle était bien trop raisonnable pour cela. Elle parlait lentement, avec une froideur qui valait tous les cris.

En bougonnant, les mains dans les poches, il marcha vers le quai. Effectivement, le bateau à moteur n'était pas sous son abri. Il regarda le lac, la forêt tout autour. Le voisin le plus près était à un demi-kilomètre. Une retraite vraiment magique. En fait, c'était le seul endroit où Pierre réussissait vraiment à se relaxer. Pourtant, il clamait à tous qu'il n'aimait pas vraiment la campagne ni la nature, mais chaque fois qu'il était venu, il s'était senti... heureux, tout simplement.

C'était l'heure de la journée où le lac était le plus magnifique, ce moment où le soleil de juillet, tout près de la ligne d'horizon, faisait surfer ses rayons sur l'eau. Par le passé, Pierre n'avait jamais manqué ce moment, passant souvent une demi-heure à savourer ce spectacle, lui qui n'était vraiment pas porté sur les activités contemplatives.

La bouffée de nostalgie, encore.

Il regarda sa montre : vingt heures quinze. Elles étaient donc parties depuis trois quarts d'heure ? Ce n'était pas impossible : souvent, elles s'arrêtaient au milieu du lac pour se baigner. À cette heure, par contre, c'était improbable. À moins que Jacynthe ne fût en train de donner un cours de conduite à Karine. Sa fille lui avait dit au début de l'été que maman lui apprenait à conduire le bateau, ce qui ravissait la petite, mais Pierre avait interrogé son ex là-dessus : dix ans, n'était-ce pas un peu jeune pour piloter un motorisé ? Jacynthe lui avait dit que Karine ne conduisait pas vraiment le bateau : elle se mettait derrière le volant et le tenait bien droit, sous l'œil vigilant de sa mère. « Voyons, Pierre, tu pensais que je laissais Karine partir toute seule en bateau ? »

Mais non, il n'avait jamais cru une telle chose… Le prenait-elle vraiment pour un idiot ?

Pierre fouilla le lac des yeux. Aucun point mouvant en vue. Il est vrai qu'à trois kilomètres à l'est, il y avait une péninsule qui s'avançait et le lac, échappant à la vue, s'étendait de l'autre côté. Elles devaient être dans cette section. Tout de même, pour quelqu'un qui voulait avoir sa soirée, elle était partie depuis un bon moment. C'était sûrement un moyen pour se venger : le faire attendre à son tour.

L'horizon coupait maintenant le soleil en deux. Des nuages inattendus, qui annonçaient la pluie, commençaient à s'accumuler, brisant les rayons et les éparpillant en couloirs étincelants dans le ciel pourpre et rose. Karine, dans ces moments-là, disait à son père : «Regarde, papa, le ciel est content !» Elle avait cinq ans dans ce temps-là. Maintenant, elle en avait le double.

Seigneur ! le double…

J'ai tout gâché.

Aussi bien aller les attendre à l'intérieur en écoutant la télévision. Rester là, sur le bord du lac, lui donnait le cafard.

La télévision n'avait pas le câble. Pas étonnant quand on connaissait la famille de Jacynthe. Pierre ne put syntoniser qu'un seul poste qui diffusait un reportage sur la détérioration de l'environnement et l'indifférence de la population devant ce problème croissant. Le policier s'emmerda ferme et, au bout de quinze minutes, il ferma l'appareil.

Vingt heures trente-cinq.

Il retourna au quai. La nuit faisait ses premiers pas dans le ciel empli de nuages. Toujours aucun bateau en vue.

C'est à ce moment que Pierre commença à vraiment s'inquiéter. Jacynthe était prévoyante, elle ne serait pas restée sur un lac à la tombée de la nuit. Surtout sous un ciel couvert. Surtout pendant une soirée où elle avait hâte d'être seule.

Une panne. Son ex ne vérifiait jamais s'il y avait assez d'essence. Elle s'était finalement fait avoir. Et si la panne était survenue de l'autre côté de la péninsule, il n'y avait aucune habitation en vue et cela leur prendrait plus d'une heure pour revenir à l'aide de la minuscule rame de secours.

Il rentra et appela Raymond, le voisin le plus près. Le vieil homme fut d'abord un peu gêné de reconnaître Pierre, qu'il n'avait pas vu depuis cinq ans, mais il comprit rapidement l'urgence de la situation et dit qu'il arriverait tout de suite. En raccrochant, Pierre songea une seconde à appeler la police, qui enverrait des bateaux de reconnaissance, mais cela prendrait trop de temps. Et puis pas besoin de la police pour aller chercher son ex et sa fille bêtement coincées dans un bateau en panne. Parce que, bien sûr, c'est ce qui s'était produit. De quoi pouvait-il s'agir d'autre ?

Raymond n'arriva que vingt minutes plus tard et lorsque le toussotement de son bateau se fit enfin entendre, il faisait parfaitement nuit. Pierre, qui l'avait attendu au bout du quai pendant tout ce temps, eut beaucoup de difficulté à camoufler son exaspération, surtout que la pluie s'était mise de la partie. Avant même que le vieux bateau cabossé fût complètement arrêté, Pierre sauta à bord.

— *Hey*, Pierre, ça fait une mèche ! fit le vieil homme en remontant sa casquette sur sa tête presque entièrement dégarnie.

— On va tout de suite aller de l'autre côté de la péninsule, s'empressa d'ordonner le policier sans même dire bonjour. Vous avez un spot sur ce bateau ?

— Certain !

Il alluma un phare de bonne amplitude et le bateau, malgré son air fragile, fila à toute vitesse sur les flots heureusement plats. Le phare perçait la nuit pluvieuse devant eux sur une bonne cinquantaine de mètres.

— On va les retrouver, ça sera pas long ! assura le vieil homme.

Pierre le croyait aussi. Il s'imaginait même Karine en train de pleurer de fatigue, tandis que sa mère pagayait péniblement en sacrant à voix basse. Évidemment, elle trouverait le moyen de mettre ça sur le dos de Pierre : « Si tu étais arrivé à l'heure, je n'aurais pas été obligée d'emmener la petite en bateau pour la faire patienter ! » Ce qui était un peu vrai, mais quand même…

Les deux hommes gardaient le silence en approchant de la péninsule. Raymond finit tout de même par demander :

— Heu… Pis toi, Pierre, ça va comment depuis… depuis le temps ?

— Ça va, répondit sèchement le policier en scrutant la surface du lac devant lui.

Ce n'était vraiment pas le moment de piquer un brin de jasette ! Surtout que, pour la première fois, le policier était en train d'envisager que les filles n'avaient peut-être pas été retardées par une panne… qu'il s'était peut-être produit autre chose… De l'autre côté de la péninsule, il savait qu'il y avait des rochers tout près de la surface, camouflés par quelques centimètres d'eau à peine. Mais Jacynthe connaissait très bien l'emplacement de ces rochers, donc il n'y avait aucune raison qu'elle en ait frappé un… sauf si elle donnait, à ce moment-là, un cours de conduite à la petite. Mais elle avait dit à Pierre qu'elle se tenait tout près de Karine durant ces « leçons »…

Le bateau dépassa enfin le long doigt de terre…
et aussitôt, Pierre vit l'embarcation, à environ deux
cents mètres. Ce n'était qu'un point noir dans les
ténèbres, mais il sut que c'étaient elles. Il indiqua la
direction à Raymond. La forme se précisait, immobile,
mais dans une position qui fit aussitôt comprendre
au détective qu'effectivement le bateau avait frappé
un rocher. Il se leva et se mit à crier :

— Karine ! Jacynthe !

Le motorisé était maintenant à cinquante mètres, et
Raymond, qui s'inquiétait aussi, baissa la puissance
du moteur au minimum. Ils approchaient lentement et
Pierre, couvrant le vrombissement, appelait toujours.

— Karine ! Hé, Jacynthe !

Pourquoi elles ne répondaient pas ? À cette distance, elles l'entendaient certainement, alors qu'est-ce
qu'elles attendaient pour *répondre* ? Le faisceau
lumineux éclaira enfin l'intérieur de l'embarcation.
Assise sur le plancher, une forme était recroquevillée,
le visage presque complètement camouflé par le
gilet de sauvetage qui remontait jusqu'au menton.

— Karine !

La forme ne bougea pas, mais la position indiquait
qu'elle était vivante. Pierre aurait dû être rasséréné,
mais il ne l'était que partiellement : il ne voyait
Jacynthe nulle part. Raymond coupa le moteur et, en
un bond, Pierre fut dans l'embarcation. Il se pencha
et prit sa fille par les épaules.

— Karine, ça va ? Pourquoi tu me répondais pas ?

La petite fille ne disait rien. Ses longs cheveux
mouillés par la pluie collaient sur ses joues et ses
genoux remontés. Pierre lui prit le visage et le tourna
brusquement vers lui.

— Karine !

Il vit enfin ses yeux. Sauf que ça ne pouvait pas
être le regard de sa petite fille. Des yeux d'enfant ne

peuvent pas être si figés, si déconnectés. Pierre sentit le plancher onduler sous ses pieds, même si le bateau ne bougeait pas.

— Karine ! fit doucement Pierre. C'est papa, ma chouette ! C'est moi !

La fillette sembla enfin le voir. Mais rien ne changea ni dans son attitude ni dans son regard.

Elle est trop noire ! Même s'il fait nuit, il y a trop de ténèbres autour d'elle…

— Où est maman, chérie ?

Le cri sortit si vite qu'il sembla déchirer les lèvres de l'enfant. Elle poussa un hurlement strident, puis un autre, et encore un autre, le regard toujours aussi fixe.

— Karine, arrête ! Tu vas… *Arrête !*

Mais elle n'arrêtait pas, et plus elle criait, plus la noirceur s'épaississait autour d'elle, comme si par ses cris elle expulsait de son corps une nuit encore plus profonde que celle qui régnait sur le lac. Pierre se leva, éperdu, regardant partout autour de lui tandis que Raymond tripotait sa casquette entre ses mains tremblantes. Le policier s'approcha du côté tribord et regarda dans l'eau. Rien. Transpercé par les cris de sa fille, trébuchant à deux reprises, il se précipita à l'avant du bateau.

Quelques mètres plus loin, elle flottait sur le dos grâce à son gilet de sauvetage. Son corps n'avait pas dérivé, bloqué d'un côté par le bateau et de l'autre par un rocher dont la pointe dépassait de deux centimètres la surface. Malgré la nuit, il reconnut son visage, tourné vers le ciel, les yeux grands ouverts, le front traversé d'une large ouverture qui ne saignait plus, lavée par les vaguelettes.

Derrière Pierre, Karine criait toujours.

◆

La pluie s'était transformée en averse. On discernait à peine le lac. Raymond était retourné chez lui, dévasté.

Dans le chalet, il y avait maintenant quatre policiers. Ils étaient en face de Karine, assise sur un divan, recouverte d'une serviette. Un des flics, penché sur elle, essayait depuis quinze minutes de la faire parler. Mais la fillette n'avait pas dit un mot. Elle ne criait plus, et son air hagard était plus immuable que jamais.

Le policier se releva, s'approcha de Pierre qui se tenait un peu à l'écart, les bras croisés, le menton au creux de sa paume.

— Vous pourriez essayer, vous…

— J'ai essayé.

Il secoua mollement la tête.

— La psychologue s'en vient? demanda-t-il.

— Elle est en route. Mais elle est à soixante kilomètres d'ici.

Pierre se couvrit les yeux de la main en soupirant. Le policier expliqua ce qui s'était vraisemblablement passé : la mère avait sûrement fait piloter sa petite, mais cette dernière avait effectué un mouvement sec vers un rocher, tellement sec que la mère n'avait pu intervenir à temps. Le bateau n'allait peut-être pas très vite, mais assez pour que le choc propulse la femme par-dessus bord et que cette dernière s'ouvre le crâne sur le rocher. Sûrement morte sur le coup. La fillette, elle, grâce à sa petite taille, avait été stoppée par le volant et le choc avait dû être amorti par son gilet de sauvetage.

— Mais, bon, j'imagine que vous avez déduit tout ça vous-même, bredouilla le policier.

Depuis leur arrivée, les flics avaient une attitude biscornue vis-à-vis de Pierre, louvoyant entre la compassion envers un civil en crise et le professionnalisme devant un collègue.

Pierre demeura un moment dans cette position, main contre ses paupières closes. Il imaginait Jacynthe tentant vainement de tourner le volant entre les mains de Karine, l'impact du bateau, Jacynthe se fracassant la tête contre le rocher... Mais surtout, surtout, il voyait Karine penchée à l'avant du bateau, hurlant le nom de sa mère, tendant une main éperdue vers le cadavre de Jacynthe qui fixait le ciel de plus en plus couvert. Avait-elle fini par comprendre que sa mère ne répondait pas parce qu'elle était morte? Était-ce à la suite de cette atroce compréhension qu'elle s'était assise au fond du bateau, avait relevé ses genoux et n'avait plus bougé, tandis que la nuit tombait sur elle et en elle? Combien de temps Karine avait-elle été seule dans cette position? Une demi-heure? Une heure?

Une douleur aiguë lui transperça la poitrine avec une telle force qu'il se découvrit brusquement les yeux, comme si quelqu'un venait de lui enfoncer une lame dans le corps. Il vit sa fille sur le sofa. Même éclairée par la lampe du salon, elle demeurait sombre, comme si la nuit s'était accrochée à elle.

Essaie. Essaie encore.

Il s'approcha, se pencha vers elle, lui prit les mains.

— Karine, il faut que tu parles. Tu comprends, ma chouette?

Sa voix tremblait. Il ne voulait pas pleurer.

— C'est papa, Karine. Tu peux parler à papa, hein, ti-poussin?

La bouche entrouverte, le visage blanc, Karine tourna alors son regard vers son père. Et Pierre crut lire dans ses yeux une émotion. Pire, un message.

Une accusation.

La douleur dans sa poitrine revint avec une telle force qu'il se leva brusquement, convaincu qu'il allait piquer une crise cardiaque. En balbutiant une excuse, il marcha vers la porte et sortit, à la recherche d'air.

La pluie, en lui fouettant le visage, lui fit le plus grand bien. En prenant de grandes respirations, il regarda vers le lac, qu'il entrevoyait à peine. Sur la pelouse, un grand lampadaire qu'avait installé le père de Jacynthe éclairait tout le terrain. Frappé de plein fouet par la lumière, l'arbre mort se détachait de manière sinistre dans la nuit. Au bout d'une branche, une forme blanche dansait dans le vent : le message laissé par Jacynthe.

Pierre s'approcha, déjà complètement trempé par la pluie. Il étira la main vers la branche, arracha la feuille de papier et l'approcha de son visage. Grâce au lampadaire, on pouvait discerner l'écriture, mais la pluie avait fait couler l'encre, et seuls les premiers mots étaient encore lisibles.

« *Pour faire changement, tu n'es pas à l'heure. Il est sept heures et demie et tu ne m'as même pas...* »

Pierre, pétrifié sous la pluie, relut plusieurs fois ces mots, jusqu'à ce qu'ils soient entièrement dilués, jusqu'à ce que toute l'encre noire lui ait dégouliné sur les mains.

CHAPITRE 32

Pierre regarde ses mains un moment, puis continue sans lever les yeux :

— Elle est restée une semaine à l'hôpital en psychiatrie. Peu à peu, elle a recommencé à parler. Pas beaucoup. Elle avait très bien compris que sa mère était morte, mais elle n'en parlait jamais. En tout cas, pas avec moi. Elle a fini par confirmer à la police ce qui s'était passé : un bête accident. Quand elle est venue vivre avec moi, l'adaptation a été… difficile.

Frédéric Ferland, assis devant lui, l'écoute attentivement, son calepin de notes sur les genoux. Calepin dans lequel il n'a toujours rien écrit depuis l'arrivée de Pierre.

Le détective a encore de la difficulté à croire qu'il est en train de raconter cela à un inconnu, lui qui n'en a jamais parlé à personne. Non, ce n'est pas tout à fait vrai, il en a parlé à sa mère à l'époque. Et une autre fois à une fille avec qui il a couché, il y a six ans, dans un congrès de flics à Toronto. D'ailleurs, le seul fait qu'il se trouve à nouveau dans ce bureau est étonnant. Après sa visite-surprise chez sa fille à Montréal, il a passé les deux journées suivantes à errer dans sa maison ou en ville. Errer et imaginer

Karine recevant chez elle des inconnus, des hommes qui la payaient, puis qui la... qui lui...

Une prostituée.

Chaque fois que ce mot épouvantable lui a sauté au visage, il a dû s'asseoir, peu importe où il se trouvait. Hier, alors qu'il marchait dans la rue des Châtaigniers, il s'est carrément assis sur le trottoir, incapable de faire un pas de plus. Comment est-ce possible ? Comment la fille d'un policier peut-elle faire ça ? Par moments, il se dit que c'est de sa faute. Lui qui s'est toujours douté qu'il a été un mauvais père, il en a maintenant la preuve irréfutable. Pourtant, à d'autres moments, il refuse cette responsabilité : n'est-ce pas trop facile qu'il soit le seul coupable ? Après tout, c'est elle qui a fait ses choix ! Et il a toujours donné le bon exemple : il est flic, criss !

Appelle les collègues de Montréal et fais-la arrêter ! Ça lui donnera une bonne leçon !

Une seule fois, cette idée lui a traversé l'esprit, alors qu'il écoutait la télé, et il en a eu aussitôt honte. Pourtant, c'est ce qu'il ferait sans hésitation s'il s'agissait de quelqu'un d'autre, peu importe qui. Mais là, on parle de sa fille ! *Sa fille !*

Il faut qu'il pense à autre chose, qu'il se change les idées. Le lendemain de sa visite catastrophe à Montréal, il est donc allé voir Bernier, son supérieur, pour lui dire qu'il n'avait pas besoin de thérapie et qu'il souhaitait, qu'il *devait* revenir au travail. Alors Bernier a été clair :

— Pierre, je te reprends pas tant que t'as pas eu un suivi avec un psy, ne serait-ce que pendant un mois ! Si toi, tu veux pas t'aider, nous autres, on va le faire, même malgré toi ! Compris ?

Le détective s'est donc résigné. Et pourquoi le nier : il était loin d'être sorti d'affaire ! Il combattait encore très souvent des envies de pleurer, voyait des mitraillettes dans les objets les plus anodins, rêvait constamment à la fusillade. Et entre ces noires pensées, quand il croyait avoir enfin du répit, c'est Karine qui prenait le relais, et d'autres images tout aussi pénibles le hantaient, jusqu'à ce que les souvenirs du massacre reviennent en force.

Deux heures plus tôt, alors que Pierre était sur le point de partir pour Saint-Bruno, le téléphone a sonné. Pris d'un doute, il n'a pas répondu, laissant le répondeur se déclencher, et il a reconnu la voix de Chloé. Ils ne se sont ni vus ni parlé depuis leur retour de Montréal il y a quatre jours. Sur le répondeur, le ton était mesuré :

— Écoute, Pierre, je n'ai pas l'intention de te harceler, mais je veux au moins te laisser ce message : je suis désolée et je suis prête à t'aider ou à t'écouter n'importe quand, jour et nuit. N'hésite pas à m'appeler. Je suis… Je pense à toi, OK ?

Pierre s'est mordillé les lèvres, touché malgré lui. De toute façon, il n'est plus en colère contre Chloé, il sait bien qu'au fond, rien de tout cela n'est de sa faute. Au contraire : grâce à son idée d'aller rendre visite à Karine, elle a obligé Pierre à ouvrir les yeux sur quelque chose qui durait depuis… Depuis quand, au fait ?

Tu n'as rien vu, rien !

Il est sorti de la maison en se demandant s'il aurait le courage de rappeler sa collègue, elle qui maintenant savait tout, connaissait sa honte et son échec… Puis, quand il est arrivé chez Ferland tout à l'heure, ce dernier l'a accueilli avec bonne humeur, triomphant :

— Je crois avoir trouvé un moyen pour vous aider à combattre votre choc post-traumatique !

Pierre ne connaît pas grand-chose en psychologie, mais cette manière d'annoncer les choses l'a tout de même désorienté, comme si Ferland était un garagiste qui lui annonçait avoir trouvé le problème dans sa transmission. Quand le détective lui a demandé de quoi il s'agissait, Ferland a répondu qu'il lui en parlerait à la fin de la séance, qu'il a encore quelques questions à lui poser avant. Une fois les deux hommes assis, le psychologue lui a demandé s'il rêvait toujours. Pierre a acquiescé.

— Racontez-moi encore votre rêve, dans tous ses détails.

Étrangement, Pierre n'a ressenti aucune lassitude à l'idée de tout répéter. Et cette fois, en s'en rendant à peine compte, il a parlé de la feuille de papier qu'il tient à la place de son pistolet, ainsi que de la silhouette de la petite fille dans le fourgon. Même que ces dernières nuits, une variante s'est ajoutée : la fillette lève la tête et Pierre reconnaît clairement Karine, même s'il sait depuis les premières nuits qu'il s'agit d'elle. C'est sa fille à dix ans, les cheveux tout mouillés, portant tout à coup une ceinture de sauvetage, qui fixe Pierre de ses yeux pleins de rancune et qui pose une question que Pierre ne peut entendre à cause du son des mitraillettes, mais qu'il devine parfaitement par le mouvement des lèvres : *pourquoi ?*

— Cette feuille que vous tenez dans votre rêve, vous savez ce que c'est ? a demandé Ferland.

Résistant pendant quelques secondes à peine, Pierre a raconté la mort de Jacynthe. Sans rien cacher.

Maintenant, il garde le silence un moment, toujours en fixant ses mains. Ferland demande :

— Pourquoi vous ne m'avez pas dit tout ça la semaine dernière ?

— C'était notre première rencontre. J'imagine que… que j'étais pas encore assez à l'aise.

Ce n'est pas la vraie raison. En fait, il ne sait pas trop pourquoi. Avant d'arriver chez Ferland, il n'avait pas prévu du tout parler de sa fille. C'est sorti tout seul, malgré lui. Et il doit bien admettre que cela lui a procuré un certain adoucissement.

Alors va jusqu'au bout! Dis-lui qu'elle est maintenant une prostituée et…

Non. Pas question. Impossible.

Ferland croise une jambe, les yeux rétrécis.

— Dans vos rêves, votre inconscient mêle deux événements : le traumatisme de votre fille à dix ans et la fusillade de l'autre jour. Et le lien qui relie ces deux événements est la culpabilité.

— Je vous ai déjà dit que je me sentais pas si coupable de la fusillade! Pis je me sens pas si coupable de ce qui est arrivé à ma fille il y a dix ans non plus! C'est tout de même mon ex-femme qui conduisait le bateau, pas moi!

— Alors pourquoi votre inconscient mêle-t-il ces deux événements?

Pierre veut objecter quelque chose, puis renonce. Lui qui croyait que les psys servaient à déculpabiliser les gens, voilà que celui-ci fait exactement le contraire! D'ailleurs, Ferland lui dit tout cela avec distanciation, comme s'il était intéressé par son diagnostic mais pas du tout par la souffrance que cela engendre chez son client. Le psychologue reprend même son air enthousiasmé de tout à l'heure en poursuivant :

— Maintenant que je suis sûr que la culpabilité est la source de votre choc post-traumatique, la solution que j'ai trouvée pour le combattre ne m'apparaît que plus pertinente.

— Et c'est quoi, votre solution?

— Que ce soit vous qui enquêtiez sur la fusillade.

Pierre se dit qu'il a sûrement mal entendu, mais Ferland poursuit :

— C'est vous qui vous occupiez du cas de… quel est son nom, déjà, Diane Nadeau, c'est ça ?

— Oui.

— Eh bien, vous poursuivriez l'enquête sur Nadeau.

Pierre a donc bien entendu. Et pour la première fois depuis trois semaines, son visage s'éclaire. Ferland, qui n'a pas remarqué, explique :

— Je sais que cela peut sembler drastique comme moyen, mais je crois que si vous réussissez à élucider cette fusillade, vous cesserez de vous sentir coupable.

— C'est parfait ! approuve Pierre. Je suis bien d'accord ! J'ai toujours cru, moi, que le travail était le meilleur moyen pour…

— Je ne parle pas du travail, Pierre, je parle de cette enquête précise, le coupe Ferland avec gravité. Si on vous met sur un autre cas, ça ne donnera strictement rien. Mais peut-être que vous trouvez ma solution trop… trop difficile. Peut-être ne vous sentez-vous pas le courage de reprendre cette enquête. À vous de me le dire.

— Docteur…

— Je ne suis pas docteur.

— … c'est la chose dont j'ai le plus envie au monde.

Ferland hoche la tête et paraît si emballé que le policier se demande si le psychologue n'est pas plus comblé par cette solution que Pierre lui-même.

— Parfait. Je vais donc appeler votre supérieur et le convaincre de vous redonner l'enquête. Je lui expliquerai que cela fait partie de votre démarche thérapeutique.

Enfiévré, Pierre se lève et tend une main reconnaissante vers le psychologue :

— Je suis content de voir que tout s'est réglé rapidement !

— Ah, mais ce n'est pas terminé, rétorque Ferland sans prendre la main tendue. Vous allez continuer à venir me voir.

L'expression de Pierre est si déconfite que le psychologue, amusé, s'empresse d'expliquer : enquêter sur la tuerie est une solution, certes, mais on ne sait pas encore si cela aura les effets psychologiques escomptés. Il faut donc suivre l'évolution de Pierre durant l'enquête, pour vérifier s'il réagit bien ou non au « traitement ». Si les résultats se révèlent négatifs, il faudra envisager une autre solution. Pierre, revenu de sa déception, finit par reconnaître qu'il s'agit là d'une démarche avisée, même si, intérieurement, il est convaincu que ce « suivi psychologique » sera tout à fait superflu. De toute façon, Bernier n'acceptera sûrement pas de redonner l'enquête à Pierre s'il ne poursuit pas ses visites au psy.

— Une rencontre par semaine sera suffisante, estime Ferland. Vous me raconterez comment évolue l'enquête, comment vous vivez cette évolution, et moi, j'analyserai votre état afin de déterminer si le traitement est bénéfique ou non.

Il explique cela avec un sourire presque gamin, mais Pierre est trop réjoui pour le remarquer. Le prochain rendez-vous est pris pour la semaine suivante. Pierre tend à nouveau sa main au psychologue qui, cette fois, la serre.

— Merci, doct... heu, Frédéric ! Je dois vous avouer qu'au départ j'étais pas sûr de l'utilité de voir un psy, mais là... Merci !

— N'allons pas trop vite. Attendons de voir les résultats.

— J'ai ben confiance !

— Moi aussi, renchérit le psychologue, de nouveau souriant.

Deux minutes plus tard, dans sa voiture qui roule vers l'autoroute 20, Pierre donne une série de petits coups satisfaits sur son volant. Bernier qui pensait qu'il devait prendre congé ! Et Chloé ! Et les autres ! Ah ! Il le savait bien, lui, qu'il devait travailler ! Il se connaît ! Il est fait pour l'action, pas pour étaler ses états d'âme ! Même si, tout à l'heure, il a beaucoup parlé de Karine… Mais il le regrette déjà un peu, justement. Un moment d'abattement. Cela lui a fait du bien quelques minutes, mais ensuite ? À quoi bon ? Le constat, de toute façon, est implacable : échec dans son mariage, échec dans sa paternité… Mais pas au travail ! Comme flic, il a toujours excellé ! Pas surprenant qu'il aime tant son boulot ! Maintenant, il est sur le point de mener l'enquête la plus importante de sa carrière. Et il va la réussir, même s'il doit bosser comme un forcené. Quand on travaille, on ne se complaît pas dans les idées noires, on ne réfléchit pas sur plein de choses inutiles qui, de toute façon, s'avèrent tellement décevantes.

Désolé, Jacynthe. Désolé, Chloé. Et même…

Il serre le volant en se mordillant les lèvres, le visage triste.

… désolé, Karine.

Il va retrouver son boulot, son quotidien, son train-train.

Son monde. Où tout est tellement plus simple.

◆

Frédéric Ferland, debout devant la fenêtre, observe Pierre Sauvé monter dans sa voiture. Il suit même le véhicule des yeux jusqu'à ce que celui-ci tourne le coin de la rue.

Incroyable hasard… Tellement incroyable que ce serait idiot de ne pas en profiter. Ferland y a pensé durant les quatre dernières journées, puis il a pris sa décision.

Il marche vers son téléphone et compose un numéro. Tandis qu'il attend qu'on décroche, il examine la cicatrice blanche sur son poignet droit.

— Allô?

La voix qui répond est calme, un rien funèbre.

— Maxime? C'est Frédéric.

— Bonjour, Frédéric.

Silence. Même si les deux hommes se connaissent maintenant parfaitement et se rencontrent de temps à autre, il y a toujours une tension latente durant les premières secondes de leurs conversations, comme si l'un craignait que l'autre vienne briser l'insolite et fragile relation qu'ils entretiennent depuis quelques mois. C'est Maxime qui se lance en premier.

— Tu n'appelles pas pour annuler notre souper de demain, j'espère.

— Pas du tout. Je veux juste le confirmer. Et puis, j'ai une grande nouvelle: je pense avoir trouvé mon flambeau.

— Vraiment? C'est très bien, ça! Et en quoi consiste-t-il?

— Eh bien…

Ferland baisse les yeux vers son agenda, à la date de son prochain rendez-vous avec Sauvé.

— … j'aimerais mieux garder cela pour moi, si tu n'y vois pas d'inconvénient.

◆

Manifestement, le capitaine Gilles Bernier n'approuve pas l'idée. Il pianote des doigts sur son bureau en reluquant Pierre comme s'il cherchait à déceler un piège. Devant lui se tiennent Chloé et Gauthier. Ce dernier est un brin tendu. À leurs côtés, Pierre attend, les mains dans le dos, impassible. Bernier soupire, comme s'il abandonnait, et dit :

— OK, Pierre, tu reprends l'enquête avec Chloé.

Le principal intéressé ne dit rien, mais un éclair de jubilation traverse son regard. Gauthier, furieux, bondit presque sur le bureau de son supérieur. On ne peut pas lui enlever une enquête comme ça ! C'est lui qui l'a commencée ! Là-dessus, Bernier lui remet les pendules à l'heure : c'est Pierre et Chloé qui, au départ, travaillaient sur le cas Nadeau, et la fusillade de l'autre jour fait partie de ce cas. Si Bernier a voulu remplacer Pierre, c'est parce que ce dernier a été impliqué dans la fusillade et surtout parce qu'il avait besoin d'aide professionnelle. Mais si maintenant son psychologue lui-même recommande que Pierre reprenne l'enquête…

— T'es fier, là, j'imagine, hein ? maugrée Gauthier tout près du visage de son collègue détective.

Ce dernier le regarde avec aplomb et répond :

— Comme t'as pas idée.

Gauthier marche vers la porte et Bernier lui ordonne :

— Hé, reste encore un peu ! Il faut qu'on dresse le topo à Pierre !

— Chloé peut le faire ! rétorque Gauthier. Elle continue l'enquête, *elle* !

Il sort en refermant violemment la porte. Pierre, peu ému, se borne à dire :

— De toute façon, je suis meilleur détective que lui, et tu le sais.

Chloé a un petit tic agacé. La fatuité de Pierre est bien connue au poste de Drummondville. Les collègues ne s'en formalisent pas trop et souvent même s'en distraient, mais il lui arrive de dépasser les bornes. Comme en ce moment.

— La question est pas là ! réplique Bernier. La seule raison pourquoi je te remets sur le coup, c'est parce que ton psychologue m'a dit que ça faisait partie de ta… de ta « thérapie ». Pis je te préviens : si tu craques une seule fois, si t'as une seule crise d'angoisse, si je décèle le moindre signe chez toi qui risque de nuire à l'enquête, je te renvoie en congé.

— Tu voulais que je voie un psy et maintenant tu ne fais plus confiance à son jugement ?

Les doigts du capitaine tambourinent à nouveau sur le bureau.

— Avoue que c'est toi qui l'as convaincu de cette idée…

— Pas pantoute ! s'indigne Pierre.

Le capitaine passe une main sur son crâne rasé.

— Bon. Chloé va t'expliquer où en est l'enquête.

— On va aller dans mon bureau, propose la détective.

Pierre approuve et les deux enquêteurs sortent de la pièce. Ils traversent la salle principale en silence. D'ailleurs, Pierre n'a pas encore dit un mot à sa collègue depuis son arrivée au poste ce matin, ce qui chamboule complètement la jeune femme. Dans le bureau de cette dernière, cinq photos sont collées au mur et une série d'informations sont inscrites sous chacune d'elles. Après avoir refermé la porte, la détective se tourne vers Pierre :

— C'est… c'est vraiment une bonne idée, Pierre ?

— Veux-tu appeler mon psy et t'obstiner avec lui ? rétorque-t-il froidement.

Chloé soutient son regard.

— Tu es encore en colère après moi ?

— Ben non.

— Pourquoi tu me fuis, d'abord ?

— Je te fuis pas, je suis juste…

Il émet un petit sifflement et détourne la tête. Lui qui s'est toujours méfié de l'intimité entre collègues, voilà que Chloé sait des choses sur sa vie privée, des choses qu'il considère… qu'il trouve… Comme si la jeune femme avait lu dans ses pensées, elle murmure prudemment :

— On dirait que tu as honte.

— Oui, j'ai honte ! Criss, Chloé, ma fille est une…

Il se tait, les lèvres serrées, comme s'il regrettait d'avoir abordé le sujet. Mais sa collègue pousse la porte déjà entrebâillée :

— Tu peux pas avoir honte de ta fille, Pierre, c'est…

— Je veux pas en parler, coupe sèchement le détective en sortant son carnet et son crayon de son veston.

— Tu devrais l'appeler…

— Chloé !

Il la foudroie d'un regard qui fait comprendre à la policière qu'insister serait non seulement inutile mais risqué.

— OK, reprend-elle d'une voix tout à fait naturelle, sans amertume. Je te fais le topo.

Elle va se placer devant la première photo, celle de Diane Nadeau, et commence ses explications. Une recherche très approfondie a été menée sur Nadeau depuis la fusillade pour vérifier si elle n'était pas membre d'un gang quelconque. L'hypothèse est plutôt farfelue, mais comme son assassinat ressemble beaucoup à un règlement de comptes, il faut tout envisager. Mais rien n'a été trouvé.

— Les quelques personnes que fréquentait Nadeau sont très sages, comme on l'avait déjà remarqué, résume Chloé. Leur activité la plus répréhensible est de magasiner au Wal-Mart.

Pierre lève les yeux de son calepin, désorienté.

— Je magasine, moi, au Wal-Mart...

Chloé esquisse un petit sourire avant de poursuivre ses explications : malgré les apparences, le règlement de comptes entre gangs semble donc bien peu probable. Pourtant, il est clair qu'on a envoyé un commando suicide pour tuer Nadeau, donc il faut qu'elle ait fait quelque chose... mais quoi ?

— Maintenant, voici ce qu'on a découvert sur les quatre membres du commando...

Elle s'approche de la photo du membre numéro un : Louis Robitaille, un homme de cinquante-quatre ans au visage tourmenté, au regard intense, le visage encadré de longs cheveux gris. Artiste-peintre habitant Ville-Marie, une petite ville du Témiscamingue, il a acquis une modeste notoriété dans la région mais faisait plein de petits boulots au noir pour joindre les deux bouts. Divorcé depuis dix ans, sans petite amie connue. Il avait trois enfants, tous adolescents, qu'il voyait de temps en temps. D'après ceux-ci, leur père était un homme frustré car il n'arrivait pas à vivre de son art. Ses amis en dressent le même portrait, mais ajoutent que Robitaille était tout de même un bon vivant qui aimait bien faire la fête. Même s'il n'avait pas un sou, il était très généreux, ce qui rendait sa situation encore plus précaire. Il piquait parfois de spectaculaires crises de rage contre la culture québécoise qui était contrôlée, selon lui, par les bourgeois et les bien-pensants. Une semaine avant la fusillade, il a donné la presque totalité de ses tableaux à des amis, sans leur demander un sou.

— Comme s'il savait qu'il allait mourir, précise Chloé.

Pierre n'arrête pas d'écrire dans son calepin, le visage concentré, silencieux.

Robitaille avait un casier judiciaire, mais rien de sérieux : une bagarre dans un bar il y a trois ans, durant laquelle il avait cassé le bras d'un gars. Ses amis ont confirmé que Robitaille était soupe au lait.

— Voici quelques reproductions miniaturisées de ses peintures, fait Chloé en indiquant de petites affiches collées au mur.

Pierre s'approche : enchevêtrement de motifs, éclats de couleurs, coups de pinceaux écrasés, urgence dans le ton et l'atmosphère.

— Ça représente quoi, au juste ?

— C'est de l'abstrait, explique Chloé en observant les peintures avec tristesse. En tout cas, c'est violent et très chaotique. On y sent une grande souffrance, tu ne trouves pas ?

Pierre hausse les épaules.

Chloé désigne la photo du membre numéro deux, seule femme du commando : Siu Liang, une jeune et jolie Asiatique de vingt-neuf ans aux cheveux d'ébène longs jusqu'aux épaules. Ses parents sont arrivés au Québec alors qu'elle avait six ans et elle n'a jamais quitté Montréal depuis. Dentiste, sans enfant et redevenue célibataire il y a deux ans. Vie normale, beaucoup d'amies. C'était une fille extravertie mais qui tombait facilement dans la déprime. D'ailleurs, elle prenait des antidépresseurs. Son patron affirme qu'elle était compétente et de bonne compagnie. Son ex-conjoint dit qu'il l'a quittée parce qu'il en avait assez de son manque de confiance en elle et en la vie en général, et surtout de son obsession pour l'argent. Personne ne l'a vue durant la semaine précédant la tuerie. Aucun casier judiciaire.

Photo du troisième membre : Richard Proulx, un adolescent de dix-neuf ans au visage ravagé par l'acné, les cheveux blonds courts, la lèvre inférieure transpercée d'un anneau et le regard vacant. Résidant à Roberval, au Lac-Saint-Jean, il travaillait dans une usine de carton, habitait chez ses parents et avait une petite amie âgée de seulement quinze ans, ce qui était la cause de beaucoup de disputes entre sa mère et lui. Quand il ne travaillait pas, il sortait avec ses amis et buvait dans les bars jusqu'aux petites heures. On l'avait pincé six fois à faire du vol à l'étalage et, à seize ans, il avait même volé une voiture, évitant de justesse la prison grâce à son jeune âge. Taciturne et peu éduqué, il n'avait aucune curiosité intellectuelle sauf pour l'astronomie, ce qui lui attirait les quolibets de ses amis. Sa copine a même avoué qu'il la battait parfois quand il avait trop bu. Lui non plus, durant la semaine précédant la tuerie, n'a été vu de personne, sauf évidemment de ses parents qui ont affirmé qu'il était plus renfermé que jamais.

— Il a pris l'autobus pour Montréal la veille de la fusillade, sans prévenir personne, mais il a laissé ce message sur son lit, précise Chloé en montrant un papier sur le mur.

Pierre délaisse un instant son carnet pour s'approcher du message et lit l'unique phrase écrite d'une graphie laborieuse : « *My God, it's full of stars !* »

— Une phrase du roman *2001 : l'odyssée de l'espace,* explique Chloé. Un classique de la science-fiction que Proulx vénérait.

Enfin, quatrième membre : Philippe Lacharité, quarante-deux ans, visage quelconque, cheveux courts bien peignés sur le côté, rasage impeccable, lunettes sans style. Fonctionnaire depuis douze ans, il vit à Touraine, tout près de Gatineau, avec sa femme et leur fille de huit ans. Homme tranquille, introverti, il partageait tout son temps entre le boulot et la maison, sauf le mercredi où il se rendait avec d'autres collègues à un cinq à sept qui se terminait en fait à dix heures du soir. On a découvert que le cinq à sept en question était suivi d'une visite chez une maîtresse avec qui il entretenait une liaison hebdomadaire depuis deux ans. D'après cette femme, il s'agissait d'une relation morne, qui servait surtout à déjouer leur ennui mutuel. La conjointe de Lacharité a avoué qu'elle se doutait bien de la double vie de son mari, mais elle s'était faite à l'idée, elle-même rencontrant de temps à autre un amant occasionnel de dix ans son cadet. Bref, un mari sans éclat, un père de famille coincé, un collègue de travail anonyme. Tout comme Liang, il prenait des antidépresseurs. Aucun casier judiciaire.

— Sa femme confirme que durant la semaine qui a précédé la fusillade, il a été plus taciturne que jamais.

Chloé fait quelques pas et résume la situation : quatre individus, trois hommes et une femme, de milieux sociaux différents, de conditions différentes, habitant dans quatre régions éloignées les unes des autres. En apparence, ils ne se connaissaient pas et n'avaient aucun ami en commun. Le dimanche 18 juin, la veille de la tuerie, Proulx (qui, selon ses parents, n'était sorti du Saguenay que deux fois) et Robitaille ont pris l'autocar jusqu'à Montréal sans prévenir personne et ont loué chacun une chambre pour la nuit, Proulx dans un Days Inn et Robitaille dans un Best Western (la détective montre les deux cartes d'inscription des hôtels). Le lendemain matin très tôt, Lacharité a annoncé à sa femme qu'il avait une réunion à Montréal et est parti avec sa voiture. Ils se sont rencontrés tous les quatre à Montréal dans une usine désaffectée : la voiture de Lacharité a été retrouvée abandonnée dans le parc industriel de l'arrondissement Saint-Laurent. Les armes devaient les attendre sur place, apportées par le fournisseur. Puis, avec la voiture décapotable de Liang, ils se sont rendus à Drummondville pour faire leur sale boulot.

— Aucun point commun entre eux, conclut Chloé, sauf que, de toute évidence, tous menaient des vies pas très satisfaisantes.

Pierre écrit encore quelques secondes, puis s'approche des photos.

— On a rien trouvé chez eux qui pourrait nous éclairer plus ?

— Je te l'ai dit l'autre jour : ils ont tout détruit avant de se rejoindre à Montréal.

Pierre se souvient, effectivement. Ses yeux se portent sur la photo de Nadeau et il pointe le doigt vers elle :

— Même elle ?

— Non, effectivement. Tu te souviens qu'on avait très peu fouillé chez Nadeau puisque le cas nous semblait clair : crime passionnel suivi d'une tentative de suicide. Mais la fusillade a changé la donne, évidemment, alors nous sommes retournés perquisitionner chez elle, Gauthier et moi. Franchement, on n'a rien trouvé d'intéressant. Le seul élément qui pourrait peut-être nous donner une piste est ceci…

Elle prend sur son bureau un mini-calendrier sur support de l'année 2006, du genre que l'on dépose sur son bureau ou son comptoir.

— Il était sur une étagère, parmi plein de paperasse non intéressante, dit-elle en le tendant à son collègue.

Pierre l'examine en tournant les petites pages représentant chacune un mois de l'année. Il n'y a

presque rien d'inscrit dans les carrés des dates, sauf
quelques rares rappels liés au travail de Nadeau, du
genre : «Fin trimestre job» ou «réunion dép.».

— Il y a quatre dates qui pourraient peut-être nous
apprendre quelque chose, explique Chloé. La première est le 7 février.

Pierre tourne les pages jusqu'au mois concerné.
Dans le carré du sept, il est inscrit au stylo : *Invita
Vic 3447 Newton 20 : 00*, avec un gros point d'inter-
rogation à côté.

— Le point d'interrogation semble indiquer que
Nadeau n'était pas sûre d'accepter une invitation
avec un certain Vic. Mais finalement, elle a dû y
aller puisque ce Vic revient à trois autres dates : le
23 février, le 11 mars et le 27 mars. Donc, à des intervalles de seize jours.

Pierre se rend à chacune des dates sur le petit
calendrier. Dans les deux premiers carrés apparaît
uniquement le mot *Vic*, sans point d'interrogation ;
mais à la dernière date, le 27 mars, il est inscrit
ceci : *Vic – 21 : 00 – déluge*.

— On a trouvé qui est ce Vic ? demande le détective.

— Non. Aucun Vic dans l'entourage de Nadeau ni
à son travail. Ni de Victor, de Vicky, de Victoria. Ni
même de vicaire.

Elle sourit de sa blague. Pierre ne relève pas et,
revenant à la première date, relit à haute voix :

— 3447, Newton… C'est une rue proche du
centre-ville, non ?

— Oui. On est allés au 3447. C'est un dépanneur.

— Un dépanneur ?

— Eh oui. On a demandé au proprio, un certain
Pepin, s'il n'avait pas un employé ou une employée
qui s'appelle Vic ou qui porte ce surnom. On lui a

aussi demandé s'il connaissait Diane Nadeau. Il nous a répondu non dans les deux cas. On a posé les mêmes questions à tous ses employés. Même réponse. Sauf pour un employé qui connaît un Vic, mais celui-ci habite à Sherbrooke et ne vient jamais à Drummondville. On est quand même allés le rencontrer, mais ça n'a mené à rien.

— Alors, quoi ? Nadeau et ce mystérieux Vic avaient comme lieu de rendez-vous ce dépanneur ? Ensuite, ils se rendaient ailleurs ?

— Peut-être qu'ils ne se sont rencontrés dans ce dépanneur que le premier soir : aux autres dates, il n'y a plus d'adresse. Mais s'ils se donnaient rendez-vous à cet endroit chaque fois, ce n'était pas nécessaire non plus de réécrire le lieu. Bref, on ne sait pas.

Pierre réexamine les dates sur le calendrier, en particulier celle du 27 mars.

— L'heure a changé, ici. Et ce mot, « déluge », ça veut dire quoi ?

Chloé secoue la tête.

— On patauge, je te l'ai dit ! En plus, il est très probable que ces adresses et ce Vic n'aient absolument rien à voir avec la fusillade.

— C'est vrai.

Pierre remet le calendrier à sa collègue et retourne examiner le mur recouvert de photos et d'informations.

— Le scénario le plus vraisemblable demeure tout de même le règlement de comptes entre membres de gangs criminels, propose Chloé en s'assoyant sur le coin de son bureau. Ça expliquerait la présence de ces mitraillettes. Ça expliquerait surtout l'espèce d'appel qu'a lancé Nadeau devant la caméra de télévision. Tu te souviens lorsqu'elle a crié : « J'en peux plus, vous m'entendez ? Je pourrai plus tenir longtemps ! » ou quelque chose du genre ? Comme si elle prévenait les membres de son gang qu'elle allait parler. D'ailleurs, elle t'avait dit qu'elle voulait te confier des choses en arrivant à Tanguay. On aurait donc envoyé un commando pour l'éliminer, un commando formé de kamikazes qui savaient très bien qu'ils allaient mourir durant cette mission, aussi conditionnés que des terroristes palestiniens.

Pierre tourne un visage dubitatif vers la détective.

— Tu trouves vraiment que cette hypothèse tient debout, Chloé? (Il indique les photos de la main.) Tu trouves que ces gens ont le profil de membres de gangs criminels? d'agents kamikazes?

— On a envoyé tout ce qu'on sait sur eux à la GRC. Ils nous ont dit qu'il y a plus de criminels qu'on le croit qui ont des doubles vies extrêmement bien camouflées.

Pierre demeure sceptique.

— La GRC a dit qu'elle ferait aussi des recherches, ajoute Chloé.

— On peut se débrouiller seuls, rétorque Pierre.

— De toute façon, ils nous ont dit qu'ils n'ont jamais vu une histoire comme ça. Ils n'y comprennent rien non plus.

Pierre regarde toujours les photos… et, l'instant d'un flash, il voit le corps de Rivard, couvert de balles, qui tend une main implorante vers lui… puis, une vive douleur à son épaule, comme si la balle lui traversait le bras une seconde fois… le sang… les cris… Le détective défaille une seconde et cligne plusieurs fois des yeux avant de réaliser qu'il est dans le bureau de Chloé. Cette dernière, qui a remarqué la déficience de son collègue, fronce un sourcil, mais Pierre s'empresse de demander:

— Vous avez prévenu Postes Canada de nous envoyer tout courrier qui leur serait destiné?

— Voyons, Pierre, on n'est pas des amateurs…

Le policier continue d'observer les informations sur le mur tout en caressant sa moustache. Même si elle a peu travaillé avec Pierre, Chloé connaît ce geste : il signifie que le détective réfléchit, complètement absorbé. Un sourire se dessine sur les lèvres de la jeune femme et elle laisse échapper :

— En tout cas, je suis contente qu'on retravaille ensemble.

Mais Pierre, qui effleure toujours sa moustache du bout des doigts, ne l'entend même pas. Le sourire de Chloé s'élargit davantage.

◆

Nadine, l'une des participantes de l'émission, se confie à Marianne, toutes deux assises sur le lit de cette dernière.

— Il me disait que c'est moi qu'il préférait, pleurniche Nadine en s'efforçant de ne pas faire trop couler son maquillage. Mais il arrête pas de *cruiser* Amélie, je le vois ben ! Il la fait rire, il la touche tout le temps ! Il fait même semblant que son acteur préféré est Colin Farrell, mais c'est juste pour lui plaire ! En réalité, c'est Seann William Scott, le même que moi ! Je le sais, il me l'a dit !

Du fond de son divan, Pierre hoche la tête. Comment a-t-elle pu ne pas voir le jeu de Sébastien ? C'était pourtant tellement évident ! Ah, les filles…

Oui, les filles… surtout celles de vingt ans qui cachent des choses à leur père…

Pierre se passe une main sur le visage. Peut-il s'écouler ne serait-ce qu'une heure sans qu'il pense à *ça* ?

— Écoute, oublie Sébastien, c'est un écœurant, fait Marianne. Tiens, pour te remonter le moral, je vais te prêter ma blouse bleue que t'aimes tellement, tu la mettras ce soir…

— Ah, t'es fine, Marianne !

Et Nadine prend la jeune fille dans ses bras

Chez Pierre, le téléphone sonne. Le policier sait aussitôt qui appelle. Alors il ne bouge pas, surveille avec méfiance le téléphone accroché au mur comme s'il s'attendait à ce que l'appareil lui saute au visage. Deuxième sonnerie. Et si c'est pour l'enquête ? Il verra bien quand le répondeur se déclenchera. Après la troisième sonnerie, la voix enregistrée de Pierre annonce qu'il est absent, puis, après le « beep » sonore, une voix familière se fait entendre :

— Allô, p'pa… Heu… Je pense que… Faudrait qu'on se parle, hein ? Qu'est-ce t'en penses ?

Le visage de Pierre se durcit. La voix de Karine se veut assurée, un rien effrontée, comme pour donner l'impression que toute cette histoire, au fond, n'est pas vraiment dramatique… mais dans son ton, on décèle les accents de son trouble.

— Rappelle-moi donc quand t'auras deux minutes… Ben, je veux dire… Rappelle-moi, en tout cas, OK ?

Le détective entend une partie de son cerveau ordonner à son corps de se lever pour aller répondre, mais l'autre partie, celle qui est en colère, celle qui ne comprend pas, envoie un contre-ordre au même moment. Et Karine répète, en insistant sur ces mots avec gravité :

— Faut qu'on se parle.

Elle raccroche. Pierre réalise alors qu'il n'a pas respiré durant tout le message de sa fille. Il ouvre la bouche et prend une grande inspiration bruyante. Peu à peu, les voix en provenance de la télévision parviennent jusqu'à son cerveau.

— À mon avis, Marianne fait l'hypocrite, explique l'un des «analystes» de l'émission, au teint si bronzé qu'il en est orange. Il faut se rappeler qu'elle-même a un œil sur Sébastien. Peut-être même qu'ils ont déjà…

Et il a un petit geste convenu, qui déclenche le rire de l'autre analyste, une sexologue qui louche toujours vers le moniteur pour s'assurer que ses cheveux ne sont pas déplacés.

— Hmmm, les prochaines semaines promettent donc d'être émoustillantes! commente l'animatrice avec un sourire dénué de toute conviction.

Pierre a beau se concentrer sur l'émission, l'écho du message de Karine ne cesse de rouler dans son esprit.

◆

— Tu lis quoi? demande Chloé en entrant dans le bureau de son collègue.

Assis derrière son bureau, Pierre lui montre ce qu'il tient entre les mains : le petit calendrier de Nadeau.

— Ce dépanneur de la rue Newton comme lieu de rendez-vous me rentre pas dans la tête, explique-t-il. Et ce mot à la quatrième date, *déluge*…

— Je te l'ai dit hier: peut-être que tout ça n'a rien à voir avec notre enquête.

— Je sais, concède Pierre en rejetant le calendrier sur son bureau.

L'air fatigué, il masse son visage des deux mains. Chloé prend un air préoccupé.

— Je suis contente de travailler avec toi, mais… en même temps, je ne peux pas m'empêcher de me demander si ton retour au boulot est une bonne idée.

Pierre laisse retomber ses mains, ennuyé. Chloé s'assoit de l'autre côté du bureau :

— Comment peux-tu te sortir de ton traumatisme si tu travailles sur le cas qui a justement causé ce traumatisme ? Je sais que c'est une idée de ton psychologue mais… Toi-même, tu le trouvais bizarre après ta première rencontre, peut-être que ses compétences sont… heu…

— Pis moi, je te dis que ça marche ! la coupe Pierre avec humeur.

— Tu en rêves encore ?

Il recule la tête. Oui, il en rêve toujours. Et au cours des dernières nuits est apparue une variante de taille, assez épouvantable : il continue à voir Rivard se faire déchiqueter par les balles, il continue à chercher son pistolet, il tient toujours le dernier message de Jacynthe entre ses mains, mais à la fin, la présence de Karine dans le fourgon s'est précisée, au point que maintenant elle est en sous-vêtements et tient entre ses doigts un immonde vibrateur. Tandis que les assassins, tout en brandissant leurs armes vers elle, sifflent vulgairement d'admiration, elle tourne un visage outrageusement maquillé vers son père et lui lance le plus triste et le plus accusateur des regards. Il se réveille chaque fois lorsque les mitraillettes se remettent à tirer.

Bon Dieu ! d'abord la fusillade, ensuite cette affreuse découverte sur sa fille… Avait-il besoin de cela *en plus ?*

— Tu en rêves encore ? répète Chloé.

— Presque plus, ment-il. Pis les rêves sont moins pires.

Chloé n'a pas l'air dupe. Pierre se lève et se met à arpenter le petit local.

— Écoute, Chloé, je me sens déborder d'adrénaline ! Jamais j'ai voulu autant régler une affaire que celle-là ! Si je me retenais pas, je fouillerais toutes les rues Newton de la Terre ! Si je…

Il se tait, comme frappé par une idée. Il marmonne à sa collègue :

— On est vraiment cons…

◆

Les doigts du sergent Boudreault dansent sur son clavier depuis deux minutes, sous l'œil de Pierre et de Chloé qui se tiennent derrière et attendent. Enfin, une courte liste apparaît sur l'écran.

— Voilà, explique Boudreault en s'écartant. Il y a neuf villes ou villages au Québec qui ont une rue Newton. Mais seulement quatre qui ont le numéro 3447.

Les deux détectives examinent les villes en question : Drummondville, Amos, Québec et Victoriaville.

— Vic, c'était pas quelqu'un, marmonne Pierre. C'était une ville.

Chloé relève la tête, piquée :

— Ce n'était pas évident à deviner ! D'habitude, quand les gens parlent de Victoriaville, ils disent *Victo*, pas *Vic* !

Pierre lui lance un petit clin d'œil narquois, regarde sa montre et annonce à sa collègue :

— Parfait. On s'en va à Victo.

◆

Le 3447 est une salle communautaire située tout au bout de la rue Newton, entourée de terrains vagues. Au loin, à environ trois cents mètres, on peut voir deux petites entreprises, ouvertes seulement durant les heures de bureau. Pierre et Chloé font quelques pas vers la salle, s'arrêtent et regardent les alentours. Le ciel est couvert, mais la chaleur est suffocante, ce qui n'empêche pas Pierre, fidèle à son habitude, de porter chemise à manches longues et veston.

— Et cette compagnie, Wizz-Art…, demande-t-il, elle fait quoi ?

Derrière lui, un homme d'une quarantaine d'années, habillé en complet-cravate, se tient près de la voiture de Pierre, un attaché-case dans la main droite. Il se met en marche vers les policiers tout en consultant une feuille de papier.

— De l'infographie. Leurs formateurs voulaient louer la salle pour une réunion d'employés pour leur présenter un nouveau logiciel, ou quelque chose du genre…

— Et ils ont loué la salle les 7 et 23 février derniers, de même que le 11 mars, c'est ça ? poursuit Pierre comme pour lui-même.

— Oui.

— Mais pas le 27 mars ? demande Chloé.

— Non. Le 27 mars, comme je vous l'ai dit, la salle a été louée par le groupe Impec, qui se spécialise dans la… heu… (il consulte sa feuille) dans la fiscalité.

Pierre approuve. Cinq minutes plus tôt, il a appelé Boudreault, à Drummondville, pour qu'il fasse des recherches sur ces deux compagnies. Il attend son rappel d'ici quelques minutes.

— Vous nous faites voir l'intérieur, monsieur Lefebvre ? demande poliment Chloé.

Lefebvre range la feuille dans son attaché-case et, tout en marchant vers l'entrée, fouille dans son veston à la recherche de ses clés.

— Ça doit être passionnant, ça, être policier ? demande-t-il en déverrouillant la porte.

— Oui, assez, répond Chloé en souriant.

— Est-ce que vous avez déjà… heu… tiré sur quelqu'un ?

La détective paraît tout à coup lasse, comme si elle en avait assez de ce genre de questions.

— Non, jamais…

Le bureaucrate paraît un brin déçu et se tourne vers Pierre, comme s'il espérait une réponse plus intéressante de sa part. Mais devant l'air fermé du détective, il s'empresse d'ouvrir la porte.

À l'intérieur, ils montent quelques marches, puis se retrouvent au centre d'un couloir qui s'étire de droite à gauche. Lefebvre marche vers une autre porte et la déverrouille aussi en expliquant :

— La salle proprement dite est de l'autre côté. Aux extrémités du couloir, il y a deux bureaux qui ne servent à peu près jamais, une petite cuisine et les toilettes.

Ils entrent dans la salle, immense pièce très haute avec une scène à l'avant et des dizaines de chaises et de tables empilées le long des murs, le tout éclairé par de nombreux néons.

— Vous louez souvent cette salle à des entreprises ? demande Chloé en montant sur la scène pour l'examiner de plus près.

— Assez, oui. On la loue aussi pour des mariages ou des fêtes de famille. C'est ici, par exemple, que les scouts et le club optimiste tiennent leurs rencontres.

Pierre s'approche des chaises empilées.

— La seule condition, c'est que les locataires doivent laisser la salle en ordre lorsqu'ils partent, poursuit Lefebvre, toujours près de la porte. Et s'ils apportent de l'alcool, ils doivent avoir un permis.

Chloé redescend de la scène et se dirige lentement vers le centre de la salle en examinant le plancher. Le bureaucrate piétine sur place.

— Qu'est-ce que vous cherchez, au juste?

Il est interrompu par la sonnerie du cellulaire de Pierre. Le policier écoute pendant quelques secondes, puis hoche la tête d'un air entendu, les yeux plissés. Quand il coupe la communication, c'est sans surprise qu'il lance à sa collègue:

— Wizz-Art et Impec existent pas.

— Comment, ça n'existe pas? bredouille le fonctionnaire en avançant de quelques pas. Ils nous ont payés, les chèques ont passé!

— Peut-être, mais ces compagnies n'ont pas d'existence officielle.

Chloé, peu impressionnée, s'est remise à examiner le plancher.

— On les a appelées une semaine avant leurs réunions pour confirmer les dates! insiste Lefebvre. Je vous ai même donné les numéros de téléphone, tout à l'heure!

— Maintenant, ces numéros sont hors service, rétorque Pierre sans se démonter. Sûrement des numéros de cellulaires qui ont été détruits depuis.

Lefebvre passe une main sur son front moite, comprenant qu'il a peut-être loué la salle à des criminels.

— Viens donc voir ça, fait alors Chloé en fixant le sol.

Pierre va la rejoindre. Quelques petites taches brunâtres peu visibles, comme délavées, parsèment le plancher de bois, semblables à des éclaboussures qui auraient aspergé le sol sur une distance d'environ quarante centimètres. Le fonctionnaire s'approche à son tour avec prudence, comme s'il s'attendait à trouver quelque chose d'épouvantable. En voyant la cause de toute cette curiosité, il a une expression de soulagement.

— Oui, évidemment, même avec la meilleure volonté, certains locataires font parfois de menues gaffes. Ce qui est le cas de Impec… enfin, de ceux qui se faisaient appeler Impec…

— Comment vous savez que ce sont eux les responsables?

— Les gens de l'entretien nous ont dit que le 27 mars au matin, ces taches n'existaient pas, et que le lendemain elles y étaient. Nos employés affirment avoir tout fait pour les faire partir, mais sans succès. On a songé à rappeler Impec, mais bon, j'ai laissé tomber puisque je savais déjà qu'on allait changer les planchers en septembre prochain.

Il émet un rire bref, comme pour se convaincre qu'il n'y a rien de grave dans tout cela.

— D'ailleurs, ça paraît très peu. C'est probablement du vin ou quelque chose du genre. Ils n'avaient pas de permis d'alcool, mais parfois les gens trichent. Et comme on n'est pas là pour surveiller…

Il semble soudain se rappeler qu'Impec n'est pas une vraie compagnie et demande:

— C'est *sûrement* du vin, n'est-ce pas?

Pierre, qui s'est penché aussi sur les taches brunes, les examine encore un moment, puis se relève en disant à sa collègue:

— On va dire aux gars du labo de venir analyser ça.

— Voyons, balbutie le fonctionnaire, vous pensez quand même pas que c'est…

Il n'ose même pas compléter. Très pâle, il marche vers une chaise qui traîne et s'assoit dessus, tenant son attaché-case sur ses genoux.

— Les gars du labo pourraient aussi fouiller le reste de la salle, propose la policière. Pour voir s'il y a des empreintes ou…

— Depuis mars dernier, il doit y avoir des centaines d'autres personnes qui ont passé par cette salle. On trouvera rien d'autre.

Chloé fait quelques pas, regarde autour d'elle d'un air songeur, puis demande à Pierre :

— Qu'est-ce que Diane Nadeau est venue faire ici, ces quatre soirs ?

Pierre, pour toute réponse, observe à nouveau les petites taches à moitié effacées sur le plancher.

◆

Durant les jours suivant la découverte de la salle à Victoriaville, aucun nouvel élément ne vient faire progresser l'enquête. Pierre, qui tenait à interroger lui-même l'entourage des quatre membres du commando suicide, s'est rendu à Montréal, Touraine, Roberval et Ville-Marie (cette dernière ville étant si loin qu'il a loué une chambre d'hôtel sur place). Il voulait savoir, entre autres, s'il était possible que les tueurs se soient aussi rendus aux mystérieuses réunions à Victoriaville. Mais dans le cas de Lacharité et de Proulx, il y avait de solides alibis pour la plupart des quatre dates. Victoriaville ne semblait donc pas leur lieu de rendez-vous. Alors qu'était donc allée y faire Nadeau ? Wizz-Art et Impec sont sûrement le lien. Nadeau et les quatre membres du commando avaient sans doute des liens avec ces compagnies fantômes.

— Mais on sait qu'ils n'ont pas pu tous se rencontrer à Victoriaville ! fait remarquer Chloé.

— Peut-être, mais ça empêche pas qu'ils faisaient peut-être partie d'un gang qui se cachait sous le nom de Wizz-Art ou Impec. Il faut trouver des traces de ces deux fausses compagnies.

Le samedi après-midi, Karine laisse un autre message sur le répondeur de son père. D'une voix qui se veut distante mais teintée de tristesse, elle répète qu'ils doivent se parler mais, encore une fois, Pierre ne rappelle pas. Ce même soir, Chloé l'invite à aller prendre un verre. Il refuse poliment et passe la soirée à broyer du noir, imaginant des dizaines d'hommes entrer chez sa fille, tous avec un regard lubrique et l'écume aux lèvres.

Le lundi, il se rend à son rendez-vous à Saint-Bruno. Ferland le reçoit de fort bonne humeur, en parfait contraste avec l'attitude réservée et froide qu'il affichait lorsqu'il a accueilli le policier dans son bureau, onze jours plus tôt.

— Vous avez pas idée à quel point ça me fait du bien de travailler sur cette affaire ! explique Pierre au psychologue assis devant lui. J'ai vraiment l'impression d'avoir un certain contrôle sur les événements, c'est tellement soulageant !

Ferland, les jambes croisées, hoche la tête et demande tout naturellement :

— Racontez-moi donc le déroulement de l'enquête.

Pierre est pris au dépourvu. Ferland explique :

— Si je veux mesurer les effets de cette enquête sur vous, si je veux m'assurer qu'elle vous aide vraiment et non pas qu'elle vous nuit, je dois savoir comment vous la traitez. Juste votre façon de me la raconter me donnera des indications sur votre état.

— Mais les enquêtes sont confidentielles…

Ferland sourit.

— Les psychologues sont comme les curés, Pierre. Ils sont tenus au secret professionnel.

Tranquillisé, le détective résume toute l'affaire à Ferland ou, du moins, le peu de progrès accompli. Lorsqu'il raconte la découverte de la salle communautaire à Victoriaville, Ferland se penche en avant, redoublant d'attention. À la fin, le policier lève les bras :

— Voilà. Comme vous voyez, c'est vraiment un cas… un cas assez incompréhensible.

— Effectivement, c'est tout à fait fascinant… Et vous en concluez quoi ?

— Si Nadeau faisait effectivement partie d'un gang criminel, on dirait que c'est dans cette salle que les membres se rencontraient. D'ailleurs, les taches sur le plancher sont bien du sang. On a aussi vérifié les autres groupes qui ont loué la salle durant l'année, mais ils sont tous *clean*. Il y a juste ces quatre dates qui sont… louches. Pour être franc avec vous, depuis la découverte de cette salle, on piétine pas mal.

Pierre remarque enfin l'air captivé du psychologue, comme si Ferland était plus intéressé par l'enquête proprement dite que par les effets de celle-ci sur le policier. Mais Ferland n'a-t-il pas avoué à Pierre, l'autre jour, que le travail de détective l'attirait et qu'il aurait même aimé exercer ce métier ? Comme pour rassurer le policier, Ferland lui dit :

— Vous semblez vous en tirer très bien, Pierre. Avez-vous vécu des moments plus difficiles ?

Pierre dit qu'il rêve encore toutes les nuits au massacre, mais se garde bien de parler de la présence accusatrice de sa fille dans le fourgon, vibrateur à la main.

— Les rêves risquent de se poursuivre quelque temps, c'est normal, fait le psychologue d'un air désintéressé. Autre chose ?

Après un balancement, le policier avoue qu'il a eu deux ou trois moments plus difficiles. Par exemple, lorsqu'il a nettoyé son Glock, il a ressenti une furtive défaillance, la tête envahie de déflagrations et de cris.

Il a même dû sortir dehors en vitesse pour mieux respirer. Mais ces quelques défaillances ont toujours été discrètes et de courte durée. Et les envies de pleurer ont disparu.

— Ces petits moments d'angoisse m'apparaissent assez normaux aussi, dit le psychologue. Ce qu'il faut savoir, c'est si ces défaillances vous empêchent de travailler ou obscurcissent votre jugement.

— Non, pas du tout. En tout cas, je pense pas.

— Parfait. Rien d'autre ?

Pierre, assis bien droit, frotte lentement et inconsciemment ses deux cuisses. Bien sûr qu'il y a autre chose : Karine. Mais encore une fois, comme lors de sa dernière visite à Ferland, il décide de ne pas en parler. Qu'est-ce que ça donnerait ? En plus, cela n'a rien à voir avec les raisons de sa présence ici. Il réalise tout à coup que le frottement sur ses cuisses a pris une ampleur quelque peu exagérée et il s'oblige à stopper ses mains.

— Non, rien d'autre.

Ferland, qui a remarqué sa nervosité, l'observe un moment puis décide de passer outre :

— C'est très intéressant et cela prend l'allure que je souhaitais : la fusillade vous obsède autant qu'avant, mais pour des raisons différentes. Il y a eu un transfert positif : votre traumatisme s'est transformé en défi. C'est très bien. Mais comme des rechutes sont possibles, je ne veux pas vous lâcher.

Ils se donnent donc rendez-vous pour la semaine suivante et Pierre, en donnant la main à Ferland, remarque encore une fois à quel point le psychologue semble passionné par son cas. Vraiment un drôle de type…

Mais tout à fait efficace, force est de le reconnaître.

◆

Le sixième jour après la visite à Victoriaville, Pierre est convoqué au bureau de Bernier, où l'attend déjà Chloé.

— J'ai ici le courrier qu'a reçu Nadeau ce matin, explique le capitaine. Et cette fois, il y a une lettre personnelle.

Il désigne trois enveloppes sur son bureau : un compte d'Hydro, une offre de rabais d'une compagnie de nettoyage de tapis… et une enveloppe blanche, adressée à Diane Nadeau. Pierre l'ouvre et en sort une simple feuille lignée, qui fait environ la moitié d'une page de format lettre. Le policier la lit à haute voix :

« Salut, Didi… Eh oui, je fais un petit bond-surprise au Québec, mais je dois repartir dans deux semaines. J'ai appelé mais tu ne réponds pas. Alors comme tu aimes le côté romantique et mystérieux des lettres… Appelle-moi si tu as envie de l'une de nos rencontres secrètes et éclairs. Ça fait un bail, non ? Tu en profiteras pour me dire si tu vas mieux. Au fait, as-tu réussi à te qualifier pour cette émission, comment ça s'appelle… Vivre au Max ? Tu y tenais tellement ! Allez, appelle-moi ou, mieux, viens me voir sans prévenir ! Ça me donnera de l'énergie pour mes quatre prochains mois en Europe ! Je loge au même endroit que d'habitude et je t'attends… » Et c'est signé : *« Ton Gros Loup. »*

— Gros Loup ! commente Bernier. Joli, comme petit nom d'amour…

Pierre le dévisage, comme s'il se demandait si son supérieur était sérieux ou non.

— Manifestement, Gros Loup ne sait pas que sa Didi a tué quatre personnes et qu'elle s'est fait assassiner à son tour, remarque Chloé. On lui rend visite ?

— Ça va être difficile, répond Pierre. Il a pas inscrit son adresse sur la lettre. Il est sûrement dans un hôtel, mais comme l'oblitération indique que la lettre a été postée de Montréal, ça nous laisse un choix presque infini…

— On dirait une sorte d'amant secret, qui est souvent à l'étranger, lance Bernier, le ton rêveur.

Pierre approuve en silence tout en examinant attentivement la missive. Elle provient d'un petit cahier aux feuilles détachables : des lignes aux espaces larges, avec une courte ligne isolée en haut, comme pour inscrire une date. Dans le coin droit, en lettres rouges, le mot NOTES. Un cahier de notes, donc, qu'on peut trouver partout. Rien à en tirer. Chloé propose :

— On peut bien questionner l'entourage de Diane Nadeau pour savoir si quelqu'un connaissait ce Gros Loup, mais franchement, s'il était en Europe durant les événements, je ne vois pas en quoi il nous sera utile. Mais, bon, on a rien à perdre. Et on peut prendre les empreintes digitales sur la lettre, pour vérifier si elles sont fichées.

Mais elle dit cela d'une voix assez morne, comme si elle se doutait déjà que cette lettre n'avait rien à voir avec leur enquête. Pierre est du même avis, mais relit tout de même le mot doux pour la troisième fois.

— Elle a auditionné pour *Vivre au Max,* on dirait, fait-il remarquer.

— Comme des milliers d'autres, ajoute Chloé d'un air découragé.

— Vous l'avez écoutée, jeudi passé ? demande le capitaine, emballé. C'était vraiment drôle ! Surtout la fille qui a fait sa déclaration d'amour au chanteur, là, comment il s'appelle… Elle avait l'air tellement conne !

— Pourquoi tu t'intéresses au fait que Nadeau a auditionné pour cette émission ? demande Chloé en ignorant complètement la remarque de son supérieur.

Pierre hésite une seconde, comme s'il questionnait lui-même la pertinence de son idée.

— Comme on cherche des pistes ou des personnes qui pourraient nous en apprendre plus sur elle, peut-être que ceux qui lui ont fait passer l'audition ont remarqué quelque chose, un comportement parti-culier… Par exemple, ça pourrait être intéressant de savoir quel rêve elle voulait réaliser à *Vivre au Max*, ce serait peut-être révélateur de quelque chose.

— Pas bête, concède Chloé. Au point où on en est…

— Max Lavoie a déjà dit en entrevue que non seulement il lisait tous les rapports d'auditions, mais qu'en plus il les conservait tous, intervient Bernier.

— Oui, j'ai entendu ça moi aussi, approuve Pierre.

— Hé ben ! Des vrais fans de Max Lavoie ! lance Chloé sur un ton sarcastique. C'est encourageant de voir des mâles avec de si nobles modèles !

Les deux hommes la dévisagent sans l'ombre d'un sourire et Chloé décide de ne pas insister.

◆

Pierre actionne les essuie-glaces de sa voiture en maugréant. Dire que la météo avait prévu un ciel dégagé ! La pluie est si forte que la radio devient inaudible, complètement parasitée. Pierre change de poste et, par hasard, tombe sur une tribune télé-phonique où l'animateur demande aux auditeurs ce qu'ils pensent de la privatisation du système de santé.

Il est dix-sept heures moins cinq lorsqu'il arrive à Montréal. Tandis qu'il traverse le pont Jacques-Cartier, il examine la circulation complètement bloquée dans l'autre direction. Comment les gens font-ils pour supporter tous les jours ces «bouchons»?

— Moi, je suis d'accord qu'on privatise la santé parce que notre gouvernement est trop pourri pour faire fonctionner le système public! explose un auditeur à la radio. Pourquoi des citoyens qui ont travaillé toute leur vie seraient victimes de ce système-là? S'il faut payer pour être bien traités, alors payons! On n'a pas le choix, tous nos docteurs veulent s'en aller! Et ils ont raison, je les comprends! Moi, si...

Pierre ferme la radio, assommé par ces discussions emmerdantes. Système de santé public ou privé, qu'est-ce que ça peut bien lui foutre?

Au centre-ville, il est à nouveau sidéré, comme chaque fois qu'il vient à Montréal, par ces énormes panneaux publicitaires, la plupart recouverts de jeunes filles presque nues qui annoncent des vêtements qu'elles ne portent pourtant pas... Il s'arrête dans un petit snack du centre-ville pour manger rapidement deux hamburgers et une frite. Par la grande fenêtre qui donne sur Sainte-Catherine, il voit une prostituée faire les cent pas sur le trottoir. Tout à coup, il n'a plus faim et jette son second hamburger qu'il a à peine entamé. De retour dans sa voiture, il consulte son plan et se rend compte que, pour aller au Studio Max qui se trouve dans le nord, il aurait dû prendre le tunnel. Tant pis, il traversera toute l'île...

À dix-huit heures dix, il gare sa Suzuki dans le vaste stationnement du studio. C'est donc ici que se déroule cette émission qu'il aime tant, que *tout le monde* aime tant! Et dans quelques instants, il va rencontrer l'animateur de celle-ci, Max Lavoie en personne! Un petit picotement parcourt l'épiderme du policier. Pierre n'est pas du genre à s'émouvoir, mais il doit reconnaître que ce Lavoie l'impressionne : son charisme, son succès, son audace… En fait, lui qui n'a pourtant jamais ressenti de nervosité lors des centaines de rencontres qu'il a dû faire pour ses enquêtes, voilà qu'il se sent intimidé pour la première fois de sa carrière. Il est vrai que c'est aussi la première fois qu'il interroge une vedette. Et pas n'importe laquelle ! D'ailleurs, il aurait pu appeler Lavoie ou son agent ou sa secrétaire, mais il avait *envie* de le voir dans son studio, et non pas dans un endroit neutre. Le détective a donc décidé de venir directement à Montréal sans prévenir, un jeudi soir, juste avant l'émission, afin d'être certain de tomber sur la grande vedette. C'est bien sûr enfantin et il a un peu honte de cette procédure tout à fait contraire à ses habitudes mais, bon, c'est un caprice plutôt inoffensif, non ?

Relevant son veston pour se protéger de la pluie, il court vers les grandes portes vitrées, qu'il trouve verrouillées, mais une affiche indique que les bureaux sont à l'arrière. Pierre repart au pas de course. Il se retrouve tout trempé devant un comptoir où une jeune et jolie femme l'accueille en souriant.

— Je voudrais rencontrer monsieur Lavoie.

— Vous avez rendez-vous ?

— Non, mais…

— Monsieur Lavoie ne reçoit que sur rendez-vous, explique la réceptionniste sur un ton mécanique. Et comme en ce moment il se prépare pour l'émission de ce soir, il est très occupé. Il y aurait possibilité d'un rendez-vous dans deux semaines. C'est à quel sujet ?

— Je suis sergent-détective et je viens de Drummondville.

Il brandit son badge. La jeune femme se tait, court-circuitée, comme si devant une telle réponse aucune réplique n'était prévue dans la banque de données qu'elle a si consciencieusement assimilée.

— Rien de grave, assure le détective. Ça ne le concerne pas directement.

La réceptionniste prend enfin une décision et, avec un sourire crispé, soulève le combiné du téléphone.

◆

— Pis, pas trop énervés? demande Maxime en se claquant dans les mains.

Les trois invités sont assis dans de confortables fauteuils, dans un coin retiré des coulisses, boisson gazeuse ou café en main : une jeune fille dans la vingtaine, une autre femme plus âgée et un jeune trentenaire. Ils sourient tous les trois, entourés de quelques membres de leur famille qui ont le privilège de leur tenir compagnie en coulisses avant le début de l'émission.

— J'ai jamais été aussi excitée, répond la jeune fille.

Les deux autres approuvent en silence.

— Le monde va vous admirer ce soir parce que vous avez du *guts*! les galvanise l'animateur.

Ils acquiescent gravement. Le jeune homme marmonne même :

— Je vais leur montrer que je suis quelqu'un…

— En plein ça, l'aiguillonne Maxime. Pis en plus, vous allez p…

Mais Donald s'est approché de lui et lui marmonne discrètement qu'il doit lui parler. L'animateur a une brève grimace, puis, tout sourire, s'excuse auprès des participants.

— Je t'ai déjà dit de ne pas me déranger quand je parle aux invités! ronchonne-t-il à son secrétaire une fois à l'écart.

— Y a un flic à la réception qui veut vous voir.

Maxime ne réagit pas, mais intérieurement il se met aussitôt en mode « alerte ». Quand des gens veulent lui intenter un procès (ce qui arrive souvent), on lui envoie des avocats, pas des flics.

— Il paraît que ça n'a pas directement rapport avec vous et que vous n'avez pas à vous inquiéter, fait Donald. Mais, bon, je voulais quand même être discret.

Maxime se sent aussitôt rasséréné.

— Il ne peut pas venir me voir à un autre moment?

— Il arrive de Drummondville.

Au mot Drummondville, non seulement l'état d'alerte se remet en fonction, mais il est même sur le point d'atteindre le degré « panique ». À un tel point que Donald remarque que quelque chose cloche :

— Ça va, Max?

— Oui, oui, pas de problème. Envoie-le au salon-rencontre dans cinq minutes.

Donald s'éloigne, mais Maxime s'oblige à demeurer immobile. Il ne veut pas bouger tout de suite. Il faut qu'il retrouve le contrôle complet. Autour, les techniciens travaillent, personne ne fait attention à lui. Enfin, il se met en marche. Sanschagrin, évidemment, choisit ce moment pour apparaître :

— Max, faut que je te parle. Un des procès ne s'annonce pas très bien. Tu sais, la femme qui te poursuit parce que le participant d'il y a trois semaines est allé… heu… déféquer dans sa piscine…

— Plus tard, Robert.

Il franchit la sortie des coulisses, traverse le long couloir et entre dans son bureau. Gabriel joue à un jeu vidéo sur la télévision.

— Il y a un policier qui veut me voir.

L'adolescent se désintéresse de l'écran et tourne la tête vers son tuteur, le regard plus sombre qu'à l'habitude.

— De Drummondville, ajoute l'animateur.

Cette fois, un semblant d'étonnement se lit dans les yeux de Gabriel. Maxime s'appuie contre son bureau, les bras croisés, puis fait un geste nonchalant.

— Je m'inquiète sûrement pour rien.

C'est dans ces moments que le silence du jeune adolescent est le plus difficile à accepter. En ce moment, c'est de Ferland qu'il aurait besoin, de ses conseils, de son appui…

— Tu peux rester si tu veux, mais comme c'est un flic, j'imagine que tu n'y tiens pas vraiment.

Dans l'expression de Gabriel, un rapide acquiescement se laisse percevoir.

— Je comprends, fait le milliardaire. Je vais demander à Luis d'aller te reconduire tout de suite à la maison.

Une minute plus tard, Maxime est dans le salon-rencontre et se regarde dans le miroir : un peu pâle, peut-être, mais en parfait contrôle. Il n'a pas encore enfilé ses vêtements cool pour l'émission, mais c'est parfait : sa tenue actuelle plus ordinaire mettra le flic en confiance.

On cogne à la porte. Maxime s'y dirige en affichant son célèbre sourire qui lui a valu la couverture de bon nombre de magazines. La revue *Filles d'aujourd'hui* a même couronné Maxime le « trentenaire le plus *hot* du Québec ».

Le policier est en civil : chemise banale, veston terne, cravate quelconque. Grandeur moyenne. Cheveux châtains coupés court. Petite moustache plutôt ridicule. Trente-huit ans, peut-être quarante. L'air très austère. Encore humide de pluie.

— Lieutenant Columbo, je suppose ?

Le policier ne sourit pas du tout, comme s'il ne saisissait pas très bien. D'accord : le gars n'a pas beaucoup d'humour. Ce ne sera pas simple. Maxime lui tend la main :

— Je plaisante. Maxime Lavoie, enchanté.

— Sergent-détective Pierre Sauvé, répond l'homme en lui tendant la sienne.

Le gars a de la poigne. Malgré la réserve de son visiteur, Maxime décèle l'admiration dans son regard. Donc il n'est pas du côté des détracteurs. Peut-être même écoute-t-il son émission.

Un bon point pour moi.

Maxime l'invite à entrer, lui désigne les confortables fauteuils. Pierre remercie et s'installe. Tout en marchant vers le bar, l'animateur demande :

— À ce que je vois, vous vous êtes fait prendre par la pluie. Est-ce que les Drummondvillois viennent de traverser une semaine aussi aqueuse que les Montréalais ?

— Heu… j'imagine, oui, fait Sauvé d'un air interloqué.

Maxime comprend soudain : le flic est dérouté par son niveau de langage. Donc, il écoute l'émission. Parfait, jouons donc le jeu.

— Que c'est que vous buvez, sergent ? Une petite *shot* de gin ?

Sauvé semble presque choqué.

— Je suis en service. Juste de l'eau, merci.

Un pur, se dit Maxime. OK, il ne poussera donc pas trop la familiarité. Il se prépare un gin tonic, verse de l'eau Évian dans un second verre et revient vers les fauteuils.

— Sergent-détective Pierre Sauvé, comment puis-je vous être utile ? demande-t-il avec bonne humeur en déposant les verres sur la petite table de verre.

Au moment même où ses fesses touchent le fauteuil, il replace l'homme devant lui : c'est le flic qui a survécu à la fusillade de Drummondville! Impossible que Maxime se trompe: la photo du policier avait fait la une de tous les journaux.

— Un homme comme vous doit pas souvent recevoir la visite de la police, et je m'en excuse, commence Sauvé en sortant un calepin et un crayon de son veston. Mais je vous rassure tout de suite: ma visite a rien à voir avec vous directement.

— Je suis content d'entendre ça: je pensais que vous veniez m'arrêter pour mon délit de fuite de l'autre nuit, quand j'étais ben soûl.

Il rit. L'air impassible du détective lui confirme que l'homme ne pratique l'humour que durant les jours fériés. Il prend donc une autre gorgée de son verre, pour aussitôt se dire d'y aller mollo sinon il va le terminer dans les vingt prochaines secondes.

— J'enquête sur le meurtre d'une femme, Diane Nadeau, qui elle-même a tué quatre personnes. Elle a perdu la vie au cours d'une tuerie, il y a un mois, à Drummondville. J'imagine que vous en avez entendu parler.

— C'est sûr. Vraiment *heavy*. La mort des autres policiers, ç'a dû vous rentrer d'dans.

— Assez, oui, fait Pierre en détournant le regard.

En voyant l'air troublé du policier, Maxime se dit que c'est sans doute un bon moment pour le reconnaître. Il mime donc l'ébahissement et s'exclame:

— Mais... Attendez, vous êtes... Vous êtes celui qui a survécu, *right*? Votre photo a passé partout dans les journaux, à la télé...

— Oui, c'est moi, convient le détective, morose, et il tourne la page de son carnet par contenance.

— Pis c'est *vous* qui enquêtez sur cette affaire?

Cette fois, l'étonnement du milliardaire n'est pas feint. Comment peut-on enquêter sur une tuerie durant laquelle on a failli mourir?

— C'est moi qui l'ai demandé, explique brièvement Sauvé.

Puis, avec un geste du genre : « passons à autre chose », il reprend son aplomb et poursuit :

— Nous explorons toutes les avenues possibles concernant cette femme et…

— Vraiment épouvantable, ce massacre ! le coupe Maxime. Pourquoi ces… heu… ces fous furieux l'ont-ils tuée, au juste ?

— On sait pas encore. Nous cherchons justement un lien entre les assassins et leur victime.

— Est-ce que vous avez des pistes ?

— C'est une enquête policière, monsieur Lavoie. C'est confidentiel.

Sauvé a un petit sourire poli, mais qui lance un message très clair : ne pas insister. Le flic a beau être impressionné par le célèbre animateur, il n'enfreindra pas le code de déontologie. Maxime a souvent remarqué que les gens ont tendance à se confier à lui juste parce qu'il est une vedette. Pas Sauvé, on dirait. Vraiment un pur.

— Je comprends, s'empresse donc de dire l'animateur en levant une main en signe d'excuse.

— Comme je le disais, on explore tout ce qu'on peut trouver sur Diane Nadeau et on a découvert qu'elle a auditionné pour votre émission.

La nervosité en Maxime n'augmente pas mais se confirme. Il attend la suite avec impatience, mais devant le silence du policier, il comprend que c'est lui qui doit réagir.

— Ah, ouais ? Eh ben ! Si ceux qui haïssent mon émission savaient ça, ils se paieraient la traite pas à peu près !

— Est-ce que vous vous souvenez de cette Diane Nadeau ?

Maxime fait teinter les glaçons dans son verre.

— Vous savez combien d'auditions on a eues pour *Vivre au Max,* détective Sauvé ? Soixante-quatre mille ! Trente-deux mille par année ! Pensez-vous que je les ai tous rencontrés ? J'avais quarante-quatre postes d'auditions répartis dans la province.

— Vous avez souvent dit en entrevue que vous lisiez toutes les demandes, car c'est vous seul qui décidez des candidats.

S'il sait ça, c'est parce qu'il connaît ma carrière. Il a beau jouer les purs, c'est un fan.

— C'est vrai. Mais de là à me souvenir de chacune d'elles ! Je me rappelle seulement les trente-trois retenues chaque saison.

— Je comprends très bien, fait Sauvé d'un air conciliant. Je m'attendais quand même pas à ce que vous vous souveniez de l'audition de Nadeau…

Il a même l'air embourbé. *Dieu que les gens deviennent paranos devant les vedettes !* songe Maxime avec dédain.

— … mais je sais que vous conservez tous les rapports, vous l'avez aussi mentionné en entrevue. Je me demandais si je pouvais voir celui de Diane Nadeau.

— Pour quoi faire ?

— Ça pourrait fournir des renseignements supplémentaires sur elle, peut-être nous donner des pistes sur sa personnalité. Le rêve qu'elle voulait réaliser à votre émission, par exemple, ça peut être révélateur. On veut négliger aucune piste, vous comprenez ?

Maxime a presque envie de sourire. Voilà donc tout ce que veut ce flic ? Le rapport de Diane Nadeau ? Le milliardaire termine son verre d'un trait, trouvant son *drink* préféré particulièrement délicieux tout à coup. Il se lève donc et consent sur un ton affable :

— *All right*, détective, je vais trouver le rapport de cette Diane Nadeau ! Comme les rapports sont chez nous, je vais vous le faxer !

Sauvé se lève :

— Trouver un rapport parmi des milliers, ça sera pas trop compliqué ?

— Pas pantoute : je les classe par région et, pour chacune des régions, par ordre alphabétique ! Ça va être ben facile !

— Alors, est-ce que je pourrais l'avoir ce soir ?

Poliment, Maxime explique que l'émission commence dans deux heures, qu'il a plein de choses à préparer et qu'il n'a donc pas le temps d'aller chez lui et de revenir.

— Je peux attendre après l'émission et vous accompagner chez vous, propose le détective. Tant qu'à être à Montréal…

Maxime est pris au dépourvu.

— Vous allez rentrer tard à Drummondville ! Vous avez pas une femme qui vous attend ?

— Non, répond Pierre d'une voix neutre.

Le milliardaire commence à comprendre que Pierre Sauvé, malgré sa taille peu impressionnante et sa moustache des années quatre-vingt, n'est pas seulement un pur mais aussi un zélé. Un zélé obstiné. Il est venu pour avoir ce rapport sur Diane Nadeau et il ne repartira pas sans. Maxime pourrait toujours lui faire croire qu'il sort dans les bars après l'émission, qu'il va souper avec l'équipe, mais après tout, pourquoi mentir ? Pourquoi ne pas collaborer ? Il a *de toute façon* l'intention de lui envoyer ce rapport inoffensif, alors aussi bien avoir l'air le plus coopératif possible et donner ainsi une bonne image à la police, non ? Cordial, l'animateur accepte donc :

— *All right*, détective, on ira chercher ce rapport chez moi après l'émission !

— Merci bien.

— Pis pour profiter au maximum de votre passage dans la grande ville, vous allez assister à l'émission. Je vais vous trouver une bonne place dans la salle. Écoutez-vous l'émission, chez vous ?

— Oui, chaque semaine, fait Pierre, tout à coup moins officiel. Pis je vous avoue que… ben, je trouve ça pas mal bon !

Je le savais !

— Bon, des fois, il y a certains *trips* que je trouve un peu trop poussés, mais… en général, j'aime ben ça.

— Pis je pense que vous allez aimer ça à soir ! clame Maxime qui, cette fois, va jusqu'à lui donner un petit coup sur l'épaule. Bon, moi, faut que j'aille me préparer ! Mais en attendant, vous pouvez vous promener partout ! Vous êtes déjà venu dans un studio de télé ?

— Non.

— Profitez-en ! Vous allez voir, c'est cool ! Je vais prévenir tout le monde que vous êtes mon invité, on vous achalera pas !

Le détective, qui a du mal à cacher son ravissement, prononce un « merci » du bout des lèvres.

◆

Pierre est assis au centre de la deuxième rangée et son regard tout ébahi va de la scène aux gens assis autour de lui. Il n'arrive pas à croire qu'il se trouve là. Il y a quelque chose de surréaliste à voir la scène « pour de vrai » alors qu'il l'a toujours observée à travers l'écran de son téléviseur. De plus, il s'est toujours dit qu'il serait mal à l'aise dans cette foule hallucinée. Mais pour l'instant, les gens sont plutôt dociles et rient des pitreries de l'animateur de salle. Pierre se dit que Chloé serait bien découragée de le voir assis là. Karine, par contre, en brûlerait de jalousie…

Fugace moment d'alanguissement… Il a beau tenir sa fille éloignée de son esprit, elle finit toujours par réapparaître…

Mais il n'a pas le temps de broyer du noir : la musique tonitruante débute, l'éclairage devient celui d'une discothèque et Pierre a la surprise de voir l'animateur de salle, hors de portée des caméras, faire signe aux spectateurs de se lever et d'applaudir. Ils ne se le font pas dire deux fois : la salle si paisible trente secondes plus tôt explose littéralement et si le policier trouvait l'ambiance survoltée à la télévision, ce n'est rien comparé à ce qui se déclenche tout à coup autour de lui. Il se lève aussi et applaudit, en examinant tous ces visages hilares, ces regards exaltés, ces bouches rugissantes, tout cela provoqué par l'arrivée de Max Lavoie sur la scène, relax, cool, parfait. Pierre redouble d'applaudissements en l'apercevant, sentant une petite pointe de fierté à l'idée qu'il vient tout juste de rencontrer la vedette en personne.

Le premier participant, François, un jeune trentenaire, vient expliquer que son rêve était de courir nu en plein centre-ville de Chicoutimi (la ville où il habite) en tenant une pancarte sur laquelle serait inscrit : *Je vous emmerde !* Il a travaillé pendant cinq ans dans une banque, devait se tenir peinard et avoir une belle image. Quand on l'a mis à la porte, il a eu envie de se défouler et de crier enfin au monde ce qu'il pensait de cette société conformiste. Bien sûr, il aurait pu faire ce trip seul, sans l'aide de Max et de son équipe, mais il redoutait qu'on vienne lui donner une raclée à cause du message de sa pancarte. Et puis, s'il se faisait arrêter, il n'aurait aucun support juridique, ce que l'émission peut lui fournir.

Sur vidéo, avec montage dynamique, on assiste
donc au coup d'éclat de François, enregistré il y a
quelques semaines, qui court flambant nu dans les
rues de Chicoutimi en brandissant sa pancarte pro-
vocatrice, en pleine heure de pointe. Une ou deux
fois, des gars insultés veulent l'arrêter, mais on voit
des membres de l'équipe de l'émission intervenir pour
les calmer. Pendant le visionnement de la vidéo, on
applaudit dans la salle, on rit, on s'éclate, et Pierre
lui-même, à plusieurs occasions, ne peut s'empêcher
de ricaner. Il se dit que Lavoie a bien du pouvoir
pour avoir réussi à tenir secret un tel événement qui,
à Chicoutimi, a dû provoquer toute une commotion !
La vidéo se termine lorsqu'on voit la police arrêter
l'exhibitionniste, fier de son moment de gloire. Après
la vidéo, Max, seul sur scène, explique que l'émission
a non seulement payé les médias pour qu'ils ne di-
vulguent pas le *punch* avant aujourd'hui, mais aussi
l'amende pour exhibitionnisme. Bref, une demi-heure
après son arrestation, le provocateur était libre.

Sur ces mots, un rayon de lumière se dirige vers
le fond de la salle et, sorti de nulle part, François
réapparaît, complètement nu, et dévale les marches
des gradins vers la scène, sous les acclamations de
la foule qui cette fois se lève en hurlant d'enthousiasme. Pierre, entraîné par l'énergie ambiante, se
retrouve debout à applaudir, large sourire aux lèvres.
Arrivé sur scène, François lève les bras de triomphe,
tandis que Max, à ses côtés, lance :

— Un gars vraiment libre, *right ?*

— *Right !* vocifère la foule, et Pierre joint son cri
à celui des autres, enchanté que sa propre voix fasse
partie du groupe, fier d'être *exactement* comme tout
le monde.

— De retour après la pause ! annonce Max.

Trois secondes après, l'éclairage devient neutre, la foule se rassoit graduellement et Lavoie, sans un regard pour le participant, s'éloigne vers les coulisses, tandis que François, toujours nu, semble tout à coup gêné au milieu des techniciens qui s'affairent à toute vitesse. Pierre réalise le grotesque de la situation. Il entend même quelques railleries autour de lui, du genre: *Regarde-le, l'ostie de con!* Enfin, François finit par trottiner vers les coulisses, son corps hideusement blanc sous l'éclairage cru, et sa fuite provoque plusieurs rires dans l'assistance. Pierre l'imagine alors courant à poil parmi tous ces techniciens indifférents, jusqu'à ce qu'il trouve ses vêtements. Et demain? Quand il ira au magasin ou dans un cinéma? Combien de gens le reconnaîtront? Depuis qu'il écoute cette émission, c'est la première fois que le détective se demande ce qui va arriver à un invité *après* son passage à la télé. Pourquoi un tel questionnement, tout à coup? Est-ce à cause de la vue de cet homme abandonné sur la scène, soudainement clownesque sans la mise en scène spectaculaire qui le magnifiait une minute plus tôt? Qu'est-ce qui lui prend de songer à ça? De toute façon, l'émission reprend et il se remet à applaudir avec ardeur.

La deuxième participante, Johanne, une femme dans la cinquantaine, vient raconter son rêve: son mari est malade à l'hôpital et il va mourir dans quelques mois. Il a toujours adoré les humoristes mais, pour différentes raisons, n'est jamais allé en voir un en spectacle. Sa femme a donc fait appel à Max Lavoie et ce dernier raconte à la foule:

— Il y a deux semaines, on a donc préparé à monsieur Gagné une petite surprise.

Sur vidéo, on voit le malade, dans son lit d'hôpital, recevoir deux humoristes très connus qui lui

présentent quelques numéros. Dans un montage
d'environ cinq minutes, les spectateurs ont droit
aux meilleurs moments du mini-spectacle privé,
durant lequel Gagné rit de bon cœur malgré son
sale état. Dans les gradins, on s'amuse aussi, plusieurs personnes sont émues, mais l'enthousiasme
est moins palpable que tout à l'heure. Pierre a remarqué que de temps à autre, peut-être une fois toutes
les quatre émissions, l'un des trips est la réalisation
d'une action humanitaire qui n'aurait pas été possible sans le pouvoir et l'argent de Max Lavoie. Bien
sûr, le policier trouve l'action très noble et est souvent touché par la démonstration, mais il doit bien
admettre que c'est toujours un peu moins enlevant
que les autres rêves, qui sont plus... plus...

Plus quoi, au fait?

À la fin de la vidéo, on applaudit, et les deux
humoristes viennent personnellement témoigner de
la fierté qu'ils ressentent d'avoir participé à une si
noble action. Ils font même l'accolade à une Johanne
en larmes, et on applaudit à nouveau. Quelques personnes pleurent dans la salle, mais Pierre sent que
plusieurs spectateurs ont hâte d'assister au prochain
trip.

Puis il y a une pause. Les deux humoristes se
mettent à parler avec Max Lavoie. Johanne, qui se
demande si elle doit demeurer ou non sur scène, finit
par s'éloigner vers les coulisses en s'essuyant les
yeux. Dans la salle, des gens autour de Pierre inter-
pellent les deux humoristes pour des autographes.
L'un des deux, bon joueur, s'approche des gradins,
tandis que l'autre sort de la scène sans un regard
pour la foule. Le premier humoriste signe quelques
autographes, puis serre les mains qu'on lui tend en
souriant, répétant des « merci, c'est gentil » par

dizaines, se laissant même embrasser sur la joue par deux femmes, l'une jeune et jolie, la seconde énorme au visage porcin. Arrivé près de Pierre, il saisit la main du détective qui, pourtant, ne l'a pas tendue, et, fixant le policier dans les yeux sans vraiment le voir, répète :

— Merci, c'est gentil…

Pourquoi il me dit ça ? se demande Pierre. *Je ne lui ai rien dit…*

Le troisième invité réalise son rêve en direct, sur scène. Nadia, dans la vingtaine, habillée en maillot d'entraînement, musclée mais pas au point d'avoir effacé toute trace de féminité sur son corps, fait du *kickboxing* depuis trois ans. Son rêve, c'est de foutre une raclée à des hommes, n'importe lesquels, et elle veut le faire devant des millions de personnes pour que « tous puissent assister au triomphe de la femme sur la supposée force masculine ». La salle se partage entre les applaudissements des filles et les huées de circonstance de la plupart des gars.

— Mais pourquoi t'as si envie de donner une volée aux gars ? demande Max.

— Parce que ce sont tous des machos idiots qui nous prennent pour des objets et les objets sont écœurés ! répond la fille spontanément.

Applaudissements, huées et rires décuplent dans l'assistance. Pierre ne peut lui-même s'empêcher de crier un ou deux « bouhhh » amusés. Après tout, il faut bien qu'il soit du côté des siens, non ?

Un rideau se lève sur scène et une arène de boxe apparaît. Max explique que Nadia est prête à prendre trois hommes en même temps et attend les volontaires. Il n'y aura pas de gants, ce sera à mains nues, mais évidemment, le combat sera interrompu si cela devient trop *heavy*. Après quelques instants, trois représentants de la gent masculine (deux dans la vingtaine et un au début de la quarantaine) finissent par se proposer et descendent vers la scène, railleurs. Mike, le coanimateur, est habillé en arbitre et, hilare comme à son habitude, explique les règles : à la demande de Nadia, tous les coups seront permis et le combat sera interrompu aussitôt qu'un des pugilistes demandera grâce.

Le combat commence. Pendant les premières secondes, les trois gars s'approchent de la fille, plus cabotins que menaçants, exécutant surtout des simagrées inoffensives pour faire rire l'assistance, mais Nadia décoche alors un premier coup de pied qui atteint l'un des volontaires en pleine poire ; celui-ci s'écroule en se tenant le nez. Surprise dans la salle. Des cris d'encouragement fusent de l'assistance, certains pour Nadia, d'autres contre. Les deux autres hommes, revenus de leur saisissement, bondissent cette fois vers la combattante et Pierre croit même percevoir de la fureur dans leur attitude. Nadia déjoue leurs prises, frappe avec pieds et mains, mais les gars, quoique touchés, résistent bien. Celui au nez tuméfié en profite pour se relever et tout à coup saisit Nadia par-derrière, la tenant immobilisée et à la merci des deux autres. L'un des gars hésite, mais les yeux flamboyant d'une sorte de colère lointaine, il s'avance et frappe sur la mâchoire de la fille.

Pendant une seconde, c'est le silence complet dans la salle. Pierre sent un long frisson désagréable lui parcourir l'échine. Tout à coup, quelqu'un dans l'assistance se lève et crie :

— *All right*, ça lui apprendra !

Plusieurs huées et protestations répondent à cette clameur, puis le brouhaha reprend dans la salle à nouveau polarisée. Pierre cherche Lavoie des yeux

en espérant que ce dernier stoppe ce combat avant
que cela ne dégénère.

Nadia est étourdie pendant quelques secondes.
Le gars qui la maintient immobile la lâche, pris de
court par la tournure des événements. Même celui
qui a frappé recule d'un pas, étonné de son propre
geste. Cette indétermination lui est fatale : la jeune
femme, qui reprend vite ses esprits, lui assène un
direct au menton qui l'allonge aussitôt. En dix secondes, elle propulse son pied droit d'abord dans le
ventre de son second adversaire, puis sur le nez du
troisième qui, déjà amoché, se met maintenant à
saigner. Les cris dans la salle deviennent pas-
sionnés, et dans ce concert cacophonique, on entend
autant de « Bravo ! » que de « Salope ! » Pierre est
rassuré en voyant Mike intervenir pour annoncer la
fin du combat. Deux des trois gars n'insistent pas,
sonnés. Celui qui saigne du nez veut continuer, le
regard littéralement haineux, mais Mike réussit à le
raisonner. Pendant ce temps, Max monte dans l'arène
et déclare Nadia championne. Applaudissements
et huées se mélangent dans la plus complète cacophonie. La bouche de Nadia sourit, mais pas ses
yeux.

Max salue enfin tout le monde et rappelle à tous
d'être présents la semaine prochaine pour la huitième
émission de…

— VIVRE AU MAX ! scande la foule.

Musique, orgie de lumière, frénésie de la foule…
puis, après une minute et demie, tout s'arrête, Max
disparaît et les techniciens commencent à s'affairer
sur la scène. Les gens se lèvent et commentent l'émission entre eux, tout en marchant vers les sorties.

— Criss, si on me donnait l'occasion, moi aussi,
j'en réaliserais, des méchants trips !

— Moi, c'est à mon boss que je casserais la gueule !

— *Hey*, j'aimerais ça avoir un *chum* comme Max !
Ça, c'est un gars qui sort de l'ordinaire ! C'est pas
comme mon mari, y est assez plate !

— Ils sont vraiment gentils, hein, les deux humoristes ? Je le savais, moi, que les artistes, c'était du
bon monde !

— Ça doit-tu faire du bien de se promener tout
nu de même ! Tu dois te sentir libre ! C'est comme
dire «*fuck you*» à tout le monde !

Pierre, qui est demeuré assis, remarque un groupe
de cinq garçons d'une vingtaine d'années qui, tout en
marchant vers la sortie, lancent des regards venimeux
vers l'arène de boxe sur la scène. Il entend même
l'un d'eux marmonner : « … bonne leçon, l'ostie de
salope… » Le policier les regarde sortir d'un air désapprobateur.

*Est-ce que c'est des gars comme ça qui paient
pour coucher avec Karine ?*

Comme s'il voulait fuir cette idée, il se lève enfin
et marche vers la scène. Il monte sur celle-ci et
commence à errer, curieux et enchanté d'assister à
toute cette agitation post-émission. Comme tout le
monde sait déjà qui il est, on le laisse tranquille. Il
y a même une femme qui s'approche de lui, toute
souriante. Dans la quarantaine avancée, elle n'est pas
vraiment jolie avec sa drôle de face figée sans aucun
pli et ses seins trop gros dans ce chemisier serré.
Elle se présente : Lisette Boudreault, relationniste
de l'émission.

— Alors, inspecteur, vous avez aimé ça ?

Il dit que oui et remercie chaleureusement.

— Ça doit être quelque chose, être policier ! fait
la femme. Vous, avez-vous déjà tiré sur quelqu'un ?

— Écoutez, je… je suis un peu pressé pis…

— Ben oui, moi aussi de toute façon ! Max vous attend dans son bureau ! C'est dans le corridor là-bas. Tout droit, la deuxième porte à gauche.

En traversant les coulisses, le détective passe près des deux humoristes qui discutent en pouffant.

— La jeune qui t'a embrassé, dans la deuxième rangée, elle était *cute* en criss…

— Mets-en. Mettons que c'était mon prix de consolation après la grosse laide qui venait juste de me beurrer la joue !

Mal à l'aise, Pierre allonge le pas et sort enfin des coulisses.

— Alors, détective Sauvé, vous avez aimé ça ? lui demande Lavoie dans son bureau.

Pierre répète ses bons mots, remercie encore une fois.

— Parfait, approuve l'animateur en allant chercher une feuille de papier qui sort de son imprimante. On s'en va chez moi, à Outremont. Vous avez rien qu'à suivre ma limousine, on ira pas vite. (Il tend la feuille à Pierre.) Pis au cas où vous me perdriez de vue, voici un plan du chemin.

Pierre prend la feuille, déjà emballé à l'idée de voir la demeure du milliardaire. Voilà une soirée au cours de laquelle le policier en aura eu encore plus que ce qu'il avait espéré !

◆

Pierre est déjà venu à Outremont, mais pas dans ce coin précis, situé sur le mont Royal. Tout en roulant lentement dans les rues du chic quartier, il jette des regards impressionnés sur les luxueuses maisons, qui sont parfois à cent mètres de distance l'une de l'autre. Il tente d'imaginer l'effet que doit produire toute cette richesse en plein jour.

Comme la pluie a cessé, la limousine est facile à suivre. Les deux voitures se retrouvent dans une rue où les maisons ont disparu, remplacées par la forêt de la montagne. Tout au bout se trouve une haute grille fermée qui, à l'approche de la limousine, s'ouvre toute seule. Une fois la grille franchie, ils doivent encore rouler sur deux cents mètres avant d'apercevoir l'immense habitation, qui tient plus du domaine que de la maison. Pierre ne connaît rien en architecture, mais il sait que c'est moderne, que c'est beau, que c'est riche et que peu de mortels peuvent se payer *ça*.

La limousine s'arrête devant l'entrée et Pierre immobilise sa voiture un peu plus loin. Lavoie sort de sa voiture et, tandis que la limousine s'éloigne, il fait signe à Pierre de s'approcher. Le policier sort de sa Suzuki mais ne fait que quelques pas, un peu embarrassé.

— Je vais vous attendre ici. Je vous dérange assez comme ça.

Lavoie insiste pour que le policier entre, mais Pierre jure qu'il est très bien dehors. En fait, il n'a finalement pas envie de contempler de près tout ce luxe qui risque de souligner la modestie de sa propre vie.

— Comme vous voulez ! lance la star en montant les marches qui mènent à la porte d'entrée. Je reviens dans quelques minutes.

Pierre, les mains dans les poches, fait quelques pas en observant autour de lui la forêt ténébreuse. Difficile de croire qu'on est en plein cœur de Montréal. Ça doit être ça, la vraie richesse : non seulement on peut acheter tout ce qu'on veut sans jamais se demander si c'est raisonnable, mais on peut même transformer son environnement. On peut tricher.

Tricher… Pourquoi avoir pensé à ce mot ?

Les minutes passent. Tandis qu'il admire le décor nocturne, il sent une grande quiétude descendre en lui, qui lui rappelle ses week-ends au chalet des parents de Jacynthe lorsqu'il contemplait le lac durant de longues minutes… Le chalet où il se sentait si bien…

… le chalet où Jacynthe est morte… où l'ombre s'est saisie de Karine…

… Karine qui maintenant…

— Un policier qui admire la nuit !

Pierre se retourne. Lavoie s'approche de lui, caustique.

— Êtes-vous poète, détective Sauvé ?

— Moi ? Pas pantoute !

Maxime lève les yeux vers le ciel et, la voix aérienne, récite :

— *Seul, avec la Nuit, maussade hôtesse,*
 Je suis comme un peintre qu'un Dieu moqueur
 Condamne à peindre, hélas ! sur les ténèbres.

Pierre ne sait que dire, démonté par le soudain lyrisme de l'animateur qui, une heure plus tôt, riait en regardant un homme nu courir dans les gradins.

— C'est Baudelaire, précise l'animateur.

— Ah. Heu… Un de vos amis écrivains ?

Lavoie tend au détective deux feuilles de papier agrafées.

— Voilà le rapport d'audition de votre Diane Nadeau.

Pierre prend les deux feuilles, combattant son envie de les consulter sur place.

— C'est *freakant*, quand même, de penser qu'une des personnes qui a auditionné pour mon émission était une… une meurtrière, marmonne Lavoie en grimaçant.

— Peut-être que ce rapport nous aidera pas beaucoup mais, comme je vous ai dit, on néglige rien.

Le détective lui donne une vigoureuse poignée de main :

— Merci, monsieur Lavoie.

— Appelez-moi Max.

— Merci, Max. Et…

Pierre se sent rougir un brin.

— … merci de m'avoir invité à votre émission ! C'était ben le fun !

Max fait un signe de la main, du genre : « Y a rien là », puis Pierre retourne à sa voiture.

— Bonne chance dans votre enquête, lance l'animateur.

Pierre le salue tandis que sa voiture s'éloigne vers la grille qui s'ouvre lentement.

Sans difficulté, le détective retrouve le centre-ville et se dirige vers le pont Jacques-Cartier. Quelle soirée ! Lui qui, en écoutant *Vivre au Max,* se disait toujours qu'il ne se sentirait pas à l'aise parmi cette foule qui lui donnait l'impression d'être un véritable zoo… Ce soir, il a fait partie du zoo et, ma foi, il a eu bien du plaisir ! Et ce Max Lavoie… Très sympathique ! Une vedette qui a su rester simple et près du monde ordinaire. Dire qu'il y a des intellos qui croient que Lavoie rit des gens avec son émission !

Tous des jaloux !

◆

Maxime regarde la grille se refermer, les mains dans les poches. Voilà, c'est terminé. Il ne reverra plus ce flic. Parfait.

Il a envie d'aller réveiller Gabriel, juste pour le rassurer, mais il décide d'attendre demain matin. Il songe ensuite à appeler Frédéric Ferland pour lui raconter cette petite visite, puis renonce aussi. Ça peut attendre à leur prochaine rencontre. Là, maintenant, il est trop fatigué.

Pourtant, il demeure un long moment dehors, les mains dans les poches, à contempler la nuit. La bonne humeur et l'enthousiasme ont disparu de son œil pour laisser place à une tranquille mélancolie.

FOCALISATION ZÉRO

Après son passage à *Vivre au Max*, François Rouleau, l'homme qui a couru nu au centre-ville de Chicoutimi, va rejoindre des amis dans un bar de Montréal et ceux-ci le félicitent d'avoir eu tant d'audace. Plusieurs consommateurs le reconnaissent et se foutent de sa gueule. Hautain, il répond qu'il est un rebelle libre. Le lendemain, son ex-femme le prévient qu'elle entreprend des recours légaux pour lui enlever la garde partagée de leur fille. Elle considère qu'un homme assez irresponsable pour se montrer nu devant presque trois millions de téléspectateurs ne peut pas s'occuper d'une enfant de six ans, ce qui est aussi l'avis de son avocat. Durant les semaines suivantes, François suscite les quolibets partout où il va et si, au début, il rétorque fièrement, il commence à baisser la tête devant les moqueries et à s'éclipser sans un mot. Comme il a rempli plusieurs demandes d'emploi avant l'émission, on se met à le convoquer pour quelques entrevues. Mais la plupart des employeurs le reconnaissent et après trois mois, il n'a toujours pas trouvé de travail. De plus, le juge a tranché en faveur de son ex-femme et François doit se contenter désormais de voir sa fille une journée par deux semaines.

Après l'enregistrement de l'émission, Nadia Granger, l'adepte du *kickboxing* qui a servi une raclée à trois gars en direct, va au vestiaire du studio, prend une longue douche et sort dans le stationnement. Elle ne s'est pas vraiment amusée, mais elle est fière d'elle, car ce soir, elle a montré à toutes les femmes du Québec que les hommes, malgré leurs airs supérieurs, étaient des faibles. Depuis sa rupture avec son conjoint violent, il y a trois ans, elle suit des cours de *kickboxing* de manière ultra-intensive et ce soir, le résultat de cet entraînement a porté fruit. Dehors, quelques spectateurs qui se sont attardés la félicitent et elle remercie. Elle ne voit pas à l'écart un groupe de cinq jeunes d'une vingtaine d'années, qui ont assisté à l'émission, l'observer d'un œil sinistre tandis qu'elle monte dans sa voiture. Quand elle démarre, les jeunes sautent dans leur automobile et la suivent. Le studio étant dans une partie plutôt retirée de Montréal-Nord, le chemin est sans résidences pendant deux bons kilomètres, flanqué seulement de quelques vieilles usines désertes durant la nuit. La voiture des jeunes dépasse celle de Nadia et vient s'arrêter juste devant, obligeant ainsi la jeune femme à freiner. Les cinq gaillards sortent en vitesse et tirent Nadia hors de son véhicule. Durant la première minute, elle se défend bien, casse le nez de l'un, coupe le souffle de deux autres, mais ils sont tout de même cinq et ils finissent par l'assommer. Alors qu'elle est à moitié évanouie, ils la transportent rapidement derrière une des usines fermées et, durant près d'une heure, la violent à répétition, la battent à coups de poing et la mutilent avec une vieille bouteille de bière trouvée sur place. Lorsqu'ils l'abandonnent au bout de cinquante-trois minutes, ensanglantée, le goulot cassé de la bouteille toujours enfoncé dans l'anus, Nadia Granger a encore assez de conscience pour se dire que les hommes sont pires qu'elle ne le croyait, pires que son ex qui l'a traitée comme une chienne durant les dix-huit mois qu'a duré leur relation, que peu importe sa volonté d'être plus forte qu'eux, ils auront toujours le dernier mot.

Ce soir-là, deux millions huit cent cinquante mille spectateurs voient François et Nadia réaliser leur rêve.

Trois mois plus tard, il n'y a personne chez François qui, seul dans sa grande maison, pleure sur une photo de sa fille. Comme il n'y a personne chez Nadia, à l'exception de Frimousse, son bichon maltais, qui observe avec curiosité sa maîtresse pendue dans le salon.

CHAPITRE 4

— Vous êtes vraiment milliardaire ? demanda l'étudiant.

Debout devant la classe, Maxime ne répondit pas tout de suite et on n'entendit que le vent d'automne qui ébranlait les trois fenêtres du local. Il parlait à ces jeunes depuis cinquante minutes et aucun n'avait encore osé lui poser directement la question. Le PDG de Lavoie inc. jeta un regard vers Francis qui, debout à l'écart, les bras croisés, réprima un sourire. Sur un ton presque d'excuse, Maxime répondit :

— Oui, je le suis.

Les trente-six adolescents parurent impressionnés. Maxime les considéra un moment, à nouveau frappé par le look trash de certains garçons et les vêtements très osés de certaines filles. « On est en l'an 2000, mon vieux. Fais-toi à l'idée. »

— Vous trouvez pas ça contradictoire qu'un riche comme vous vienne nous faire la morale sur la justice et la consommation responsable ? demanda un garçon aux cheveux rouges qui, depuis le début, posait des questions pertinentes.

Quelques-uns de ses condisciples acquiescèrent en silence et intérieurement ; Maxime se dit que ce jeune était fort brillant. Lorsque Francis lui avait demandé de venir dans sa classe de cinquième secondaire pour parler de responsabilités sociales, il avait aussi prévenu son ami que certains élèves particulièrement allumés l'affronteraient.

— Justement, répondit l'homme d'affaires. Je veux vous montrer qu'il est possible d'être riche et responsable.

Ne l'avaient-ils donc pas compris ? Depuis trois quarts d'heure qu'il leur expliquait son parcours atypique ! Quand, deux ans plus tôt, Maxime avait accepté de prendre la direction de Lavoie inc. avec 40 pour cent des actions, c'était dans le but de changer vraiment les choses, de pouvoir enfin accomplir des actions aux impacts réels et significatifs. Et, effectivement, au cours de l'année qui avait suivi, Maxime avait produit l'effet d'une tornade chez Lavoie inc. : finies les mises à pied sauvages pour économiser ; finis les discours anti-syndicalistes ; finies les publicités démagogues dans les journaux et à la télé qui exploitaient effrontément la naïveté des jeunes pour les faire encore plus consommer ; finies les campagnes de salissage contre les autres compagnies. De plus, Maxime avait créé deux fondations, une pour aider les enfants et l'autre pour aider les pauvres. Et il s'agissait de vraies fondations qui portaient fruit et qui avaient des résultats directs et concrets, et non pas de couvertures pour bien paraître aux yeux du public ou de paradis fiscaux détournés. De plus, il avait fait ouvrir une usine en Abitibi et songeait sérieusement à en ouvrir une autre en Gaspésie, uniquement pour créer de l'emploi. Il avait augmenté aussi le salaire de base des employés du Québec de deux dollars et demi de l'heure, d'un seul coup. Francis l'avait beaucoup aidé, car Maxime ne prenait aucune décision sans lui en parler. Combien de soirées avaient-ils passées tous les deux au Verre Bouteille, leur bar préféré, à discuter des moyens de rendre Lavoie inc. plus propre, plus honnête, plus humaine ? Bref, au terme de sa première année, Maxime avait été bien fier de lui.

Par contre, le conseil d'administration était inquiet et, souvent, votait contre ses décisions. Mais Masina qui, avec 25 pour cent des actions, était le deuxième actionnaire en importance, soutenait toujours les décisions de Maxime malgré ses propres doutes. De sorte qu'au bout d'un an, la compagnie avait enregistré une baisse de profits de 12 pour cent.

— Mais on a quand même fait trois cent cinquante millions ! avait soutenu Maxime.

— C'est cinquante millions de moins que l'année passée, avait rétorqué Masina. Les actionnaires n'aiment pas perdre de l'argent.

— Perdre de l'argent ? De quoi tu parles, Michaël ? Au lieu d'empocher cinq millions cette année, ils vont empocher deux cent mille de moins, c'est ça ? Au lieu de pouvoir s'acheter un bateau par mois, ils vont devoir s'accommoder d'un par année ? Et toi-même, Michaël ? Vas-tu survivre avec ton nouveau salaire de crève-faim ? Et moi ? Mon Dieu, ça y est, je ne pourrai pas payer mon hypothèque cette année !

Le voilà qui maniait l'ironie mordante, tout comme Francis. Comme si le fait d'être PDG lui donnait une assurance nouvelle.

— Ce n'est pas aussi simple, Max, avait soupiré Masina.

— Oui, ce l'est ! On réussit à faire beaucoup d'argent tout en étant une compagnie honnête et humaine, c'est ça l'important !

C'est ce que Maxime venait d'expliquer à ces jeunes étudiants. Le gars aux cheveux rouges, sans agressivité, insista :

— Quand même, quand on est riche comme vous, c'est facile d'être responsable.

— Au contraire, intervint Francis, les bras toujours croisés. Plus on a d'argent, plus on est tenté d'en faire. Maxime doit lutter contre cette vision des choses jour après jour au cœur de sa propre entreprise, n'est-ce pas, Max ?

— C'est vrai, reconnut le milliardaire avec amertume.

Plusieurs paraissaient peu convaincus dans la classe. Maxime ajouta :

— Mon argent sert beaucoup plus à faire de Lavoie inc. une entreprise responsable qu'à mes fins personnelles.

Une fille lança alors :

— En tout cas, moi, si j'avais de l'argent, je me paierais la traite pis je me poserais pas de questions !

— Mets-en ! renchérit un garçon. Je sortirais tous les soirs pour rencontrer le maximum de filles !

Plusieurs éclatèrent de rire, mais quelques-uns, dont le jeune aux cheveux rouges, affichèrent un air découragé. Maxime sentit un flot de rage monter en lui. Même les étudiants n'ont aucune conscience sociale, eux qui représentent pourtant l'avenir ! Tout à coup, il détesta ces adolescents et il était même sur le point de les envoyer au diable lorsque Francis intervint sur un ton presque placide :

— Ah, je vois. Vous, les jeunes, qui n'arrêtez pas de dire que vous voulez changer le monde, c'est comme ça que vous voulez vous y prendre, c'est ça ? Expliquez-moi donc ça, s'il vous plaît, j'aimerais bien comprendre.

Il y eut des ricanements, des haussements d'épaules et des airs empêtrés. Maxime admira l'attitude de son ami, son ironie mordante. Comment faisait-il pour garder ainsi son sang-froid face à la bêtise ambiante ?

La cloche sonna et, tandis que les élèves se levaient, Francis leur rappela qu'il voulait un commentaire critique de trois cents mots sur cette rencontre pour le prochain cours. Une fois que les deux amis furent seuls dans la classe, Francis s'assit sur le bord du bureau et, souriant, applaudit sans bruit :

— Bravo, monsieur le PDG. Tu t'en es sacrément bien sorti.

— Sauf qu'ils s'en foutent complètement ! rétorqua Maxime en marchant vers les fenêtres.

— Pas tous. Quelques-uns ont été ébranlés, j'en suis sûr. Alexandre, par exemple, le gars aux cheveux rouges…

— Quelques-uns peut-être, mais la plupart envient mon cash et me trouvent ridicule avec mes idéaux. T'as entendu les commentaires à la fin ? Merde ! Tout ce qui les intéresse, c'est de prendre de la bière et de fêter au maximum ! Eh bien, qu'ils fêtent ! Qu'ils se soûlent la gueule ! Et après, ils prendront leur voiture et iront se tuer sur la route, c'est pas moi qui vais m'en plaindre !

— Arrête, Max !

Le milliardaire se retourna, lui-même médusé de ses propres paroles. Francis, assis sur le bureau, le dévisagea sans l'ombre d'un sourire. Il marmonna :

— Parfois, ton agressivité m'inquiète vraiment…

Maxime ne rétorqua rien. Il savait à quoi faisait référence son ami. L'instant d'un flash, il se revit dans une voiture, la nuit… Les phares qui éclairaient Nadine et son amoureux… Le choc de la voiture contre les jambes du garçon… et le mépris qui déferlait en lui, un mépris dévastateur qui confinait à la haine…

Francis s'approcha de Maxime et, en lui donnant une claque amicale dans le dos, lui lança :

— Viens… On va prendre un verre.

◆

Ils burent quelques bières au Verre Bouteille, ce qui les mena au souper. Ils mangèrent donc de la pizza sur place tandis que le bar se remplissait. Comme Maxime, une fois de plus, faisait remarquer qu'il était loin d'être convaincu de son influence auprès des jeunes, Francis lui rétorqua :

— Tu leur as pourtant expliqué les améliorations que tu as apportées chez Lavoie inc. !

— Durant ma première année comme PDG, oui. Mais par la suite, ça s'est passé moins bien, tu le sais parfaitement !

En effet, dès sa seconde année comme président, Maxime avait réalisé qu'il ne contrôlait pas tout. On jouait dans son dos, on prenait des décisions sans son consentement en se disant que, vu sa naïveté et son manque d'expérience, il ne s'en rendrait pas trop compte. Souvent, il découvrait des mises à pied deux mois trop tard, ou des campagnes de publicité qui lui avaient échappé, ou des détournements louches dans ses fondations. Quant à toutes ces magouilles pour payer moins d'impôt, il n'y comprenait rien ! Quelquefois, il trouvait les coupables (ou les boucs émissaires) et sévissait, mais souvent il se perdait dans cette machine trop grosse qu'il n'arrivait pas à maîtriser parfaitement. Il se disait parfois que c'était sûrement Masina qui agissait sous la couverture, question de rassurer le conseil d'administration et d'empêcher ainsi un «putsch». Bref, les décisions de Max étaient acceptées surtout grâce au vieil Italien, mais discrètement on essayait de limiter les dégâts.

Les profits étaient remontés quelque peu, se situant autour de trois cent soixante-dix millions. Pour Maxime, c'était une autre preuve que son contrôle n'était que partiel. De plus, sa mère était morte d'un anévrisme, seule dans son salon. Elle n'allait pas bien depuis plusieurs années et dépérissait à toute vitesse depuis la mort de son mari (qui, pourtant, l'avait toujours traitée comme un accessoire encombrant mais nécessaire), mais cela avait causé un choc à Maxime, qui y avait vu un avertissement particulièrement ironique du destin.

— Tout de même, tu limites les dégâts, lui fit remarquer Francis qui mangeait comme si sa vie en dépendait. Et maintenant, pour être vraiment utile, tu pourrais songer à tes employés hors-Québec…

— Tu fais référence à nos usines des Philippines, c'est ça?

— À vos *sweatshops*, oui…

— Masina m'a dit que ce ne sont pas des *sweatshops*.

— Tu en es sûr? Lui-même le sait-il *vraiment*?

Le milliardaire avait froncé les sourcils. Francis, la bouche pleine, le regard tourné vers le fond de la salle, se pencha vers son ami:

— Mais là, je pense qu'on devrait changer de sujet…

Il venait de repérer deux jolies filles, seules à une table. Et, effectivement, l'ambiance changea. Toujours aussi habile, Francis, pourtant loin des standards de beauté masculine, finit par les inviter à leur table et, à un moment donné, Maxime fut bien obligé de dire qui il était. La première réaction des filles fut le scepticisme.

— Voyons, qu'est-ce que le PDG de Lavoie inc. viendrait faire dans un petit bar sur Mont-Royal? se moqua l'une des deux. Habillé avec un vieux jeans et une chemise fripée en plus!

— Les bars riches du centre-ville me dépriment.

— Me semble, oui! On veut des preuves!

Le milliardaire, à contrecœur, sortit sa carte d'affaires et les demoiselles, impressionnées, changèrent aussitôt d'attitude.

Plus tard, Francis partit avec une fille (même s'il était clair qu'elle aurait préféré accompagner le PDG) et Maxime, après une hésitation, invita chez lui la seconde, qui ne se fit pas prier. Dans le taxi, il lui récita quelques vers de Baudelaire pour l'épater, mais, de toute évidence, elle ne comprenait pas. La maison jolie mais modeste de l'homme d'affaires la déçut.

— Tu vis ici? Hé ben… C'est à peine plus grand que chez mes parents.

Ce qui ne les empêcha pas de faire l'amour, mais Maxime, malgré la fougue de sa partenaire, y prit un plaisir très limité, se livrant à l'acte sexuel plus par hygiène que par réel désir. Le lendemain, la fille lui laissa son numéro de téléphone.

— Tu me rappelles, hein? lui dit-elle sur le pas de la porte, les yeux brillants d'espoir, déjà tout excitée à l'idée de raconter à ses amies avec qui elle avait passé la nuit.

— Pourquoi pas?

Une fois seul, Maxime examina les sept chiffres inscrits sur le bout de papier. Depuis sa relation catastrophique avec Nadine au cégep

(sublime, cruelle Nadine, sale mirage trompeur)

il avait tenté de nouer une relation amoureuse à trois reprises. Trois fois il avait montré une réelle volonté de s'investir émotionnellement. Trois fois il avait tout plaqué au bout de quelques mois, trop effrayé à l'idée de souffrir encore, trop écœuré par l'envoûtement des filles pour l'argent de son père (ou le sien, depuis deux ans), trop déçu de la tiédeur de ses sentiments comparée au délire de feu et de tempête qu'il avait ressenti avec Nadine.

Il jeta donc le numéro de la fille à la poubelle.

◆

— Comment peux-tu être certain que ce ne sont pas des *sweatshops*? demanda Maxime.

Masina, assis derrière son bureau, prit un air méfiant.

— Je n'ai jamais dit que ce n'étaient pas des *sweatshops*. Je te dis juste que tout semble très bien aller avec elles.

— Tu peux être plus précis?

— Tu ne veux pas t'asseoir?

— Michaël, réponds-moi, s'il te plaît.

— Max, ce ne sont pas vraiment *nos* usines qui sont là-bas, ce sont des sous-traitants qui fabriquent nos produits. C'est à eux de gérer leurs employés et leurs conditions de travail, nous n'avons aucune prise là-dessus.

— Voyons, Michaël, c'est quand même nous qui choisissons nos sous-traitants! Si on n'aime pas leur politique, on les lâche, c'est tout!

Les lèvres serrées, l'Italien avait reconnu qu'en effet ils pouvaient faire cela. Maxime répéta donc sa question: Masina était-il convaincu que ces usines traitaient bien leurs employés?

— Je *crois* que oui, mais comment veux-tu que je le sache avec précision? s'impatienta le vice-président en levant les bras. Crois-tu que nous n'ayons que ça à faire, nous informer des conditions de travail des six usines qui travaillent pour nous à l'autre bout du monde? Tu penses que je vais me promener là-bas chaque week-end?

Maxime eut une drôle d'expression, comme s'il songeait tout à coup à quelque chose, puis annonça sans transition:

— Je voulais te prévenir que je prends une semaine de congé dès lundi.

— Ah bon ? Tu vas faire quoi ?

— Je ne sais pas. Me reposer un peu.

Masina n'insista pas. Après tout, Maxime était le PDG.

Deux heures plus tard, Maxime entrait dans le bureau des professeurs de l'école où enseignait Francis. Ce dernier était en train de corriger des copies quand le milliardaire, sans même le saluer, se planta à côté de lui en demandant de but en blanc :

— Si je te paie le voyage, tu viens avec moi aux Philippines ?

Francis leva la tête, éberlué, mais un sourire entendu se dessina rapidement sur ses lèvres :

— Voyage touristique, c'est ça ?

◆

Dès le lendemain, Maxime appela ses sous-traitants aux Philippines et organisa un rendez-vous avec eux. Le lundi suivant, lui et Francis prenaient l'avion.

Ils atterrirent à Manille, après un vol interminable durant lequel ils dormirent peu, et un taxi les mena à leur hôtel. Ils venaient à peine d'y entrer quand Maxime se pétrifia d'abasourdissement.

Dans le hall, assis bien droit dans un fauteuil, les mains sagement posées sur les accoudoirs, Masina attendait. Les deux hommes se regardèrent un moment en silence, le vice-président impassible, le PDG près du comptoir d'accueil, soufflé. Francis se pencha à son oreille :

— Tu as vu le diable ou quoi ?

— C'est Masina.

Francis, qui ne s'étonnait pas souvent, dévisagea le vieil homme avec une totale stupéfaction.

— Attends-moi ici, fit Maxime.

Il marcha vers l'Italien et ce dernier se leva enfin. Son complet-cravate était impeccable, en parfait contraste avec le jeans et le t-shirt de Maxime. Mais le vieil homme ne semblait pas en colère. Juste un tantinet irrité.

— C'est toute la confiance que tu as en moi ?

— Comment as-tu su ? demanda Maxime, pas du tout mal à l'aise.

— Voyons, Max, tu crois vraiment que tu peux me cacher un voyage dans nos usines des Philippines ? À *moi* ?

Une pensée traversa Maxime, une pensée qu'il avait eue souvent au cours des deux dernières années, même s'il s'efforçait de la combattre : il ne faisait pas le poids. Vraiment pas.

— Je sais que tes rendez-vous sont demain, poursuivit Masina. Je veux être avec toi. Tu es trop… trop influençable pour effectuer ces visites seul.

Et il jeta un regard entendu vers Francis, à l'écart. L'Italien, même s'il ne l'avait jamais rencontré, savait de qui il s'agissait : Maxime lui en avait souvent parlé.

— Tu es arrivé quand ?

— Il y a une heure à peine. J'ai moi aussi volé toute la nuit. Mais en jet privé. J'ai pu dormir. Je n'ai pas honte, moi, de profiter de mon standing.

Francis s'était approché, les mains dans les poches, désinvolte. L'air vaincu, Maxime fit les présentations et le sourire sarcastique du jeune enseignant ne tarda pas à apparaître.

— Vous avez cru que votre protégé ne pourrait voyager sans chaperon, c'est ça ? demanda-t-il, ironique.

— Pas vraiment, puisqu'il en avait déjà un, rétorqua Masina sans broncher.

Francis lança un regard entendu, comme s'il disait : « Hé, pas mal, mon vieux… »

— Michaël va venir visiter les usines de Cavite demain avec nous, lâcha Maxime sans enthousiasme.

— Vraiment ? Si vous êtes au courant de ça, c'est que vous avez appelé les usines en question.

— Évidemment.

— Vous les avez évidemment prévenues que monsieur Lavoie était un idéaliste, assoiffé de justice sociale…

L'Italien, cette fois, ne répondit rien et fixa Francis avec dureté, comme s'il comprenait où l'autre voulait en venir. L'enseignant poursuivit :

— Demain, les usines seront donc fin prêtes à nous recevoir.

Maxime sembla enfin comprendre à son tour et dévisagea Masina d'un air outré. Mais le vieil homme, très digne et peu impressionné, se borna à articuler :

— Vous avez trop d'imagination, monsieur Lemieux.

— Vraiment ? Eh bien, puisque nous sommes tous là, pourquoi ne pas aller tout de suite effectuer ces visites ?

Cette fois, l'Italien plissa un œil. Maxime s'anima soudain :

— Mais oui, pourquoi pas ? J'ai vu qu'on louait des voitures à côté.

— Ils ne nous attendent que demain, objecta Masina qui, malgré ses efforts pour le camoufler, paraissait plus nerveux.

— Voyons, ce n'est pas une journée à l'avance qui va les mettre dans l'embarras !

Masina serra les mâchoires et, cette fois franchement contrarié, lança :

— Mais regardez-vous ! Vous n'avez pas dormi de la nuit, et Cavite est à des heures d'ici !

Mais sa voix était peu convaincue, comme s'il avait compris que ses efforts étaient vains.

— Je me sens en pleine forme, moi. Et toi, Max ?

— En pleine forme, approuva le PDG.

Masina lança vers Francis un regard si noir que tout autre individu en aurait été ratatiné de gêne. L'ami de Maxime, lui, soutint ce regard en souriant et ajouta même :

— Et puis, une visite-surprise, c'est tellement plus… instructif.

◆

La voiture de location détonnait dans les rues étroites et encombrées de Rosario, comme le ferait une perle au milieu d'un tas de gravats. Les habitants, envieux, suivaient des yeux l'automobile qui, sans être luxueuse, faisait changement des jeeps de l'armée converties en minibus et des taxis-motocyclettes habituelles. Assis sur le siège du passager, Maxime observait par la fenêtre ouverte le décor qui défilait autour de lui. Il s'était bien sûr attendu à de la misère et à de la pauvreté, mais le choc n'en demeurait pas moins considérable. Francis conduisait, parfaitement serein, et Masina, assis à l'arrière, ne regardait même pas par sa fenêtre, le visage buté. Ses fins cheveux gris étaient plaqués sur son front moite et il avait réussi l'exploit de garder son veston durant tout le trajet, malgré la chaleur torride et l'absence de climatisation dans la voiture. Aucun mot n'avait été dit depuis leur départ de Manille.

La voiture tourna dans une rue à vitesse très réduite pour ne pas frapper les dizaines de piétons qui marchaient en tous sens, puis apparut, pas très loin devant, une grande barrière avec une large ouverture qui laissait passer des dizaines d'employés philippins.

— Voilà Cavite, la plus grande zone franche indus-trielle des Philippines, commenta Francis.

La voiture franchit l'entrée et le décor changea complètement. Les rues, presque entièrement vides, étaient maintenant bien droites, quadrillées, et les usines s'alignaient côte à côte, ternes, lugubres, mani-festement construites à la va-vite et d'une solidité douteuse. Elles comportaient toutes une porte (pour la plupart ouvertes) flanquée d'un gardien, mais la plupart n'avaient pas de fenêtres. Rues et usines s'étendaient presque à l'infini, comme si un archi-tecte fou s'était amusé à répéter un seul motif sur la planète entière.

— Cavite, c'est 207 usines sur 273 hectares. En tout, 50 000 travailleurs fabriquent ici les produits que les bien-nantis de ce monde consomment tous les jours. De grandes marques ont fait confiance au savoir-faire de Cavite : Nike, GAP, Old Navy, IBM... et Lavoie, bien sûr !

Le ton était sardonique. Maxime savait tout cela, il va sans dire, mais son ami prenait manifestement un malin plaisir à réciter ces informations devant Masina. Il jeta d'ailleurs un bref regard dans le rétro-viseur en ajoutant :

— Mais je ne vous apprends rien, évidemment.

Masina, qui daignait enfin regarder par la fenêtre, ne lui accorda aucune attention. Si ce n'avait été des gardiens et des quelques camions de marchandises qui quittaient les usines ou s'en approchaient, on aurait pu croire l'endroit abandonné.

— On a trois usines de sous-traitants, ici, fit Maxime en consultant un papier. L'usine 44, l'usine 67 et l'usine 153.

Ils se rendirent à la 44, la plus près. Ils sortirent de la voiture, se dégourdirent un peu les membres puis, sous le soleil sans pitié, marchèrent vers le grand entrepôt gris. Maxime remarqua que l'usine juste à côté n'était plus qu'un tas de planches et de métal noircis, comme si elle avait brûlé récemment. À la porte de l'usine, ils s'annoncèrent au gardien et, trois minutes plus tard, un homme d'une quarantaine d'années à la calvitie avancée, chemise courte et propre, sans cravate, s'approcha d'eux, souriant mais irrésolu.

— Bill Nicholson, directeur de l'usine... Bonjour, messieurs...

À son anglais, Maxime comprit qu'il s'agissait d'un Américain. Les présentations furent vite faites.

— On ne vous attendait que demain, fit remarquer Nicholson avec un sourire embêté.

Et il jeta un drôle de regard vers Masina. Ce dernier réprima un mouvement d'irritation.

— On avait trop hâte de venir, répondit Francis, suave.

Nicholson le regarda de biais, se demandant sans doute quel rôle jouait ce grassouillet à lunettes chez Lavoie inc.

— Il y a un problème ? demanda Maxime.

— Non, non ! Mais nous n'avons pas ce genre de visite souvent. En fait, c'est la première fois.

On le sentait sur le qui-vive. Masina le rassura enfin :

— Ne craignez rien, monsieur Lavoie est seulement curieux de bien comprendre chaque rouage de sa compagnie.

L'Américain sembla un peu tranquillisé. Enfin, ils entrèrent dans l'usine. La chaleur, déjà accablante à l'extérieur, devint suffocante. Ils n'avaient pas fait dix pas que Maxime sentait la sueur gicler littéralement de tous les pores de sa peau. On lui expliqua

que le système d'aération était brisé. Temporairement,
bien sûr.

— Et dans votre bureau, il fait aussi chaud ? demanda Francis.

Nicholson se renfrogna, comme un gamin qu'on
viendrait de prendre la main dans le sac.

— J'ai un petit ventilateur… Mais vraiment petit.
Il ne sert presque à rien.

Maxime avait remarqué qu'une minute plus tôt,
alors qu'il sortait sans doute de son bureau, le directeur n'avait aucune goutte de sueur sur le visage.

Ils s'immobilisèrent à l'avant de l'usine, en plein
centre, et observèrent les deux cents employés qui,
devant eux, s'affairaient en silence sur leurs machines
sans même lever la tête vers les visiteurs.

— Combien sont-ils payés ? demanda Maxime.

— Hein ?

— Leur salaire, c'est quoi ?

Le directeur, qui épongeait maintenant son front
moite, jeta un regard interrogateur vers Masina, mais
ce dernier fixait le sol, le visage fermé, ruisselant
sous son veston.

— En moyenne l'équivalent de deux dollars américains par jour. Pour eux, c'est beaucoup d'argent.

— C'est faux, rétorqua Francis qui, malgré sa
corpulence, semblait peu souffrir de la chaleur. La
plus grande partie de ce salaire sert à payer le dortoir
ou le transport. Avec la balance, ils s'achètent des
nouilles et du riz en sortant de la zone. Finalement,
il ne leur reste rien, sinon des broutilles.

Nicholson le dévisagea, comme si un homme nu
venait d'apparaître devant lui, puis il demanda à
Masina :

— C'est qui, lui, au juste ?

— Écoutez, il faut que je boive quelque chose, fit
Masina d'une voix lasse, et il enleva enfin son veston.

Nicholson lui dit de le suivre dans son bureau. Les deux hommes s'éloignèrent et Maxime recommença à examiner les travailleurs. Beaucoup plus de femmes que d'hommes. Jeunes, entre dix-sept et vingt-deux ans environ. Certains devaient avoir quatorze ans, peut-être un peu moins. À quelques mètres de lui, il y avait une longue table autour de laquelle cinq travailleurs, dont quatre étaient des jeunes filles, cousaient le logo « Lavoie » sur des gants de ski alpin. Maxime se demanda si ces gens savaient seulement ce qu'était le ski. De mémoire, il tenta de se rappeler le prix que sa compagnie vendait ces gants en Amérique : soixante dollars ? soixante-dix ? Ces travailleurs, s'ils voulaient s'en acheter une paire, devraient donc travailler durant un mois, et ce, à condition qu'ils ne mangent pas et n'aient aucun loyer à payer. Un léger étourdissement se saisit de Maxime et il sut que ce n'était pas dû à la chaleur. Il regarda vers d'autres tables et remarqua qu'on assemblait des produits d'autres marques que la sienne. Ici, ces marques n'étaient plus des stars qui se faisaient la guerre entre elles. Elles n'étaient que du simple matériel ordinaire assemblé de manière tout à fait banale par des gens qui jamais ne pourraient s'offrir ce qu'ils fabriquaient.

D'un mouvement sec, Maxime essuya la sueur qui lui coulait dans les yeux, son étourdissement se transformant peu à peu en migraine. Il regarda derrière lui, vers le bureau vitré de Nicholson. Il pouvait y voir les deux hommes : le directeur qui parlait avec animation et Masina, verre d'eau à la main, qui avait des gestes apaisants. Maxime eut la désagréable impression d'avoir déjà vécu cette scène… deux ans plus tôt, à la mort de son père, tandis que Masina, dans une serre, rassurait les journalistes…

Masina, le maître du jeu.

Mais pas cette fois. Oh non !

Ses yeux revinrent à la grande salle de l'entrepôt, à tous ces gens cordés qui travaillaient en silence. Qu'est-ce que c'était, là-bas, dans la huitième ou neuvième rangée ? Cette femme qui, en lançant des regards craintifs autour d'elle, remontait sa vieille robe terne et se plaçait un sac en plastique entre les cuisses… Que faisait-elle donc ?

— Il n'y a pas un détail qui te frappe ?

C'était Francis.

— Il n'y a pas de sortie de secours, ajouta-t-il.

C'était vrai ! Il n'y avait que la porte d'entrée ! Maxime songea à l'usine calcinée qui se trouvait juste à côté et, malgré la chaleur torride, sentit un long frisson le parcourir.

Tandis que son regard longeait les murs, il vit un tableau accroché qui portait une inscription : *most gossip workers*. Cinq noms y étaient inscrits. Sa bouche s'ouvrit toute grande d'incrédulité. Ce qu'il avait lu était donc vrai ? On pratiquait ce genre de moyens dissuasifs puérils et humiliants dans les *sweatshops* ?

Il observa à nouveau tous ces ouvriers, la plupart des jeunes filles, qui travaillaient en silence, sans se regarder… Il devait en avoir le cœur net. Il s'approcha de la première table et salua en anglais :

— Bonjour.

Les cinq têtes se levèrent, tandis que les mains, comme indépendantes du reste du corps, continuaient de s'affairer.

— Vous aimez travailler ici ?

Trois des visages dégoulinant de sueur retournèrent à leur besogne, mais deux d'entre eux, une jeune fille et un homme, fixèrent un instant le milliardaire, puis baissèrent les yeux en voyant Nicholson revenir. Il était suivi de Masina, son veston plié sur le bras.

— Ils parlent anglais, non ? demanda Maxime.

— La très grande majorité, oui, répondit le directeur. Mais ils ne vous répondent pas parce qu'ils n'ont pas le droit de parler pendant le travail.

— Sinon quoi ? On inscrit leur nom sur ce tableau de la honte ?

Il désigna du menton l'écriteau sur le mur. Nicholson parut empêtré.

— On est où, ici, à la maternelle ? insistait Maxime, outré.

— Cela a un effet dissuasif très efficace, vous savez, se défendit mollement le directeur.

— Et si le tableau ne fonctionne pas, vous faites quoi ?

Mais Maxime le savait, il l'avait lu aussi. Il répondit donc lui-même avec répugnance :

— Vous coupez leur salaire, c'est ça ?

Nicholson ne répondit rien, de plus en plus mal à l'aise. Maxime sentait la colère monter, il devait se pondérer. Car il savait que lorsque l'agressivité se manifestait...

— Je veux leur parler !

Le directeur jeta un regard interrogatif vers Masina et Maxime dut retenir une envie folle de hurler : *C'est pas lui le patron, criss ! C'est moi ! Moi !* Le vieil homme eut un imperceptible signe d'assentiment, et l'Américain, après s'être approché de la table, lança sèchement en anglais vers ses employés :

— Cet homme veut vous parler.

Les cinq têtes se relevèrent, mais comme les mains continuaient à travailler, Nicholson crut bon d'ajouter :

— Vous pouvez arrêter, cette interruption ne sera pas déduite de votre paie.

Les mains cessèrent de s'activer. Le mal de tête de Max prit de l'ampleur. Bon Dieu ! il avait l'impression d'être dans les mines de *Germinal* ! Il essuya à nouveau la sueur qui lui picotait les yeux et demanda :

— Vous aimez votre travail ?

Ils hésitaient. Trois des quatre filles finirent par marmonner un *yes* indifférent. La quatrième, en s'essuyant le nez, marmonna : « *It's a job, that's all.* » Sur ces visages en sueur, Maxime ne voyait ni bonheur ni malheur. Seulement une sorte de douce résignation, l'expression de ceux qui se sont habitués à l'idée que leur vie serait ainsi et ne changerait pas. Les quatre travailleuses se remirent au travail sans que leur patron ne leur en donne l'ordre. Seul le travailleur masculin affichait une attitude différente, curieux mélange de défaitisme et d'espoir, et tout à coup, il expliqua en anglais d'une voix rapide et énergique :

— Tout ça est excellent pour notre pays. En ce moment, c'est dur, c'est vrai, mais éventuellement, ces usines et ces contrats vont relancer l'économie locale et, dans quelques années, tout ira beaucoup mieux ici.

Deux ouvrières, sans cesser de travailler, approuvèrent en silence, tandis que les deux autres démontraient une parfaite indifférence. L'homme, tout fier, se remit au travail à son tour. Nicholson eut un petit sourire victorieux vers Maxime :

— Vous voyez ?

— Mais dans cinq ans, votre usine existera-t-elle encore ? demanda Maxime sans se démonter.

— Que voulez-vous dire ?

C'est Francis qui répondit, la voix détendue, le visage inexplicablement sec :

— Il veut dire que le gouvernement, ici, est si misérable que, pour attirer les sociétés, il leur donne un «congé fiscal». Pendant cinq ans, aucun impôt à régler, aucune taxe foncière et toutes dépenses payées. Bref, le pays se saigne pour elles en se disant qu'après le congé en question, elles paieront enfin, comme toute compagnie responsable… Sauf qu'au bout de cinq ans, soit elles vont dans un autre pays du tiers-monde, soit elles ferment et, sans changer de place, ouvrent sous un autre nom, pour avoir à nouveau droit au congé fiscal.

Il se tourna vers Masina et lui sourit.

— Encore une fois, je suis persuadé que je ne vous apprends rien.

Maxime qui, bien sûr, était au courant de ce genre de pratiques, apprenait que Lavoie inc., son entreprise qu'il s'efforçait de rendre propre, participait à ce genre de combines nauséabondes! Comment avait-il pu ignorer cela pendant deux ans? Comment avait-il pu croire Masina quand ce dernier lui disait que tout se déroulait de façon juste? À moins qu'inconsciemment il se soit fermé les yeux… Pour croire qu'il pouvait changer les choses…

Les cinq ouvriers tout proches, qui travaillaient en silence, avaient sûrement entendu le laïus de Francis. Sur la plupart des visages, aucun changement: la résignation n'avait pas bronché. Seul le travailleur masculin était devenu livide, comme si on venait d'éteindre la dernière petite lueur qui brillait encore en lui. Nicholson, tout à coup cramoisi, prit carrément Francis par le bras et l'entraîna plus loin. Maxime les suivit, de même que Masina, l'air de plus en plus las.

— Vous, vous ne travaillez pas pour Lavoie inc., à ce que je sache, alors dites-moi donc ce que vous êtes venu foutre ici!

— Oh, moi, je voulais visiter une autre usine, celle juste à côté, mais on dirait qu'elle est passée au feu. Ça semble récent. Et comme la vôtre, j'imagine qu'elle n'avait pas de sortie de secours.

Nicholson ne dit rien. Candide, Francis demanda :

— Au fait, y a-t-il eu des morts ?

Le silence du directeur fut pour Maxime la pire des réponses. Masina leva discrètement les yeux au ciel.

— Sortez d'ici, marmonna Nicholson en pointant son doigt vers Francis.

— J'aurais bien aimé aller aux toilettes, avant, répondit le trouble-fête, toujours avec sa grinçante ironie. À condition, bien sûr, que vous déverrouilliez les salles de bain.

Nicholson soupira avec agacement. Maxime se tourna vers l'une des toilettes. Il voulut essuyer la sueur qui lui coulait dans les yeux, mais ses mains et ses manches étaient trop trempées. Il réussit néanmoins à distinguer un cadenas sur la porte.

— Attendez, pas de panique ! s'empressa de justifier Nicholson. Ils ont deux pauses de quinze minutes pour aller aux toilettes !

— Dans une journée de travail de combien d'heures ? demanda Maxime. Douze heures, je suppose ?

Silence.

— Certaines travailleuses ont quinze ans ! poursuivit le PDG, dont le mal de tête gonflait de plus en plus. Elles ne vont donc pas à l'école ?

Silence.

— Douze heures par jour, cinq jours par semaine ? insistait Maxime. Non, pas cinq, qu'est-ce que je dis là ! Au moins six, n'est-ce pas ?

Silence.

Maxime avait maintenant le vertige. Il se passa une main dans les cheveux qui, à cause de la sueur, demeurèrent lissés vers l'arrière. Il entendait Nicholson se défendre :

— Il *faut* verrouiller les salles de bain, sinon ils n'attendent pas leur pause et y vont pendant le travail !

C'était surréaliste. Quelque chose avait déraillé. Lorsqu'ils avaient pris l'avion, ils avaient traversé une sorte de couloir temporel et avaient reculé de cent ans, c'était la seule explication...

Cette femme, tout à l'heure, avec son sac de plastique entre les jambes... Elle urinait ! Elle urinait dans un sac parce qu'elle ne pouvait *plus* attendre ! Et si elle s'était fait prendre ? Aurait-on mis son nom sur le tableau de l'humiliation ? Aurait-on coupé son salaire ? Pour avoir *pissé* ?!

Chancelant, Maxime chercha cette travailleuse des yeux. Mais comment la retrouver ? Elles se ressemblaient tellement toutes dans leurs robes grises, leur silence, leur résignation silencieuse, leur jeunesse... Comment la distinguer parmi toutes ces jeunes femmes qui bossaient six jours par semaine, douze heures par jour, avec deux petites pauses de quinze minutes... Douze heures pour *deux* dollars ! Il se tourna vers Masina. L'Italien ne disait toujours rien. Stoïque, il fixait son président droit dans les yeux. Malgré son étourdissement croissant, Maxime distingua la voix suave de Francis :

— Alors, vous me débarrez la porte des toilettes ou je dois attendre la pause, moi aussi ?

— Je vous ai dit de sortir, vous !

— On sort tous, lança alors Maxime en se mettant en marche, sur le point d'étouffer. Et je vous le dis tout de suite, monsieur Nicholson : vous allez recevoir une lettre indiquant que nous ne ferons plus affaire avec vous.

Cette fois, Masina eut une réaction : il leva les yeux au ciel et poussa un juron en italien. Nicholson, lui, fut plus spectaculaire. Affolé, il courut vers Maxime en demandant des explications, mais ce dernier ne daigna ni ralentir ni le regarder. Le directeur s'adressa donc à Masina, qui lui dit que tout allait s'arranger. Maxime se retourna pour crier :

— Non, ça ne s'arrangera pas, Michaël ! Ma décision est prise !

Il se remit en marche, sans entendre ce que marmonnait l'Italien à l'Américain.

Dans un silence de glace, les trois hommes montèrent dans la voiture. En mettant le moteur en marche, Francis glissa vers son ami :

— Bien joué, vieux…

Tandis que le véhicule s'éloignait, Maxime eut un dernier regard pour l'usine en ruine. Il l'imagina en flammes. Il imagina les deux cents employés incapables de tous fuir par la seule issue, minuscule. Il imagina les morts, trouvés dans les décombres. Surtout les mortes. Les mortes de quinze ans.

Sa chemise lui collait tellement à la peau qu'il l'ouvrit toute grande d'un geste rageur, faisant sauter la plupart des boutons. À l'arrière, Masina avait posé son front plissé sur sa main droite et ne bougeait plus.

La voiture sortit enfin de Cavite et réintégra les rues achalandées de Rosario. Maxime se tourna vers l'arrière, vers ces milliers d'ouvriers qui reviendraient demain pour douze autres heures, toucheraient leurs deux dollars, reviendraient le surlendemain pour douze autres heures, six jours par semaine, jusqu'à ce que la compagnie les jette, les replongeant dans une misère qu'ils n'avaient, au fond, jamais quittée… Puis, on les réengagerait, dans les mêmes conditions, et ils recommenceraient à fabriquer pour quelques

sous des bâtons de ski pour que des milliers d'adolescents occidentaux de leur âge puissent s'amuser
tout l'hiver.

Son mal de tête devint si violent qu'il dut fermer
les yeux. Il les garda clos jusqu'à Manille.

◆

— Tu le savais, Michaël.

Cette fois, Maxime répéta ces mots d'une voix
presque douce, face à la grande fenêtre de sa luxueuse
chambre d'hôtel climatisée de Manille. Le soleil se
couchait. Il avait toujours souhaité visiter l'Asie, mais
pas dans de telles conditions, ni pour de telles raisons.
Il voyait en bas, dans la piscine de l'hôtel, Francis
en train de chanter la pomme à une jolie touriste en
bikini qui, assise sur le bord, l'écoutait avec agrément.
Maxime se retourna.

— Avoue donc !

Masina, assis dans un fauteuil, leva deux bras las.
Une immense fatigue multipliait les rides sur son
visage.

— Je le savais et je ne le savais pas…

— Ça veut dire quoi, ça ?

— Ça veut dire qu'on sait tous, en affaires, quelles
sont, *grosso modo*, les conditions de ces usines dans
les pays asiatiques, mais on ne connaît pas les détails
précis !

— Parce que ça ne vous intéresse pas !

— *Parfètemã*, ça ne nous intéresse pas ! rétorqua
l'Italien en donnant un coup de poing sur le bras du
fauteuil. Comme ça ne t'a pas intéressé, toi non plus,
pendant deux ans !

Maxime tiqua. Masina continua :

— On engage des sous-traitants justement pour
ne pas avoir à s'occuper de ça !

— Mais on sait comment ils traitent leurs employés ! On le sait très bien !

— Qu'est-ce que tu veux qu'on fasse, au juste ?

— On peut les obliger à mieux traiter les employés !

— Ils refuseront ! Ce serait moins payant pour eux *aussi !* Ils sont tous comme ça, Max !

— Alors ouvrons nos propres usines dans les pays pauvres et offrons de bonnes conditions de travail ! Même si on agit convenablement envers ces gens, ce sera économique pour nous !

— Mais ce le sera beaucoup moins et nous perdrons beaucoup, beaucoup d'argent !

— Ça veut dire combien, beaucoup ? D'accord, mettons ça au pire : au lieu de faire trois cent soixante-dix millions comme en ce moment, on ferait la moitié moins, cent quatre-vingts millions ? Ou pire : cent millions ! Tiens, je suis prêt à être apocalyptique : disons qu'on descend à trente millions !

Masina dévisageait son PDG d'un air déconcerté, se demandant s'il devait rire ou pleurer de cette extraordinaire candeur. Mais Maxime, emporté, continuait :

— Trente millions de profits, Michaël ! Merde ! On n'est pas dans la rue !

— Mais si on veut rester compétitifs, si on veut continuer à être sur l'échiquier international, il faut…

— Mais on s'en *fout* d'être international ! cria Maxime en balayant l'air de sa main droite, comme s'il renversait toutes les pièces de ce fameux échiquier. En tout cas, pas à n'importe quel prix ! À trente millions, on est une bonne petite compagnie québécoise prospère, tout le monde a une vie décente, patrons comme employés, et en plus, on est *propres*, on est humains ! Et le soir, on peut se coucher la conscience tranquille !

Masina, sans cesser de dévisager Maxime comme s'il avait perdu la raison, secoua lentement la tête :

— Max, c'est… c'est insensé !

— Insensé ? Tu me dis que si on ne fait pas au moins trois cent soixante-dix millions de profit, on a des problèmes, et tu me dis que *moi,* je suis insensé ? Criss ! Michaël, en ce moment tu fais tellement de fric que t'auras pas assez de cinq vies pour en dépenser la moitié ! Veux-tu bien me dire pourquoi vous voulez tous posséder autant d'argent ? Qu'est-ce que ça vous donne d'en avoir *plus ?*

— *Accidenti,* Max ! Ce n'est pas qu'une question d'argent !

— Ah non ? C'est quoi, alors ?

Au moment où il posa la question, la réponse lui apparut aussitôt. Et devant le silence éloquent de Masina qui, tout à coup, évitait son regard, il sut qu'il avait vu juste. Bon Dieu ! c'était si évident, si simple et, en même temps, si *enfantin*… Ces hommes d'affaires jouaient, tout simplement. Un immense jeu. Un gigantesque Monopoly à l'échelle planétaire. Et pourquoi, quand on joue au Monopoly, veut-on gagner la partie ? Pour être le meilleur, tout simplement. Et quand on est le meilleur, on a le pouvoir. Pas juste l'argent : le *pouvoir.*

Masina, le maître du jeu… encore et toujours…

Comme s'il avait lu dans ses pensées, le vieil homme leva la tête. Maxime pouvait entendre le message que lançait ce regard cerné aussi clairement que si Masina l'avait hurlé : *Ne brise pas notre jouet !* Maxime lui tourna le dos et retourna vers la fenêtre, nauséeux, ne remarquant même pas qu'en bas, Francis et la fille n'étaient plus là. Après un moment, l'air décidé, il fit volte-face et annonça avec fermeté :

— Les sous-traitants de ce genre, c'est fini ! Dès notre retour à Montréal, nous cessons toutes affaires avec eux. Nous ouvrirons d'autres usines au Québec et, s'il faut absolument en ouvrir quelques-unes en Asie, elles traiteront les employés avec dignité.

Il s'attendait à une explosion de la part de son vice-président ou, à la limite, à des supplications. Il n'en fut rien. Masina demeura de marbre et se contenta d'articuler :

— Non, Maxime.

— Pardon ?

— Je te dis que cette décision ne passera pas au Conseil. Pour la simple et bonne raison que cette fois je ne te soutiendrai pas. Je voterai contre, comme les autres ne manqueront pas de le faire.

Une pointe de grande tristesse perça son impassibilité, comme s'il avait toujours redouté d'en arriver à cette extrémité. Maxime pointa un doigt accusateur vers lui et cracha :

— Quand j'ai accepté de devenir PDG de cette compagnie, c'était pour la transformer et la rendre humaine ! Tu étais d'accord, je m'en souviens très bien !

— Et tu trouves que je ne t'ai pas défendu ? se fâcha l'Italien à son tour. Je suis le seul à cautionner tes réformes idéalistes dans la compagnie, tu ne l'as pas remarqué ? Même si toi et moi sommes les actionnaires majoritaires, il y a longtemps que le Conseil t'aurait réduit en miettes si je n'étais pas intervenu ! Je sauve ton *culo* chaque jour depuis deux ans, Maxime !

— Mais par en dessous, tu sabotes la moitié de mes efforts !

— J'évite le pire ! *Porca puttana !* J'essaie d'être fidèle à toi, à ton père et aux actionnaires, tu crois que c'est facile ?

Il lissa ses cheveux gris et, retrouvant son flegme, marmonna avec fatalité :

— Mais là, tu vas trop loin. Et même si je te soutenais, le Conseil, cette fois, ne m'écouterait plus et se débarrasserait non seulement de toi mais de nous deux.

— Comment le pourrait-il ? Nous sommes majoritaires et…

— Tu ne connais rien, Maxime, marmonna l'Italien en faisant un geste vague. Tout est possible en affaires. Absolument tout.

Maxime ne rétorqua rien, conscient tout à coup qu'effectivement, s'il était encore à la barre de Lavoie inc., c'était grâce au vieil ami de son père. Masina poursuivit gravement :

— Si je laissais Lavoie inc. devenir une binerie, je te respecterais, toi, mais je trahirais les actionnaires, et surtout le nom de ta *famiglia*. Et quand je vais aller rejoindre ton père au paradis, je ne veux pas avoir honte devant lui…

Maxime s'approcha, mit ses deux mains sur les bras du fauteuil de Masina et approcha son visage grimaçant.

— J'ai des petites nouvelles pour toi, Michaël : tu vas rejoindre mon père, oui, mais sûrement pas au paradis…

Masina secoua la tête en soupirant :

— Maxime, tu es… Tu ne vis pas dans le monde réel.

Une illumination, rapide et intense : Maxime se vit prendre Masina à bras-le-corps et le lancer par la fenêtre.

« *Parfois, ton agressivité m'inquiète vraiment…* »

Dérouté par cette vision, il détourna le regard.

Masina se leva péniblement et marcha jusqu'à la porte, comme si ses pieds traînaient toute sa vie derrière eux. Juste avant de sortir, il tourna un visage réellement triste vers Maxime.

— Je suis désolé, Max.

— Si les gens savaient comment sont fabriqués nos produits, on en vendrait beaucoup moins ! lança Maxime de manière puérile.

— Mais ils le *savent,* voyons. Et ceux qui ne le savent pas, c'est parce qu'ils s'arrangent pour ne pas le savoir, comme toi au cours des deux dernières années. Ces informations sont faciles à trouver. Mais les gens aiment nos produits : ils sont beaux, ils sont à la mode et ils procurent un sentiment d'appartenance.

Avec une pointe d'ironie amère, il demanda :

— Alors, vont-ils tous aller en enfer eux aussi, Max ? Tout le monde ira en enfer sauf toi, c'est ça ?

Maxime ne répondait rien, les poings serrés, tandis que Masina sortait enfin de la pièce.

Seul, le PDG de Lavoie inc. fixa la porte fermée en hochant la tête, les yeux flamboyants de rage.

— On va voir, si les gens savent vraiment…

◆

À la réunion suivante du Conseil, Maxime ne proposa même pas qu'on cesse tout commerce avec les *sweatshops*. Il savait que l'avertissement de Masina était sérieux. Mais il ne demeura pas inactif pour autant. De façon anonyme, il envoya d'immenses sommes d'argent à des associations qui prônaient la consommation équitable et le respect des droits humains afin qu'elles diffusent dans les journaux et les grandes chaînes de télé un message dont le titre était :

« Lorsque vous achetez des grandes marques, vous favorisez la misère humaine. »

Suivait un texte dans lequel on résumait la situation des *sweatshops*. Le message nommait plusieurs compagnies « coupables » (Nike, Gap… et, bien sûr, Lavoie). Finalement, on y proposait comme alternative des petites compagnies peu connues mais réputées pour fabriquer des produits équitables. Ce texte parut sur une page pleine du *Journal de Montréal*, du *Journal de Québec*, de *La Presse*, du *Devoir* et du *Soleil*, et ce, durant toute une semaine. Le message passa aussi aux trois grandes chaînes de télé, cinq fois par jour : le texte était écrit en blanc sur un fond noir, et une voix grave en lisait le contenu. Il y avait, chaque fois, une petite phrase ajoutée, du genre : « Le journal (ou le diffuseur télé) se dissocie entièrement du contenu de ce message. » Cela coûta une petite fortune à Maxime, mais il s'en moquait : durant cette semaine, il serait presque impossible de ne pas tomber sur sa « publicité ».

Dès le premier jour, Masina entra dans le bureau du PDG sans se faire annoncer, une copie de *La Presse* entre les mains. Sans brusquerie, il déposa le journal sur le bureau, ouvert à la page de la « pub ».

— Je me suis renseigné, dit-il d'un ton neutre. Je sais que cette pub passe dans les autres journaux, ainsi qu'à la télévision.

En regardant la publicité, Maxime eut une petite moue admirative.

— Que veux-tu que je te dise ? On ne va pas les poursuivre en diffamation, tout de même, hein ?

Masina prit un air déçu. La déception du père qui voit son fils s'adonner à de puériles bêtises.

— Et je suppose que tu es fier, marmonna-t-il.

— De quoi tu parles ? Regarde en bas de l'annonce : c'est payé par « Conso-justice ».

— C'est ce qui étonne le plus tout le monde, ici. On se demande bien où ce groupe a pu prendre l'argent.

Ce genre d'associations n'a pas assez de pognon pour un tel tir groupé. Moi, j'ai ma petite idée.

Maxime ne disait rien, soutenait le regard d'aigle de l'Italien. Ce dernier s'installa enfin dans le fauteuil devant le bureau. Son calme était si lisse que Maxime lui-même en était quelque peu désorienté.

— Tu sais que je pourrais te dénoncer au Conseil.

— Tu n'as aucune preuve.

— Tais-toi, fit Masina d'une voix lasse. Je n'aurais aucune difficulté à les convaincre. Mais ton père se retournerait dans sa tombe si la compagnie n'était plus dirigée par un Lavoie, aussi idiot ce descendant soit-il.

Il eut un mince sourire dénué de toute joie.

— Alors je ne ferai rien.

À ce moment, Maxime aurait dû comprendre que ses naïves tentatives pour tout changer étaient vaines. Comme il aurait dû comprendre, devant l'imperturbable assurance que démontrait le vice-président, que ce vieil homme était beaucoup plus fort que lui parce que depuis longtemps, tellement longtemps, Masina jouait le jeu et le maîtrisait *parfaitement*. Mais Maxime ne voulait pas encore le reconnaître. Il ouvrit la bouche et, en posant cette simple question, il démontra sans le savoir qu'il avait perdu :

— Pourquoi ?

Masina hocha la tête, comme si c'était encore plus facile que prévu.

— Pour que tu comprennes.

— Que je comprenne quoi ?

Je m'enfonce ! criait une voix intérieure. *Je m'enfonce parce que je ne fais pas le poids, vais-je finir par l'admettre ?*

Masina reprit le journal qu'il plia soigneusement et, d'une voix désolée, articula :

— Le monde.

◆

Durant l'année qui suivit, les ventes de Lavoie inc. ne baissèrent pas. Ou elles diminuèrent si peu que c'en était insignifiant. Il en fut de même pour les autres compagnies dénoncées par les publicités de Maxime.

Installés dans le minuscule salon de l'appartement de Francis, les deux amis buvaient un verre. Maxime marmonna avec aigreur :

— Ils s'en foutent, Francis… On leur crie la vérité en pleine face et ils s'en foutent…

Il tourna la tête vers la télé, qui jouait en sourdine. On y diffusait un talk-show où l'animateur expliquait à son invité ébahi, qui était un fan de croustilles, différentes recettes à base de chips, ce qui déclenchait l'hilarité dans l'assistance. Maxime grogna :

— Ils aiment mieux ces osties de… de…

Avant que son ami ne lance son verre vers l'écran, Francis saisit la télécommande et changea de poste. Il tomba sur un reportage qui montrait pour la millième fois l'écroulement des deux tours du World Trade Center, survenu deux mois plus tôt. Maxime éclata de rire et récita d'une voix théâtrale :

— *Race d'Abel, voici ta honte :*
  Le fer est vaincu par l'épieu !
  Race de Caïn, au ciel monte
  Et sur la terre jette Dieu !

En désignant l'écran du menton, il cracha :

— Dans quelques mois, tout le monde aura oublié le 11 septembre et fera comme si rien n'était arrivé, tu vas voir ! Ça va devenir un bon sujet de film pour Hollywood !

Il prit une gorgée de son gin tonic.

— Je devrais peut-être tout lâcher, Francis. Démissionner, vendre mes parts...

Mais Francis n'était pas d'accord. Longuement, il s'astreignit à convaincre son ami que ses gestes et actions en tant que PDG n'étaient pas vains. Même si tout n'allait pas parfaitement comme il le souhaitait, la compagnie avait tout de même fait des progrès, non ? La preuve : elle récoltait moins d'argent que du temps de son père !

— Si tu t'en vas, ça va redevenir comme avant ton arrivée, peut-être pire puisqu'ils rattraperont le temps perdu. Tant que Masina te soutient, reste.

Le visage penché vers la petite table sur laquelle trônait la bouteille de gin, Maxime demeurait silencieux. Francis allongea le bras et mit sa main sur l'épaule de son ami.

— Le peu que tu fais est déjà beaucoup.

Maxime, toujours le regard baissé, hocha la tête et marmonna :

— T'as sans doute raison...

Mais il y avait peu d'enthousiasme dans sa voix et, en terminant son gin tonic, il fixait d'un œil noir l'écran de télé où la seconde tour de New York s'écroulait dans un nuage de fumée.

Ainsi s'achève
le premier des deux volumes du
Vide

PATRICK SENÉCAL...

... est né à Drummondville en 1967. Bachelier en
études françaises de l'Université de Montréal, il
enseigne depuis quelques années la littérature, le
cinéma et le théâtre au cégep de Drummondville.
Passionné par toutes les formes artistiques mettant
en œuvre le suspense, le fantastique et la terreur,
il publie en 1994 un premier roman d'horreur,
5150, rue des Ormes, où tension et émotions fortes
sont à l'honneur. Son troisième roman, *Sur le seuil*,
un suspense fantastique publié en 1998, a été
acclamé de façon unanime par la critique. Après
Aliss (2000), une relecture extrêmement originale
et grinçante du chef-d'œuvre de Lewis Carroll,
Les Sept Jours du talion (2002), *Oniria* (2004) et
Le Vide (2007) ont conquis le grand public dès leur
sortie des presses. Outre *Sur le seuil*, porté au grand
écran par Éric Tessier, des adaptations de tous ses
romans, y compris *Le Vide*, sont présentement en
développement, tant au Québec qu'à l'étranger.

LE VIDE 1. VIVRE AU MAX
est le cent vingt-sixième titre publié
par Les Éditions Alire inc.

Ce deuxième tirage
a été achevé d'imprimer
en août 2008 sur les presses de

IMPRESSION
IMPRIMERIE GAGNÉ

IMPRIMÉ AU CANADA